Medianoche en Damasco

Medianoche en Damasco

Maha Akhtar

Traducción de Enrique Alda

Rocaeditorial

Título original: *On the Road to Damascus*

© 2017, Maha Akhtar

Primera edición: abril de 2017

© de la traducción: 2017, Enrique Alda
© de esta edición: 2017, Roca Editorial de Libros, S. L.
Av. Marquès de l'Argentera 17, pral.
08003 Barcelona
actualidad@rocaeditorial.com
www.rocalibros.com

Impreso por EGEDSA
Roís de Corella 12-16, nave 1
Sabadell (Barcelona)

ISBN: 978-84-16700-80-6
Depósito legal: B. 3291-2017
Código IBIC: FA

RE00806

*E*l 17 de diciembre del 2010, Tarek Mohamed Bouazizi, un vendedor callejero, se prendió fuego en la pequeña localidad de Sidi Bouzid en Túnez.

Los funcionarios municipales y la policía le habían sometido a un incesante acoso y le habían humillado en reiteradas ocasiones, pero la gota que colmó el vaso fue que le confiscaran la mercancía y le despojaran de la única fuente de ingresos con la que mantenía a su familia. Su inmolación en señal de protesta desencadenó una serie de manifestaciones en todo Túnez en las que el pueblo tuvo el valor de expresarse acerca de los problemas políticos y sociales que asolaban el país y forzaron la destitución del entonces presidente Zin al-Abidin Ben Ali, que llevaba veintitrés años en el poder.

El éxito de la revolución tunecina propició una oleada de protestas y manifestaciones en el norte de África y Oriente Próximo que se convirtieron en la voz con la que el pueblo decía la verdad al poder.

Ese levantamiento se conocería como la Primavera Árabe.

Desde la revuelta árabe de 1916, en la que los árabes, liderados por el emir de La Meca, Hussein Bin Ali y

Lawrence de Arabia, lucharon contra la opresión de los sultanes otomanos de Constantinopla, jamás se había generado un sentimiento de nacionalismo árabe tan generalizado.

La Primavera Árabe llegó a Siria en marzo del 2011.

El arresto y tortura a manos de la policía de un grupo de jóvenes por haber pintado eslóganes antigubernamentales en las paredes de su instituto, llevados por lo que estaba pasando en el mundo árabe y habían visto en televisión, provocó una serie de protestas y manifestaciones pacíficas en Daraa, una ciudad en el sureste de Siria.

Los manifestantes mostraron su apoyo al clan Asad, pero también exigieron una Siria más igualitaria, una Siria en la que pudieran vivir y expresarse con mayor libertad, liberarse del yugo del miedo y tener una vida mejor para ellos y sus hijos.

8   Cuando Bashar al-Asad atacó a su pueblo y este se vio obligado a defenderse, la violencia engendró violencia.

Aquellas protestas y manifestaciones, el mayor enfrentamiento al gobierno autocrático de la familia Asad desde que en 1982 Hafez Asad autorizara una masacre en la ciudad norteña de Hama, se convirtieron en auténticos baños de sangre cuando el ejército abrió fuego y mató a unos manifestantes desarmados y pacíficos que se habían atrevido a desafiar a un régimen dispuesto a demostrar su intención de utilizar las balas para silenciar cualquier voz que se alzara contra él.

La brutalidad del régimen dividió al círculo de allegados de Bashar al-Asad, unos intentaron convencerle de que debería hacer concesiones y escuchar al pueblo, y otros le aseguraron que la represión era la única vía posible y que debía seguir los pasos de su padre en Hama y silenciar a la oposición con el uso de la fuerza bruta.

El recrudecimiento de la violencia avivó unas tensiones sectarias que oscurecieron aún más los nubarrones que presagiaban la tormenta en forma de guerra civil que se gestaba con furia en el horizonte.

Esta es la historia de un hombre que rechazó la represión y la tiranía... era sirio, un patriota.

Siria, Damasco, principios de agosto del 2011

*E*ra pasada la medianoche. Un puro encendido se consumía en un cenicero de cristal lleno de colillas, junto a un vaso bajo con dos dedos de un líquido ambarino, sobre el escritorio de madera de una habitación pequeña con las paredes llenas de libros. Aparte de una silla de madera y un desgastado sillón de cuero color coñac con cojines burdeos, no había mucho más. Aun así, reflejaba el carácter del hombre que iba de un lado a otro vestido con vaqueros y una fina camisa azul de algodón: espartano, contenido y centrado. Las dos fotografías familiares con delicados marcos que había en una de las estanterías aportaban el toque de ternura y nostalgia. Tenía las manos en la espalda y el entrecejo fruncido, y pasaba disciplinadamente una y otra vez por la misma línea del raído kílim que cubría el suelo de madera; de vez en cuando cogía el puro o el whisky y rebobinaba sus pensamientos antes de empezar de nuevo su recorrido.

Se acercó a la ventana. Dos soldados hacían guardia en la puerta. Uno de ellos dio una última y larga calada a un cigarrillo y lo lanzó al otro lado de la carretera. Movió la cabeza en dirección a su compañero, se acomodó el rifle y se alejó para hacer la rutinaria ronda de reconocimiento por el muro exterior de la casa.

El hombre miró su reloj: medianoche. Empezó a andar de nuevo, con las manos a la espalda. «¡Maldita sea!», pensó. Abrió el cajón central del escritorio. Tenía que haber algo que pudiera utilizar... algo que sirviera para transmitir. Estaba vacío, aparte del cargador de su inexistente móvil. Gruñó enfurecido. Abrió todos los cajones, pero no había nada sujeto con cinta aislante, nada escondido. Se habían llevado todo lo que pudiera usar para comunicarse con el mundo exterior o escapar: dinero, pasaporte, portátil... y, por supuesto, lo vigilaban continuamente. Había cámaras y micrófonos por toda la casa. Gracias a Dios, tenía una botella de Johnny Walker etiqueta azul, o su «té», tal como lo llamaba su equipo.

Miró furioso hacia una de las cámaras que había en el techo con las aletas de la nariz abiertas.

El general de brigada Mikal, «Mika», al-Hussein, considerado el mejor agente del Directorio 7 del Mujabarat, la Inteligencia Militar Siria, tenía el atractivo de las estrellas de cine. Cercano a la cincuentena, era apuesto y serio. Tenía el pelo corto entrecano, rasgos marcados, pómulos altos, cálidos y apasionados ojos oscuros, nariz larga y una boca que rara vez sonreía, pero que cuando lo hacía, encandilaba. Llevaba bigote y una corta y cuidada barba, que acentuaba el borde de la mandíbula. Había recibido adiestramiento militar desde joven, medía uno ochenta y siete, y estaba delgado y en forma.

Resignado, inspiró hondo, se acercó a la ventana, cruzó los brazos sobre el pecho, se apoyó en el marco y miró hacia fuera. La puerta no estaba vigilada. ¿Dónde estaban los soldados? Dio un salto, atravesó rápidamente la habitación y salió al rellano que había al final de las escaleras.

La puerta del comedor, en el piso de abajo, donde habían instalado el equipo de vigilancia, estaba abierta y las luces encendidas, y vio la bota de uno de los jóvenes soldados sobre la mesa, al tiempo que unas volutas de humo se arremolinaban y salían flotando de la habitación. Le oyó hablar. Una voz femenina le respondió en un altavoz. Era una conversación escabrosa, mezclada con respiraciones pesadas y gemidos. Mika puso cara de circunstancias y entró de nuevo en la habitación. Fue a la ventana y volvió a mirar hacia afuera. Uno de los soldados había vuelto, el otro, evidentemente estaba haciendo la ronda.

Suspiró, se dejó caer en la silla frente al escritorio, se inclinó hacia delante y ocultó la cara entre las manos. Tenía que haber una salida. Oyó un forcejeo seguido de un golpe. Ladeó la cabeza y corrió hacia la ventana. Vio a los dos soldados. Debía de haber sido su imaginación. Hacía semanas que estaba bajo arresto domiciliario y evidentemente la situación le había afectado.

Oyó un sonido ronco y jadeante en el piso de abajo. ¡Por Dios! ¿No podía hacerlo con un poco de discreción? La casa se quedó en silencio. Al poco oyó crujir un tablón de la escalera. ¿Quién era? No parecía uno de los soldados. Sus pasos eran más pesados y seguros. Aquella persona iba de puntillas.

Se colocó detrás de la puerta, que se abrió ligeramente y apareció el cañón de una pistola. Era una GSh-18 de las fuerzas especiales rusas, como las que utilizaban los agentes del Mujabarat. Habían ido a por él. Dio un salto y cerró la puerta con fuerza sobre la mano que sujetaba la pistola, que cayó al suelo. Se lanzó para recogerla y sin levantarse apuntó al hombre que estaba en el rellano frotándose la mano.

—¡Yamal! —Al darse cuenta de que era uno de los miembros de su equipo, puso rápidamente el seguro en el arma.

Yamal tenía los ojos cerrados por el dolor.

—¡Joder, hermano! ¡Creo que me la has roto!

—¿Qué demonios estás haciendo aquí? —preguntó Mika mientras le ayudaba a entrar en el estudio—. ¿Cómo has entrado?

—¿Tú qué crees? —respondió Yamal sacudiendo la mano—. Hemos venido a liberarte. Ahmed y Hassan están afuera, se han librado de los dos que había en la puerta. Zahran espera en una furgoneta en la parte de atrás. Colocó una imagen fija en el circuito de las cámaras de vigilancia. He entrado por el muro trasero, ha sido todo un detalle que dejaran el manzano.

Mika sonrió.

—Siento haber tardado tanto —se excusó encaminándose hacia las escaleras—. Hemos tenido que ser más precavidos que en otras ocasiones. No tenemos mucho tiempo. Hay que sacarte de aquí.

—*Yallah*. Vámonos.

—Te dejaremos en al-Rastan.

14

Palacio presidencial, monte al-Mezzeh

La luz de la luna iluminaba una pequeña mesa con superficie de mármol. Sonó un móvil. En la pantalla apareció la palabra «Hermano». Una mano apareció entre las sombras y lo cogió.

—¿Sí? —preguntó una voz masculina.

—Mika está empezando a ser un problema.

—¿Qué aconsejas?

—Ya sabes lo que opino de los traidores.

La voz al otro lado de la línea se quedó callada.

—Se ha alejado de nosotros —aseguró la persona que había hecho la llamada—. Ha demostrado tener capacidad para ganarse el apoyo popular y sus hombres morirían por él.

Su interlocutor no articuló palabra.

—Es una amenaza, hermano. Puede destruir esta familia.

—Muy bien. Por el bien de la familia —dijo antes de colgar.

Al-Rastan, provincia de Homs

El suave aunque persistente zumbido de un móvil en una mesilla alteró la calma espectral de aquella sombría noche.

La luz natural que entraba por el ventanal permitía ver que Mika apretaba con fuerza la boca y abrazaba la almohada con las manos cerradas. De repente abrió los ojos. Los tenía inyectados en sangre y vidriosos. Hacía poco que se había quedado dormido. Cogió el teléfono y contestó.

—Vienen —lo previno una voz.

—¿Cuánto tiempo tengo?

—No mucho.

Apartó rápidamente la colcha, saltó de la cama y se puso las botas militares. Estaba vestido con pantalones de camuflaje y camiseta verde caqui. Colocó dos almohadas bajo la colcha para que pareciera que seguía durmiendo. Encendió la lámpara de la mesilla y el ventilador del techo. Se ajustó apresuradamente el cinturón con cartuchera a la cintura y comprobó la munición de una pistola Makarov de fabricación soviética, cogió la guerrera de camuflaje y una pequeña mochila negra, y bajó las escaleras de la oscura casa. Cuando llegó a la puerta principal vio que unas figuras se movían furtivamente en el exterior y una de ellas hacía un gesto a las otras para que rodearan el edificio. Cruzó rápidamente el vestíbulo en dirección a la cocina, se escondió en la despensa y cerró la puerta justo en el momento en que dos hombres entraban por la puerta de atrás. Eran militares como él, iban vestidos con ropa de camuflaje y boinas rojas, y llevaban ametralladoras.

En cuanto llegaron al pasillo, Mika salió de su escondite, se agachó y fue hacia la puerta. Miró con cuidado a través del cristal. Había otros dos hombres fuera y seguramente dos más en la puerta delantera. «Deben de ser ocho —calculó rápidamente—: dos en la parte delantera, dos en la trasera y otros dos en cada puerta». Era la clásica maniobra de la Inteligencia Militar Siria. La conocía bien. Había llevado a cabo cientos de operaciones como aquella. ¿No podrían haber sido un poco más imaginativos sabiendo que estaba al tanto de sus tácticas?

La cuestión en ese momento era: ¿Puerta delantera o trasera? Podía elegir fácilmente cualquiera de las dos. Se ocultó en las sombras del pasillo para meditar el siguiente paso.

Tenía que darse prisa. Ya estaban apostados ante la puerta del dormitorio.

16 Segundos más tarde oyó que tiraban la puerta abajo y el sonido entrecortado de una descarga de disparos contra la cama. Abrió la puerta delantera de par en par. El duro golpe de la pesada hoja de madera dejó inconsciente a uno de los hombres. El otro le apuntó con una pistola. Lo desarmó con un par de rápidos movimientos defensivos y le pegó un tiro con el arma que sacó de la cartuchera. El hombre se desplomó.

Miró a su alrededor para ver si había más. No vio a nadie. Salió corriendo hacia el viejo Land Rover verde que había comprado hacía años a un comandante del ejército británico a cargo de las tropas de la ONU desplegadas en el Líbano, aceleró el motor y salió disparado. Miró cuánta gasolina había, al tiempo que se acomodaba en el asiento. Medio depósito.

Condujo rápida y confiadamente con las luces apagadas por una tranquila carretera secundaria paralela al río Orontes, en dirección norte, hacia Alepo. De repente, por detrás de una montaña apareció un helicóptero y su deslumbrante reflector blanco iluminó la oscura noche, la carretera y el campo a su alrededor. «*Haraam!*», masculló.

En el silencio de la noche oyó ruido de vehículos y voces iracundas que gritaban órdenes a través de móviles y *walkie-talkies*. Miró por el espejo retrovisor. Solo estaban a un par de kilómetros de distancia. Volvió la vista hacia la carretera y trató de esconderse bajo árboles y arbustos para evitar que le sorprendiera la luz del helicóptero. De repente, aquel aparato se dirigió directamente hacia el pueblo que había a varios kilómetros de distancia, famoso por su actitud rebelde contra el régimen. Seguramente pensaban que se dirigía allí y esperaban cortarle el paso.

De pronto, un todoterreno con los cristales tintados salió de una carretera secundaria y se colocó detrás de él. Los hombres que había en el interior empezaron a dispararle. Se inclinó hacia el asiento del copiloto para evitar las balas, que pasaron silbando por encima de su cabeza e hicieron añicos el parabrisas. Se agachó tanto como pudo, pero estaba en una situación desventajosa porque había quitado el toldo del Land Rover y era un objetivo fácil. Cambió de marcha, forzó el motor al máximo y esquivó agujeros y dio bandazos para evitar los disparos. Por suerte conocía bien la carretera. Oyó que volvía el helicóptero. Un poco más adelante había un camino de cabras que seguía las carreteras secundarias hasta Hama, que estaba a unos quince kilómetros. Desde allí no había más de ciento cincuenta kilómetros hasta la frontera turca, si la carretera estaba despejada.

El todoterreno aceleró y embistió al Land Rover. Pisó el acelerador, pero el todoterreno continuó empujándole y dándole golpes por detrás. La carretera se estrechó. Sabía que estaba cerca de un desvencijado puente de madera. Tenía que llegar allí antes que sus perseguidores. El todoterreno se había colocado a su lado. Se concentró en la carretera y por el rabillo del ojo vio que le apuntaba un arma. No tenía tiempo. Apretó los dientes, dio un volantazo hacia la izquierda y se dirigió directamente hacia un campo de remolachas. Sorprendido, el conductor del todoterreno no frenó ni vio a tiempo el puente, por lo que salió volando, dio una vuelta de campana y aterrizó de frente en la otra orilla del río Orontes. El coche explotó y unas anaranjadas llamas se elevaron e inundaron el aire de humo negro.

No paró. Atravesó campos y pistas mientras el helicóptero seguía buscándolo por todas partes con el reflector.

Tomó las carreteras secundarias que conocía y casi era de madrugada cuando llegó a las afueras de Hama, que seguía sometida a un bloqueo militar desde que medio millón de personas se hubieran congregado el mes anterior, a primeros de julio, después de las oraciones del viernes, en una clamorosa manifestación para exigir el fin del régimen del presidente Bashar al-Asad.

Mika había estado en Hama aquel día. Había intentado hablar con los jefes de seguridad para que se retiraran y no colocaran francotiradores alrededor de la mezquita, y le había pegado un puñetazo al militar que había dado la orden de disparar contra la manifestación. Tras una encarnizada pelea, la policía lo había reducido y había tenido que rendirse.

Según la declaración oficial habían muerto veinticinco personas, pero él sabía que habían sido más.

Poco después, su jefe, el general de división Kamal Talas, le había ordenado que volviera al cuartel general.

De vuelta en Damasco, le habían reprendido y obligado

a aceptar un permiso con la excusa de que había trabajado mucho y el estrés le estaba afectando.

—El presidente cree que necesitas unas vacaciones —le comunicó Kamal mientras le ponía un brazo sobre los hombros—. Solo queremos lo mejor para ti. Eres nuestro mejor agente.

Mika aceptó a regañadientes.

—Ve a la playa, Mika —sugirió Kamal—. O a al-Samra, relájate, disfruta de la vida… Tómate unos cuantos tés de los tuyos, fuma unos puros.

Mika salió de la habitación sin volverse. Sabía que a partir de entonces le vigilarían de cerca y controlarían todos sus movimientos. Poco importaba que perteneciera a la cúpula militar del presidente o que Bashar, su hermano Basel, que habría sido el presidente de no haber muerto en un accidente de tráfico, y él hubieran sido amigos desde jóvenes, cuando servían en las fuerzas aéreas.

Al comenzar el ramadán había quedado claro que el Gobierno había decidido aplastar la sublevación y no podía cruzarse de brazos y mirar hacia otro lado mientras se intensificaban las protestas y manifestaciones. Había expresado públicamente que era necesario llevar a cabo una verdadera reforma, atender las peticiones del pueblo, llegar a un acuerdo, a una solución política, y había hecho todo lo posible por cambiar la opinión del presidente, su amigo.

Había escuchado los discursos de Bashar ante el Parlamento sirio y no había podido creer sus palabras. Bashar se había mostrado arrogante, casi frívolo y desdeñoso en la forma de encarar la situación. Se mataba y torturaba a gente y el presidente no parecía darle importancia a lo que sucedía a su alrededor.

Durante su permiso forzoso decidió viajar por Siria. Fue a Daraa, donde todo había comenzado cuando se de-

19

tuvo y torturó a un grupo de adolescentes que había hecho unas pintadas antigubernamentales en las paredes de su instituto; a al-Rastan, su pueblo natal; a Hama, que el padre del presidente, Hafez, había reducido a cenizas en 1982 tras las protestas organizadas contra él; a Homs, Alepo, Idlib… Fue al campo para hablar con los lugareños; para oír sus quejas, su descontento por que se les hubiera abandonado y marginado para favorecer a la élite de Damasco y Alepo, sobre todo durante la sequía que había asolado sus granjas y cultivos; para enterarse de su constante batalla contra los corruptos, despiadados e irresponsables servicios de seguridad destinados en provincias; y para averiguar cómo se podría salvar el profundo abismo que había entre el régimen y el pueblo.

La gente respondió. Se corrió la voz de pueblo en pueblo de que había un hombre que llevaba esperanza allá donde iba, esperanza de una nueva Siria, democrática, de un país en el que los padres podrían ofrecer una vida mejor a sus hijos.

Y lo que era más importante, sus compañeros, los hombres que habían estado a sus órdenes en la Guardia Republicana, las fuerzas aéreas y las de seguridad empezaron a escucharle y a confiar en él. En privado, muchos le habían confesado que estaban en desacuerdo con el presidente y su hermano Maher, responsable de la represión de las protestas, que nadie quería volver a los tiempos de Hafez y su régimen represivo y que le apoyarían si los necesitaba.

Mika sabía que le vigilaban. Había sorprendido a algunos de sus hombres siguiéndolo. Pero, a pesar de los riesgos, continuó con su labor.

Dos hombres estaban sentados frente a frente en un antiguo escritorio de caoba. Detrás de uno de ellos, en un rincón, había una bandera de Siria y a su lado un gran retrato de Bashar al-Asad y otro de Hafez al-Asad.

El teniente general Abdel Fateh, jefe del Mujabarat, se inclinó hacia adelante y apretó el botón de un móvil.

—¿Quiere oírlo otra vez?

El general Maher Asad jugueteó con el extremo de su bigote y entrecerró los ojos.

—No es necesario.

—¿Qué quiere hacer? —preguntó Fateh.

Maher no respondió inmediatamente.

—Le aconsejo que sea prudente. Es amigo del presidente.

—Un amigo peligroso —aseguró Maher—. Puede influir en mi hermano.

—¿Qué sugiere?

—De momento, vamos a acorralarlo. A tenerlo en un sitio donde podamos vigilarlo. A asegurarnos de que mantiene la boca cerrada.

—De acuerdo.

—Si no lo hace, lo eliminaremos.

—Eso quizá sea demasiado drástico —comentó Abdel sorprendido.

Al día siguiente, mientras Mika almorzaba en el Four Seasons Hotel en Damasco con un amigo, Ibrahim Qashoush, un famoso cantante de Hama que había grabado una canción escrita por un albañil de un pueblo cercano a Idlib en la que pedía la destitución del presidente Asad, sus propios hombres detuvieron a Mika y lo pusieron bajo arresto domiciliario.

Unos días más tarde se encontró el cuerpo de Qashush en el río Asi con un profundo corte en el cuello y sin las cuerdas vocales.

Mika intentó por última vez ponerse en contacto con el hombre al que consideraba un amigo para convencerle de que la fuerza bruta y la represión no servían para nada. Pero Bashar al-Asad no contestó.

Se dirigió hacia el noroeste de Hama, a la base aérea desde la que se realizaban las operaciones militares sirias en todo el país. La pista de despegue estaba iluminada por reflectores y la base parecía muy activa a esas tempranas horas de la mañana. Parecía que estaban haciendo maniobras, pero Mika sabía que no lo eran. Sabía que el ejército, a las órdenes de Maher, estaba planeando una gran ofensiva aérea contra los manifestantes.

El cielo aún tenía un color azul cobalto veteado de naranja cuando subió a lo alto de una colina y contempló el pequeño y tranquilo pueblo de Kansafra, en la margen occidental del río Orontes. Todo parecía tan plácido y sosegado que nadie habría pensado que Siria estuviera inmersa en un peligroso conflicto con todos los tintes de una guerra civil. El paisaje era imponente a la luz del amanecer. El aire a mediados de verano era diáfano. Vio campos, suaves colinas que bordeaban el valle del río, cipreses y robles en las orillas y, a lo lejos, sobre un montículo un antiguo castillo de los cruzados que llevaba diez siglos en pie.

Esa era la Siria que conocía. La Siria que amaba. La Siria que quería conservar: un bello país rebosante de cultura y elegancia en la encrucijada de la historia.

Recordó a su padre, Mustafa Hussein, y lo orgulloso que estaba de ser sirio; la forma en que le había imbuido ese orgullo contándole que su familia, unos importantes hacendados de Rastan, siempre habían estado al servicio del país, desde que su abuelo había luchado por la independencia del Mandato francés que se instituyó a finales de la Primera Guerra Mundial.

Mustafa Hussein había estudiado Derecho antes de entrar en la academia militar de Homs, en la que coincidió con Hafez Asad. Al acabar la formación, se incorporaron al mismo tiempo en las fuerzas aéreas. Eran buenos amigos y juntos ingresaron en el Partido Baaz y abrazaron sin reservas su ideología nacionalista árabe, a contracorriente de los conservadores suníes de Siria, aliados con los islamistas, que creían que la religión es inseparable de la política.

Cuando Asad se hizo con el poder en 1970, Mustafa se convirtió en uno de sus asesores más allegados y en el responsable del aparato de inteligencia. En 1976, poco después de que comenzara la guerra civil en el Líbano, fue el hombre que Hafez al-Asad designó para llevar a cabo la ocupación militar siria de ese país, que dirigió con puño de acero desde Anjar, en el valle de la Bekaa.

Mika mantuvo una relación muy estrecha con su padre y siguió sus pasos en las fuerzas aéreas y en la Guardia Republicana. Mustafa murió al explotar un coche-bomba cuando regresaba a Siria desde el Líbano con Yasser al-Hassan, uno de los lugartenientes de Hizbulá. Fue un duro golpe que nunca pudo superar del todo.

De repente se oyó una explosión a lo lejos y una descarga de disparos resonó en la orilla. Mika subió de un salto en el Land Rover y puso el coche en movimiento sin poner en marcha el motor. En mañanas como aquella el sonido se podía oír a gran distancia.

Veinte minutos más tarde llegó al pequeño pueblo, aparcó el coche en un garaje construido con ladrillos colocados de cualquier forma y cubiertos con un trozo oxidado de chapa ondulada.

Echó un vistazo al exterior, se cubrió la cabeza y la cara

con un pañuelo a cuadros blancos y negros, fue a hurtadillas hasta la puerta trasera de una casa encalada y llamó con suavidad.

La puerta se entreabrió. Después de franquearla, se cerró sin apenas ruido.

Damasco

Unas horas más tarde, en el interior de uno de los dos grises edificios idénticos de tres pisos que se alzaban en la calle Ibn Battuta, en el barrio de al-Qazzaz del centro de Damasco, en una oficina secreta que solo conocían los dirigentes de la Inteligencia Militar Siria y pocas personas más, el teniente general Abdel Fateh avanzó con paso enérgico por un pasillo, seguido de dos oficiales con rifles al hombro.

24

—¿Por qué se ha cambiado el lugar de la reunión a última hora? —preguntó a uno de los dos jóvenes.

—Creo que había problemas con el equipo de la otra sala de conferencias —contestó.

El teniente general puso cara de exasperación.

—¡Arréglenlo!

—Sí, señor.

Abdel Fateh tenía un aspecto interesante. Rondaba los sesenta y medía un metro setenta y siete, con lo que, para ser sirio, era alto. No era ni guapo ni atractivo en el sentido tradicional, pero la intensa expresión de su cara atraía las miradas: piel color aceituna, ojos oscuros caídos, hirsutas y gruesas cejas negras, nariz larga y boca escondida tras un poblado bigote negro. Solo su pelo gris peinado hacia atrás delataba su edad. Vestía un impecable uniforme militar caqui, con brillantes botones de latón en la guerrera y varias medallas en la parte izquierda, y llevaba una gorra marrón y roja bajo el brazo.

Abrió sin llamar una puerta en el extremo del pasillo y entró en una habitación iluminada por el sol, con un ventanal que daba a un patio entre los dos edificios, en el que crecía un enorme magnolio. Los dos hombres que había sentados a la mesa redonda se levantaron y le saludaron marcialmente.

El teniente general respondió con un brusco gesto con la cabeza, se sentó y les indicó que hicieran lo propio. Se quedaron en silencio mientras Abdel organizaba sus pensamientos, y el evidente disgusto que reflejaba su cara aumentó la tensión que reinaba en la sala.

—¿Puede alguien decirme cómo es posible que el general de brigada Hussein haya escapado esta mañana? —preguntó lenta y parsimoniosamente en dirección a la mesa—. Primero se le deja burlar el arresto domiciliario y ahora vuelve a desaparecer.

Los presentes se mantuvieron callados.

—¡Contesten! —exigió dando un puñetazo en la mesa.

—Si me lo permite, señor, Mika es uno de nuestros mejores agentes —se excusó el general de división Kamal Talas, jefe de Mika y encargado del adiestramiento de la Inteligencia Militar Siria—. Nos vio llegar.

—¿Las dos veces? —explotó Abdel—. Salió de Damasco, que ya es suficientemente desastroso, pero ¿cometieron el mismo error en al-Rastan?

—Lo encontraremos, señor —aseguró Kamal.

—¿Saben dónde está?

—En algún lugar al oeste del aeropuerto de Hama —indicó Kamal levantándose para ir hacia una pantalla de televisión que había en la pared—. Esta mañana nuestro satélite ha localizado su Land Rover en una carretera secundaria.

Kamal cogió un mando a distancia que estaba en la

25

mesa, apretó un botón y aparecieron unas imágenes en blanco y gris que mostraban un coche circulando por carreteras rurales y caminos cercanos a la autopista que enlazaba Hama y Alepo.

—¿Cómo sabe que es Hussein? —preguntó el teniente general tamborileando con los dedos en la mesa—. Podría ser cualquiera.

—Estamos seguros de que es su coche. Conoce esas carreteras como la palma de su mano.

—¿Por qué no se le ha seguido?

—Salió de la carretera y el satélite lo perdió. También es posible que haya abandonado el vehículo.

—¿Han encontrado el Land Rover?

—No, señor. Seguimos buscando.

—¿Por qué demonios tardan tanto? —preguntó enfadado Abdel—. No puede haber desaparecido. Esto es Siria, y se supone que sabemos lo que pasa en todas partes. No escatimen esfuerzos. Tenemos que encontrarlo y traerlo de vuelta. La orden viene de arriba.

Kamal asintió.

—Hacemos todo lo que podemos.

—No lo creo. Solo tenían que mantenerlo bajo arresto domiciliario hasta que decidiéramos qué hacer con él. ¿Cómo han podido cometer semejante chapuza?

Los dos interpelados permanecieron en silencio.

—¿Cómo voy a decirle al general Asad que Mika ha desaparecido después de que nos ordenara que no le perdiéramos de vista?

—Le repito, señor, que Mika es el mejor agente que tenemos.

—El mejor que teníamos —puntualizó Abdel.

—Señor… —intervino el comandante Ibrahim Yusuf, jefe de vigilancia—. Hemos interceptado unas conversaciones sobre Secutor.

—¿Secutor? —repitió Abdel frunciendo el entrecejo—. Se archivó hace años.

—Sí, señor —dijo Ibrahim.

—¿Qué opina, Talas? —preguntó Abdel volviéndose hacia Kamal.

—No lo sé —contestó Kamal.

—¿Puede tener algo que ver con Hussein?

—Quizá —apuntó Kamal—. Mika dirigió ese programa.

—Averígüelo —ordenó Abdel—. He de informar al presidente esta tarde cuando lo vea.

—Sí, señor.

Abdel Fateh meneó la cabeza.

—Imagino que no tengo que decirles que la deserción de Hussein supondría un duro golpe para el presidente y el régimen. No queremos que se convierta en nuestro enemigo.

Los presentes asintieron.

—Y no queremos que se produzca un enfrentamiento público entre él y el presidente. Si Hussein escapa y consigue apoyo dentro y fuera de Siria, tendremos problemas.

—Kamal, usted lo entrenó. Sabe cómo piensa. ¡Salga y búsquelo!

Kamal asintió.

—Y, Kamal, intente no joderla esta vez.

Cuando los dos hombres empezaron a recoger sus papeles y sus carpetas, Abdel Fateh fue hacia el ventanal con las manos en la espalda. Frunció el ceño cuando vio que un hombre uniformado entraba en el patio en moto y la aparcaba junto a un seto, más allá del magnolio, al lado del otro edificio. La visera del casco le ocultaba la cara y no consiguió identificarlo.

—Capitán. —El general se volvió para dirigirse hacia

27

uno de los dos jóvenes oficiales que le acompañaban—. Un hombre ha entrado conduciendo una moto y se le ha permitido aparcar. Llame a la guardia y entérese de quién…

Antes de que acabara la frase se oyó una potente explosión y la onda expansiva los lanzó al suelo. Segundos más tarde, el ventanal estalló y la habitación se llenó de cristales.

Se produjeron otras dos explosiones, seguidas del estruendo de las estructuras que se desmoronaban y las llamas que se elevaban junto con una nube de humo negro a ambos lados del edificio.

En la calle los gritos se mezclaban con las alarmas de los coches y las sirenas de las ambulancias que se dirigían hacia allí.

Abdel Fateh apartó lentamente las manos de su cabeza y los cristales que cayeron resonaron en el suelo.

—¿Está todo el mundo bien?

Todos asintieron lentamente, excepto uno de los oficiales, que empezó a quejarse de dolor.

—No te muevas —ordenó Abdel Fateh—. Te llevaremos al hospital enseguida.

Se pusieron de pie uno a uno, con los uniformes desgarrados y las caras cubiertas de hollín. Abdel Fateh miró con cautela hacia el gran agujero que había en el ventanal y contempló los escombros. El otro edificio había quedado reducido a cenizas. El olor que despedía inundó su nariz, y los ojos le escocieron por el humo. A pesar de todo, vio los cuerpos carbonizados sobre el cemento. Sacó un pañuelo y se lo llevó a la nariz.

—Entérense de quién lo ha hecho —ordenó sin mirar a los oficiales.

—Señor… —empezó a decir Kamal—. Estaba previsto que esta reunión se celebrara en la sala de conferencias del ala oriental.

—Ese era el verdadero objetivo de este ataque —añadió Ibrahim.

—No la hicimos allí porque no conseguimos que las imágenes del satélite se vieran en la pantalla. Cambiamos de sala en el último momento.

—¿Está Hussein detrás de todo esto? —preguntó Abdel.

Nadie contestó.

En algún lugar de Siria

En una habitación a oscuras, una figura marcó un número de teléfono. Se oyeron dos tonos de llamada. Alguien descolgó, pero guardó silencio.

—Hecho. Tenemos un mártir. *Allaho Akbar*.

—Excelente. Se culparán unos a otros.

—Esperaré órdenes.

—Prepárate. Nos veremos en Raqqa. Recibirás un mensaje.

—*Mnih. Maa salama*.

Kansafra, valle del río Orontes

Mika abrió los ojos y miró el techo. Se había quedado dormido tan profundamente que por un momento no supo dónde estaba. Se sentó en la cama y atisbó el exterior a través de la raída cortina de algodón blanca y amarilla que tapaba la ventana. Afuera, unos niños chapoteaban en una fuente, daban saltos en el agua y se perseguían unos a otros con pistolas de agua. Sonrió, se recostó, apoyó la cabeza en las manos y disfrutó de la calma que le rodeaba. Estaba en una habitación pequeña. La pintura del techo estaba desconchada y las manchas marrones de humedad parecían nubes. Consultó el reloj. Era la una. Había dormido casi ocho horas. Podría haber continuado haciéndolo de buena gana, pero tenía que levantarse. No podía quedarse allí mucho tiempo. Sabía que le buscaban y era cuestión de tiempo que lo encontraran.

Alguien había dejado una camiseta limpia y una toalla en la silla. Cogió la toalla y hundió la nariz en ella. Olía a limpio, a jabón y a sol, la brisa que la había secado estaba perfumada con el olor de las flores silvestres que crecían en los campos cercanos. Abrió la puerta y salió al oscuro pasillo que conducía al cuarto de baño.

Al final del corredor había un cuarto de estar inundado por la luz del sol. El televisor estaba encendido y en la pantalla se veía la imagen de una gran nube negra elevándose junto a un edificio. Captó algunas de las palabras con las que el presentador describía las imágenes: «Cuatro personas han muerto y otras catorce han resultado heridas cuando una bomba ha explotado a primera hora de la mañana en el centro de Damasco...».

—¿Eres tú, Mika? —preguntó una ronca e incorpórea voz cuando Mika puso la mano en el tirador blanco de la puerta del cuarto de baño.

Se quedó quieto.

—Sí, ¿quién eres?

—Será mejor que vengas y veas esto.

—¿Qué? —respondió Mika—. ¿Puedo darme una ducha antes?

—Estoy seguro de que te va a interesar.

Suspiró y hundió los hombros. Se colocó la toalla alrededor del cuello y entró en el cuarto de estar.

Yamal Marouf, uno de los hombres que había organizado su fuga de Damasco, estaba sentado con las piernas cruzadas en un colchón cubierto por una sábana bordada color aceituna. El suelo estaba cubierto por una raída alfombra color crema. Frente a él había una mesita de formica marrón con los restos del desayuno: pan, queso sirio, aceite de oliva y un par de tazas de té templado. El antiguo y tosco televisor que miraba estaba sobre un pequeño arcón. Al lado se encontraba la puerta corredera que daba a un patio de cemento en la parte trasera, lleno de buganvillas de color fucsia.

Yamal rondaba los cincuenta, tenía la misma edad que Mika y, al igual que él, pertenecía al ejército sirio y había ascendido en las filas de la Guardia Republicana hasta entrar junto con Mika en el Mujabarat, donde se le consideraba uno de sus mejores agentes.

Habría sido un hombre apuesto, en el sentido clásico, de no ser por los combates de boxeo de su juventud que le habían dejado torcida la nariz. Era alto, tenía la piel clara, el pelo castaño corto y ondulado, y un cuidado bigote y barba, algo más oscuros. Sus pícaros ojos verdes contrastaban con la expresión de seriedad de su boca. Vestía el mismo tipo de pantalones de camuflaje y camiseta verde caqui que Mika.

—*Ya haraam!* ¡Ya se ha vuelto a perder la señal! —Yamal se levantó con un cigarrillo en la mano y fue a mover la antena que había sobre el televisor. Las imágenes se veían distorsionadas y las voces iban y venían. Al poco volvió a recibirse bien la señal.

—Mira esto —le pidió, indicando hacia el televisor.

Mika se sentó en el colchón y observó las imágenes.

«La policía busca a los responsables de la colocación de una bomba en un edificio oficial en la calle Ibn Battuta de Damasco esta mañana. Se trata del ataque más importante desde que comenzaron las protestas en marzo. El ministro de Información ha declarado que los terroristas, los grupos armados infiltrados en Siria y los extremistas suníes, que desean una fragmentación sectaria del país, fomentan ese tipo de acciones… Estados Unidos también intenta minar la autoridad de nuestro presidente y su régimen...», decía el presentador de la televisión estatal.

Las imágenes de las cámaras de seguridad mostraban a un hombre entrando con una moto en las instalaciones del edificio. Momentos después se producía la explosión. En la pantalla apareció un vídeo filmado con un teléfono móvil en el que se veía cómo temblaba el edificio debido a una segunda explosión.

—*Ya Allah!* —exclamó Mika.

—¿Un terrorista suicida? —sugirió Yamal.

—Es difícil de saber... pero dos explosiones... Es posible.

—¿Quién está detrás? ¿Y cómo sabía quién había en el edificio? Solo estamos al corriente unos pocos.

—Voy a darme una ducha, ¿puedes encargarte de averiguarlo tú? —propuso Mika—. Habla con la gente de Homs, Hama, Idlib y Daraa a ver qué saben.

—Los llamaré.

—Tengo un mal presentimiento —confesó Mika.

—¿Quién habrá sido? ¿Al Qaeda? ¿Los saudíes?

—No creo que hayan sido los saudíes —contestó Mika negando con la cabeza—. Pero sí que podría haber sido Al Qaeda... o uno de los nuestros.

—Pero, si ha sido uno de nosotros, ¿por qué no nos lo ha dicho? ¿O a ti al menos? ¿Y por qué lo ha hecho?

Mika se encogió de hombros y se levantó.

—Quizás alguien ha perdido la calma y ha decidido mandarles un mensaje. También ha podido ser un ataque al azar.

—Sí, pero ¿quién sabía que había una oficina allí?

—No lo sé.

—He oído decir que el hermano ha dado luz verde a la Shabiha —le informó Yamal antes de encender otro cigarrillo.

Mika no dijo nada.

—Traerá problemas. Los miembros de la Shabiha son unos matones.

—Los matones de Maher Asad —puntualizó Mika—. La milicia financiada por el Estado. Sacan a presos de las cárceles, ladrones, contrabandistas, violadores, y les dan carta blanca. Es como si siguiéramos gobernados por su padre —concluyó antes de darse la vuelta para ir hacia el baño. De repente se paró y se volvió.

—Esa bomba también podría ser obra de Asad para acusarnos a nosotros.

Yamal dio una larga calada.

—Organiza una reunión. Poned en marcha Secutor. La bomba de hoy tendrá consecuencias. Irán contra nosotros con todo lo que puedan.

Turquía, Estambul, delegación de la CIA

En Estambul hacía un bonito día aunque caluroso.

Adam Hunt estaba sentado frente a su escritorio en una reducida oficina del quinto piso de un edificio de estilo otomano del casco viejo, que pertenecía a una empresa estadounidense de capital privado llamada Lambert and Drake. El ventilador del techo no funcionaba bien y el hombre que se suponía iba a arreglarlo todavía no había llegado, a pesar de sus constantes promesas de que estaba a cinco minutos de allí cada vez que lo había llamado.

Adam era el típico estadounidense: alto, con cabello rubio corto y ojos azules. Normalmente iba siempre bien afeitado, pero hacía dos días que se había olvidado de hacerlo y lucía algo más que una incipiente barba. Era un exmarine corpulento con más de uno ochenta de altura, que había estado en Irak y Afganistán en calidad de enlace entre el ejército de Estados Unidos, el de Irak y el de Afganistán. Lo habían destinado a la inteligencia militar en Kabul, donde era el encargado de fomentar las buenas relaciones entre los jefes tribales afganos y el ISS paquistaní. Había sido un elemento clave en la localización de Osama Bin Laden y había entrado en las fuerzas de operaciones especiales gracias a que conocía bien la zona en la que estaba el complejo en el que se escondía Bin Laden en Abbottabad, en el norte de Pakistán. Tras el éxito de la operación contra Bin Laden, le ofrecieron trabajar para la CIA recopilando información.

Jugueteó con un lápiz entre los dedos mientras miraba la pantalla de un ordenador que espiaba las conversaciones de los teléfonos móviles en Turquía, Líbano y Siria. Se aflojó la corbata, se remangó y se puso de pie bajo el ventilador, aunque no sirvió de mucho. Cerró los postigos de las otras dos ventanas y solo dejó una abierta. Normalmente estaba muy ocupado, debido a la crisis que se estaba viviendo en Siria, pero aquel día todo parecía muy tranquilo. Miró las azoteas desde la ventana, muchas de ellas llenas de tendederos con ropa, sábanas y toallas que se secaban bajo los ardientes rayos del sol.

Fue a buscar una botella de agua fría y de paso echó un vistazo a la oficina de al lado, la de su jefe, Joe Sutherland, que en ese momento estaba en Washington en una reunión en Langley para tratar la situación en Siria.

De repente las palabras ¡SECUTOR! ¡SECUTOR! aparecieron en la pantalla.

El ordenador estaba programado para localizar palabras clave que tuvieran relación con las operaciones de la CIA en el extranjero.

—¡Qué demonios! —exclamó mientras volvía corriendo a su escritorio y olvidaba momentáneamente el calor que hacía.

Se sentó y empezó a escanear la conversación. Parecía provenir de Idlib, en el suroeste de Alepo.

—He tenido noticias de Yamal, hermano —decía una voz ligeramente distorsionada.

—¿Y?

—El general ha convocado una reunión.

—¿Por qué?

—Se ha puesto en marcha Secutor.

—¿Cuándo es la reunión?

—El viernes en al-Bara.

—Nos veremos allí.

—*Maa salama*, hermano.

—*Allah ma'aak*.

Adam se recostó en la silla. «¿Secutor?», pensó. Tecleó varias palabras rápidamente, pero no encontró nada. Volvió la silla hacia otro ordenador y abrió Queue, una red de recopilación de información con base en Londres utilizada por la Interpol, el M16 y la CIA, para averiguar qué era Secutor.

—«Secutor… una operación secreta dirigida por la Inteligencia Militar Siria… suspendida en 2009» —murmuró mientras leía. ¿Qué era aquello? Meneó la cabeza. Había estado en Irak a las órdenes de Richard White, director de la CIA, y había oído mencionarla. Tenía relación con Al Qaeda, pero nadie sabía a ciencia cierta qué era. «¿Quién será ese general?», pensó mientras mordisqueaba el lápiz. Sacó el móvil, miró los contactos y se detuvo en el general de brigada Mika al-Hussein. Lo conocía bien. La última vez que lo había visto había sido en la operación contra Bin Laden, en la que Mika le había salvado la vida.

Apartó el teléfono, tecleó unas palabras rápidamente en el programa sobre la llamada telefónica, adjuntó la grabación y se las envió a Joe.

35

Estados Unidos, Nueva York

Tony Habib levantó la vista del portátil y miró despreocupadamente por la ventana salediza de su apartamento en Central Park West. Sonó el móvil. Era su editor, Bill Kahn.

—Hola, Bill —saludó.

—Hola, Tony. ¿Qué tal vas con el artículo sobre ese oligarca sirio?

Tony se frotó los ojos.

—Estoy en ello.

—Necesito algo para el periódico del domingo.

—¿A qué viene tanta prisa?

—Estados Unidos acaba de imponer sanciones contra Asad —contestó Bill—. La gente quiere saber de dónde proviene el dinero que utiliza Asad para luchar contra la oposición.

—Intentaré enviarte algo.

—¿Has entrevistado a ese Murad? —preguntó Bill—. Creía que lo conocías bien.

—Lo conocí…, pero hace treinta años, en el instituto en Beirut. Pero no me contará nada de sus negocios ni cómo consigue dinero para el clan Asad. Tendré que seguir investigando y ver qué encuentro.

—Bueno, como quieras, pero envíame algo —pidió Bill antes de colgar.

—Intentaré averiguar de dónde procede el dinero.

Tony se recostó en la silla y se puso las manos en la nuca. Miró hacia el televisor, al que había quitado el sonido. Había puesto el canal de la Lebanese Broadcasting Corporation. En la pantalla se veía una habitación llena de gente frente a un estrado vacío con un atril y un micrófono. Sin duda era una rueda de prensa. De repente, un hombre se dirigió hacia el estrado. Tony cogió el mando a distancia y subió el volumen. Era Rami Murad, el hombre que estaba investigando.

«Quería comunicarles que tengo intención de abandonar mi cargo como presidente de Syriatel para dedicarme a labores benéficas y filantrópicas. Estamos atravesando un momento muy difícil en Siria y quiero alejarme de los negocios y el dinero para apoyar a nuestro país y nuestro pueblo...»

Tony volvió a recostarse en la silla. Aquello era muy extraño. ¿Rami Murad, primo del presidente Asad y uno de sus mejores amigos se desentendía de los negocios familiares? «Está mintiendo. ¿Qué se propone? Seguro que oculta algo. Ahora será más difícil enterarse de dónde proviene el dinero», pensó.

Siria, cerca de al-Bara, provincia de Idlib

Era medianoche y Yamal estaba al volante de una abollada y oxidada camioneta gris. Conducía con cuidado y sin luces por un accidentado camino de cabras que cruzaba un campo en busca de un lugar seguro por el que cruzar el río Orontes. Mika y él se dirigían a al-Bara, al pie de la cordillera Yabal al-Nusairiyah, que se alzaba paralela al Mediterráneo al oeste. De repente, una de las ruedas traseras entró en una profunda rodada del camino y se quedó atascada.

—*Haraam!* —maldijo Yamal quitándose de la boca el cigarrillo que estaba fumando. Se lo dio a Mika para poder poner las dos manos sobre el volante y pisar a fondo el acelerador.

Mika sostuvo el cigarrillo fuera de la ventanilla.

—No sé por qué fumas estas cosas —comentó mientras Yamal seguía jurando aferrado al volante con todas sus fuerzas.

—Tú también fumas —replicó Yamal.

—Puros, no esas malolientes tagarninas.

—¿Y qué diferencia hay? Los dos van a los pulmones.

—Yo no me trago el humo —aclaró Mika sonriendo. Yamal parecía cada vez más enfadado y golpeaba el volante.

—¡Por amor de Dios! —exclamó Yamal. Apagó el motor, salió de la camioneta y dejó la puerta abierta.

Mika se echó a reír, sacó un puro del bolsillo de la guerrera de camuflaje y lo encendió. Dio unas caladas, el ardiente anillo en el otro extremo tenía el color de un helado de naranja y el humo creó un velo azulado alrededor de su cabeza.

—¡Maldita sea! —oyó que gritaba Yamal, al tiempo que daba una patada al parachoques de la camioneta.

—¿Por qué no sales para ayudarme? —preguntó Yamal enfadado mientras intentaba sacar la rueda de la rodada.

Mika salió del vehículo y fue a la parte trasera para ver qué pasaba.

—Échame una mano, por favor —pidió Yamal con las manos bajo el guardabarros antes de soltar un fuerte gruñido cuando intentó levantar la camioneta.

—Vamos a probar de otra manera —propuso Mika mientras se agachaba y colocaba el hombro bajo el guardabarros—. Haz lo mismo en el otro lado —ordenó a Yamal indicando hacia el extremo inclinado de la camioneta, entre el camino y la rodada—. A la de tres, haz fuerza con las piernas y empuja con los hombros.

Las caras de los dos hombres, que gruñían por el esfuerzo, se crisparon cuando levantaron la camioneta.

—Otra vez —pidió Mika.

En el segundo intento la rueda cayó sobre el camino, mientras que la que estaba junto a Mika se quedó suspendida por encima del agujero.

—Voy a sujetar este lado y empujar —dijo Mika—. Entra en la camioneta y dirige el volante.

La camioneta se desatascó.

Cuando Mika se frotó las manos para librarse de la suciedad y el barro, la camioneta empezó a coger velocidad en la pendiente.

De pronto se oyeron disparos en el silencio de la noche.

—¡Mika! —gritó Yamal—. ¡Entra en la camioneta, hermano!

Unos enfurecidos perros avanzaban por el campo y se oyeron más disparos. Mika corrió para alcanzar la camioneta, se apoyó en la puerta abierta del copiloto y saltó al asiento.

Yamal giró la llave de contacto. El motor emitió un sonido lastimero, pero no se puso en marcha. Volvió a intentarlo. Los perros estaban más cerca y Mika distinguió unas figuras que daban saltos en la oscuridad.

—¿De dónde han salido? —preguntó mientras intentaba encender el motor.

—Debe de ser un nuevo control —contestó Mika. Cuando se volvió para buscar los binoculares que llevaba en la mochila que había dejado en el asiento de atrás se oyó el silbido de una bala que impactó en la parte superior del brazo de Yamal, lo atravesó y salió por la ventanilla abierta.

—*Haraam!* —gritó Yamal dolorido.

Mika se dio la vuelta rápidamente y puso las manos en la herida para contener la sangre.

—Aguanta, hermano.

La cara de Yamal se contrajo por el dolor.

—Mantén la vista en el camino —le ordenó Mika al tiempo que rasgaba una camiseta para obtener una ancha tira. Apartó la mano y colocó firmemente la tela alrededor del brazo de Yamal—. Por suerte no se ha quedado dentro.

—*Shukran*, hermano.

Se oyó otro disparo.

—Tenemos que salir de aquí.

—No sé dónde estamos —admitió Yamal—. Debo de haberme equivocado de salida en el camino de cabras.

—Si estamos cerca de algún bastión alauita, estamos perdidos.

—Eso era lo que intentaba evitar cuando tomé ese camino.

—¡Mira! —exclamó Mika indicando hacia una choza abandonada que sobresalía entre la espesura—. Vamos allí y te vendaré mejor el brazo.

Se oyeron más disparos. Esa vez no tan cercanos. Mika miró hacia el este con los binoculares.

—Hay un francotirador en el minarete. Es el que está disparando.

—Pues es muy bueno —comentó Yamal—. Deberíamos incorporarlo en nuestro equipo.

—Mira, hermano —dijo Mika—. Es mejor que me dejes aquí y sigas hasta al-Bara.

—¿Qué? —gritó Yamal—. ¿Estás loco?

—No —Mika cogió la mochila y la puso sobre sus piernas—. Si te paran, oficialmente todavía sigues en el Mujabarat. Me buscan a mí.

—Ya no estoy con ellos —protestó Yamal.

—Sí, pero no lo saben… todavía.

—Lo sabrán muy pronto. ¿Qué vas a hacer?

—Ir a al-Bara y poner en marcha Secutor.

Yamal inspiró hondo.

—¿Estás seguro?

—¿A qué te refieres con si estoy seguro? Por supuesto que lo estoy. ¿Qué te pasa? Asad nos obliga a jugar con sus reglas. No podemos dejar que mate a su pueblo y destruya el país. Tenemos que contraatacar.

—Sí, lo sé. Pero ¿cómo? ¿Y con qué?

—Asad creó el programa Secutor —le recordó—. Es una espada de dos filos.

—Y ahora la vamos a utilizar en su contra —concluyó Yamal mirando por la ventana.

—Así es —corroboró Mika asintiendo.

—Cuando me reclutaste para que entrara en el programa no imaginé que nos veríamos en esta situación —aseguró Yamal.

—Yo tampoco —confesó Mika.

—¿Quieres que luchemos contra nuestra gente?

Mika no contestó inmediatamente.

—Mira… si no quieres involucrarte, puedes irte.

—No es eso —replicó Yamal—. Solo quería asegurarme de que lo has pensado bien.

—No he pensado en otra cosa.

—Seamos realistas —propuso Yamal—. ¿De dónde vamos a sacar el dinero para conseguir armamento con el que enfrentarnos a Asad?

—De momento, pelearemos con sus propias armas.

—¿De qué estás hablando? No tenemos nada.

—Asaltaremos los arsenales del ejército. Sabemos dónde están y cómo entrar en ellos.

—¡Por el amor de Alá! ¿Te has vuelto loco?

—No —contestó con calma—. De hecho, quiero que organices un ataque a uno de los depósitos de munición cercano al aeropuerto militar de Hama. Di a los demás que hagan lo mismo en sus zonas.

—¡Estás loco! —explotó Yamal.

Mika hizo caso omiso de su arrebato.

—Empieza con eso y distribuye lo que consigas entre los hombres. No será mucho, pero siempre es mejor que no tener nada. Empezad a adiestrar a los que se unan a nuestra causa y haz correr la voz. Los que quieran aban-

donar el ejército han de saber que tienen sitio entre nosotros. Que Ahmed y Hassan organicen a los combatientes de sus zonas. Y si alguien que no esté en el ejército
quiere unirse, que lo haga, aunque habrá que adiestrarlos. Tú ve a Kansafra y haz lo mismo. De esa forma, al
menos podremos empezar a contraatacar en el noroeste,
hasta Hama y Homs.

Yamal asintió y dejó escapar un largo suspiro.

—Yo me ocuparé del resto.

—¿Dónde?

—Tengo una idea.

—¿Puedes compartirla? —pidió Yamal.

—No —Buscó su pistola en la mochila y la sacó—.
¿Tienes munición?

—No mucha —admitió Yamal.

—Guárdatela, ya conseguiré más. Estaremos en contacto —dijo Mika antes de que Yamal pudiera hacerle más
preguntas. Saltó por la puerta y rodó por el suelo para
amortiguar la caída.

La camioneta chirrió cuando Yamal pisó el freno y la
alta hierba ocultó las luces rojas. Mika le hizo un gesto
con la mano y se alejó rápidamente hacia el este, en dirección a la vía férrea.

El francotirador del minarete tenía el ojo pegado a la
mira telescópica que enfocaba los arbustos. Algo se movía.
Cerró los ojos para afinar la vista y volvió a mirar, pero no
vio nada.

«Debo de haberlo imaginado», pensó mientras cogía
una bolsa de pistachos.

De repente oyó un crujido a su espalda. Apartó la cara
del rifle y miró por encima del hombro. No había nadie.
Volvió a tumbarse y acomodó el rifle en el hombro. Volvió

a oír el mismo sonido. Se puso de pie y bajó con sigilo el estrecho pasillo que conducía al techo de la mezquita. Mantuvo el cuerpo pegado a la pared y miró hacia un pasaje abovedado. Frente a él se alzaba la cúpula de la mezquita y a unos cien metros distinguió la luz del puesto de control, una pequeña caseta de cemento de dos pisos. El techo estaba vacío. Estaba a punto de darse la vuelta cuando el ruido volvió a oírse. En ese momento sonó el *walkie-talkie*. Bajó rápidamente el volumen.

—¿Algún movimiento ahí fuera? —preguntó la voz del oficial al mando.

Aquel murmullo se oía cada vez más alto y cercano.

—¿Quién anda ahí?

Un par de palomas elevaron el vuelo.

El francotirador suspiró aliviado y apretó un botón en el *walkie-talkie*.

—Todo en calma —dijo en voz baja mientras levantaba un pulgar en dirección al puesto de control—. Solo estamos las palomas y yo.

—¿A quién has disparado antes?

—A un par de tipos en una Suzuki.

—¿Dónde han ido?

El francotirador sintió el cañón de un arma en la nuca. Intentó volverse, pero la persona que le encañonaba quitó el seguro del arma.

El francotirador se movió rápidamente para desarmar a la persona que se amparaba en las sombras, pero esta se anticipó y lo derribó.

El francotirador levantó las manos.

—¿Qué quieres?

—Tu munición y tu pistola —respondió una voz masculina.

El francotirador hizo ademán de coger el arma que llevaba en la cintura.

—Sácala lentamente y empújala con cuidado por el suelo —le ordenó—. Y la cartuchera.

—No dispares —suplicó el francotirador.

—¡Ali! ¡Ali! —llamó una voz entre las interferencias del *walkie-talkie*—. ¿Qué está pasando? ¡Ali!, ¡Ali!, responde —insistió la voz.

El hombre se acercó al francotirador, que estaba de rodillas con las manos detrás de la cabeza.

—No tengo nada en tu contra, hermano —dijo antes de recoger la pistola y las balas, y meterlas en la mochila.

Unas intensas y brillantes luces iluminaron la azotea.

—¡No se mueva! —ordenó una voz al otro lado de la azotea—. ¡No se mueva o dispararemos!

El francotirador miró al hombre y estudió sus rasgos hasta que lo reconoció.

—¡Es el general de brigada Hussein, señor! —gritó el hombre para que lo oyeran en el puesto de control. Se levantó e intentó golpear a Mika. Este esquivó el ataque y le apuntó con la pistola, pero el francotirador se metió en la pequeña habitación que había al final del pasillo. Mika no tenía tiempo de perseguirlo. Se dio la vuelta, saltó por el balcón y cayó al suelo.

—¡Ahí está! —gritó alguien.

—¡Cogedlo!

Se oyeron disparos y las balas pasaron peligrosamente cerca de Mika, que fue zigzagueando entre un grupo de plátanos, antes de desaparecer en la alta hierba que rodeaba la mezquita. Esperaba poder coger el tren de la mañana a Alepo.

Damasco, palacio presidencial, monte al-Mezzeh

—Por aquí, teniente general —indicó el edecán.

El joven abrió una pesada puerta de madera pintada

de blanco con molduras doradas y se apartó para que Abdel Fateh entrara en la sala de recepciones del palacio presidencial.

El teniente general hizo un gesto de agradecimiento con la cabeza.

—Informaré al general Asad de que le está esperando, señor.

—Gracias —dijo Abdel secamente.

Se preguntó por qué Maher Asad había convocado aquella reunión en el palacio presidencial y no en el cuartel general de la Guardia Republicana, en casa del presidente o en la suya.

Además de ser colegas, se conocían desde hacía muchos años, aunque él era mayor que Maher. Habían ido al mismo colegio, sus mujeres eran amigas y sus familias se veían a menudo.

Provenía de una importante familia suní de Damasco. Su padre se había afiliado siendo muy joven al partido Baaz, presidido por Hafez al-Asad en los años sesenta y rápidamente había entrado en la élite de la que se rodeaba el clan alauita gobernante para conservar el poder en un país en el que eran minoría.

Maher y él eran militares, comandantes de la Guardia Republicana. Maher estaba al mando de la IV División Acorazada del ejército que, junto con la policía secreta, a las órdenes de Abdel, formaban el núcleo de las fuerzas de seguridad de Siria. Los dos tenían línea directa con el presidente, con la única diferencia de que Maher era hermano de Bashar.

Maher solía ser puntual y en los últimos años no había dado muestras de que existiera ningún tipo de antagonismo entre ellos, por lo que le extrañó que no le hubiera recibido personalmente ni estuviera esperándole en aquella sala.

45

Inspiró profundamente y dejó la gorra en la antigua consola francesa redonda de madera que había en el centro. Consultó el reloj, Maher no llegaba demasiado tarde. Quizá solo estaba nervioso por la reunión y por la extraña forma en que se había convocado.

Miró a su alrededor. Era una habitación bonita. Las paredes lucían una combinación de paneles de color blanco crudo y verde salvia. Aparte de la consola, sobre la que colgaba una pesada y recargada araña de cristal, los únicos muebles que había en la habitación eran dos grandes sillones y un sofá con brocados, madera dorada y terciopelo verde aceituna oscuro. Las altas cristaleras estaban cubiertas con visillos blancos transparentes y las cortinas eran de color marfil con brocados dorados, recogidas con cordones de seda verde aceituna con borlas. En una de las paredes había un gran retrato del padre del presidente y otro del presidente y su esposa, y en las otras paredes, retratos de sus hermanos.

Abdel se volvió hacia las cristaleras. Puso las manos a la espalda y enderezó los hombros mientras miraba la ciudad que se extendía a lo lejos. El palacio presidencial se había construido en lo alto del monte al-Mezzeh, al norte del barrio al-Mezzeh, cerca del monte Qasiun, al oeste de Damasco, un lugar repleto de leyendas e historia.

En sus laderas había una cueva en la que se decía que había vivido Adán, en la que habían orado Abraham y Jesús, y en la que Caín había matado a Abel, por lo que se conocía como la cueva de la sangre. «Damasco… la ciudad habitada más antigua del mundo… ¿Qué va a ser de ti?», musitó Abdel al recordar las oleadas de violencia que se producían en las afueras de la ciudad.

Volvió a consultar el reloj. Maher llegaba tarde. Aquello no era normal. Deseó saber de qué iba a tratar la reunión, pero el edecán se había mostrado inusualmente reservado.

—¡Abdel! —Las puertas se abrieron y entró Maher, también uniformado. Era un hombre apuesto, de estatura media, musculoso y fornido. Su abundante pelo color ébano y su clara piel creaban un marcado, aunque atractivo contraste. Tenía los ojos oscuros y fríos, la nariz aquilina, la boca seria y lucía barba y bigote, cortos y negros.

Estrechó cordialmente la mano de Abdel y le besó tres veces en las mejillas.

—¿Qué tal estás, Abdel? Hace meses que no te veo. Desde que empezaron las protestas apenas hemos coincidido, aparte de en las reuniones informativas.

—Todos estamos ocupados.

—Bueno, eso se acabará pronto —dijo mientras lo guiaba a uno de los sillones—. Después podremos volver a llevar una vida normal. Por favor —pidió indicándole que se sentara—. ¿Té?

Abdel negó con la cabeza.

—Mika al-Hussein se te ha escapado dos veces —dijo Maher en cuanto se sentaron—. ¿Sabes dónde está? Acaban de decirme que va camino de Alepo a bordo de un tren —continuó antes de que su interlocutor pudiera contestar.

Abdel frunció el entrecejo. ¿Por qué se entrometía Maher en aquel asunto? ¿Qué pretendía? Mika era uno de sus agentes y estaba bajo su jurisdicción.

—Lo detendremos —aseguró Abdel.

—Quiero que te ocupes de él.

—Mika no es un traidor, Maher.

—Ya te lo dije, Mika puede movilizar a los disidentes y organizar una oposición armada contra mi familia.

—No cuenta con los medios necesarios —replicó Abdel.

—No seas ingenuo —dijo Maher antes de levantarse

47

y pasear de un lado a otro de la sala—. Es muy bueno y muy convincente. Puede convertirse en un líder, la gente lo seguirá.

—No tiene capacidad para competir con nosotros —aseguró Abdel cambiando de postura en el sillón.

—¿Te acuerdas de Secutor? —preguntó Maher.

—Por supuesto.

—Si no me falla la memoria, te opusiste a ese programa.

—No creí que traer combatientes de Al Qaeda, adiestrarlos aquí y enviarlos contra los americanos en Irak fuera una buena idea.

—Pero pusiste a Mika al mando.

—A pesar de lo que opinara personalmente del programa, tenía que poner a mi mejor hombre al frente. Los adiestró a la perfección, cuando atacaban, los americanos ni los veían llegar.

—Deja que te diga algo —pidió Maher—. He oído que Mika ha vuelto a poner en marcha ese programa.

Abdel no contestó inmediatamente.

—Así que pretende utilizarlo contra nosotros… Tenía razón… —Hizo una ligera pausa—. Te advertí de que Secutor se volvería en contra nuestra.

—No llegará muy lejos.

—¿Cómo va a organizarlo? —preguntó Abdel.

—Es muy hábil —contestó Maher—. Tiene amigos y cuenta con la lealtad de los integrantes de Secutor, lo que lo convierte en un enemigo peligroso. No podemos permitirle que deserte ni que se oponga públicamente a mi hermano. No dejaré que insulte o humille a mi familia.

—¿Qué sugieres que hagamos?

—Habrá que eliminarlo.

—¿Qué? —exclamó Abdel sobresaltado—. No puedes ir por ese camino. Es uno de los nuestros. Si empiezas con

Mika, ¿dónde acabará? —Maher se encogió de hombros—. ¿Has hablado con Bashar? ¿Sabe lo que vas a hacer?

—Mi hermano tiene en demasiada estima su relación con Mika. Además, confía en mí a la hora de tomar ese tipo de decisiones.

—¡Mientes! No has hablado con el presidente —lo acusó Abdel.

—Ojos que no ven… Si no lo ve ni sabe nada de él, no lo echará de menos.

—Eso es una estupidez y lo sabes —Maher arqueó las cejas—. Lo que sugieres es un error. Y no tienes autoridad para dar ese tipo de órdenes.

—Sí que la tengo —replicó Maher con un brillo de furia en los ojos—. Y estoy tan obligado a llevar este país por el buen camino como mi hermano.

—Los dos lo estamos —replicó Abdel—. Así lo dispuso su padre.

—Mika es un peligro para el régimen. No nos queda otro remedio que eliminar esa amenaza a la seguridad y estabilidad de Siria, como a esos yihadistas que enviamos a Irak.

—Y que adiestramos.

—Tal como he dicho, estamos obligados a eliminar todas las amenazas que pongan en peligro al país.

—Querrás decir eliminar las amenazas a la familia Asad —dijo Abdel en voz baja—. No me malinterpretes. Soy sirio hasta la médula y tan leal a Bashar y a su padre como lo fue el mío. Pero esto es un error y te repito que no tienes autoridad para…

—La tengo —lo contradijo Maher—. Bashar me ha puesto al mando de la Shabiha y la inteligencia militar.

—¿Cuándo?

—Hace unos minutos. Por eso he llegado tarde.

—¿Y qué significa eso?

—Que estás a mis órdenes —recalcó Maher con voz triunfante.

Abdel inspiró con fuerza y espiró el aire lentamente.

—Y qué le vas a decir a Bashar sobre Hussein.

—Podemos contarle que le ha matado un francotirador... que cumplía con su deber, por supuesto.

—¿Por qué no traemos a Mika y hablamos con él?

—No —contestó Maher sin vacilar—. Tenemos que quitarlo de en medio. Di a tus agentes que disparen a matar. Si no lo haces, enviaré a uno de mis hombres de la Shabiha. Y te aseguro que no fallará.

Abdel se levantó y cogió su gorra en silencio.

Al-Samra, Latakia

Un hombre observaba las transparentes aguas turquesa del Mediterráneo junto a un muro de piedra. Iba impecablemente vestido, con chaqueta azul marino, pantalones grises, el pelo alisado hacia atrás, la barba y bigote bien recortados y los ojos protegidos del sol por unas oscuras gafas de aviador con montura dorada. A pocos pasos había dos hombres fornidos vestidos de negro, con las piernas separadas y las manos juntas.

El hombre sacó un móvil de un bolsillo.

—¿Qué te ha parecido la rueda de prensa?

—La mar de convincente —respondió una voz masculina.

—Entonces, ¿cuáles son los siguientes pasos?

—Operaremos en secreto. Estoy creando empresas tapadera en las Caimanes, Luxemburgo, Liechtenstein y Andorra. Los americanos y los europeos no te encontrarán. Incluso estoy pensando en Nauru, y tengo a alguien trabajando en Bermudas.

—¿Estás seguro?

—Sí, claro.

—Tiene que parecer legal. No puede enterarse nadie.

—No te preocupes, Rami.

—Ha de hacerse a la perfección, quiero que Tony Habib me pierda la pista.

—¿Todavía anda detrás de ti?

—Por lo que me han dicho, sí. Ha estado investigando. No quiero dejar ningún rastro.

—Se topará con un callejón sin salida.

—¿Y si se acerca demasiado?

—Entonces tendremos que utilizar otra táctica.

—No te olvides de que tengo otro proyecto.

—¿Cuál?

—Ese asunto del general de brigada.

—¿Cuándo se hará?

—Pronto, ya te avisaré.

—Me encargaré de ello.

—*Shukran*. Recuerdos a Nayla.

Tren de Hiyaz

Mika se escondió entre unos arbustos junto a las vías férreas, cerca de un pueblo entre Hama y Alepo. Sabía que el tren de carga reduciría velocidad allí porque las vías se habían construido hacía más de cien años y el empinado terreno solo había permitido colocar una vía estrecha. Oyó que se acercaba antes de ver sus oxidados vagones rojos y blancos enganchados a una locomotora marrón oscuro aún más antigua, que debía de tener más de cincuenta años. Tal como esperaba, empezó a frenar en aquel tramo recto de vía mientras el maquinista se preparaba para acometer la colina que tenía delante.

Cuando iba a salir de los arbustos, un par de todoterrenos oscuros aparecieron a toda velocidad por detrás

51

del tren y se dirigieron hacia la locomotora. Se agachó rápidamente. «¡Mierda!», pensó. Uno de los coches aceleró, giró hacia la izquierda para subirse a las vías y se detuvo en medio. Bajaron cuatro hombres corpulentos. Llevaban pantalones de camuflaje del ejército, botas negras y camisetas negras o grises de manga corta. Todos se habían afeitado la cabeza, pero tenían pobladas barbas y bigotes. Se tapaban los ojos con gafas de sol y llevaban tatuajes en sus musculosos brazos. Apuntaron con las metralletas hacia el maquinista, que frenó inmediatamente y detuvo el tren.

Un quinto hombre, vestido exactamente igual que sus compañeros, salió del todoterreno y fue hacia la locomotora al tiempo que hacía una señal a los demás para que subieran al tren y lo registraran.

No pertenecían ni al ejército ni a la inteligencia militar. Era la Shabiha, la mafia personal de la familia Asad. Mika se agachó aún más. En cuanto se dieran cuenta de que no estaba dentro, saldrían a buscarlo. No había muchos sitios en los que esconderse. El terreno era seco y la vegetación escasa. Tenía que pensar con rapidez. Solo tenía dos opciones: subir al tren sin que se dieran cuenta o que le pegaran un tiro.

Los matones de la Shabiha volvieron hacia la locomotora.

—No está aquí —dijo uno de ellos al líder. Este vigilaba al maquinista, que estaba de rodillas con las manos sobre la cabeza—. Hemos mirado por todas partes.

—Tiene que estar —El líder encendió un cigarrillo y empezó a dar vueltas alrededor del maquinista antes de volverse hacia él.

—¿Dónde llevas la mercancía de contrabando?

—¿Qué...? —tartamudeó el maquinista—. No llevo nada ilegal. Tengo los papeles...

—¡Venga ya! Todos los trenes tienen un compartimento en el que el conductor esconde lo que no debería ser transportado.

—Este no —aseguró el maquinista—. Solo hay cuatro vagones y los cuatro son legales.

El líder entrecerró los ojos y sopesó lo que acababa de oír.

—Tiene razón, jefe —intervino otro de los hombres—. Lo hemos comprobado.

—¡Cállate! ¿Te he preguntado algo?

El líder se volvió hacia el maquinista.

—¿Dónde está? —gruñó.

El hombre no se atrevió a levantar la cabeza.

—¿Quién? —balbució.

—¿Dónde has parado?

El hombre estaba aterrorizado.

—¡Contesta! —gritó el líder antes de golpearle en la cara con el revés de la mano.

El hombre cayó al polvoriento suelo.

—Yo... yo... —dijo con voz entrecortada.

—No voy a preguntártelo otra vez. —El líder se inclinó y le apretó una mejilla.

—En... Hama. El último vagón lo han enganchado allí —farfulló el hombre, con la cara en el polvo y los labios apretados.

—Entonces debe de haber subido en Hama —sugirió uno de los hombres.

—Si hubiera subido allí, seguiría en el puto tren, ¡imbécil! —le espetó el líder.

—Entonces habrá bajado —apuntó el hombre.

—No —dijo el líder mirando a su alrededor. Mika se agachó aún más—. Está por aquí. ¡Desplegaos! —ordenó—. Y estad atentos, Hussein no se dejará capturar fácilmente. Siempre tiene algún truco preparado.

53

—Pero no tiene una de estas —intervino otro de los matones levantando la ametralladora.

El líder meneó la cabeza.

—Son idiotas, todos.

—¿Puedo irme? —preguntó el maquinista.

El líder lo miró en silencio un momento y, sin previo aviso, le abofeteó.

—¿Tú también eres idiota?

Mika se deslizó sobre el estómago por detrás del líder. El maquinista estaba de rodillas y aturdido por el golpe que acababa de recibir. Tenía que correr el riesgo de que lo viera y diera la voz de alarma. Se puso de pie y corrió hasta el vagón más cercano, abrió el lateral y entró rápidamente.

Minutos más tarde oyó:

—Hussein no está aquí. Vamos a Alepo. Lo atraparemos allí.

El tren empezó a moverse.

Al anochecer, cuando empezó a frenar a las afueras de Alepo, Mika saltó.

Damasco, casco antiguo
Cuartel general del Mujabarat, zoco al-Hamidiyeh

Kamal Talas bajó de un todoterreno negro en la calle al-Thawra y atravesó un arco de ladrillo rojo y blanco por el que se entraba a la antigua ciudad amurallada de Damasco. Se dirigía al zoco al-Hamidiyeh.

Kamal poseía la constitución de un boxeador, era alto, ancho y fuerte. Tenía la tez pálida, ojos verdes y la nariz torcida; no había cumplido treinta años cuando se la rompieron. Le gustaba llevar el pelo, castaño claro, muy corto, tipo marine y, al igual que la mayoría de los hombres de su país, lucía barba y bigote, también recortados. Era un excelente tirador, su padre le había enseñado a disparar cuando era niño.

Assef Talas, el padre de Kamal, era un importante hombre de negocios suní y, al igual que la familia de Abdel Fateh y la mayoría de la élite suní, había apoyado al padre del presidente. A Kamal se le había educado para que siguiera los pasos de su padre y se encargara del negocio familiar. Pero cuando tenía dieciocho años, Assef murió de un ataque al corazón en París. Hafez Asad decidió que Kamal debía entrar en el ejército y entregó el negocio de Assef a su primo Hafez Murad. Kamal se enfureció, pero su madre insistió en que debían su prestigio y estatus al presidente y debían aceptar sus decisiones. Kamal aceptó a regañadientes, pero nunca olvidó que los Murad se habían quedado con la fortuna de su familia.

Le fue bien en el ejército y tras el campamento de entrenamiento se incorporó a las fuerzas aéreas, donde conoció y se hizo amigo de Mika. Habían mantenido esa amistad incluso después de entrar en el Mujabarat... hasta hacía poco.

Kamal, que vestía pantalones de *sport* y camisa de manga corta, se mezcló con la gente que deambulaba por las estrechas calles de aquel bazar y se dirigió a Bakdash, una heladería fundada en 1885, famosa por su cremoso *buza*, un helado preparado con espesa leche de oveja caramelizada.

Compró uno y lo llevó en la mano hasta que llegó a la tienda de dulces y especias que había un poco más adelante. Un anciano desdentado, sentado con las piernas cruzadas sobre un cojín, cuidaba de la mercancía y espantaba las moscas del pimentón picante de Alepo y las coloridas almendras garrapiñadas con una hoja de palmera. Kamal le hizo un gesto con la cabeza y desapareció detrás de la tela que tapaba la parte trasera. Avanzó por un estrecho y serpenteante túnel a oscuras que parecía la madriguera de un conejo y tuvo que agacharse en los tramos en los que el techo era demasiado bajo, hasta que llegó a un arco con forma de herradura en el que había una gruesa puerta de madera. Se inclinó hacia un tablero negro en el que parpadeaba una luz roja y dijo su nombre en voz baja. Segundos más tarde la puerta se abrió y entró en una iluminada sala subterránea en la que había una actividad frenética.

Vio dos largas mesas con seis ordenadores en cada una, atendidos por jóvenes oficiales del servicio de inteligencia que tecleaban y hablaban febrilmente por el micrófono de los auriculares. Frente a ellos había dos grandes pantallas de televisión, una con la imagen de Mika Hussein en la azotea de la mezquita mirando directamente a la cámara y la otra en blanco.

Ibrahim Yusuf estaba al final de una de las mesas, miraba por encima del hombro de uno de los jóvenes y escuchaba atentamente lo que decía. No era alto, medía uno cincuenta y cinco, era fornido y ligeramente rechoncho. Mantenía a raya su ondulado pelo castaño oscuro con una desmesurada cantidad de brillantina. Tenía pobladas cejas negras que hacían juego con un bigote y barba igual de espesos, de los que estaba muy orgulloso. El bigote parecía tener vida propia y se movía arriba y abajo, normalmente acompañado por un brillo especial en sus cálidos y oscuros ojos. Había entrado en el ejército cuando era muy joven y había ascendido más por su cerebro que por sus músculos o valor.

—¡Kamal! —exclamó mientras iba a saludar a su colega—. Gracias por venir. Su ayuda nos va a venir muy bien. Conoce a Mika mejor que nadie.

—Muy bien, manos a la obra —dijo Kamal mirando uno por uno a los oficiales—. Pónganme al día. ¿Qué tenemos de momento?

—Esa imagen es de un puesto de control a pocos kilómetros de al-Bara —le informó uno de los jóvenes—. Según el capitán al mando, atacó al francotirador del minarete y le quitó la pistola y la munición.

—¿Y después?

—Creemos que subió a un tren en dirección a Alepo.

—¿Cuándo?

—Ayer. Hay tres trenes que hacen la ruta Hama-Alepo, dos de pasajeros y uno de carga. Los tres aminoran velocidad en este punto —explicó mientras indicaba hacia una pendiente en la pantalla—. Creemos que fue allí donde subió.

—Muy bien. Así que está en Alepo —dijo Kamal aliviado—. No le pierdan de vista y envíen un equipo a capturarlo.

Los oficiales miraron a Kamal avergonzados.

—¿Por qué me miran? —preguntó antes de volverse hacia Ibrahim—. ¿Qué ha pasado?

—¿Lo han perdido?

Ibrahim esquivó su mirada.

—¿Dónde está Hussein ahora?

—No lo sabemos, señor.

—Nos lleva quince horas de ventaja —calculó Kamal elevando la voz y mirando su reloj—. No saben lo bueno y rápido que es ese hombre.

Inspiró con fuerza y dejó salir el aire lentamente.

—Enséñenme todo lo que tengan.

Los oficiales empezaron a teclear y aparecieron grupos de cuatro imágenes en las pantallas.

—¿Qué se encontró en la casa de al-Rastan?

—Se registró completamente, pero no había gran cosa, señor, solo algunas fotografías antiguas de su familia. Son las que aparecen en la pantalla, señor.

Kamal levantó la vista y vio un *collage* de imágenes de

Mika cuando era joven con sus padres, otra cuando era recluta en aviación, algunas con Bashar y Basel, y una reciente, estrechándole la mano al presidente. También había otra en la que aparecía con una joven de pelo castaño oscuro y ojos color avellana, y otra con esa misma mujer y otro hombre.

—¿Quién es?

—No lo sabemos —contestó Ibrahim.

—¿Y el otro hombre?

Ibrahim negó con la cabeza.

—Es difícil saberlo.

—¿Dónde están? —preguntó Kamal mientras se acercaba a la pantalla para ver mejor la imagen.

—Parece Beirut a principios de los años ochenta. Seguramente es de cuando era estudiante. Estuvo en el Lycée Français.

—Sigan buscando a Hussein, caballeros. Tenemos que encontrarlo antes de que lo haga la Shabiha, o ya podemos darlo por muerto. Esos cabrones no hacen caso a nadie.

—¿Y si cruza la frontera turca, señor?

—Entonces tendremos que ir allí y traerlo de vuelta.

Proximidades de la frontera entre Siria y Turquía

Mika avanzó rápida y confiadamente por las calles de al-Dana, un pequeño pueblo a unos cuarenta kilómetros al oeste de Alepo, cercano a la frontera turca. La plaza estaba llena de gente que hacía la compra diaria en las tiendas y puestos que habían instalado los campesinos. Las protestas de los enfadados niños que iban de la mano de sus madres se mezclaban con los gritos de los vendedores de fruta y verdura que intentaban atraer clientes.

Había policías, pero ninguno le prestó atención. Mantuvo la cabeza baja y se dirigió hacia las afueras del pueblo, en dirección al sinuoso camino que atravesaba pequeños pueblos y campos de aceitunas y pistachos, y acababa en el paso fronterizo de Bab al-Hawa, al que esperaba llegar después de la puesta de sol. No estaba lejos. Llevaba la mochila a la espalda y las manos en los bolsillos. Cojeaba ligeramente, pues se había torcido el tobillo al saltar del tren.

Estaba a punto de doblar una esquina cuando oyó una voz que provenía de un *walkie-talkie*.

«Comunicado a todos los agentes. Se ha emitido una orden de busca y captura del general de brigada Mika al-Hussein. Es preciso detenerlo. No se debe abrir fuego. Repito, no abran fuego, solo hay que arrestarlo y llevarlo a una comisaría.»

Mika paró en seco y se pegó a la pared. Se fijó en su uniforme, tenía que quitárselo inmediatamente. Miró a su alrededor y vio una tienda de ropa al otro lado de la plaza. Estaba cruzando la calle cuando de repente aparecieron dos Humvees que levantaron una nube de polvo y frenaron a menos de cien metros de él. *Ya haraam!* Era la Shabiha otra vez.

No le quedó otro remedio que echar a correr.

—Ahí está —indicó uno de ellos—. ¡Fuego! ¡Fuego!

Los disparos de ametralladora y pistola provocaron el caos, se oyeron gritos y todo el mundo corrió para ponerse a cubierto.

Mika aprovechó el amparo que le proporcionaba la nube de polvo dorado que se había levantado para cruzar la plaza a toda velocidad en dirección al laberinto de callejuelas que había detrás de las tiendas. No tenía mucho tiempo. Era probable que la Shabiha hubiera rodeado el pueblo y enviado francotiradores a las azoteas.

Cuando saltó por encima de un muro para tomar un atajo, una bala le alcanzó en el hombro izquierdo. Una mancha oscura de sangre empapó la camiseta verde. Soltó un juramento y se colocó uno de los anchos tirantes de la mochila sobre la herida para intentar contener la sangre.

Siguió corriendo y se alejó del tumulto. Zigzagueó por calles en las que reinaba un escalofriante silencio. Estaba cerca de las afueras. Las toscamente encaladas casas estaban cada vez más aisladas; se oían los balidos y cencerros de unas cabras que intentaban alcanzar las verdes hojas de los limoneros cercanos a una colina.

De repente, la bala alojada en el hombro se movió y rasgó un músculo. Cayó de rodillas por el dolor y se llevó una mano a la herida para intentar aliviar aquel suplicio. Pero no podía detenerse. Oyó las voces de los hombres que le perseguían. No estaban muy lejos. Por suerte, por lo que decían, seguían intentando orientarse en el laberinto del que acababa de salir. No tenía tiempo y necesitaba alcohol y vendas para el hombro.

A su derecha, unas casas más allá, había una oxidada verja a punto de desencajarse de los goznes. En un saliente sobre la puerta del edificio había un desvencijado cartel que rezaba: «Dr. Akkad, médico y farmacéutico», en francés y «Doctor/Hakim» en árabe.

Llamó con los nudillos. La puerta estaba abierta y entró. No había nadie. Unos ajados sillones tumbados de lado hacían de parapeto en el suelo de piedra, una gruesa capa de polvo cubría la mesa y habían tapado los sofás con sábanas. Asomó la cabeza por varias puertas mientras buscaba el consultorio. Lo encontró al fondo del pasillo. Todo estaba patas arriba y las vitrinas en las que se guardaban los medicamentos estaban rotas o hechas añicos. Pensó momentáneamente qué podía haber pasado allí, pero le dolía demasiado el hombro y sangraba cada vez más. Tenía que contener la herida o no llegaría a la frontera. Dejó la mochila en el suelo y buscó en las destrozadas vitrinas.

Cogió un par de cremas, unos frascos y unos paquetes con la cara crispada por el dolor.

Fue al baño. En una bandeja de acero inoxidable había algunos instrumentos médicos: un estetoscopio, unas pinzas, agujas e hilo de sutura y un par de fórceps de distinto tamaño.

Abrió el grifo del agua caliente de la fregadera y cayeron unas gotas. Cortó la camiseta. Se miró en el pequeño espejo que había sobre el fregadero, limpió la herida y sin esperar a que se desvaneciera el escozor del alcohol, la abrió y buscó la bala en su interior, mientras respiraba hondamente y gruñía para controlar el dolor. La sacó, la tiró al fregadero y se apoyó en él unos minutos para calmar la respiración.

Tenía el rostro cubierto de sudor y le brillaba la piel. Resopló varias veces antes de echarse agua fría en la cara.

—Tiene que estar por aquí —dijo una voz—. Registrad las casas vacías.

Volvió a limpiar rápidamente la herida. Cuando estaba a punto de vendarla, oyó a su espalda:

—¡No te muevas!

Se quedó quieto.

—Dame la pistola —exigió el hombre mientras se acercaba lentamente, apuntándole con las dos manos.

—No la llevo encima.

—¿Dónde está?

—En la mochila.

—¡Dámela!

—Tendrás que venir y cogerla tú —respondió intentando no gemir por el dolor que le causaba la herida abierta.

—¡Cierra el pico y dame la pistola!

Mika se agachó para abrir la mochila, que estaba junto al fregadero.

—¡No te muevas!

—Entonces tendrás que cogerla tú.

—¿Crees que soy idiota? —dijo con desdén—. Empuja la mochila hacia mí.

Mika obedeció.

El hombre se arrodilló sin dejar de mirar a la pistola y a Mika, y buscó en la mochila hasta que encontró el arma. Quitó el seguro, sacó las balas y se las metió en el bolsillo.

—¿Dónde estás, Jaled? —preguntó una voz en el *walkie-talkie* que llevaba en el cinturón.

Mika aprovechó el segundo en que el hombre perdió la concentración para saltar sobre él como una pantera, desarmarlo y dejarlo inconsciente con un rápido golpe en la nuca.

—Volvemos a la plaza, Jaled —continuó la voz del *walkie-talkie*.

—*Tayeb* —dijo Mika apretando un botón.

—¿Qué demonios estás haciendo?

—Tenía que mear —explicó Mika apretando los labios sobre el transmisor para que su voz sonara distorsionada.

Se oyeron unas risas entrecortadas y empezó a vendarse tan rápido como pudo. Después metió vendas, una pomada, alcohol y todo lo necesario para hacer curas en la mochila. Sacó la única camiseta que tenía y se la puso. Salió y, tras cerciorarse cautelosamente de que no había ninguno de los compinches de Jaled cerca, echó a correr por el camino de la parte trasera de la casa y desapareció entre los huertos que rodeaban al-Dana.

Centro de Damasco, cuartel general del Mujabarat

—Teniente general Fateh —saludó Kamal a su jefe poniéndose de pie.

El teniente general devolvió el saludo y se sentó al lado de la pequeña mesa redonda que había en la sala de reuniones contigua a su oficina.

—¿Qué tal está, Kamal?

—*Hamdellah*, general, gracias.

—¿Le apetece un café?

—No, gracias, señor.

—Bueno, entonces vayamos al grano —sugirió Fateh.

Kamal apretó un botón de un mando a distancia y apareció una imagen en una pantalla. La agrandó.

—Hussein —dijo Fateh en voz baja al reconocerlo—. ¿Dónde se ha tomado la imagen?

—En Bab Al-Hawa —le informó Kamal—. Ha cruzado la frontera esta mañana a eso de las ocho.

—Ha ido a Estambul a movilizar las unidades estacionadas allí.

—Sí, señor.

—Recuerde que lo quiero vivo, no muerto —dijo Fateh.

—Sí, señor.

Fateh juntó las manos encima de la mesa.

—Dejar que Mika se escapara ha sido un gran error por nuestra parte.

—Lo sé, señor.

—¿Qué sabemos de la bomba que estalló en nuestras oficinas? ¿Fue Hussein o alguno de los suyos?

Kamal negó con la cabeza.

—Quienquiera que fuera quería que pareciera que había sido Mika, pero no creo que lo hiciera él.

—¿Quién cree que lo hizo? —preguntó Fateh.

—Encontramos un trozo de matrícula de la moto.

—¿Y?

—Por lo que hemos averiguado, pertenecía a Mohammad al-Golani.

63

Golani había nacido en Siria, pero se había marchado a Irak en el 2003 para entrar en Al Qaeda. Se le arrestó y pasó un tiempo en un campo de prisioneros estadounidense en Bucca. Cuando Mika y su equipo liberaron el campo, reclutó a Golani y lo trajo a Siria para adiestrarlo antes de enviarlo de vuelta a Irak. Era uno de los hombres de Secutor.

—¿Tiene contacto Golani con Abu Bakr al-Bagdadi en Bucca?

—Eso creemos, señor.

—¿Dónde está Golani ahora?

—En Siria. He oído decir que ha organizado una brigada llamada «Yabhat al-Nusra».

—¿Tiene alguna relación con Al Qaeda?

—Posiblemente, pero no se sabe nada con seguridad todavía.

64 —Gracias, Kamal. Siga buscando a Hussein. Quiero que lo traiga vivo.

—Por supuesto, señor.

Estados Unidos, Langley, Virginia
Cuartel general de la CIA

Joe Sutherland entró en el extenso y blanco complejo a las afueras de Washington que albergaba el servicio de inteligencia en el extranjero del Gobierno de los Estados Unidos.

—Hola, Frank —saludó al anciano guardia que estaba sentado detrás de un escritorio mientras le enseñaba su identificación.

—Hola, señor Sutherland. Me alegro de verlo de nuevo por aquí.

—Gracias, aunque no estaré mucho tiempo. Tengo que volver a Turquía.

—A mí también me gustaría ir a Turquía algún día.

—Pues más vale que te des prisa —le recomendó dejando el maletín en la cinta de los rayos X—. No sé cuánto tiempo aguantaré allí.

—¿Por qué? Me han dicho que es un sitio muy bonito, y que las mujeres también lo son.

—No hay nada como estar en casa, Frank.

—Supongo. Pase señor —le indicó para que atravesara el detector de metales.

—Nos vemos.

Joe Sutherland tenía casi sesenta años. No era muy alto y sus cortas piernas, desproporcionadas con el torso, le hacían parecer más bajo. Tenía los ojos azules detrás de unas gafas de gruesa montura, nariz pequeña, labios finos y pelo castaño claro, que empezaba a encanecer. Su blanca piel no soportaba bien el sol, por lo que resultaba irónico que lo hubieran destinado a Oriente Próximo.

65

No estaba casado, aunque estuvo a punto de pasar por al altar en una ocasión, pero Libby había decidido en el último minuto que no quería vivir en Libia. Era curioso, Libby en Libia podría haberse interpretado con picardía. A pesar de que al principio se sintió dolido, la dejó ir con gran gentileza. Más tarde se enteró de que había mantenido una aventura con uno de sus amigos al mismo tiempo. Así que, al final, todo había salido bien.

Desde entonces se había mostrado reacio al matrimonio, aunque tampoco es que las mujeres se arrojaran a sus pies. Socialmente era un tanto torpe, cuando estaba sobrio se mostraba tímido, pero después de unas copas, su torpeza se convertía en un flirteo descarado que espantaba a las destinatarias de sus galanteos. Por eso tenía que recurrir a los burdeles cuando quería desahogarse.

Recogió el maletín y se dirigió a los ascensores. Deseaba que todos aquellos disturbios en Oriente Próximo acabaran pronto. Su vida había sido un infierno desde que habían detenido a aquellos chicos en Daraa en marzo y la situación en Siria había empeorado. Nunca había querido ir a Turquía. Lo único que deseaba era acabar su carrera en alguna oficina de Langley y jubilarse en Florida. En vez de eso, le habían asignado supervisar una zona muy compleja junto a un exmarine que creía ser James Bond.

Miró las puertas del ascensor mientras subía lentamente hacia la séptima planta. Se fijó en la imagen que reflejaba el latón, se sacudió una manga del poco apropiado traje gris de verano y aflojó ligeramente el nudo de la corbata azul con dibujos. Las puertas se abrieron en lo que parecía un antiguo club inglés de caballeros, con paneles de roble en las paredes, retratos de antiguos directores de la CIA en marcos dorados perfectamente iluminados, lujosa moqueta, gente que hablaba en susurros con carpetas de papel manila en las que se veía la palabra «Clasificado» en grandes letras rojas y muchos camareros con chaquetillas y guantes blancos en el comedor.

Fue hacia la oficina del director y entró. Al otro lado de la puerta había dos mujeres sentadas detrás de dos escritorios colocados frente a frente.

—¡Joe! —exclamó antes de levantarse la que estaba al fondo, cerca de la puerta de la oficina interior.

—¡Milly! —saludó Joe mientras se acercaba para darle un fuerte abrazo.

—¿Qué tal estás? Es un placer volver a verte por aquí. ¿Cuándo has llegado? —preguntó Mildred Potter, una antigua agente que había sido secretaria de todos los directores de la CIA desde hacía veinticinco años. Vestía una falda de lino con vuelo color melocotón, cinturón y una camisa blanca. Al igual que muchas mujeres pelirrojas, tenía la piel muy blanca, y llevaba unas gafas de ojos de gato que medio ocultaban sus ojos verdeazulados.

—Hace un par de días.

—Tienes buen aspecto. No tardará nada, está hablando por teléfono con el presidente —añadió indicando con la cabeza hacia la puerta.

—¡Joe! —La puerta se abrió y salió un hombre alto de pelo gris vestido con un traje negro, corbata granate y una insignia con la bandera de Estados Unidos en la solapa, que le dio un abrazo antes de estrecharle la mano afectuosamente—. ¿Qué tal estás? Me alegro de verte por aquí.

—Seguro que no tanto como yo —contestó Joe con poca delicadeza.

—Entra, vamos a tomar un café y a hablar de los viejos tiempos.

El general Richard White, director de la CIA desde hacía poco tiempo, era un militar retirado y muy condecorado que se había ganado los galones durante los treinta y siete años que había pertenecido al ejército. Antes de entrar en la CIA estuvo al mando de las fuerzas estadounidenses en Afganistán y había supervisado la retirada de las tropas en Irak. Era un hombre muy competente, inteligente y extremadamente leal, además de carismático y guapo. Llevaba el pelo rubio oscuro bien cuidado y corto, aunque no tanto como cuando estaba en el ejército. Tenía unos ojos azules que brillaban con picardía y una sincera y auténtica sonrisa que encandilaba no solo a las mujeres, sino también a los hombres. Era alto y fuerte, y estaba en excelente forma a pesar de tener la misma edad que Joe.

—Milly, no me pases ninguna llamada, por favor —pidió White antes de coger a Joe por el brazo y hacerle entrar.

La oficina tenía los mismos paneles que el resto de esa planta y era silenciosa y apacible. El gran escritorio doble de caoba estaba orientado hacia una ventana saprovediza que daba a un bosque. En la entrada, a la derecha, había una pequeña zona para sentarse con un sofá, dos sillones y una mesita en medio, y enfrente, una mesa redonda de reuniones y cuatro pantallas de televisión en la pared de detrás, que mostraban imágenes sin sonido de la CNN, BBC, Al-Yazira y la televisión rusa.

—Siéntate —le invitó, indicando el sofá—. ¿Te apetece un café? —preguntó mientras se servía una taza.

—Sí, sin leche, por favor.

—Ahora, hablemos —dijo el director, dejando la taza en la mesita antes de sentarse en un sillón frente a Joe y cruzar las piernas.

—Imagino que ha leído mis informes —empezó a decir Joe.

—Sí, claro —Richard White asintió.

—Entonces sabrá que la zona está a punto de estallar.

—El Levante, sí. Pero hablemos antes del norte de África. De Egipto, por ejemplo.

—De momento, la situación es controlable. El ejército está en el poder, aunque esperemos que solo sea temporalmente. Dicen que así será, pero nunca se sabe. Se dice que habrá elecciones, lo que está bien.

—¿Quién crees que tiene más posibilidades?

—La Hermandad Musulmana, director. Un compañero llamado Mohammad Morsi, que escapó de una prisión a principios de este año, es su principal líder. Es el presidente del Partido de la Libertad y la Justicia creado por la hermandad.

—¿Religioso?

—No creo, pero nunca se sabe lo que hacen a puerta cerrada.

—¿Y no es eso a lo que nos dedicamos? ¿A oír lo que se dice a escondidas?

—Esperemos a ver qué pasa en las elecciones, señor.

—¿Cuándo piensas que se celebrarán?

—Dentro de seis u ocho meses, señor.

—¿Quién crees que se opondrá a la hermandad?

—Ahmed Shafik.

—¿El último primer ministro de Mubarak? —Joe asintió—. Mantente al tanto. No podemos perder Egipto. Es demasiado importante en esa región.

—Sí, señor.

—Sigamos. ¿Qué demonios está pasando en Siria?

—Es un puto caos, y perdone que utilice esa palabra, director.

—¿Qué pasa?

—La situación está empeorando. Asad está loco. Está asesinando a su pueblo. El Gobierno vuelve a utilizar la represión para mantenerse en el poder.

—Como su padre —dijo el director—. Hemos de andarnos con cuidado. Cuenta con el apoyo de los rusos... y posiblemente con el de los chinos.

—Y los iraníes, señor.

—¿Cómo he podido olvidarme de ellos? —comentó Richard White poniendo los ojos en blanco.

—Por supuesto, creen que estamos detrás de esas protestas para arrebatarle el poder a Asad —continuó Joe.

—E imagino que la visita de nuestro embajador a Hama en julio solo consiguió avivar las llamas.

—Así es. El ministro de Asuntos Exteriores llegó a decir que el embajador Ford había ido sin permiso, lo que constituía una prueba fehaciente de que Estados Unidos estaba intentando minar la seguridad y estabilidad de Siria.

—¡Por el amor de Dios! Y el que Asad asesine a su pueblo y lo deje a merced del ejército sirio y los matones de la Shabiha no mina la estabilidad de Siria... Está loco.

—Sí, pero le resulta mucho más fácil utilizarnos.

—¿Qué opinas de la situación? —preguntó Richard después de que hicieran una pausa para tomar un sorbo de café.

—Que está cayendo en picado —contestó Joe—. Si continúa esa violenta campaña, el pueblo se alzará en armas. No les quedará más remedio que defenderse a ellos mismos y a sus familias.

El director asintió.

—¿Se producirá una guerra civil?

—Quizá, lo que podría ser un desastre en una región altamente inestable. Todo el mundo parece estar preparándose para ella.

—Así que solo es cuestión de tiempo…

Joe asintió.

—La élite de Damasco y Alepo juega con dos barajas, pero en cuanto vean que el Gobierno se derrumba, se producirá el caos. Y aún hay otra cuestión. Los oficiales sirios creen que los islamistas están incitando a los manifestantes con nuestro apoyo y que los extremistas sunitas se inclinan por una división sectaria y están secuestrando ese movimiento.

—Así que, hagamos lo que hagamos, seguiremos siendo los malos —White inspiró con fuerza y dejó escapar el aire lentamente—. Imagino que es imposible que te lo hayas inventado todo.

—Director, he recibido un correo electrónico de Adam —confesó Joe.

—Adam es un buen tipo. Me ayudó mucho en Bagdad. Conoce la zona como la palma de su mano.

—Oyó una conversación sobre algo llamado Secutor.

—¿Secutor?

—Fue una operación altamente secreta respaldada por Irán.

—¿De qué se trataba?

—Nunca conseguimos llegar al fondo de ese asunto.

—¿Tenía relación con Al Qaeda?

—Creemos que sí. Hace un par de días, Adam oyó la palabra Secutor en una conversación en el noroeste de Siria. Decía que se estaba poniendo en marcha la operación Secutor.

—Así que la han recuperado.

—Seguramente.

—¿Puedes enterarte de qué se trata?

—Adam ya está en ello.

—Bueno, sigamos… ¿Qué más?

—Algo en esa conversación me hizo pensar que hay un general de brigada sirio que se ha alejado de la postura del ejército.

—¿Cómo se llama?

—Mikal al-Hussein, formaba parte de la élite de la Guardia Republicana de Asad.

—¿Está en ese Secutor?

—Posiblemente.

—Cuando dices que se ha alejado, ¿a qué te refieres?

—Creemos que se ha alejado de Asad —explicó Joe con cierta reserva.

—¿Y en qué nos concierne?

—Qué le parece si intentamos hablar con él —sugirió Joe—. En un momento u otro tendremos que implicarnos.

—Sería dar palos de ciego. Además, el presidente le ha pedido a Asad que dimita y hemos impuesto sanciones. No creo que se pueda hacer más. Es una situación muy engorrosa.

—Por lo que he oído, defiende una solución política en Siria y lo ha expresado abiertamente. Sabemos que estuvo bajo arresto domiciliario, pero escapó —El director alzó las cejas y se encogió de hombros—. Es muy popular en el ejército y proviene de una familia de Damasco muy bien relacionada.

—¿Qué propones?

—Podría ser una alternativa viable a Asad y una buena apuesta para nosotros.

—¿Dónde está ahora?

—En Siria o de camino a Turquía, es difícil saberlo. Aunque me inclino a pensar que ha ido a Turquía.

—Habla con él y entérate de lo que quiere —le indicó el director—. Pero no te prometo nada.

Nueva York, New York Guardian

Bill Kahn, el corpulento y arisco editor de la sección internacional del *New York Guardian* estaba en la puerta de su pequeña e insulsa oficina de cristal.

—¿Ha visto alguien a Habib? —preguntó al grupo de periodistas, ayudantes y documentalistas que estaban fuera.

Solo un par de ellos negó con la cabeza o se encogió de hombros. El resto continuó mirando su pantalla de ordenador.

—¿Dónde narices se habrá metido? —murmuró para sus adentros—. Son casi las nueve.

Avanzó por el pasillo en dirección a la sala de descanso, en la que encontró a Tony Habib sirviéndose un café en una gran taza.

—¿Sabes qué hora es? —preguntó, y su voz llenó todos los rincones de aquella habitación, en la que solo había una máquina de café y un frigorífico.

—¡Ostras, Bill! —exclamó Tony asustado derramando parte del café—. No son las nueve todavía. Creía que habíamos quedado a esa hora.

—Son las nueve menos diez.

—Exacto, aún tengo diez minutos.

—En mis tiempos todo el mundo llegaba diez minutos antes —protestó Bill mientras se servía un café.

—Y yo he llegado diez minutos antes —replicó Tony sonriendo.

—¡Este café es asqueroso! —se quejó Bill antes de limpiarse la boca.

—Al final te acostumbras —Tony se colgó la cartera en el hombro y salió al pasillo—. ¿Por qué no le dices a alguno de los becarios que baje a comprarte uno en Starbucks?

Bill le lanzó una mirada envenenada.

—Esta mañana estamos graciosillos, ¿verdad?

—¿Qué pasa? —preguntó Tony mientras iban hacia la oficina. Bill levantó una ceja y le hizo un gesto con la cabeza que indicaba que se lo diría a puerta cerrada.

Tony Habib había nacido en el Líbano. Era una de esas personas cuyo carisma y personalidad lo hacían atractivo, y su inteligencia y conocimientos, que se reflejaban en su cara, sexy. Las sapiófilas lo adoraban y nunca faltaban mujeres a su alrededor allá donde fuera. Había crecido y estudiado en Beirut y en los años ochenta, en lo más crudo de la guerra civil libanesa, había ido a Estados Unidos con su familia. Acabó la universidad en Nueva York e hizo un máster en la Escuela de Periodismo de Columbia, en la que obtuvo notas excelentes.

Era difícil adivinar de dónde era. Su cara ligeramente redondeada, expresivos ojos color avellana, larga nariz y carnosos labios le permitían mezclarse con todo el mundo. Tenía cuarenta y nueve años, su pelo, que había sido castaño oscuro, se veía gris y tras un reciente viaje a Afganistán se había dejado una bien cuidada y entrecana barba y bigote. A pesar de que le gustaba mantenerse en forma, tenía un poco de barriga, debido a su afición a la comida y el vino. Ese día llevaba unos pantalones del ejército azul marino, una camiseta Henley gris y una arrugada chaqueta de algodón.

Bill Kahn tenía diez años más que Tony, la cara redonda, agradables ojos marrones, labios finos y una calva en la coronilla. A pesar de que parecía una persona hosca, en realidad era muy amable y estaba enamorado de su trabajo. Tenía sobrepeso, le gustaban los puros, jugar al póquer y beber whisky. En los últimos tiempos las rodillas habían empezado a darle problemas y le costó llevar el ritmo de Tony de camino a la oficina.

Bill cerró la puerta, se sentó y jadeó debido a la rápida excursión.

—Tienes que ponerte a dieta y hacer algo de ejercicio —le recomendó Tony mientras dejaba la cartera y la chaqueta en una de las dos sillas de cuero negro que había frente al gran y moderno escritorio negro lleno de papeles.

—No me sermonees.

—Es por tu bien.

—Cuéntame cómo vas con la historia de Murad.

—Muy lento, Bill. La pista del dinero parece haber llegado a un callejón sin salida.

—Muy bien, no le reservaré ninguna página. ¿Cuándo crees que podrás tenerla?

—Necesito más tiempo… unas semanas.

—Ahora —empezó a decir Bill mientras buscaba en el escritorio—. ¡Aquí está! —exclamó cogiendo un trozo de papel—. Dime todo lo que sepas sobre un tipo llamado Mikal al-Hussein.

A Tony se le agrandaron los ojos.

—¿Qué pasa? —preguntó Bill arrugando el entrecejo—. ¿Lo conoces?

—Mika, Rami Murad y yo fuimos juntos al Lycée Français en Beirut antes de que empezara la guerra civil. Mi familia era vecina de la de Mika. Vivíamos en un edificio de apartamentos en un callejón sin salida junto a la rue Hamra y él en la casa de al lado. Veía su azotea desde el balcón y a veces hablábamos o hacíamos planes para la noche. Los dos estábamos en clase el día en que unos pistoleros cristianos atacaron un autobús en el barrio Ain al-Rummanah, mataron a los veintisiete palestinos que iban dentro y empezó la guerra. Lo presencié todo desde el instituto. Me habían castigado por hacer el payaso y me echaron de clase. A los pocos minutos expulsaron también a Mika. No podíamos creer lo que veíamos por la ventana.

—¿Y después?

—Cuando acabamos el bachillerato los dos fuimos a la Universidad Americana de Beirut, pero la guerra se recrudeció y mi padre decidió que había llegado el momento de irse. A partir de entonces perdí el contacto con Mika.

—¿Es libanés o sirio?

—Su padre era sirio, muy próximo a la familia Asad, y su madre libanesa.

—¿Cuándo fue la última vez que estuviste con él?

—Eso fue todo. Hace más de treinta años que no lo veo. La última vez que supe de él fue cuando estaba en Columbia.

—¿Y eso?

—Alguien me dijo que había entrado en las fuerzas aéreas sirias y formaba parte del círculo íntimo de Bashar y Basel Al-Asad, el hermano que se suponía iba a ser presidente.

—¿Crees que se acordará de ti?

—Más le vale. Éramos buenos amigos.

—Me han dicho que la agencia quiere hablar con él —dijo Bill.

75

—¿Por qué? ¿Cómo te has enterado?

—Por el agente que tienen en Estambul.

—¿Y quién es?

—Joe Sutherland.

—¿Y cómo es que lo conoces?

—Crecimos en la misma calle y fuimos al mismo instituto. Tuve una aventura con su novia y lo dejó.

Tony se quedó de piedra.

—Estás de guasa.

—No.

—¿Y todavía te habla?

—Sí, se le pasó. De vez en cuando incluso nos tomamos una cerveza juntos.

Tony negó con la cabeza y esbozó una sarcástica sonrisa.

—Es de los que coleccionan gente, sobre todo si tienen un mínimo de poder. Él me necesita a mí y yo lo necesito a él. Acaba de volver a Estambul después de un viaje a Langley y tiene órdenes de encontrar a Hussein. Al parecer está en Turquía o tiene intención de ir allí.

—¿Por qué querrá hacerlo? —preguntó Tony con el entrecejo fruncido—. Mika quizá forma parte de la inteligencia siria. Que yo sepa, hasta podría dirigirla él.

—¿Qué sabes de los servicios de inteligencia sirios?

—Son muy buenos, los entrenó la KGB, el padre de Mika estuvo a cargo de la Inteligencia Militar siria en el Líbano.

—Mmm... —Bill se recostó en la silla y puso las manos sobre el estómago.

—En Siria hay cuatro servicios de inteligencia —explicó Tony—. Todos creados por el padre de Asad para controlar el país cuando llegó al poder en 1970. Está la Dirección de Seguridad Política, que se encarga de estar al tanto de cualquier actividad política en Siria que pueda constituir una amenaza para el régimen.

Bill iba tomando notas mientras Tony hablaba.

—La Dirección de Inteligencia Militar controla la actividad de los disidentes sirios que viven en el extranjero, apoya a los grupos radicales que fomentan el caos en la región y creo que está a cargo de las operaciones secretas y clasificadas autorizadas por Asad.

—Muy interesante...

—También está la Dirección General de Seguridad, similar a la CIA, y la Dirección de Inteligencia de las Fuerzas Armadas, que fue el departamento de operaciones privadas de Asad padre, que básicamente hacía todo lo que le pedía. Luego estaban los que llevaban a cabo conspiraciones terroristas en el extranjero..., pero creo que con Bashar los chicos de la Inteligencia Militar se ocuparon de esos asuntos.

—¡Joder!

—Ahora no sé, pero como Hafez fue comandante de las fuerzas aéreas, la Dirección de Inteligencia de las Fuerzas Aéreas era el servicio secreto más temido. No sé quién será el director de los servicios de inteligencia ahora, cuando Bashar llegó al poder hizo una profunda reestructuración y se libró de muchos miembros de la vieja guardia.

—Podría ser el material de un buen artículo —sugirió Bill mordisqueando la punta de un lápiz.

—Estoy seguro de que el FSB está implicado —dijo Tony—. Sé que los rusos les suministran armas.

—Por supuesto —comentó Bill encogiéndose de hombros—. Los rusos quieren su parte de la región. ¿Por qué crees que la agencia quiere hablar con ese Hussein?

—Bueno... —empezó a decir con un brillo especial en los ojos, pero no acabó la frase.

—¿Qué pasa? —preguntó Bill—. Conozco esa mirada. ¿En qué estás pensando?

—Deja que vaya a Estambul —pidió Tony.

—No sé… Han vuelto a recortar los presupuestos.

—¡Por Dios! Solo es un billete de avión.

—Lo sé, lo sé.

—Estoy seguro de que Mika hablará conmigo. Nos dará una primicia de lo que está pasando realmente en Siria.

—Acabas de decir que no lo has visto en treinta años.

—Sí, pero estábamos muy unidos —argumentó Tony.

—¿Crees que te introduciría en Siria?

—Seguro. Si alguien puede hacerlo, ese es Mika —aseguró inclinándose hacia delante entusiasmado.

—Eso podría ser muy interesante —Bill se recostó en la silla y puso las manos sobre su abultado estómago—. Historias personales, gente de la calle… una crónica… un diario…

—Quizá me ayude a encontrar otra forma de seguir investigando a Murad. Al fin y al cabo están en el mismo círculo.

Bill se frotó la mejilla con mirada pensativa.

—Además —añadió Tony—. Si la agencia está interesada en Mika, eso quiere decir que está con la oposición siria. Y eso nos proporcionaría un excelente artículo.

Turquía, Estambul

Abbas Daoud estaba sentado detrás de un gran escritorio blanco en su nueva y espaciosa oficina, que albergaba el bufete de abogados Dixon & Chandler, un reputado despacho estadounidense con muchos clientes saudíes del que era el socio principal. Acababan de trasladarse a Çirağan, un edificio nuevo en Levent, uno de los distritos financieros más importantes, situado en Beşiktaş, la parte europea de Estambul.

Era una oficina bonita, diseñada por su mujer, Nayla, toda blanca, con algunos toques azul cobalto y negro, y grandes y antiguos espejos de plata venecianos.

Estaba concentrado en el documento que tenía en las manos cuando oyó una suave llamada en la puerta y apareció la cabeza de una mujer.

—¿Todo bien, señor?

Levantó la cabeza y durante un momento la miró sin entender qué pasaba.

—Sí, por supuesto, Teba —contestó ligeramente irritado por la interrupción.

—Es que le he llamado y no ha contestado.

—¿De qué se trata? He de acabar este documento antes de la presentación de resultados.

—Su mujer, Nayla, ha telefoneado. Ha dicho que la llame.

—Gracias, Teba.

En el momento en que salía, añadió:

—¿Puedes traerme un café, por favor?

—Por supuesto, señor.

Suspiró. Necesitó unos minutos para ordenar sus pensamientos antes de volver al documento. Ocultar miles de millones de dólares no era tan fácil como pensaban Rami Murad y los Asad. Los sabuesos del Departamento del Tesoro de los Estados Unidos y de la Unión Europea estaban muy atentos a todos los movimientos de dinero. Además, tenía que ser extremadamente cuidadoso. Dixon & Chandler era un bufete muy prestigioso, con excelente reputación mundial por su integridad y no podía saberse que trabajaba para el régimen sirio y que creaba cortinas de humo y buscaba paraísos fiscales para sus dudosas transacciones financieras.

Daoud ra alto, tenía la piel oscura y complexión atlética. Tenía el pelo negro y lo llevaba corto y peinado hacia atrás, sus ojos oscuros eran profundos y sensuales, con largas pestañas negras, la nariz, estrecha y aguileña, y en sus labios siempre había dibujada una sugestiva sonrisa. Muchas cabezas se volvían para mirarle, llevara traje o vaqueros.

Se levantó y se dirigió hacia el pequeño salón que había junto a una de las ventanas. Miró el pulido suelo de madera negra africana y posó distraídamente las manos sobre sus pantalones gris claro hechos a medida por su sastre, con el mejor y más ligero algodón italiano. Llevaba una impecable camisa blanca almidonada y una corbata con estampados rosa y lila. La chaqueta estaba sobre una de las sillas que había frente al escritorio.

Se sentó en el sofá, apoyó los codos en las rodillas y cerró las manos como si fuera a rezar. Miró hacia el Bósforo, pero tenía la mirada perdida.

80   La puerta volvió a abrirse y Teba entró con una bandeja con café y un platillo con galletas *mamul* libanesas. Dejó la bandeja en la mesita sin decir nada y se alejó.

—Teba, no me pases llamadas, por favor —pidió Abbas antes de que saliera.

—Sí, señor.

La habitación se quedó en silencio. Se sirvió café y se recostó en los mullidos cojines, miró a lo lejos y se concentró en el hipnótico movimiento del agua. La suave vibración del móvil lo sacó de aquella ensoñación. Puso cara de circunstancias, fue al escritorio y se debatió sobre si debía contestar o no.

—Diga.

—¿Estás muy ocupado? —preguntó la melosa voz de Nayla.

—Un poco.

—Vale, seré rápida. ¿Quieres venir a la reunión con el arquitecto para hablar de la caseta de la piscina?

—No, no tengo tiempo.

—Otra cosa, he encontrado una espectacular cama antigua china de matrimonio para ponerla en un extremo del cuarto de estar. Ya sabes, junto a la cristalera que da al patio.

—Nayla, la diseñadora eres tú.

—Muy bien. ¿A qué hora vendrás esta noche?

—No lo sé. Ya te llamaré cuando vaya de camino.

—No te olvides de que tenemos una fiesta en casa.

—¡Por Dios, Nayla! ¿Esta noche?

—Quedamos en que sería esta noche.

—Lo sé, lo sé —suspiró—. Lo siento, se me había olvidado.

—Me encargaré de todo hasta que llegues. No te preocupes, *habibi*.

Abbas había nacido en el seno de una humilde familia de Beirut. Era listo y consiguió trabajo en un local nocturno en el que se mezcló con la élite que lo frecuentaba. Cuando estalló la guerra civil fue intermediario en el mercado negro de armas, que vendió a las distintas milicias palestinas y cristianas. Ganó dinero y hay que decir en su favor que lo utilizó para ir a Estados Unidos, estudiar, establecerse y comenzar una nueva vida.

Pero no salió del todo bien. Tras varios años en el extranjero regresó a Beirut sin saber qué hacer, divorciado y con la carrera de Derecho. Se puso en contacto con su antiguo grupo de amigos y conoció a Nayla en una fiesta. Era guapa, sexy y provenía de una importante y rica familia beirutí. Casarse con ella volvería a introducirlo en el ambiente adecuado. Así que hizo lo que se esperaba de él y después fue a hablar con el padre de Nayla para pedirle la mano de su hija. La familia estaba encantada. La boda fue espectacular, la fiesta duró una semana y Abbas volvió a entrar en el mundo de los negocios y a tener una posición privilegiada. No tardó en entablar excelentes conexiones y las puertas que se le abrieron lo condujeron a donde estaba en ese momento.

Miró la fotografía de Nayla que había a un lado del escritorio. Era una mujer espectacularmente guapa. Alta y elegante, tenía el pelo rubio largo y ondulado, piel color aceituna bronceada en un tono marrón dorado, ojos oscuros color avellana que casi se volvían verdes cuando se enfadaba, una cara ovalada con la boca sensual y una larga nariz que se elevaba en la punta. Le encantaba su sonrisa y la forma en que le brillaban los ojos cuando le apetecía hacer travesuras.

Sí, se felicitó. Casarse con Nayla había sido una de las mejores cosas que había hecho en su vida. Tomó un sorbo del oscuro y espeso café turco para intentar concentrarse de nuevo en el documento. Cogió una libreta para tomar notas y Teba apareció de nuevo en su campo de visión.

—¡Por el amor de Dios! —exclamó exasperado—. ¿Qué pasa ahora?

—Lo siento, señor Daoud —se disculpó retorciendo las manos—. He intentado avisarle por el interfono…

—¿Qué pasa?

—Señor… la recepcionista ha llamado…

De repente se oyó:

—¡Deténgase! ¡Deténgase! ¡No puede entrar ahí! ¡Llamen a seguridad! —gritó una voz femenina en el pasillo—. ¡El señor Daoud está en una reunión!

Segundos más tarde un hombre despeinado con pantalones de camuflaje y una camisa desgarrada apareció en la puerta.

—¡Señor, por favor! —continuó la joven que entró detrás de él tratando de frenarlo.

—¿Qué está pasando? —preguntó Teba mirando de arriba abajo al hombre—. He de pedirle que se vaya, señor. Lina —continuó dirigiéndose hacia la joven— llame inmediatamente a seguridad y a la policía.

El hombre le devolvió la mirada y luego miró a Abbas, que se levantó y se dirigió hacia él sin quitarle la vista de encima.

—¡Por el amor de Alá! —exclamó ante la manifiesta consternación de las dos mujeres, antes de arrojarse a sus brazos y estrecharle la mano afectuosamente—. ¡No me lo puedo creer! ¿Qué demonios estás haciendo aquí?

—Señor Daoud… —intervino Teba, que seguía preocupada.

—No pasa nada, Teba. Es un viejo amigo —dijo antes de acompañarlo al sofá—. Por favor, tráenos más café. ¿Has comido, Mika?

Mika negó con la cabeza.

—Trae también un desayuno para el señor al-Hussein. Teba asintió y salió.

—No me lo puedo creer —continuó Abbas.

—Es una larga historia.

—Ya imagino. ¿Cuánto hace?

—Unos años —dijo Mika sonriendo.

—¿Unos? Deben de ser muchos más. Nayla y yo llevamos quince años casados, así que debe de hacer por lo menos diecisiete.

—No creía que fuera tanto —dijo Mika al sentarse. Estiró las piernas y se puso las manos en la nuca—. Tienes buen aspecto.

—Tú también, eres unos años mayor, pero sigues siendo el mismo.

Los dos se miraron y comprobaron los cambios que habían labrado los años.

—Dime, ¿qué haces en Estambul? La última vez que supe algo de ti estabas en Damasco.

—Abbas…

La puerta se abrió y entró Teba seguida de varios sirvientes que dejaron todo lo necesario para el desayuno en la mesa redonda de reuniones que había en un extremo de la oficina.

—Ven y come —le invitó Abbas.

Mika miró la mesa llena de pan, aceite de oliva, miel, aceitunas, tomates, pepino y queso.

—¿Cuándo has comido por última vez?

—Cuando crucé Bab al-Hawa —Mika se sentó, se sirvió pan y queso y lo engulló—. Ayer.

De repente, Mika gimió y se llevó una mano al hombro.

—¿Qué te pasa? —preguntó Abbas.

—Nada, es una herida que se está curando.

—Deja que la vea.

—No es nada.

—Pues si no es nada, deja que la vea.

Mika sde desabrochó a regañadientes los botones de la camisa que había cogido en un tendedero por el camino. La herida de bala seguía supurando, a pesar de la costra que se había formado alrededor de los puntos.

—*Ya haraam!* —exclamó Abbas—. ¿Qué demonios…? Es una herida de bala.

—Gajes del oficio —explicó Mika abotonándose la camisa.

—Apareces en mi oficina después de veinte años con una herida de bala. Creo que me debes una explicación. ¿Qué está pasando y quién te persigue?

—Quién no me persigue, querrás decir —contestó Mika encogiéndose de hombros.

—¿Qué has hecho?

—No he cometido ningún delito.

—Entonces, ¿de qué se trata?

Mika suspiró.

—Se trata de la forma en que el régimen de Asad ha reaccionado ante las protestas; de la represión, tortura y maltrato a la gente que solo pide poder llevar una vida decente; de la «solución de seguridad» de Bashar y de la manga ancha que ha dado a las fuerzas de seguridad para que hagan lo que quieran. ¿Cómo puede sorprenderse Bashar de que la revuelta se haya extendido? —continuó Mika—. ¿Cómo puede sorprenderse de que el pueblo se levante en armas contra él y contraataque? ¿Realmente pensaba que la gente iba a cruzarse de brazos y dejar que las fuerzas de seguridad destruyeran sus familias y sus hogares?

—¿Por qué no hablas con Bashar? —sugirió Abbas—. Sois amigos. Te presta atención… o lo hacía.

—Lo hice —le interrumpió Mika—. Y me escuchó, sé que lo hizo, pero al final decidió hacer caso a Maher y a su madre, que le convencieron de que la única forma de afrontar una rebelión es actuar como lo hacía su padre: mostrarse fuerte y firme, y aplastarla.

Se quedaron en silencio un momento.

—Si Bashar consiguiera librarse de las garras de su madre y de su hermano, e introdujera reformas y celebrara elecciones, todavía podría ganarse al pueblo —continuó Mika.

Abbas negó con la cabeza.

—Esa familia es como una sociedad mercantil. Bashar nunca la abandonará. Sabe que si la familia no se mantiene unida, el régimen se desmoronará.

—Lo sé.

—¿Crees que pasará lo mismo que en el Líbano?

—Seguramente será peor —auguró Mika—. La situación es mucho más complicada de lo que dicen las noticias.

Abbas suspiró.

—¿Cómo has acabado aquí?

85

—Primero me condenaron a arresto domiciliario. Me escapé y pensé que podría refugiarme en al-Rastan, pero me siguieron hasta allí. Maher quiere que desaparezca del mapa por completo. No me quedó otra alternativa, tuve que abandonar el país.

—¿Y qué vas a hacer?

—Tengo un plan, pero necesito tu ayuda.

Abbas arqueó las cejas.

—Sé que no nos hemos visto en mucho tiempo —empezó a decir Mika inclinándose hacia delante en el borde de la silla y juntando las manos encima de la mesa—. Pero recuerda los negocios con armas en los que estuviste involucrado durante la guerra…

—Mika, Mika… —Abbas levantó una mano para que dejara de hablar—. Eso pasó hace muchos años. Ahora soy un respetable abogado.

—Lo sé, lo sé, pero no te olvides de quién te sacó de Beirut y te subió a un barco en dirección a Chipre.

Abbas frunció los labios, se levantó y fue hacia la ventana. Lo recordaba bien. Uno de sus negocios había salido mal y los palestinos andaban tras él. Mika le había salvado la vida.

—¿Qué quieres?

—Voy a cobrarme esa deuda.

Abbas lo miró.

—Quieres que te ayude a crear un ejército.

—Sí.

Delegación de la CIA

Adam Hunt estaba sentado detrás de su escritorio con la camisa remangada y el cuello desabrochado, y miraba atentamente la pantalla de su ordenador. ¿Qué era Secutor? Se estrujó el cerebro y rememoró el tiempo que había pasado en Irak. Sabía que tenía algún tipo de relación con los atentados de las células de Al Qaeda y los estragos que causaban. ¿Estaban involucrados los sirios? Tecleó rápidamente: «atentados en el Ministerio de Finanzas y el Ministerio de Asuntos Exteriores iraquíes, agosto del 2009».

Había sido un ataque coordinado, bien planeado y ejecutado. Jugueteó con un lápiz mientras leía el informe que había enviado a la inteligencia militar de Estados Unidos.

«¿Dónde estará Mika al-Hussein? Seguro que está al tanto de Secutor. ¿Querrá hablar conmigo?», pensó.

Entró en varias páginas y estaba a punto de acceder a su cuenta de correo electrónico cuando la pantalla de uno de los ordenadores que rastreaba conversaciones telefónicas empezó a mostrar signos de actividad. Deslizó la silla hasta quedar frente a ella y subió el volumen. Las voces eran débiles y costaba entender lo que decían debido a las interferencias, pero captó algunas de las palabras de la conversación.

—¿Dónde...?

—Bab-al-Hawa.

—*Hamdellah*... Estambul.

—¿Cuándo?

—Esta mañana.

—Dile que... preparado.

—Sí, hermano...

—Éxito.

—*Insha' Allah*...

Abrió rápidamente un programa para triangular el lugar exacto en el que se estaba produciendo esa conversación.

—¡Venga, venga! —gritó a la pantalla mientras el satélite se situaba. Pero antes de que consiguiera las coordenadas, la conversación se interrumpió y solo vio un círculo alrededor de una zona al norte de Hama. Al menos sabía más o menos de dónde provenía.

Un par de minutos después se abrió la puerta de la oficina y entró Joe Sutherland.

—Hola, Adam.

—Señor Sutherland. Pensaba que venía mañana.

—Sí, he llegado un día antes —explicó mientras dejaba un maletín y una bolsa de lona en el suelo y se acercaba a Adam—. ¿Qué tenemos?

—No mucho. He oído una conversación muy interesante hace un momento.

—Ponla, por favor.

Los dos hombres la escucharon.

—¿Qué cree? —preguntó Adam.

Joe se quedó callado un momento.

—Vuélvela a poner —pidió, antes de colocarse unos auriculares—. En la transcripción de la primera llamada se hacía referencia a un general de brigada —dijo tras escucharla.

Adam asintió sin dejar de mirar a la pantalla.

—¿Recuerdas al general de brigada Mikal al-Hussein?

—Por supuesto, señor.

—Encuéntralo, por favor.

—¿Cree que se refieren a él?

—Sí —Se quitó la arrugada chaqueta, la dejó en el respaldo de una silla, se sentó al lado de Adam y cruzó los brazos sobre el pecho.

—¿Qué nos interesa del general de brigada? —preguntó Adam antes de teclear.

—Creo que ha desertado y huido. Queremos que vuelva.

—¿Desertado? Era muy leal al régimen y al Mujabarat —comentó Adam—. ¿No supondrá un duro golpe a Asad?

—Sí, demostrará a todo el mundo que no controla completamente el país y que sus mejores amigos no están de acuerdo con la forma en que está reaccionando ante las protestas.

—Voy a buscar —dijo Adam.

—Creo que puede estar en Estambul. Avisa a los chicos que tenemos allí e informa a la inteligencia turca de que queremos localizarlo. Utilicemos sus recursos también.

—¿Sabe lo difícil que va a ser encontrarlo? Esos tipos están entrenados para ser fantasmas.

—Tú también lo estuviste. Lo encontrarás —Cogió la chaqueta y el maletín y fue a su oficina. Sacó el móvil de uno de los bolsillos; tenía un mensaje de Bill Kahn:

«Tony llega a Estambul esta noche. Te llamará.»

Contestó que había recibido el mensaje y sacó unas carpetas del maletín.

Mika salió del ascensor y fue hacia el vestíbulo del edificio en el que estaba la oficina de Abbas. Nada más salir por las altas puertas giratorias de cristal se fijó en que había dos hombres fuera. Uno era calvo y vestía una fina chaqueta azul sobre una camisa blanca y el otro llevaba una gorra de béisbol. No eran sirios, así que debían de ser agentes de la inteligencia turca. «¿Quién más me persigue?», pensó.

Aparentó no tener prisa y se dirigió con calma hacia la acera que había al final de las escaleras. Echó un disimulado vistazo por encima del hombro y vio que lo miraban y que habían echado a andar. Metió las manos en los bolsillos y aceleró el paso entre la multitud que había a su alrededor. A un lado de la calle había un hombre que vendía gorras de béisbol. Sacó un billete de veinte liras, se lo dio al vendedor y cogió una marrón. Se escondió detrás de un árbol y apareció con la gorra puesta. Los hombres seguían a pocos metros. Un poco más adelante oyó que anunciaban la llegada de un tranvía que iba hacia la ciudad amurallada. Echó a correr y subió al vehículo en el momento en que se cerraban las puertas. Fue hacia el final y vio que los hombres llegaban sin aliento a la parada.

Compró un par de periódicos y dos teléfonos de prepago en un quiosco frente al Gran Bazar y entró en un antiguo café. Se sentó, pidió un café, abrió uno de los periódicos y echó un rápido vistazo a los titulares. Cuando llegó a la mitad de la portada del *New York Guardian* sus ojos se detuvieron en una noticia.

«¿Está perdiendo el control Asad?», rezaba el titular. Lo firmaba Tony Habib y estaba fechado en Estambul.

«En ciertos círculos se especula que el presidente sirio Bashar Al-Asad podría estar perdiendo el control. De hecho, se rumorea que algunos de los miembros de la cúpula militar no están de acuerdo con la forma en que hace frente a las protestas y han empezado a mostrar su descontento. Algunos incluso se plantean desertar. Una de las deserciones más importantes podría ser la del general de brigada Mikal al-Hussein, que pertenecía al círculo íntimo del presidente y era su amigo y confidente...»

Leyó rápidamente el artículo. Se levantó, dejó unos billetes en la mesa y se fue.

—Señor Sutherland —llamó Adam.

—¿Qué pasa?

—Me acaban de confirmar que Mika al-Hussein está en Estambul.

—Gracias, Adam.

—¿Dónde está?

—Los servicios de inteligencia turcos lo localizaron en un edificio de Levent. Fue a ver a un abogado... un tipo llamado Abbas Daoud.

—Mira a ver qué encuentras sobre él. ¿Dónde está Hussein?

—Lo han perdido.

—¡Joder!

Nayla Daoud estaba en un muelle de Kadıköy, en el lado oriental del Bósforo, esperando el *vapur* que la llevaría a Karaköy, en el lado occidental, en el que Abbas y ella habían comprado y renovado una casa en una calle adoquinada del casco antiguo.

Era una cálida tarde de septiembre y se había puesto unos pantalones tobilleros negros de algodón, unas manoletinas blancas y negras y un top sin mangas de seda de color crudo, con un marcado escote redondo. Estaba elegante y guapa, perfectamente maquillada, con las pestañas incluso más negras y gruesas gracias al rímel, y sus ojos color avellana parecían verdes por el reflejo del agua. Se alborotó un poco el pelo corto y ondulado que se rizaba en la nuca. Era extraño no sentir la larga y pesada melena en la espalda. Pensó en cómo reaccionaría Abbas. A él le gustaba el pelo largo, pero ese día había pasado por su peluquería, había entrado para saludar a su estilista y, sin pensarlo, había decidido cambiar de aspecto. Un par de horas después, sus largos mechones rubios se habían convertido en una elegante melena corta ondulada que la hacía parecer diez años más joven de los cuarenta y ocho que tenía. Le encantó. Esperaba que a Abbas también le pareciera bien, aunque no estaba del todo segura. No sabía ni si se daría cuenta.

Su frente reflejó una momentánea sombra de tristeza

y sus ojos se ensombrecieron. A pesar de su aspecto, no pudo evitar que la afectara algo que había intentado no sentir: que su matrimonio era una farsa. Abbas había dejado de prestarle atención y, para ser honrada con ella misma, tenía que reconocer que había empezado a alejarse de él a los pocos años de casados.

¿Por qué seguía con él?

—Habibti —le decía su madre cada vez que le preguntaba—, no le hagas caso, lleva tu vida.

—Pero mamá, no soy feliz. Es como vivir con un compañero de piso, no con un marido.

—Te casaste con él.

—Lo sé, pero no pensé que sería así.

—El matrimonio no es un cuento de hadas.

—Lo sé mamá, pero nos hemos distanciado. O quizá nunca hemos estado unidos…

—No puedes divorciarte. Concéntrate en tu carrera como diseñadora.

Su madre tenía razón, su única opción era endurecerse y dejar de intentar atraer la atención de Abbas continuamente. Pero no era fácil. Era como un cisne que movía frenéticamente las patas bajo el agua y al mismo tiempo ofrecía una imagen serena, elegante y sofisticada.

¿Habría cambiado la situación un hijo? Suspiró. Quizá sí, o quizá no. Habían intentado tener familia, pero no lo habían conseguido. Según su médico, ella no tenía ningún problema, era fértil. Cuando sus amigos empezaron a tener hijos evitó mencionarle el tema a Abbas y nunca había tenido valor para hablarle abiertamente de su esterilidad. Empezaron a viajar y Abbas siempre comentaba lo maravilloso que era no tener que ocuparse de ningún niño… y los años pasaron. Quizás había sido mejor.

Comprobó qué hora era en su Audemars Piguet de oro, volvió la vista hacia los cafés que había en el muelle, a unos cien metros, y después al ferri de rayas amarillas que estaba cruzando el estrecho. ¿Tendría tiempo? Si se tomaba un café lo perdería y tendría que esperar al siguiente. Tampoco era muy importante, a lo largo del día zarpaban muchos *vapurs*. Lanzó una ansiosa mirada hacia uno de los cafés… Realmente le apetecía tomar uno, pero era mejor que llegara pronto. Había quedado con el arquitecto y después había organizado una cena a la que ni siquiera sabía si iría Abbas.

Antes de subir a bordo compró un vaso de té y un *simit*, un bollo turco con forma de aro, a uno de los vendedores. No había mucha gente y enseguida encontró asiento en la parte de atrás. Dejó el bolso en el asiento vacío que había a su lado, colocó el té y el *simit* en el apoyabrazos y se acomodó para el corto trayecto.

Cuando el ferri puso en marcha el motor, sonrió. Estar en el agua y oír las gaviotas, el *adhan* de un minarete y la estridente sirena de otro barco le procuraban una sensación de paz y tranquilidad. Oyó un aviso del móvil. Tenía un mensaje. Al intentar sacarlo del bolso le dio un codazo al té y se le cayó en los pantalones.

—¡Vaya! —exclamó enfadada por aquella torpeza. Miró a su alrededor para ver si había servilletas en algún lado, pero solo vio un periódico que alguien había olvidado en un asiento cercano. Encontró unos pañuelos en el bolso y secó la mancha. Por suerte, los pantalones eran negros. El ferri empezó a moverse.

Inspiró hondamente y se arrellanó en el asiento. Siempre disfrutaba pensando que cruzaba de Asia a Europa.

Miró el periódico olvidado. Le llamó la atención que estuviera escrito en inglés. Inclinó la cabeza para leer el titular y estiró rápidamente el brazo para cogerlo. No se había equivocado. Era un artículo firmado por Tony Habib. «Qué casualidad», pensó al leer un nombre que pertenecía a su pasado. Su familia y la de Tony habían sido vecinas en Beirut oeste.

Empezó a leer el artículo: «Una de las deserciones más importantes podría ser la del general de brigada Mikal al-Hussein, que pertenecía al círculo íntimo del presidente y era su amigo y confidente...».

Mika...

¿Cuánto tiempo había pasado? Debía de hacer dieciséis o diecisiete años. Se había tropezado con él en Beirut un par de semanas antes de casarse con Abbas.

«¿Qué aspecto tendrá ahora?», se preguntó. Sonrió al acordarse de lo guapo que era y de la forma en que le latía el corazón cada vez que la miraba con aquellos ojos marrón oscuro. Y, por supuesto, no podía olvidar aquel beso del que jamás había hablado a nadie.

La sirena del *vapur* la devolvió a la realidad. Se acercaba al muelle de Karaköy. Cogió el bolso y echó un vistazo a su alrededor para asegurase de que no se dejaba nada, sobre todo el móvil. Miró el periódico y pensó por un momento si debía llevárselo. La sirena volvió a sonar, lo metió en el bolso y echó a correr hacia proa.

—¡Espere! —gritó al hombre que estaba a punto de soltar amarras—. ¡Tengo que bajar!

«Lo leeré en casa», pensó mientras bajaba con cuidado la plancha de madera que llevaba a la calle. A pesar de estar inmersa en sus pensamientos se dirigió rápida y resueltamente hacia la Vespa verde y blanca que había aparcado cerca del embarcadero.

Damasco, cuartel general del Mujabarat, zoco al-Hamidiyeh

Kamal Talas entró en las instalaciones del Mujabarat en el zoco de Damasco.

—¿Qué tenemos? —preguntó a los analistas sentados frente a los ordenadores—. ¿Ibrahim? —inquirió a su colega.

—No mucho.

—¿Y qué hay de esas fotos que encontramos en casa de Hussein en al-Rastan? ¿Quién se ocupa de ellas?

—Yo, señor.

—¿Qué ha averiguado?

Una foto de dos jóvenes, uno de ellos Mika, apareció en la pantalla.

—¿Ha buscado en nuestros archivos?

—Sí, señor.

—¿Y?

—Nada. Estaba a punto de enviarla a la Interpol.

—Pásela también por el programa de reconocimiento facial de la CIA.

—Ahora mismo, señor.

Minutos más tarde cuatro fotos aparecieron junto a la primera, todas con un rótulo rojo que indicaba el grado de reconocimiento.

—¿Quién es el que tiene un 97 %? —preguntó Kamal al analista.

—Ese debe de ser... —empezó a decir el joven mientras tecleaba. Un documento apareció en la pantalla—. Tony Habib, señor.

—¿Y quién es Tony Habib?

El joven tecleó rápidamente y la fotografía oficial del sitio web del *New York Guardian* apareció en la pantalla.

—Trabaja para el *New York Guardian* —dijo Kamal.

—Eso parece, señor. Es periodista de investigación. Ha recibido varios premios por su trabajo en zonas de guerra —Leyó el joven en la pantalla del ordenador.

—¿Cuánto tiempo lleva en Estados Unidos?

—Más de treinta años.

95

—¿Se sabe si Hussein y él han estado en contacto?

—No tenemos datos que lo confirmen, señor.

—¿Dónde está ahora? —preguntó Kamal.

—Se supone que en Nueva York, señor.

—Yo no estaría tan seguro —comentó Kamal pasándose la mano por la mejilla. Al cabo de un momento ordenó—: Comprueben los pasaportes de las personas que han volado recientemente a Estambul.

Al poco, el pasaporte de Tony apareció en la pantalla, seguido de una imagen en la que se le veía mirando a la cámara del mostrador de inmigración en el aeropuerto Ataturk de Estambul.

El joven capitán parecía avergonzado.

—¿Cuándo entró?

—Ayer por la mañana.

Kamal Talas inspiró con fuerza.

—Averigüe dónde se aloja. Que lo vigilen. Hay muchas posibilidades de que se reúna con Hussein.

—Sí, señor.

—¿Dónde está la foto de la chica?

Una antigua foto descolorida de Mika y Nayla apoyados en un muro rosáceo de la Corniche de Beirut, con el Mediterráneo brillando a su espalda, apareció en la pantalla. Ambos sujetaban un vaso de zumo de granada y Mika le ofrecía un trozo de *kaak*, una especie de empanadilla. Nayla se alejaba, pero miraba con timidez a Mika mientras se ponía un mechón de pelo alrededor de la oreja.

—Averigüe quién es la mujer.

Estambul

Tony bajó del tranvía muy cerca del Museo Péra, en la calle İstiklâl de Beyoğlu, uno de los barrios antiguos de la ciudad, y echó a andar por aquel abarrotado laberinto hacia una calle sinuosa, Asmalı Mascit. Buscaba un reloj grande en la fachada de un edificio, la única indicación que le habían dado para encontrar el café en el que tenía una cita a la que llegaba unos minutos tarde.

Cuando entró en el Şimdi Cafe, en el segundo piso de un edificio que hacía esquina, había un gran bullicio. La barra de caoba frente a la calle estaba abarrotada de *hipsters* e intelectuales que gesticulaban y hablaban en voz alta, y de vez en cuando tomaban un trago de café turco en medio de sus animadas conversaciones. Las largas mesas de madera que había junto a la pared, rodeadas de sillones bajos tapizados, también estaban llenas.

Se abrió paso hacia una pared con azulejos azules en la parte de atrás, donde estaba Joe Sutherland tomando té, oculto por un periódico.

—¡Por Dios! —exclamó antes de sentarse en una silla con asiento de terciopelo rojo—. ¡Qué difícil es encontrar este sitio!

—Sí —admitió Joe doblando despreocupadamente el periódico—. Hay que conocerlo.

—No tiene cartel, nada… Incluso el maldito reloj está escondido.

—Por eso me gusta.

—Bueno… —dijo Tony mientras sacaba una pequeña grabadora, una libreta y un bolígrafo—. Vamos a empezar.

Joe tomó un sorbo de té en silencio.

—Venga, Joe —le animó Tony.

El rostro de Joe era impenetrable.

—Dime algo —pidió Tony—. ¿Quién te dio el chivatazo sobre Hussein?

—Llevamos tiempo vigilándolo —confesó Sutherland—. Es el mejor hombre del Mujabarat.

—Muy bien, pero ¿cómo empezó todo esto?

—Apaga la grabadora y el móvil.

—¿Por qué el móvil? —preguntó Tony buscando en el bolsillo delantero de la chaqueta.

—Porque el Mujabarat tiene ojos y oídos en todo Estambul. Sé que me vigilan y a ti también te vigilarán. Vamos a ponérselo un poco más difícil. No lo uses mucho. Te localizarán rápidamente.

—¿Puedo tomar notas?

Joe asintió.

—¿Está Hussein aquí?

Joe volvió a asentir.

—Mis chicos lo vieron saliendo de un edificio en Levent.

—¿Por qué crees que ha venido?

—No lo sé.

—¿Para pedir asilo político? —preguntó Tony.

—Hussein no es un traidor.

—¿Crees que quiere oponerse a Asad?

—¿Quieres decir políticamente?

Tony asintió.

—Quizá.

—¿Lo respaldaría Estados Unidos?

—Es difícil saberlo. Antes tendríamos que hablar con él… ver si sus ideas coinciden con las nuestras.

—¿Qué otras opciones tiene?

—Podría haber venido a comprar armas.

—¿Armas? —se extrañó Tony.

—Sí, claro —confirmó Joe—. Podría estar organizando una oposición militar contra Asad. Turquía es el mejor lugar de la zona para comprar armas en el mercado negro.

—¿Y dónde conseguiría el dinero? —preguntó Tony mordiendo la punta del bolígrafo.

Joe se encogió de hombros.

—Querer es poder.

—¿Qué sabes de un tipo que se llama Rami Murad? —continuó Tony.

—¿Murad? ¿Por qué?

—He estado investigando sus negocios.

—Murad es un escurridizo hijo de puta. Le impusimos sanciones en el 2008, pero le da igual. Es uno de los hombres más ricos de Siria, prácticamente controla la economía siria. Es primo y buen amigo de Asad.

—Lo sé. Mika, él y yo estuvimos juntos en el Lycée Français de Beirut hace mucho tiempo.

—¿En serio?

Tony asintió.

—En ese caso conocerás a un tipo llamado Abbas Daoud. Abogado, libanés…

—¡Sí! —exclamó Tony—. ¡Joder! Tenía un local nocturno en Beirut. Era un tipo muy turbio. No sé de dónde sacaba el dinero. Lo único que recuerdo es que desapareció durante la guerra.

—¿Te acuerdas que te he dicho que vieron a Hussein en Levent? Fue a verlo.

—Conozco a Nayla, la mujer con la que se casó —dijo Tony—. Vivía cerca del piso que compartíamos Mika y yo.

—¿Qué sabes de Daoud?

—Estuvo en Estados Unidos al mismo tiempo que yo, pero nunca nos pusimos en contacto. Durante los primeros años lo vi una vez en Nueva York. Después me quedé allí y, si no recuerdo mal, él se fue, primero a Chicago, luego a Los Ángeles y finalmente volvió a Beirut.

—Perdona —se excusó Joe metiendo la mano en un bolsillo de la chaqueta—. Sutherland —contestó secamente—. Bien… voy hacia allí —continuó antes de colgar y volverse hacia Tony—. Habrá que acabar esta conversación más tarde —propuso mientras se levantaba—. Tengo que volver.

—No te preocupes. Voy al hotel. He de entregar un artículo. Llámame y dime cuándo puedes.

Joe dejó unos billetes en la mesa.

—Tony —dijo mientras se metía el periódico debajo del brazo—. Si hablas con Hussein dile que quiero verlo. Tengo la corazonada de que se pondrá en contacto contigo.

—¿Por qué?

—Eres periodista. Puedes ayudarle. Además… sois amigos.

—¿Conoces a Mika?

—Nuestros caminos se cruzaron —explicó Joe antes de irse.

Tony se quedó un momento en la entrada del edificio en el que estaba el Şimdi Cafe y miró su ajada cartera marrón Ghurka. Sí, lo llevaba todo… la libreta, lapiceros, la grabadora y el *Guardian*. Cuando se dirigía hacia la calle İstiklâl sacó el móvil. Miró rápidamente el reloj. Estupendo, en Nueva York eran las nueve.

—Soy Tony.

—¿Qué tal va todo?

—Hussein está en Estambul.

—Ponte manos a la obra —le indicó Bill.

—Sí, tengo una pista. Un tipo que se llama Abbas Daoud. También lo conozco. Voy a ir a verlo.

Volvió a meter el móvil en el bolsillo y apresuró el paso en dirección a la parada del tranvía. Llegó en el momento en el que paraba. Iba lleno y había varias personas esperando para subir. Alguien le empujó.

—¡Qué demonios…! —Miró a su alrededor para ver quién había sido, pero había mucha gente intentando subir. Cuando la puerta estaba a punto de cerrarse, saltó dentro. Se colocó la cartera en el pecho y agarró un asidero mientras sonreía a las dos ancianas que lo observaban.

Empezó a sonar un móvil. La llamada cesó y segundos más tarde volvió a oírse. Tony miró a su alrededor para ver de dónde provenía. Nadie contestó. El sonido continuó.

Miró a las ancianas. Una de ellas indicó hacia su bolsillo y Tony le lanzó una mirada inquisitiva. La mujer volvió a indicar hacia su bolsillo.

—¿No va a contestar? —le preguntó en turco.

Tony apuntó con un dedo hacia su pecho con cara perpleja.

—Sí —insistió la mujer haciéndole una seña hacia el bolsillo.

Tony negó con la cabeza para hacerle entender que no era su teléfono.

—¡Sí, sí! —repitió la anciana y se inclinó hacia delante para tocar la parte inferior de la chaqueta.

Tony se pasó la bandolera por la cabeza, se colocó la cartera a un lado y buscó en el bolsillo. Se sorprendió al encontrar un móvil. Sonrió a la anciana y asintió para darle las gracias.

—¿Sí? —preguntó con cautela.

—Baja del tranvía —dijo una voz masculina.

—¿Qué?

—No hagas preguntas. Baja del tranvía.

—¿Por qué? ¿Con quién estoy hablando?

—Haz lo que te he dicho —continuó la voz con calma—. El tranvía parará en diez segundos. Baja.

Se despidió con la cabeza de las dos mujeres que tenía enfrente, se dirigió hacia la puerta y lo barrió la oleada de gente que bajaba. La multitud se dispersó y el tranvía continuó su camino por aquella calle llena de *boutiques*, tiendas de discos, librerías, galerías de arte, cafés, pastelerías y

101

restaurantes. Miró a su alrededor sin saber qué hacer. De repente, el móvil volvió a sonar.

—¿Qué está pasando? ¿Quién es?

—Quiero que me prestes mucha atención y hagas lo que te diga.

—¿Por qué?

—Mira a la izquierda, cerca de la librería.

Tony obedeció.

—¿Ves a los dos hombres que hay junto a la farola? Mira hacia arriba, a la arcada que hay encima de la floristería.

Tony miró hacia allí y vio a un hombre que apuntaba unos binoculares hacia él.

—¿Quiénes son esos hombres y qué quieren de mí?

La voz del teléfono hizo caso omiso a su pregunta.

—A tu espalda hay una cafetería. En la barra hay un hombre sentado tomándose un café. Lleva una gorra de béisbol. Entra y siéntate a su lado. Cuando te diga que te vayas, levántate y sal.

Tony inspiró con fuerza, se colgó la cartera al hombro, entró y se sentó. Se preguntó por qué le habría pedido el hombre del teléfono que se sentara al lado de aquella persona. En la cafetería no había nadie y casi todos los taburetes y mesas estaban vacíos. A pesar de todo, hizo lo que le había ordenado.

—¿Qué quiere tomar? —le preguntó el camarero.

—Café, no muy dulce.

—Sí, *efendi*.

Se irguió en el taburete y al mover la cartera intentó mirar al hombre de la gorra con toda la discreción que pudo. Tenía un cigarrillo encendido en una mano y miraba su café.

El camarero dejó una taza de espeso y oscuro café turco delante de él y un plato de galletas con una almendra en el

102

centro. Se tomó el café y estaba a punto de coger una galleta cuando sonó el móvil. Era un mensaje: «Sal de ahí. Ve hacia la derecha por İstiklâl en dirección al Tünel».

Dejó un billete de diez liras bajo el plato y salió.

Nada más abandonar el café, entraron los dos hombres que había fuera. Lanzó una rápida mirada por encima del hombro y vio que se acercaban al solitario cliente que estaba en la barra y le gritaban que se pusiera de pie mientras el camarero los observaba atónito.

No se detuvo. Se mezcló con la multitud que parecía haberse multiplicado repentinamente y fue a toda prisa hacia el Tünel, una corta línea ferroviaria subterránea que conectaba Karaköy y Beyoğlu.

El teléfono volvió a sonar.

—No cuelgues.

—¿Por qué no me dice lo que está pasando?

—Lo haré, pero antes tienes que hacer lo que te diga.

—Puedo llamar a la policía.

—Yo no lo haría.

Guardó silencio. Aquella voz le inspiraba confianza.

—¿Qué quiere que haga?

De repente apareció un hombre a su lado, le puso una mano en el codo y le empujó para que siguiera andando.

—No te pares.

Era la voz del teléfono.

Tony lo miró. ¿Era Mika?

—¡Santo cielo! ¡Eres tú, Mika! ¡Qué demonios!

—Sigue andando.

—Dime qué narices está pasando. ¿Quiénes eran esos hombres?

—Confía en mí y contesta el teléfono.

—Pero… —tartamudeó—. ¿Qué quieren de mí?

Pero Mika había desaparecido entre la multitud.

Miró a su espalda, cualquiera de aquellos hombres podía estar siguiéndole. Todos parecían sospechosos. Miró a los ojos de algunos de los que estaban a derecha e izquierda. Sonó el teléfono.

—Continúa, casi hemos llegado.

—Hay un par de tipos a mi derecha…

—No te preocupes por ellos —le interrumpió—. Haz lo que te digo.

—Viene un tren, voy corriendo hacia el Tünel.

—No lo hagas.

—Pero, Mika…

—Gira a la izquierda, ahora. Ponte en mitad de la avenida, donde hay más gente.

—Mika, hay dos tipos que vienen hacia mí.

—Olvídalos.

—Parecen muy sospechosos.

—No lo son —lo tranquilizó—. Casi hemos llegado.

Levantó la cabeza por encima de la muchedumbre y vio la entrada del metro a unos cien metros. Se fijó en que había dos policías turcos junto a un vendedor callejero de zumo de granada.

—¿Estás ahí, Mika? —preguntó al teléfono.

—Sí.

—Voy hacia la policía —anunció mientras se dirigía hacia los agentes.

—No lo hagas.

—Soy periodista, Mika.

—Sigue andando.

Pero Tony no le hizo caso. Cambió de dirección y mantuvo la cabeza por encima de la multitud.

—¡Al suelo!

Cuando estaba junto a los policías notó que alguien le empujaba. Sintió que perdía el equilibrio y consiguió caer de rodillas. Miró a su alrededor y vio a un hombre tendido en la calle encima de una mancha de sangre que teñía los adoquines. La gente empezó a gritar y a apartarse, e hizo un círculo alrededor del muerto. Los policías corrieron hacia allí.

Tony sintió una mano en el brazo.

—Ven.

Mika y Tony fueron a toda prisa al Tünel. Cuando llegaron al final de las escaleras, el pequeño funicular rojo y blanco estaba a punto de arrancar. Mika mantuvo la puerta abierta y entraron los dos. Las puertas se cerraron y el tren se puso en marcha. Cuando Tony miró hacia el andén vio a dos hombres que llegaban jadeantes y que los observaban desaparecer en el túnel hacia Karaköy.

—Mika —dijo Tony sin aliento dejándose caer en uno de los asientos de plástico—. ¿Quiénes eran esos tipos?

—Sirios.

—Sí, pero ¿quién los ha enviado? ¿De dónde salen? —preguntó Tony desconcertado—. ¿Y por qué me persiguen?

—Me persiguen a mí. No entiendo por qué te seguían a ti. A menos que sepan quién eres y que tenemos relación. Quizás has enfadado a alguien.

—Pero ¿a quién?

—No lo sé. ¿Sigues investigando a Rami Murad?

—Sí —Tony no daba crédito a sus oídos—. ¿Cómo te has enterado?

Mika puso cara de circunstancias.

—Por supuesto… ahora lo entiendo.

—Es una combinación peligrosa, hermano —dijo Mika con sonrisa irónica—. Rami y yo en el mismo saco.

—Pero ¿quiénes eran esos tipos? ¿Agentes secretos sirios?

—Sirios sí, pero no agentes. El Mujabarat quiere detenerme y la Shabiha, matarme, pero esos eran matones a sueldo. Alguien más me busca.

—¿Quién?

—Todavía no lo sé. Voy a bajar en la próxima parada. Tú sigue hasta Karaköy y vete al hotel.

—¿Cómo sabes dónde me alojo? —preguntó Tony sorprendido.

—Hago bien mi trabajo —contestó Mika sonriendo.

Tony soltó una risita.

—Tienes buen aspecto, Mika.

—Ya hablaremos. Te llamaré —dijo antes de bajar del tren.

—¡Mika! ¡Mika! —lo llamó Tony.

Pero las puertas ya se habían cerrado.

Se dejó caer en uno de los asientos e inspiró hondo. No iba a ser fácil.

Damasco, casco antiguo

Al final de una pequeña callejuela, pasadas unas antiguas puertas de madera con intrincados dibujos y taracea de nácar, unas doscientas personas se agolpaban en el patio de una antigua casa romana que se había restaurado para conferirle su pasado esplendor.

En una esquina, un grupo de salsa animaba a los invitados que tomaban champán Cristal y disfrutaban de la primera noche en la que refrescaba después de un sofocante verano.

Un hombre con pantalones negros, camisa blanca y chaqueta de corte impecable estaba sentado en una tumbona escarlata con brocados dorados junto a una fuente, rodeado de mujeres con bonitos, aunque atrevidos vestidos, unas acomodadas en los brazos de la tumbona o apoyadas en el respaldo y otras sentadas a los pies.

El hombre, de pelo negro engominado hacia atrás y barba y bigote perfectamente recortados, llevaba unas gafas Ray Ban de aviador, a pesar de que era pasada la medianoche. Tenía una copa de champán y un grueso puro cubano en una mano y con la otra acariciaba la espalda desnuda de la mujer que tenía más cerca y le sonreía provocativamente.

Sacó un móvil del bolsillo delantero de la chaqueta.

—Perdónenme, señoritas —pidió, y enseguida se quedó solo.

—¿Lo habéis hecho? —preguntó.

—No.

—Imagino que Mika sigue vivo.

—Sí.

—¡Para qué demonios te pago! —bufó.

Se quedaron en silencio.

—¿Y el americano?

—Le asustamos, tal como nos pidió.

El hombre inspiró profundamente.

—Traedme a los dos.

—Es americano.

—Ese es su problema —zanjó el hombre—. Traédmelos. No volveré a repetirlo —dijo antes de guardar el móvil en el bolsillo.

—Señoritas, ya pueden volver —anunció haciéndoles gestos para que se acercaran.

—Rami, qué fiesta más maravillosa —lo halagó una de ellas mientras se sentaba a su lado.

Estambul, Karaköy

Nayla se recostó en la silla junto a la mesa de hierro forjado del patio y miró los planos que había dejado el arquitecto. Por fin estaban como quería. Pensó en preguntarle a

Abbas qué opinaba, pero sabía que no le haría caso y que pasarían semanas en su escritorio sin que los mirara. Suspiró. No le interesaba nada que no tuviera relación directa con su cuenta bancaria. ¿Le importaba ella todavía? Torció el gesto apenada porque una vocecita en su interior le estaba diciendo la verdad. Movió la cabeza rápidamente para apartar aquella idea de su mente. Ya lo meditaría en otro momento.

Se levantó y entró para mirar la mesa del comedor. Le gustaban los colores que había elegido para la cena de esa noche. Los relucientes platos verdes y azules destacaban elegantemente en el blanco mantel recién planchado. Asintió encantada. «Aunque Abbas no venga, no importa. Todo tiene muy buen aspecto y lo pasaré bien con Samir y Atiqa», pensó. Por un instante se planteó la posibilidad de cancelar la cena para poder pasar una noche relajada con Abbas. Pero ¿serviría de algo? Meneó la cabeza. En algún momento tendría que enfrentarse a él, tal como le había aconsejado su madre tantas veces en los últimos años. Pero, por alguna razón, no había podido hacerlo. No había tenido valor.

Decidió que pasaría un rato más disfrutando de aquella espectacular noche en ese patio que tanto le gustaba. Se sirvió una copa de vino blanco y salió para sentarse fuera. Levantó la vista y vio que las nubes perdían su color coral para volverse violetas con los últimos rayos del sol. Tomó un trago de vino y aspiró el olor a jazmín y gardenias conforme anochecía.

Abrió el bolso y buscó el móvil para ver si tenía algún mensaje de Abbas. Pero no había ninguno. Recordó el ejemplar del *Guardian*. Lo sacó y estaba a punto de releer el artículo sobre Mika cuando creyó oír voces en el cuarto de estar. Se inclinó hacia delante para mirar, pero no vio a nadie. En el momento en el que se iba a levantar oyó:

—¡*Habibti!*

—¿Abbas? —Dio un salto y corrió por las losas—. ¿Qué haces aquí tan pronto? —preguntó nada más verlo.

—Tenemos invitados…

Nayla abrió los ojos de par en par cuando miró por encima del hombro de su marido y vio al hombre que estaba detrás de él.

—¿Tony? ¿Tony Habib? —dijo mientras se apartaba de Abbas y le lanzaba una mirada inquisitiva antes de acercarse a Tony para darle un abrazo.

—No me lo puedo creer —dijo sonriendo—. Hoy mismo he leído uno de tus artículos en el *New York Guardian*.

—Me alegro de· verte, Nayla —saludó Tony—. Estás guapísima.

—¿Dónde está…? —preguntó Abbas mirando a su alrededor en el momento en que Mika entraba por la puerta.

—Aquí.

Nayla se quedó de piedra y el corazón empezó a latirle a toda velocidad. Lo miró. Parecía mayor, por supuesto, pero seguía siendo Mika. Se quedó clavada en el sitio y no supo qué hacer. ¿Debería darle un abrazo? ¿Estrecharle la mano? Finalmente, todavía entre Tony y Abbas, dijo forzadamente:

—Me alegro de verte, Mika.

—Tienes muy buen aspecto.

—Tú también.

—He envejecido.

Nayla apartó la mirada de Mika y puso la mano en el brazo de Abbas.

—Menuda sorpresa… tú y Tony el mismo día, después de tantos años —se justificó.

—No tanta como la que me he llevado cuando Mika ha

venido a mi oficina esta mañana y Tony por la tarde —intervino Abbas antes de poner un brazo alrededor de los hombros de su mujer.

—¿Podrías decirme qué está pasando? —preguntó Nayla mirando a Abbas, que le dio un rápido beso en los labios.

—Te lo contaré todo en su momento, *habibti* —contestó—. Pero antes tenemos que ofrecer comida y alojamiento a nuestros amigos.

—Voy a cancelar la cena con Sami y Atiqa —anunció Nayla mientras iba a buscar el móvil.

—No creo que sea buena idea que me quede aquí —dijo Mika.

—¡Venga ya! —exclamó Abbas yendo hacia él—. ¿Quién te va a buscar aquí? Estamos en un barrio respetable de Estambul —aclaró haciendo un gesto hacia el patio.

—Además, tengo que ir a Arabia Saudí, podríais poneros al día. Sé que a Nayla le encantaría, ¿verdad? —dijo volviéndose hacia su mujer y apretándole cariñosamente la barbilla.

—Muchas gracias, de verdad, pero sé cuidar de mí mismo —contestó Mika.

—¿Dónde vas a ir? ¿Dónde vas a alojarte? —intervino Nayla.

—Ya me apañaré.

—No seas tonto. ¿Por qué no te quedas? Tenemos mucho sitio.

—Nayla, por favor —replicó Mika con tono firme—. Ya me las arreglaré.

Nayla se sintió incómoda, aunque nadie pareció notarlo.

—¿Y tú, Tony? —preguntó para ocultar la turbación.

—Me encantaría quedarme, si os parece bien a los dos.

—No creo que sea buena idea, Tony —dijo Mika.

—¡Claro que lo es! —exclamó Nayla entusiasmada—. Debería hacerlo.

—No —zanjó Mika.

—¿Qué te pasa, Mika? —preguntó Abbas.

—Ha sido una locura venir aquí y poneros en peligro.

—¿Qué está pasando, Mika? —repitió Nayla.

—Vamos, Tony. Te llevaré al Empress Zoe.

—¡No! —exclamó Nayla enérgicamente colocándose al lado de Tony—. Si quiere quedarse aquí, ¿por qué te empeñas en que no lo haga?

—No sabe en lo que se ha metido —explicó Mika.

—Lo complicas todo, como siempre —le acusó.

—Mika, no soy un niño, y además soy periodista. He estado en otras guerras...

—No tenéis ni idea de dónde os estáis metiendo —aseguró Mika dirigiéndose a todos—. No sabéis lo peligroso que es. La culpa es mía, no tendría que haber venido.

—Calma todo el mundo —pidió Nayla poniéndose en medio de los tres hombres—. Lo primero que vamos a hacer es relajarnos, tomar una copa de vino o lo que sea y después cenar. Más tarde decidiremos quién se va y dónde. De momento, somos viejos amigos que hace tiempo que no se ven y, por mi parte, me encantaría saber qué habéis hecho en los últimos veinte años.

Los hombres intercambiaron miradas en silencio.

—Bueno... —empezó a decir Tony para romper el hielo—. No sé lo que vas a hacer tú, pero yo no voy a rechazar semejante oferta. Vamos, Nayla —le pidió poniéndole una mano en el codo para llevarla hacia la cocina—. Mika no ha cambiado nada, sigue tan dominante como siempre. ¿Te acuerdas de cuando insistió en que pasáramos a Beirut este para revelar un carrete de fotografías?

Nayla lanzó una mirada por encima del hombro y vio

a Mika con las piernas separadas y los brazos cruzados sobre el pecho.

Se preguntó qué sentiría si esos brazos volvieran a abrazarla, pero las historias de Tony sobre su adolescencia en Beirut la distrajeron y tuvo que dejar aquellos pensamientos para otro momento.

Nayla se lució con la cena y tras una alegre velada en la que Tony llevó la voz cantante, Mika anunció mientras se levantaba:

—Tengo que irme.

—¿Qué? —protesto Tony—. Venga, Mika, solo son las doce.

—Por favor, quédate —le pidió Abbas apartándose el puro de la boca.

Mika negó con la cabeza. Se había sentado frente a Nayla durante la cena y había estado atento a todos sus movimientos, a toda sonrisa, y se había fijado en cómo le brillaban los ojos con las lágrimas de alegría que le habían producido los recuerdos que había evocado Tony.

Miró a Nayla. ¿Le pediría ella que se quedara? No lo hizo.

Tony y Abbas intentaron disuadirle una vez más, pero Mika rechazó su oferta. No confiaba en sí mismo ni podía soportar la idea de que Nayla se fuera a un dormitorio con Abbas.

—Muy bien —dijo Abbas apagando el puro en un cenicero—. Como quieras. ¿Te apetece otra copa de vino, Tony?

—Cómo iba a rechazarla…

—Llamaré al Vault y les diré que Mika se queda —comentó Nayla levantándose.

—No, gracias. Tengo dónde ir —dijo Mika.

—¿Dónde?

—Cerca de aquí.

—Entonces, deja que llamemos un taxi.

—Creo que iré dando un paseo.

—Como quieras —aceptó Nayla volviendo a sentarse.

—Entonces... nos vemos pronto —se despidió mientras le estrechaba la mano a Abbas y después a Tony, que le dio un abrazo antes de volver a su acalorada discusión sobre la política libanesa.

Miró a Nayla.

—Te acompaño a la puerta —le ofreció levantándose.

—No es necesario.

—Haría cualquier cosa por no oír a dos libaneses hablando sobre la política libanesa —se excusó sonriendo.

Dejaron a Tony y a Abbas en la mesa y salieron por la puerta principal, en aquella fría y fragante noche, en dirección a la verja.

Se produjo un embarazoso y tenso silencio.

—Me alegro de haberte visto —dijo Mika hundiendo las manos en los bolsillos de la chaqueta.

—Yo también —dijo Nayla sin mirarlo.

—¿Qué tal estás?

—Bien.

—Me alegro.

—Estupendo —dijo Nayla volviéndose hacia él.

—Gracias.

—De nada, para eso están los viejos amigos —explicó sonriendo.

Mika la miró bajo la luz anaranjada de una farola y apretó los dientes mientras buscaba las palabras adecuadas.

—Buenas noches —se despidió—. Que duermas bien. —Se puso de puntillas y le dio un beso en la mejilla. Mika se quedó en silencio, petrificado. Quiso reaccionar, pero su inseguridad se lo impidió. La observó mientras volvía a entrar, cerraba la verja y se dirigía hacia la puerta, donde se dio la vuelta y se despidió con la mano. Oyó el ruido de la puerta, se dio la vuelta y se alejó.

Había llovido y las oscuras calles brillaban por la humedad, pero cuando elevó la vista, el cielo estaba despejado y las nubes, apenas jirones, se dirigían hacia el este sobre el mar tras haber descargado su líquida carga.

Inspiró con fuerza y sintió el picor de la sal mezclado con el aroma a jazmín que emanaba de los arbustos cercanos. A medida que se acercaba a la calle principal empezó a oír las voces y risas de los clientes que hablaban en las terrazas de los cafés. Por un momento creyó estar en Beirut.

Los recuerdos de la ciudad en la que había crecido inundaron su mente hasta que, de repente, media hora más tarde estaba frente a la puerta de caoba de una antigua mansión victoriana. Pulsó el timbre y al poco se abrió la puerta y apareció una mujer bajita y regordeta que le sonrió y le hizo gestos con las manos en lengua de signos. Al mismo tiempo, salió una gata negra por detrás de la mujer, que saltó al hombro de Mika.

—Hola, bonita —susurró mientras el animal ronroneaba y se frotaba la cabeza contra su barba—. Buenas noches —saludó a la mujer dándole un abrazo—. Me alegro de verte.

La siguió escaleras arriba hasta el primer piso. La mujer le hizo señas y abrió una de las dos puertas que había en el rellano.

—Gracias —dijo antes de cerrarla. Encendió la lámpara que había en la entrada, se quitó la chaqueta y la colgó en el respaldo de un sillón. Las paredes encaladas, la gran cama, las sábanas blancas recién puestas y el oscuro marco de madera de la puerta que daba a un balcón desde el que se veían los tejados de los edificios cercanos, le recordaron su habitación en al-Rastan. Se desnudó y entró en la ducha, en la que estuvo un buen rato y dejó que el agua le librara de la suciedad que había acumulado en los últimos días mientras reproducía imágenes de Nayla en su mente, sobre todo una en la que corría hacia él en una playa de Bashar en el verano de 1980.

Recordó haberla esperado muy temprano en la planta baja de un edificio de apartamentos. Nayla quería ver amanecer en el Mediterráneo y él le había dicho que sabía el lugar exacto desde el que debía hacerlo.

Mientras estaba agachado a la sombra bajo las escaleras abrió una bolsa. Llevaba pan, queso y zumo. Después oyó una puerta que se cerraba en el segundo piso y unos pasos que bajaban la escalera.

—Mika —susurró Nayla.

Mika salió de su escondite y, al verlo, Nayla sonrió.

—¡Vamos! —Le ofreció la mano y cruzaron la calle en silencio en dirección a la Corniche.

Cuando el sol se elevó e inundó a Nayla con sus rayos dorados, Mika se volvió hacia ella y le dijo:

—Bésame, por favor.

Y lo hizo.

Dejó la toalla cerca de la cama, se metió entre las sábanas y se quedó dormido antes de que su cabeza tocara la almohada.

Siria, Kansafra, valle del río Orontes

Era casi la hora de las oraciones de mediodía.

Yamal estaba en el taller, arreglando la moto de un campesino al que había disparado un soldado en el puesto de control del ejército sirio cuando había cruzado el puente hasta la otra orilla del río Orontes.

Levantó la vista con un cigarrillo en los labios. El taller estaba muy animado. Desde el inicio del conflicto los hombres del pueblo solían reunirse bajo un gran manzano que había cerca del taller y que daba unas deliciosas manzanas rojas.

Yamal vio que un policía local se dirigía hacia allí desde el otro lado de la plaza. ¡Mierda! Se levantó y se limpió las manos con un trapo.

Cuando el policía pasó por delante, todos los hombres levantaron la vista de las cartas o de los tableros de *backgammon*.

—¿Qué tal va el negocio, Yamal? —preguntó el policía.

—Ya sabe… —contestó encogiéndose de hombros.

—¿Cuánto tiempo vas a quedarte?

—No sé, hasta que me pidan que vuelva a Damasco.

—¿Y eso cuándo será?

—Tal como le he dicho, no lo sé —repitió Yamal, que seguía limpiándose la grasa de las manos.

—Estoy buscando a uno de nuestros jóvenes reclutas, Ahmed.

—¿El hijo de Hassan?

—Sí.

—¿Por qué? ¿Qué ha hecho?

—Ha desaparecido.

—¿Qué quiere decir?

—Creemos que es un traidor.

—¿Por qué?

—En las protestas de Hama del otro día tenía órdenes de disparar, pero no lo hizo. Lo arrestamos, pero consiguió escapar.

El antiguo teléfono de color gris que había encima de un bidón de aceite empezó a sonar.

—Si lo veo, le avisaré —aseguró Yamal limpiándose de nuevo las manos con el trapo.

—Hazlo —le pidió el policía.

—Taller —dijo Yamal al auricular.

Al otro lado de la línea se oyeron interferencias.

—Tu hermano quiere verte.

—¿Cuándo?

—El viernes que viene.

—Iré después de las oraciones de la noche.

—*Maa salama* —se despidió la voz antes de colgar.

Estambul

Tony estaba frente al portátil con los dedos sobre el teclado mientras ordenaba sus ideas. Tenía que enviar algo que justificara su estancia en Estambul, sobre todo después de la tensa conversación que había tenido con Nueva York.

—¡Algo, Tony! ¡Envíame algo! —le había apremiado Bill.

—Estoy en ello, pero no es fácil —había contestado con toda la calma que había podido.

—Necesito algo, así que ponte las pilas y mándamelo, ¡ya!

—¡Joder!

—Tienes hasta las cinco, hora de la costa este.

Tony exhaló el aire que había estado conteniendo y miró la libreta de notas que había sobre la mesa, antes de volver la vista a la pantalla, cuyo resplandor blanco teñía su cara con un espectral color azul.

«A pesar de que el final de la Primera Guerra Mundial supuso el desmembramiento del Imperio otomano, no erradicó la opresión que Constantinopla ejercía sobre los árabes. La dictadura de los sultanatos simplemente se vio reemplazada por otro tipo de dictaduras, en ese caso, nacionales.

117

»La Primavera Árabe que comenzó a principios de ese año dio esperanza a una región que había estado pisoteada durante décadas por una dictadura en la que la libertad prácticamente no existía y el expresarse libremente era motivo de ejecución.

»Lo que vi en la plaza de la Liberación de El Cairo a principios de este año era todo lo contrario. Y lo que está pasando en Siria, con las atronadoras manifestaciones que piden el fin del régimen de Bashar al-Asad, unas protestas que hacen retroceder a las fuerzas de seguridad del Gobierno, es extraordinario. Aunque es un país en el que no hay una auténtica sociedad civil ni una oposición viable, el germen de la autodeterminación ha brotado en un pueblo que, tras haberse marchitado durante décadas por la opresión, empieza a decir la verdad. Pero, a pesar de que en Occidente nos ilusione ese nuevo sentimiento de autodeterminación, no debemos olvidar que las tribus y la religión siempre se han impuesto en Oriente Próximo, por lo que, a partir de ahora, lo que estas revueltas representan no solo es incierto, sino también desalentador.

»Siria tiene todos los elementos necesarios para que se produzca una guerra civil, pero ¿cómo se alinearán las fuerzas? Un conflicto sectario en el que la oposición y el Gobierno se fracturen en una guerra en la que haya varias partes que rivalicen por el premio en vez de dos, sería sangriento y caótico. El problema de Siria es el mismo que el de Irak y todo Oriente Próximo: el de los suníes contra los chiitas. Es lo que ha causado la práctica destrucción de Irak y ha permitido que los fundamentalistas, que enfrentan a unos contra otros y consiguen que la religión vaya de un lado a otro como una pelota de fútbol, se apoderen de uno de los bastiones más importantes de la región.

»En Siria, la guinda es el clan alauita, una minoría que proviene de las montañas del noroeste del país, poseedora de tradiciones y prácticas religiosas tan secretas como las de los drusos del Líbano. Sin embargo, esa minoría ha gobernado Siria y a su mayoría suní durante más de cuarenta años. Hafez al-Asad utilizó el miedo y la coacción para ejercer el poder. Sus fuerzas de seguridad están integradas casi por completo por miembros de la familia que tienen mucho que perder si desapareciera el régimen.

»Ideológicamente, los alauitas están más próximos a los chiitas, y de ahí el trato preferencial que el régimen ha procurado a Irán en el este y a Hizbulá en la frontera occidental con el Líbano. Dentro de Siria, el régimen cuenta con el apoyo de los chiitas y los cristianos, pero incluso unidos conforman un grupo muy pequeño. Los suníes de Siria han sufrido el yugo del régimen alauita, a pesar del coqueteo de Hafez Asad con la élite suní y de que hubiera algunos suníes en los altos cargos de su gabinete. La última vez que se produjo un levantamiento contra el régimen fue en 1982, cuando la Hermandad Musulmana instalada en Hama emprendió una *yihad* contra Asad. La respuesta fue feroz y brutal. El antiguo barrio de al-Keilaneyeh, un laberinto medieval de callejuelas, quedó arrasado. Se torturó y asesinó a miles de hombres, mujeres y niños, en su mayoría civiles, y otros tantos desaparecieron. La ciudad quedó destruida por las fuerzas especiales de Asad comandadas por su hermano Rifaat...»

De repente el teléfono de prepago que Mika había insistido en darle empezó a sonar. Se levantó de un salto, cerró el ordenador, lo metió en la mochila y salió corriendo.

Cruzó a Kadıköy, en el lado asiático del mar de Mármara, abrió el ordenador para seguir escribiendo y de vez en cuando levantó la vista para ver cómo se alejaba el palacio Topkapi conforme el *vapur* surcaba las aguas. A mitad de camino oyó el sonido que anunciaba la recepción de un mensaje.

«Café Fazıl Bey, mercado de Kadıköy.»

«De acuerdo», contestó.

Minutos más tarde el barco atracó en el embarcadero de Kadıköy y Toni bajó. Por supuesto, todavía tenía que encontrar aquel café. Por alguna razón, la aplicación de mapas de su iPhone no funcionaba allí y cada vez que preguntaba a alguien, le enviaba en la dirección equivocada.

Se dirigió hacia el interior. Vio una parada de autobús en la que había un grupo de mujeres con cestas de la compra. «Deben de ir al mercado», pensó Tony. Fue hasta allí y se sentó en un banco cerca de una de ellas. Su teléfono volvió a sonar.

«Pareces perdido.»

Tony levantó la cabeza, pero no vio a Mika.

«¿Dónde estás?», escribió Tony.

«Cerca.»

«¿Voy en la dirección correcta?»

«Baja en la parada Mandıra Caddesi.»

«¿Y después?»

«Ya lo verás.»

Entrar en el café Fazıl Bey era regresar a principios del siglo XX. Había sido un pequeño negocio familiar desde que Fazıl Bey abriera sus puertas en 1923, en la planta baja de su casa de madera de dos pisos para servir café, pastas y narguiles a los vecinos del barrio. El semanal mercado de los martes que se había instalado a su alrededor eclipsaba el pequeño edificio y sus puertas color rosa pálido apenas se veían entre los puestos de frutas, verduras, queso y aceite de oliva.

Entró y miró a su alrededor. Todo parecía haber estado allí desde siempre, de las fotografías en blanco y negro de las paredes, a las rústicas mesas y sillas de madera o el enorme molinillo de café que había detrás de la barra de zinc. Mika no estaba. Se sentó junto a una de las mesas frente a la puerta y sacó su libreta de notas.

A los pocos minutos entró Mika, saludó con la cabeza al hombre que había detrás de la barra y se acercó a la mesa. Tony se levantó, se dieron un abrazo y fuertes palmadas en la espalda.

—Me alegro mucho de verte.

—Yo también, hermano —dijo Mika sonriendo.

El camarero se acercó con dos cafés y un plato de *baklawa* de pistachos y nueces, y albaricoques secos rellenos.

—Este *baklawa* está recién sacado del horno y tiene un aspecto delicioso —dijo Tony antes de tomar un gran trozo de aquel pastel que rezumaba mantequilla y miel.

—Siempre te han gustado los dulces —comentó Mika dándole una palmadita en la cabeza.

—Todavía me acuerdo del *knefe* que preparaba tu madre los domingos para desayunar —confesó Tony.

—Parece que fue ayer.

—Incluso durante la guerra conseguía hacerlo. ¿Cómo se las apañaba para encontrar azúcar y crema de leche?

Mika negó con la cabeza.

—No lo sé. Hacía milagros —Mika lo miró fijamente—. ¿Cómo conseguimos sobrevivir a esa guerra?

—Hicimos lo que pudimos.

—¿Te acuerdas de Abdala, el panadero?

—¿No tenía también un puesto de *falafel*?

—Sí, solía apuntármelos en una cuenta —comentó Mika entre risas.

—Es verdad. Yo no tenía, no sé por qué.

121

—Es donde llevé a Nayla la primera vez que salí con ella. A tomar un *falafel* de Abdala y una coca-cola.

—No me extraña que se casara con Abbas —bromeó Tony—. Seguramente él la llevó al Plaza Athénée de París.

—Sí, seguro —dijo Mika fingiendo que le daba un golpe.

—Me alegro de haber vuelto a verla —confesó Tony. Mika asintió, pero no dijo nada—. Siempre ha sido muy guapa, pero ahora está espectacular.

Mika siguió callado.

—¿Te acuerdas de cuando me la presentaste? No la soportaba. Creía que iba a conseguir que nos mataran en Beirut oeste por llevar una cruz al cuello.

—La llamabas virgen María.

—Sí, lo había olvidado —dijo Tony entre risas.

—Era muy divertido —observó Mika soltando una risita.

—Siempre pensé que ibas a casarte con ella.

Mika frunció el entrecejo, se recostó en la silla y cruzó los brazos en actitud defensiva.

—Dejemos en paz el pasado.

Tony no siguió la conversación por ese camino. Había tocado fibra.

—Dime lo que está pasando realmente en Siria —pidió Tony.

Mika inspiró con fuerza y juntó las manos.

—Bashar lo hizo bien tras la muerte de su padre. Construyó nuevas infraestructuras, relajó el control y las leyes, la gente empezó a viajar… Se podía hacer de todo, comprar de todo. Alepo, Damasco… eran casi como Beirut. Había un ambiente fantástico por la noche, restaurantes, tiendas…

Tony anotaba en la libreta.

—Tenía un estilo muy diferente al de su padre. Consiguió que el poder pareciera más cercano en vez de distante, como había hecho Hafez. Conducía su coche, iba a restaurantes, tenía nuestra edad, era elegante y educado, y realmente quería que Siria prosperara y se abriera, deseaba reformar el país y dar a su pueblo una vida mejor y más libre.

—Quizás eso pasaba en Damasco, pero ¿y en el campo?

—Era igual, quería mejorar la situación de todos.

—¿En serio? —preguntó Tony con escepticismo.

—Al menos, eso decía —puntualizó Mika con un dejo de tristeza—. Pero las cosas no salieron así. Éramos amigos —añadió—. Casi como hermanos. Como tú y yo hace tiempo. Hablábamos de todo, éramos inseparables. Después, aquella relación acabó. Fue como si hubiera levantado un muro a su alrededor.

—La traición es difícil de aceptar —intervino Tony—. Sobre todo cuando el que la comete es un amigo.

Mika asintió, se tomó el café de un trago y pidió otro.

—Me costó creer que me diera la espalda de esa manera. No me lo esperaba —hizo una pausa—. Ni Siria tampoco.

—Mika —empezó a decir Tony lentamente—. ¿Por qué has venido?

Mika lo miró un momento antes de contestar.

—Alguien tiene que frenar a Asad.

—¿Una oposición armada?

—Al parecer es la única respuesta que entiende.

—¿Crees que funcionará?

—Hay muchos militares que no están de acuerdo con la forma en que está llevando la situación.

—Te arriesgas a comenzar una guerra civil.

—Lo sé.

—¿Has pensado en las consecuencias?

123

—Sí, no he hecho otra cosa. Incluso sueño con ello.

—¿Te has puesto en contacto con Estados Unidos?

—Tengo intención de hacerlo.

—Conocí a Joe Sutherland el día que me tropecé contigo, o tú te tropezaste conmigo.

—Lo sé.

—¿Sí?

—Conozco a Joe —confesó Mika—. Mucho.

—Quiere hablar contigo, me pidió que te lo dijera.

—Iré a verle.

Se quedaron en silencio.

—¿De dónde vas a sacar el dinero?

—Le he pedido a Abbas que nos ayude a conseguir fondos… Tiene clientes saudíes muy importantes.

—¿Y lo hará?

—*Haraam!*, espero que sí.

—Nuca me ha gustado Abbas —confesó Tony.

—Ni a mí, pero me debe un gran favor.

—¿Cómo la vas a llamar?

Mika le lanzó una mirada inquisitiva.

—A la oposición armada. ¿Cómo la vas a llamar?

—Ejército Libre de Siria —contestó Mika.

Volvieron a quedarse en silencio.

—He estado investigando la procedencia del dinero del régimen —dijo Tony recostándose.

—Así que has estado indagando acerca de Rami Murad.

Tony asintió.

—Quiero hacerle una entrevista.

—No creo que puedas. Es de la familia.

—¿Qué tal te llevas con él?

—Nada bien.

—¿Por qué?

—Tuve que matar a su padre.

—¡Joder, Mika!

—Fue una orden directa.

—¿Qué pasó?

—Hafez al-Asad creía que alguien le había traicionado.

—¿Cómo puedo conseguir una entrevista con Murad?

—Tendrá que aprobarla Bashar. Es la única forma de que Rami acepte.

—¡Mierda! ¡Necesito esa entrevista!

—¿Por qué no observas lo que está pasando en Siria? —sugirió Mika—. Después puedes solicitar una entrevista con Murad como «representante» del régimen y preguntarle cómo justifican sus acciones. Así podrás dejar caer alguna pregunta sobre sus negocios.

—Me encantaría hacerlo, pero ¿cómo?

—Puedo meterte en Siria. Si quieres, puedes volver conmigo.

—¿Vas a volver? ¡Te matarán!

—Aquí pueden matarme con la misma facilidad. Dentro de unos días veré a uno de mis chicos en Zardana, en la frontera. Iremos juntos. Cuéntale al mundo lo que está pasando, nos será de gran ayuda con los americanos.

Nayla estaba en su mesa de dibujo mirando fijamente una hoja de papel. Tenía un lápiz en la oreja y otro en la mano, con el que de vez en cuando trazaba unas líneas que luego borraba.

Se quitó las gafas de montura negra, las tiró encima de la mesa e hizo lo mismo con el lápiz que tenía en la oreja.

—¡Maldita sea! —gruñó frustrada cuando el lápiz cayó en la taza de café. Fue hacia la ventana y miró los tejados con el Bósforo al fondo, una vista que le gustaba mucho.

Dirigía su negocio de decoración de interiores desde

casa y se había adjudicado una parte del tercer piso, en el que había instalado su estudio cuando habían hecho reformas. Le encantaba. Era su santuario, un espacio en el que podía pensar y desarrollar sus ideas sin las distracciones que le ofrecía el resto de la casa.

Había tirado varios tabiques para crear un espacio diáfano, en el que había conservado el suelo de madera y la estufa de leña, que encendía en invierno. Las paredes eran blancas y además de la mesa, la silla y una alargada y elegante cómoda que utilizaba como archivador, había dos confortables sillones tapizados en tonos carmesí que había colocado junto a la estufa y aportaban la única nota de color a la minimalista habitación.

Volvió a la mesa, se sentó en la silla de piel y se inclinó para acabar el dibujo en el que estaba trabajando. No prestó atención al móvil que sonó en un extremo de la mesa. A los pocos minutos volvió a sonar. Arrugó el entrecejo y lo cogió. ¿Quién sería? ¿No podían dejarla en paz un par de horas?

«Muelle de Kabataş, M.»

Su cara se relajó. Miró el mensaje hasta que la pantalla se oscureció. Se levantó y fue hasta la ventana con el teléfono en la mano. Volvió a leer el mensaje.

«M, era Mika.»

«¿Qué hago? ¿Voy?» El otro día había tenido una sensación extraña al verlo. Durante muchos años había pensado qué haría si volvían a encontrarse.

Y en ese momento estaba allí y no sabía qué hacer. ¿Debería aprovechar la oportunidad y verlo a solas? ¿O parapetarse en Abbas y el caparazón que le proporcionaba su tedioso matrimonio y fingir que seguía tan enamorada de él que nadie podía interponerse?

¿Había amado realmente a su marido alguna vez? Se repitió una pregunta que solía plantearse muy a menudo y quizá no obtuvo la acostumbrada respuesta. Admitió que había querido enamorarse y Abbas había aparecido en el momento oportuno.

Miró el mar y vio su reflejo en el cristal, iluminado por el sol que había aparecido por detrás de unas nubes blancas con ribetes lila. Por un momento imaginó ver a su madre.

—¿Puedo ir? —recordó que le había preguntado hacía treinta años.

—¿Dónde?

—A la esquina, mamá, a tomar un *falafel* de Abdala.

—¿Te has vuelto loca, niña? ¿No sabes que estamos en guerra?

—Lo sé, mamá, pero voy con Mika y no dejará que me pase nada.

Su madre había insistido, pero finalmente había cedido, y ella había bajado las escaleras corriendo para reunirse con Mika, que la esperaba en la puerta del edificio de apartamentos. Recordó lo feliz que se había sentido cuando le ofreció la mano.

Volvió a mirar el reflejo en la ventana. «¿Debería ir?», se preguntó de nuevo.

Al poco salió por la puerta en dirección al muelle de Kabataş.

Mika esperaba pacientemente apoyado en un poste en la parte de atrás de un yate amarrado en un viejo embarcadero de madera del muelle. Tenía la vista fija en la gente que paseaba tranquilamente por allí. Muchos eran turistas que querían hacer un circuito por el Bósforo.

Saltó al muelle y buscó a Nayla entre la multitud.

Era media tarde, el cielo estaba gris y cubierto de nubes, y había amenazado con llover todo el día. Oyó la voz de unos hombres que cantaban en una antigua iglesia bizantina cercana. El canto se mezclaba con la aguda llamada a la oración de un muecín cuyo sonido había atravesado el Bósforo desde una mezquita en la parte oriental. Una bandada de pájaros salió volando y se elevó junto con las voces hacia el cielo azul.

—*Marhaba*, Mika.

El saludo lo sobresaltó. Se dio la vuelta y miró sus ojos verdes. Nayla le sonreía, su belleza era tan radiante y el magnetismo de los ojos tan intenso, que no pudo desprenderse de su mirada. Sintió que caía en un túnel e hizo acopio de todas sus fuerzas para no rodearla con los brazos y apretarla con fuerza contra él.

—Me alegro de verte.

—Yo también.

Se quedaron un momento en silencio, rodeados por los agudos graznidos de las gaviotas, las voces de los turistas, el grito de los vendedores de bebidas y el chapaleo del agua contra la madera y la piedra del muelle.

—¿Mika? —La pregunta de Nayla rompió el silencio.

—Ven —le pidió aclarándose la voz.

—¿Dónde vamos?

Nayla subió a bordo y siguió a Mika hasta el puente, donde arrancó el motor y llevó el barco hasta el centro del Bósforo. Pasaron ante los antiguos palacios otomanos que bordeaban la costa europea de Estambul y las casas de madera que habían pertenecido a la nobleza de los emperadores otomanos. Nayla indicó con entusiasmo las que más le gustaban.

Era tan guapa. Su sonrisa, su risa, sus ojos…

Al llegar a Üsküdar, en la parte oriental, Mika viró hacia la derecha y apagó el motor cuando se aproximaron a un embarcadero abandonado. Nayla volvió a lanzarle una mirada inquisitiva y Mika le contestó con una sonrisa. Se acercó tanto como pudo al muelle de madera y lanzó un pesado cabo al amarradero de hierro. Saltó de la embarcación para ayudar a Nayla.

—Por favor, ¿quieres decirme qué estamos haciendo aquí?

—Ya lo verás, es una sorpresa —contestó—. Ven —le pidió haciéndole un gesto para que le siguiera y subiera una pequeña pendiente en el otro extremo, junto a la que había un coche.

Condujeron varios kilómetros en silencio hasta llegar a la entrada del mercado de antigüedades de Üsküdar. Mika le cogió la mano antes de entrar.

—¿Cuál es ese gran secreto? —preguntó mientras caminaban entre las tiendas que vendían joyas, lámparas, alfombras, baratijas, litografías y dibujos—. ¡Mira! —exclamó deteniéndose ante una que vendía diminutos candados y llaves—. ¡Qué bonitos! —añadió mientras los tocaba. Mika esperó pacientemente y la observó mientras estudiaba las vitrinas. De repente se volvió hacia él sonriendo, con la cara iluminada por la emoción y el placer—. ¡Mira Mika! —pidió enseñándole un pequeño candado en forma de corazón. Era de plata y estaba grabado con la intrincada caligrafía árabe. Lo abrió con una minúscula y decorada llave, y en el interior encontró un trozo de pergamino con una frase en árabe.

—¿Qué dice? —preguntó Nayla al anciano que estaba al cargo de la tienda.

—Siempre hay un mañana —contestó.

—Sí que lo hay —suspiró dejando el candado con cuidado en el mostrador.

Mika puso un billete en la mano del anciano.

—Póngalo en una caja, por favor —le pidió.

—¡Mika! —exclamó Nayla—. ¡No seas tonto!

El vendedor miró a Mika, después a Nayla y volvió a mirar al hombre.

129

—Por favor, métalo en una caja —repitió Mika.

—¡No! —dijo Nayla poniendo una mano en el brazo del anciano para detenerlo.

Mika se acercó y retiró la mano de Nayla del brazo del vendedor y le hizo un gesto para que buscara una caja.

—Gracias —dijo Nayla con una cortés sonrisa.

—De nada.

—No tenías por qué comprarlo.

—Lo sé. Ven —le pidió cogiéndole la mano nuevamente.

Al poco llegaron al extremo del cubierto mercado y salieron a una plaza llena de limoneros. A un lado había un hombre que estaba cocinando y una mesa de plástico blanca con dos sillas bajo uno de los árboles.

—No es muy elegante —se disculpó Mika mientras apartaba una silla para que se sentara Nayla.

—¡Qué dices! Mira todos esos limoneros. Son espectaculares.

—Dos especiales, por favor —pidió Mika al hombre del puesto.

—Marchando, Mika —contestó el hombre.

El camarero llegó con una bandeja roja con dos grandes sándwiches de *falafel* envueltos en papel y dos pepsis.

—¡Perfecto! Gracias —dijo Nayla echándose a reír.

—¡Pruébalo! —le pidió Mika, y esperó a que diera un gran mordisco antes de hacer lo propio.

—¡Está buenísimo, Mika! —exclamó sin dejar de masticar.

—Está bueno. No tanto como los de Abdala, pero casi.

—Aun así, es mucho mejor que cualquiera de los que he probado en Estambul.

—Supongo que es porque ese hombre es el nieto de Abdala.

—¡No me digas!

—Sí.

—No me lo puedo creer.

Acabaron de comer y se recostaron en las sillas. Nayla sonrió.

—Estaba delicioso.

—Sí que lo estaba.

—El otro día no parecías muy contenta de verme —dijo Mika.

—Bueno, fue toda una sorpresa encontrarte en el cuarto de estar.

—Me alegro de que hayas venido.

Nayla suspiró resignada.

—Yo también. He de confesar que no sabía si venir o no.

—Y yo no estaba seguro de si lo harías —admitió Mika. Alargó la mano y le sujetó el mentón con el pulgar y el índice—. Me alegro mucho de verte.

Nayla se soltó con delicadeza y se echó hacia atrás.

Se produjo un incómodo silencio.

Mika notó los ojos de Nayla fijos en los suyos. Sabía que quería decirle algo. Se rascó la nuca, la miró y apartó la vista.

—Nayla —empezó a decir tras aclararse la voz.

—¿Por qué estamos aquí, Mika? —preguntó Nayla.

—Esto… —balbució Mika.

—¿Por qué me has pedido que venga?

—He pensado que deberíamos hablar… Aclarar las cosas.

—¿Hablar? ¿De qué?

—De… Bueno, ya sabes…

—No hay nada de que hablar. Nunca entenderé por qué me escribiste aquella ridícula carta en la que decías que tenías que dejarme porque lo nuestro no iba a funcionar, que si nos hubiéramos conocido en otro momento y en

131

otro lugar... Para luego desaparecer sin tener el valor de decírmelo a la cara.

Mika se quedó callado.

—No pasa nada. Lo entiendo. Idiota de mí, te creí cuando me dijiste que me amabas.

—Todo lo que dije era verdad. Lo sentía entonces... y lo sigo haciendo —afirmó bajando el tono de voz hasta convertirlo en un susurro.

—Entonces, ¿por qué desapareciste?

—Es complicado de explicar.

—Muy bien, dejémoslo pues. ¿Qué quieres ahora? ¿Que seamos amigos...?

A pesar de no evidenciarlo, Mika veía en sus ojos que estaba enfadada.

—Imagino que podríamos empezar de nuevo —propuso Mika.

132

—No sé. Me costó mucho tiempo superarlo, pero lo conseguí. Después llegó Abbas y nos casamos. Vivimos bien.

—¿Estás enamorada de él?

Nayla frunció el entrecejo.

—No creo que eso sea de tu incumbencia.

—Lo es, porque hace mucho tiempo que nos conocemos y me preocupo por ti.

Nayla resopló.

—¿Te preocupas ahora? —preguntó con sarcasmo.

Mika suspiró y bajó la cabeza.

—Sé que estás enfadada. Sé que seguramente lo has estado mucho tiempo. Si pudiera regresar al pasado y empezar de nuevo, lo haría, pero no es posible. Lo único que puedo hacer es disculparme y pedir que me perdones.

Nayla se quedó callada.

—Nayla —susurró de forma casi inaudible—. Lo siento —dijo suavemente y alargó la mano para coger las suyas—. Nunca quise hacerte daño. Eres la última persona en este mundo a la que se lo haría.

—No sé.

—Por favor, quiero compensarte.

Nayla inspiró profundamente.

—¿Qué pasó? Después de tantos años creo que tengo derecho a saberlo.

Mika vio por el rabillo del ojo el objetivo de una cámara que desaparecía detrás de un árbol. Echó hacia atrás la silla y levantó una mano—. Vámonos, te llevaré a casa.

Mientras iban caminando, Nayla susurró:

—¿Por qué no has contestado a mi pregunta?

—Lo haré.

Mika observó detenidamente el mercado. En uno de los extremos había un vendedor de cerámica que no había visto antes. En el puesto había un hombre que hacía fotos de las piezas. Mika estaba seguro de que era el que había estado fotografiándoles desde detrás del árbol. *Haraam!* Y Nayla estaba con él. ¿Por qué había sido tan tonto como para ponerla en peligro?

De repente, se dio la vuelta y fue hacia la arcada por la que habían entrado en el mercado.

—¡Mika! —exclamó Nayla.

—¡No sueltes mi mano!

Nayla le hizo caso con expresión preocupada.

Mika zigzagueó por los puestos hasta que llegaron cerca del de *falafel*. Miró hacia atrás, el vendedor de cerámica estaba cerca. Estudió la plaza, no vio ninguna salida, pero tenía que haber una.

—¡Mohammad! —gritó Mika al vendedor—. Necesito ir a la entrada del mercado.

—Tengo una moto.

—Te la dejaré en la puerta.

—Vale, pero no la abolles.

—Mohammad, ¿te has dado cuenta de en qué estado está?

Se subió y puso en marcha el plateado escúter.

—¿Cómo puedes moverte con esto? —añadió cerrando el *starter*—. ¡Sube, Nayla!

—Nos lleva perfectamente a mi mujer, mis dos hijos y a mí —aclaró Mohammad.

Mika meneó la cabeza, aceleró y la moto se puso en marcha lentamente en el momento en que el vendedor de cerámica salía corriendo del mercado.

Cuando estaban en el yate, Nayla dijo:

—Me debes una explicación.

Mika apagó el motor y echó el ancla.

—Creo que este es un sitio seguro para hablar.

Entraron en la cabina y mientras el barco se mecía a salvo en la costa europea, lejos de otras embarcaciones, se lo contó todo.

—Se llamará Ejército Libre de Siria.

Nayla arrugó el entrecejo cuando asimiló lo que le acababa de decir.

—Mika…

—No hay otro camino.

—¿Para qué has venido? ¿A buscar dinero o mercenarios?

—Dinero y armas. Abbas nos ayudará.

—¿Abbas? —repitió Nayla sorprendida.

Mika le lanzó una inquisidora mirada en silencio.

—Escúchame —Nayla parecía preocupada—. Sé que te parecerá muy extraño…

—¿Qué?

—No confíes en Abbas.

—¿A qué te refieres?

Nayla apartó la mirada.

—Tienes que decírmelo. Por favor.

—No creo que te ayude —contestó Nayla cogiendo las manos de Mika.

—Tengo que saber por qué.

—No lo sé exactamente.

—Entonces, ¿cómo sabes que no lo hará?

Nayla apartó la mirada y después volvió los ojos hacia Mika.

—Creo que está relacionado con Bashar, Maher, los iraníes, Hizbulá e incluso los rusos. Sospecho que hace tiempo que trabaja para todos ellos.

—¿Sabes cómo o qué ha hecho?

—No —contestó encogiéndose de hombros.

—No sé si habrá forma de averiguarlo.

—Podrías intentar conseguir su portátil —sugirió Nayla.

135

Mika la dejó en el muelle de Kabataş y volvió a subir a bordo. Sacó el móvil y marcó un número.

—Soy tu viejo amigo, el general… Estoy bien… Por supuesto que sabes que estoy en Estambul, para eso te pagan. Mira… necesito que me hagas un favor. ¿Puedes mirar una cosa? Abbas Daoud, un abogado de Dixon & Chandler… Ya sabes quién es… Averigua dónde ha viajado en los últimos años. Teherán, Moscú, Beirut, Dubái… ¿Puedes echar un vistazo a sus cuentas también? Sí, saber dónde las tiene… Todavía no sé qué estoy buscando… Una pauta o algo así… Gracias, amigo.

Joe Sutherland bajó del autobús y se dirigió hacia el barrio de Cihangir en Beyoğlu.

No era muy tarde y el sol, que todavía se ocultaba por

detrás del palacio Topkapi, creaba un halo de luz que conseguía que la estructura pareciera etérea y flotara en el agua.

Cihangir, en tiempos un reducto de artistas e intelectuales adictos a la nicotina, con refinadas y elegantes calles, bares y restaurantes del barrio e interesantes *boutiques*, era una parte bonita de la ciudad, un poco como la margen izquierda de París con sabor de Oriente Próximo.

Le había gustado aquella zona cuando se había mudado a Estambul, pero el encanto se había desvanecido. A pesar de que en tiempos caminaba animadamente cuando recorría sus estrechas calles con desgastados adoquines, se perdía de camino al edificio de finales del siglo XIX en el que vivía y descubría pintorescos cafés en plazas bordeadas por árboles en las que los ancianos jugaban al *backgammon*, fumaban narguiles y bebían una taza tras otra de café turco, en ese momento solo podía pensar en el Starbucks por el que pasaba cuando iba a la oficina en Langley.

Subió los cinco tramos de escaleras hasta el apartamento que había en el ático, varios cuartos de sirvientes convertidos en un espacio más amplio, con ventanas que daban a los tejados y vistas a la torre Gálata a lo lejos.

Dejó las llaves en la mesita que había a la entrada, se quitó la chaqueta, se aflojó la corbata y fue a la cocina a buscar una cerveza. Volvió al cuarto de estar, abrió una ventana y dejó que el flujo y reflujo de sonidos exteriores impregnara el silencio y la tranquilidad de la habitación. Se quedó allí un momento antes de darse la vuelta.

—¡Joder! —exclamó sobresaltado—. ¿Cómo has entrado aquí? —preguntó apoyándose en la repisa de la ventana con los brazos cruzados sobre el pecho—. Me alegro de verte. Hacía tiempo que no sabía de ti.

—Hola, Joe —saludó Mika encogiéndose de hombros.

—Me dijeron que estabas en la ciudad.

—Por supuesto —dijo Mika sonriendo.

—Aunque no me lo había confirmado nadie.

—Venga, Joe —Mika chasqueó la lengua y le regaló una irónica sonrisa—. ¿Cómo están las cosas?

—Ya sabes… —Suspiró, se sentó junto a Mika y dejó la cerveza en la redonda mesita de madera y nácar que había entre ellos.

—¿Quieres una cerveza?

—¿No tienes whisky?

—Bourbon.

—Me parece bien.

Fue a la cocina y volvió con un vaso. Se quitó la corbata y se arremangó la camisa.

—¿Puedo fumar un puro? —preguntó Mika sacando un par del bolsillo delantero y ofreciéndole uno.

Joe negó con la cabeza.

—No, gracias, pero tú fuma lo que quieras.

Mika mordió un extremo y lo encendió.

—¿Qué tal estás? —preguntó Joe poniéndose cómodo.

—Liado.

—Ya me lo imagino.

—Necesito que me ayudes.

—Ya sabía que no era una visita de cortesía.

Mika se levantó y dejó el bourbon en la mesita.

—Necesito el respaldo de Estados Unidos para echar a Asad.

—¡Vaya! ¡Eso es mucho pedir! Solo soy un trabajador de la inteligencia regional.

—Sí, pero puedes ponerte en contacto con Washington.

—Aun en el caso de que pudiera, ¿qué quieres exactamente?

137

—Necesito dinero, armas, suministros médicos y el apoyo estadounidense a mi iniciativa... publicidad.

—Eso es imposible —enfatizó Joe—. Ya sabes cómo funciona esa mierda.

—Muy bien... me conformo con un apoyo encubierto.

—¿Y qué recibiremos a cambio?

—Os llevaréis toda la gloria de haber derrocado a un dictador y haber llevado democracia y libertad al país. ¿No es ese el sueño americano?

Joe se encogió de hombros.

—¡Venga, Joe! Los dos sabemos que a Estados Unidos le encantaría librarse de Asad y humillar a Teherán y Moscú.

Joe suspiró.

—Llevamos muchos años trabajando juntos. Desde el día en que pediste ayuda al Mujabarat para encontrar a Bin Laden. Sabes cómo soy.

—Tú eres un buen tipo —reconoció Joe—, pero no todo el mundo lo es en esta parte de Oriente.

—¿He de recordarte quién te dio la información sobre el escondite de Bin Laden el año pasado? —Lo presionó—. ¿Y quién allanó el camino con el ejército pakistaní cuando iban a intervenir los comandos de la Marina? Es hora de devolver el favor.

—Hemos colaborado intermitentemente todos estos años —dijo levantando una mano para interrumpirle—, pero la opinión pública no lo sabe. Para ellos Siria solo es uno de esos desequilibrados países de Oriente Próximo que patrocina el terrorismo y mata estadounidenses. Tampoco podemos olvidarnos de las muestras públicas de afecto entre Asad y Putin, y Asad y Ahmadineyad.

Mika guardó silencio.

—De acuerdo —aceptó Joe finalmente—. Hablaré con Langley. No creo que sirva para nada, pero lo intentaré.

ϒ

Mika acababa de abrir la puerta cuando sonó el móvil.

—¿Tienes algo para mí?

—Quizá —contestó una voz masculina.

Mika fue a la ventana y miró hacia los tejados de Cihangir.

—Dime.

—A partir del 2005 Abbas Daoud empieza a volar de Estambul a Teherán, de Teherán a Dubái, de Dubái a Beirut y de regreso a Damasco.

—¿Cada cuánto?

—Cada seis u ocho semanas.

—¿Puedes averiguar más cosas? ¿Y la procedencia del dinero? Entérate de si Daoud tiene alguna empresa tapadera en Dubái o alguna cuenta bancaria.

—Estoy en ello. Me pondré en contacto contigo.

Mika colgó y marcó otro número.

—¿Diga? —contestó una voz femenina.

—Necesito que me ayudes con ese portátil.

—Sí, claro. ¿Cuándo?

—Lo antes posible —dijo Mika.

—Dentro de dos días.

Era temprano y Nayla todavía estaba en la cocina preparando café. Llevaba un sencillo vestido color hueso que contrastaba a la perfección con su tez color miel.

Cogió el móvil cuando vibró suavemente.

«¿Hoy?», decía el mensaje.

«Sí, a la una», tecleó antes de dejarlo en la encimera. Al poco volvió a vibrar. Lo miró y siguió preparando el café.

—*Habibti!*

Nayla se sobresaltó al oír la voz de Abbas a su espalda. Se volvió justo en el momento en que entraba en la cocina apretándose el nudo de la corbata. Dejó el maletín en uno de los taburetes de la isla que había en el centro de la cocina, cogió la taza en la que Nayla acababa de servirle un café y le dio un beso en la mejilla.

—Gracias, lo necesitaba —dijo mientras se sentaba y colocaba las manos alrededor de la taza—. Estás muy elegante.

—Sí —contestó sonriendo.

—¿Dónde vas? —preguntó antes de tomar un sorbo para saber si estaba muy caliente.

—Tengo unas cuantas citas.

—Es un vestido muy bonito para acudir a citas.

—También voy a almorzar.

—¿Dónde? ¿Con quién?

—Estás muy preguntón hoy.

—Tengo una esposa muy guapa —replicó—. He de ser cuidadoso.

—Eso es muy amable, sobre todo después de tantos años…

—Ahora he de tener aún más cuidado.

—¿A qué te refieres?

Abbas no contestó. Se tomó el café, cogió un trozo de pan con queso y se lo metió en la boca.

—¿Te veré luego o tienes que trabajar hasta tarde? —preguntó Nayla inclinándose hacia la encimera con un café en la mano.

—No lo sé.

Nayla cogió la cafetera y volvió a llenarle la taza.

—¿Vas a ver a Mika?

Se sobresaltó. Le tembló la mano y tuvo que poner ambas en el asa de la cafetera para no derramar el café.

—¿Qué?

Abbas le lanzó una mirada circunspecta y se encogió de hombros.

—Sois viejos amigos.

—Sí, lo somos —admitió. Levantó la taza y puso las manos alrededor para sostenerla con firmeza. Tomó un par de sorbos sin mirar a su marido.

—¿Y bien? ¿Lo vas a ver? —la tanteó.

—No creo que tenga tiempo para mí. Según lo que contó la otra noche, está muy ocupado.

—No creo que esté demasiado ocupado para ti —comentó Abbas con desdén—. Creo que lo dejaría todo por verte.

—Me parece que te equivocas.

—¿Sí?

Se creó un momentáneo y difícil silencio en el que los dos se concentraron en el café.

—¿Y tú? —preguntó finalmente Nayla—. Le ayudarás, ¿no? Tienes muchos clientes en Riad.

Abbas no contestó.

—¿Le ayudarás? Por lo que entendí, cuenta contigo —añadió.

—No digas tonterías, no sabes nada —se burló—. Los hombres como Mika no tienen solo un plan.

Dicho lo cual, se levantó, cogió la chaqueta y el maletín, y se fue.

—¿Teba? —preguntó Nayla alegremente—. ¿Está mi marido? Estaba por esta zona y he pensado en darle una sorpresa.

—¡Señora Daoud! —saludó la secretaria saliendo de detrás del escritorio y colocándose de forma defensiva entre Nayla y la puerta de la oficina de Abbas—. Está en una reunión muy importante.

—Pues llámalo y dile que he venido para llevarlo a almorzar.

—Señora Daoud —dijo Teba con su mejor tono apenado—. No creo que pueda salir a almorzar hoy. Tiene una reunión detrás de otra hasta que se vaya a Riad.

—¡Tonterías! ¡Tiene que comer!

—Señora, me temo que no puede.

Nayla se estiró tanto como pudo, ayudada por los tacones de aguja de siete centímetros que llevaba, apartó a Teba y entró en la oficina de Abbas, al que encontró hablando por teléfono.

Al verla, su marido arqueó las cejas.

—Lo siento, pero tengo que cortar esta conversación, caballeros —se disculpó antes de colgar y rodear el escritorio para ir a saludarla.

—¿Qué haces aquí? ¿Creía que ibas a almorzar?

142   —Iba a hacerlo, pero he cancelado la cita —contestó mientras le limpiaba la solapa de la chaqueta—. He pensado en invitarte a comer en el Four Seasons como compensación.

—No tengo mucho tiempo —Abbas miró a la secretaria por encima del hombro de su mujer—. ¿Verdad, Teba?

—Así es, señor. Su siguiente reunión es dentro de media hora.

—Hace mucho tiempo que no comemos juntos —continuó Nayla poniéndole una mano en la mejilla—, y la verdad es que no sé cómo ha quedado la situación entre nosotros esta mañana. Me gustaría hacer las paces —susurró.

—De acuerdo… Teba, retrasa la reunión media hora.

Nayla sonrió abiertamente.

—Pero solo una hora, Nayla —le advirtió cuando salían por la puerta.

Nayla le cogió del brazo mientras atravesaban el vestíbulo. Una vez fuera, en el brillante resplandor, se puso unas grandes gafas de sol. En cuanto dieron un par de pasos vio que Mika subía las escaleras en dirección al vestíbulo. Se volvió disimuladamente hacia su marido para que concentrara su atención en ella mientras se dirigían hacia el coche que les esperaba.

Mika salió del ascensor y estudió rápidamente los rincones y el techo en busca de cámaras. Había tres.

Fue hacia la oficina de Abbas.

—Buenas tardes, señorita… Korel —saludó a la recepcionista tras leer su apellido en la placa plateada que había sobre el mostrador—. Tengo una cita con el señor Daoud.

—¿Cómo se llama, por favor?

—Mikal Hussein.

La recepcionista lo miró mientras marcaba un número de teléfono y susurraba su nombre. Al poco apareció Teba.

—¡Señor Hussein! —exclamó al acercarse—. Lo siento, pero el señor Daoud ha salido.

—¿Sí? Pero si me dijo que almorzaríamos juntos…

—Lo siento, debe de tratarse de una confusión.

—¿Sabe cuánto tardará en volver?

—Una hora.

—En ese caso lo esperaré en la oficina.

—Lo siento, pero me temo que no puedo dejar que lo haga, señor Hussein. Tengo que preparar la siguiente reunión.

—No la molestaré. Le prometo que me sentaré en el sofá y no me moveré.

Teba le lanzó una afligida mirada y se retorció las manos.

—Me temo que no será posible, señor —añadió en un tono que Mika notó ligeramente alterado.

—¿Puedo esperar aquí? —preguntó haciendo un gesto hacia la recepción.

—Por supuesto, señor —dijo Teba indicándole un sillón blanco que había en un rincón.

—Pensándolo bien, creo que iré a tomar un café y volveré.

Avanzó por el pasillo hacia la escalera, sacó el móvil y marcó un número.

—¿Cuánto tardaría en enviar una docena de peonias rosas al edificio Çirağan? Si lo hace en diez minutos le pagaré el triple. Me da igual el adorno, ponga las flores sin más. Una tarjeta... sí... Madame Korel, Dixon & Chandler, piso 24.

Marcó otro número.

—¿La señora Teba Tatbak?... Soy el señor Sayi man, del stanbul Lisesi... Sí, sí, está bien... Se ha peleado... Sí, me temo que otra vez... La espera en la enfermería... ¿Puede venir?... Los padres de los otros niños ya han venido... Sí, chicos... Gracias.

Poco después Teba corría hacia el ascensor intentando colocarse bien un pañuelo. Mika fue hacia la oficina. Miró a través del cristal esmerilado. La recepcionista seguía allí. Sacó el teléfono otra vez.

—Hola, aquí seguridad. Tenemos un envío de flores para usted... Sí, para usted. ¿Es la señora Korel?... No lo sé, viene a su nombre... No, no podemos recogerlo nosotros... No, tampoco podemos dejarle que suba... Lo siento, son muy bonitas... Tendrá que bajar... Gracias.

Segundos después la recepcionista fue hacia los ascensores. Al fondo había dos mujeres, pero estaban enfrascadas en sus teléfonos. Mika entró con cuidado en la oficina de Abbas. Estaba vacía. Tenía unos veinte minutos antes de que volviera Teba y treinta antes de que lo hiciera Abbas. La recepcionista no le preocupaba en absoluto. Se sentó frente al escritorio, abrió el portátil e insertó un lápiz de memoria que empezó a copiar todo lo que había en el disco duro.

Diez minutos después oyó voces al otro lado de la puerta. Miró el ordenador. Seguía copiando. Solo necesitaba un par de minutos. La barra en la pantalla estaba casi llena.

De repente oyó una voz masculina. ¡Mierda! Era Abbas. «¡Venga, venga!», pensó mientras miraba el ordenador deseando que se diera prisa y acabara la copia. Oyó pasos que se acercaban. En el momento en que terminó el proceso, sacó el lápiz, cerró el portátil, corrió hasta la puerta y la entreabrió. Abbas iba hacia allí. No tenía tiempo.

Mika se sentó rápidamente en el sofá y nada más coger una revista y cruzar las piernas, entró Abbas.

—¿Qué haces aquí? —preguntó sorprendido.

—Teníamos una cita.

—No —replicó evidentemente alterado—. En cualquier caso, ¿qué haces aquí? Es mi oficina —puntualizó mirando a su alrededor por si faltaba algo.

—Creía que no te importaría que disfrutara de la vista, es espectacular —explicó indicando hacia la cristalera de suelo a techo.

—Estoy muy ocupado y tengo que preparar otro complicado viaje a Riad mañana, así que si me disculpas…

—Por supuesto. No pasa nada, hermano —dijo acercándose para estrecharle la mano.

—Te veré cuando vuelva dentro de unos días —se despidió Abbas.

«¿Dónde demonios está Teba?», oyó que decía cuando cerró la puerta.

—*Günaydin* —saludó educadamente a la recepcionista, que lo miró y arrugó el entrecejo confundida—. Bonitas flores —añadió.

Hacía una noche espectacular. La luna llena proyectaba un luminoso resplandor plateado en las oscuras y profundas aguas del Bósforo. Era casi medianoche y Nayla esperaba ansiosa en el muelle que había frente al hotel Çirağan Palace Kempinski.

Miró el reloj y después el agua. Soltó una risita. Se sentía como si volviera a tener diecisiete años. El corazón le latía a toda velocidad y notaba la misma tensión en la boca del estómago que cuando se escapaba de casa de sus padres para ir a sentarse con Mika en el tejado del edificio de apartamentos para mirar las estrellas y oír las bombas en Beirut este y Baabdat durante la guerra.

Le había pedido que acudiera allí. ¿Dónde estaba? Fue hasta el extremo del muelle y volvió, se apoyó en un poste de madera y miró el agua plateada. Comprobó el reloj y echó un vistazo al estrecho, pero no había nadie, solo un yate que había estado balanceándose en el agua desde que había llegado.

Se sentó en el borde del muelle con las piernas colgando. Le daría unos minutos más y después se iría. Sacó el móvil, pero tampoco había nada, ni mensajes ni llamadas.

Estaba apoyada sobre las manos cuando vio que algo se movía en el yate. Una figura subía por la borda que daba a la parte oriental de la ciudad. Después, una espesa nube cubrió la luna y la escena se oscureció. Al poco oyó un débil chapoteo en el mar. Se levantó. No era el chapaleo del agua en los postes del embarcadero. Era un movimiento rítmico, como alguien que remara. Pocos minutos después un bote pareció emerger de un oscuro abismo.

El corazón de Nayla se aceleró al verlo.

Mika maniobró para dejar el bote paralelo al muelle. Se puso de pie y se agarró al extremo del embarcadero para mantener el equilibrio. Después le tendió la mano.

Nayla negó vehementemente con la cabeza.

—¡Estás loco! —susurró.

—No pasa nada.

Nayla se sentó con cuidado y empezó a descender. Sintió las manos de Mika en la cintura, se soltó, le puso los brazos alrededor del cuello y dejó que tirara de ella. Cuando el bote se bamboleó violentamente, contuvo la respiración.

—Te tengo —susurró Mika—. Nunca dejaría que te cayeras.

Sus ojos brillaban en la tenue luz del embarcadero.

—No me gustaría oler como el Bósforo —dijo riéndose suavemente.

Mika no soltó las manos.

—Eres tan guapa, Nayla —dijo inclinando la cabeza hacia ella.

Nayla tragó saliva. Antes de que pudiera contestar, el bote se movió y notó que se caía hacia delante. Mika la sujetó con fuerza hasta que recuperó el equilibrio. Nayla volvió a mirarlo y en esa ocasión, con una mano en la cintura, Mika apoyó la otra en su mentón y la miró a los ojos.

—Sí, eres muy guapa. Ahora mucho más.

—Mika… —murmuró Nayla.

—Tenía tantas ganas de verte…

Tras pronunciar esas palabras la besó. Al principio Nayla intentó resistirse y colocó las manos en su pecho para apartarlo, pero Mika mantuvo suavemente la boca abierta y logró que le devolviera el beso. Cuando el beso comenzó a avivarse, elevó lentamente las manos del pecho hacia su cuello. Nayla apoyó la cabeza en su hombro mientras Mika continuaba besándole el cuello y le acariciaba el pelo y volvió a sujetarle la cara para besarla de nuevo en los labios.

Finalmente, Nayla se echó hacia atrás y sujetó la cara de Mika entre sus manos mientras la acariciaba con los pulgares. Mika la atrajo hacia él.

—Mika... —empezó a decir con voz ronca sin soltarlo—. No deberíamos haberlo hecho.

—Debería ser más sensato —se excusó Mika apartándose—. Lo siento. Solo quería tenerte en mis brazos un poco más. No quise dejarte ir hace años, pero lo hice.

—¿Por qué? —preguntó Nayla—. Sabes que te habría seguido al fin del mundo.

—Cometí un error.

—¿Qué pasó? —insistió Nayla—. ¿Por qué no puedes decírmelo?

Mika inspiró profundamente.

—Simplemente me asusté. Mis sentimientos hacia ti eran demasiado intensos y no supe canalizarlos. Notaba que me estaba enamorando, o lo que yo creía que era enamorarse. Sé que me querías mucho. No sabía qué hacer... No supe cómo enfocar la situación. Éramos muy jóvenes. No sabía a dónde iba ni qué iba a hacer. Estábamos en medio de una guerra. Mi padre quería volver a Siria y creí que no tenía derecho a pedirte que vinieras. Solo intenté protegerte.

—¿Protegerme? —repitió Nayla consternada—. ¿Crees que desaparecer sin decir nada era la mejor forma de protegerme?

—Sí, eso creí.

Nayla negó con la cabeza con expresión de asombro.

—Desaparecí sin decir nada porque fui un cobarde —confesó Mika—. No me atreví a decirte la verdad y no quería herirte.

—Lo que hiciste me dolió mucho.

—Lo sé. Sé que no hice lo adecuado. Quizá fue porque intentaba protegerme a mí mismo también.

Nayla se quedó callada.

—Lo siento. Lo siento mucho. Pero al verte ahora, después de tantos años…

—No sé qué pensar ni qué decir. Estoy demasiado confusa.

—Escúchame —le pidió sujetándole el mentón—. Vuelvo a Siria. Tony viene conmigo.

—¿Qué? ¿Cuándo?

—Esta noche, en cuanto nos digamos adiós.

—Pero, Mika… —empezó a decir preocupada—. ¿Por qué?

—Tengo que hacerlo. Los chicos me esperan. Tengo que enterarme de qué está pasando allí y poner en orden algunos asuntos.

—¿Y Tony?

—Quiero que vea lo que sucede y escriba sobre ello. Occidente tiene que saber lo que está haciendo Asad.

—¿Qué quiere decir todo eso? ¿Cuándo volverás?

—Pronto —prometió.

—Deja que te ayude, Mika.

—Ya me has ayudado bastante. Conseguiste que Abbas saliera de su oficina el otro día. No sé cómo darte las gracias.

—No, escúchame tú —insistió Nayla—. Puedo ponerte en contacto con Akram Odeh.

—¿Y cómo vas a hacerlo? Es el mayor traficante de armas saudí. Nadie puede acercársele.

—Yo sí que puedo.

149

—¿Cómo?

—Su mujer, Nahed, es amiga mía. Organizaré una cena aquí, en Estambul.

Mika la atrajo hacia él, la besó de nuevo y la abrazó.

Al poco dijo:

—Tengo que irme.

Nayla asintió.

Subió al embarcadero, le ofreció la mano, la ayudó a subir y volvió a abrazarla.

—No quiero que te vayas, Mika.

—Lo sé —murmuró—. Y yo tampoco quiero irme.

Se separaron y Nayla observó su cara, bañada en la almibarada luz cobriza que provenía de la calle.

—No te pongas triste. Nos veremos pronto.

Nayla asintió y se mordió el labio inferior para contener las lágrimas.

—Adiós, bonita.

Nayla solo fue capaz de hacer un gesto con la cabeza, antes de bajarla cuando los ojos se le llenaron de lágrimas. Cuando vio que Mika desataba el cabo del embarcadero y empujaba con un remo para darse impulso apretó las manos con fuerza.

Antes de que desapareciera en la oscuridad, levantó una mano y dijo adiós. Entonces dejó que las lágrimas se derramaran. Se rodeó la cintura con los brazos y fue hacia el viejo poste de madera, se apoyó y miró hacia el agua.

«No quiero alejarme de él», pensó. En ese momento supo que estaba enamorada de Mika… quizá nunca había dejado de estarlo. Había intentado odiarlo cuando desapareció, pero su regreso había desvanecido su furia o lo que quedaba de ella.

A partir de entonces, vivir con Abbas iba a ser mucho más difícil. Mika era el elegido. Siempre había sido el hombre que había deseado.

Se secó las lágrimas con la manga de la blusa, levantó los hombros y volvió a la calle en la que había dejado la Vespa. Cuando llegó al final del muelle, se paró y se dio la vuelta. Saludó a la oscuridad, sabía que estaba allí y la veía.

Siria, casco antiguo de Damasco
Cuartel general del Mujabarat, zoco al-Hamidiyeh

Kamal Talas, que había vuelto al subterráneo cuartel general del Mujabarat, observó la fotografía de Mika y Nayla en el mercado de antigüedades de Kadıköy.

—Una mujer muy guapa —comentó ante los analistas que contemplaban la misma fotografía en la pantalla—. Nayla al-Sayeg. Señores, ¿qué sabemos de ella?

—Es libanesa, unos años más joven que Hussein —apuntó uno de los analistas—. Sus familias vivían en el mismo edificio de apartamentos de Hamra, Beirut oeste. Fueron amigos y quizás algo más. No se sabe qué pasó después de que Hussein se fuera a Damasco, pero ella se casó con Abbas Daoud, abogado, hace quince años. Es diseñadora de interiores.

—¿Es el mismo Abbas Daoud, traficante de armas de poca monta, en tiempos oportunista, y después convertido en caballero y amigo de la familia? —preguntó Kamal al grupo.

—El mismo.

—¿Y la familia de Nayla?

—El padre era banquero —le informó otro analista—. La madre, ama de casa.

—¿Dónde trabajaba?

—Fue director ejecutivo del Bank Audi. Hizo muchos negocios con los Emiratos y Arabia Saudí. Ayudó a Abbas a establecerse.

—Interesante —comentó Talas—. ¿La tenemos vigilada?

—Sí —contestó una voz.

—¿Dónde está Hussein ahora?

—Creemos que ha vuelto a Siria.

—Que no se les escape esta vez, caballeros. Por favor.

Sacó un móvil del bolsillo para ver quién le estaba llamando. Era alguien de la Savak, la policía secreta iraní.

—Sí.

—Soy Reza, de Teherán.

—¿Qué tiene para mí?

—Se avecinan problemas.

—¿De qué se ha enterado?

—Estamos a punto de dar luz verde a la financiación de combatientes de Hizbulá para que vayan a Siria.

—¿A petición de Asad?

—Eso creo. La Unidad 910 será la primera en ir.

—¿La unidad de comandos de élite de Hizbulá? ¿Por qué?

—Van a adiestrar a sus chicos.

—Imagino que lo harán en el campo de adiestramiento de Zabadani.

—Supongo que sí.

Kamal suspiró.

—Es una cuestión estratégica, Kamal, ya lo sabe. No podemos perder nuestras posiciones en el Levante y Asad es el conducto perfecto entre nosotros y Hizbulá —dijo Reza.

—¿Qué más?

—No pierda de vista el noroeste.

—¿Por qué?

—He oído decir que Al Qaeda está muy activa en los alrededores de Raqqa.

—¿Por qué?

—Según dicen, están pensando en instalarse en Raqqa para operar en Siria desde allí.

—¿Y qué van a hacer?

—Ya lo sabe… ganarse los corazones y las mentes de los lugareños y convertirlos.

—Gracias, amigo —se despidió Kamal haciéndole un gesto a Ibrahim para que se acercara. Mientras estaban hablando, el móvil vibró suavemente. Kamal contestó.

—¿Sí?

—Soy Rami Murad. Me han comentado que Mika y el periodista americano están aquí o lo estarán dentro de poco.

—Correcto.

—Tony Habib se está acercando demasiado, Kamal.

—Entiendo —dijo antes de colgar.

Frontera entre Siria y Turquía

Hacía una noche despejada sin luna. Mika y Tony estaban agachados tras unos matorrales en una colina. Un olivar les separaba de la frontera entre Siria y Turquía.

—Llegará en cualquier momento —susurró Mika.

Justo en ese preciso instante oyeron un crujido.

Poco después un silbido. Mika se levantó y fue hacia la oscura sombra que se movía entre los olivos. Saludó sin decir palabra a Yamal, que llevaba la cara tapada por un *keffiyeh* blanco y negro, pero le dio un abrazo y le estrechó la mano.

Mika llamó a Tony, los presentó en silencio y se estrecharon la mano antes de que los tres se pusieran en camino, en fila india, por un sendero de tierra lleno de excrementos de oveja. Al cabo de un rato, Yamal cambió de dirección e indicó a Mika y a Tony que le siguieran. Su camioneta estaba escondida entre varios olivos y cerezos.

Condujeron de Idlib a Kansafra, donde llegaron a primera hora de la mañana, cuando el cielo se teñía de un tono azul eléctrico antes del alba y se preparaba para recibir una avalancha de tonos lila y naranja proveniente del este.

—Nos quedaremos en casa de mi madre —anunció Yamal al entrar en el pueblo.

—¿Qué pasa con la tuya? —preguntó Toni.

—Está llena.

—¿Llena? —se extrañó Tony.

—Soldados… Compañeros que han desertado.

Yamal aparcó con cuidado en la parte de atrás de una pequeña y anodina casa amarilla de piedra de dos pisos que también era la panadería del pueblo.

Una vez en el patio trasero, Yamal y Mika se quitaron los *keffiyeh* que les cubrían la cabeza y la cara.

—Tony, ya puedes quitarte el pañuelo —le indicó Mika, dándole un golpecito en la cabeza.

—¡Ah, sí! —contestó Tony con una risita.

—Prepararé té —dijo Yamal antes de desaparecer en un oscuro pasillo.

—¿Dónde vive su madre? —preguntó Tony mirando a su alrededor. Contra una de las paredes había apilados sacos de harina y en las estanterías de madera había azúcar, frutos secos y miel. En medio de la habitación había una mesa de madera y un banco.

—En el piso de arriba.

—¿Sola?

—Su padre murió cuando Yamal era joven. Su madre lo crió sola, a él y a sus cuatro hermanos.

—Debe de ser una mujer muy fuerte.

—Lo es. No me gustaría tener que vérmelas con ella cuando está enfadada —Mika consultó el reloj—. La vas a conocer. Suele levantarse a esta hora para empezar a hacer el pan.

Una ronca voz femenina resonó al fondo del pasillo.

—Aquí viene —dijo Mika sonriendo.

Segundos más tarde Yamal salió corriendo del pasillo protegiéndose la cabeza con los brazos, perseguido por una mujer.

—¿Cuántas veces tengo que enseñarte a preparar té? —le recriminó mientras le daba bofetadas en la cabeza. Después se puso las manos en las caderas con gesto autoritario y preguntó—: ¿Qué pasa aquí? ¿Quién es esta gente?

—*Immi*, es Mika —dijo Yamal, que volvió a levantar los brazos cuando su madre hizo un repentino gesto amenazador.

De repente se quedó parada.

—¿Eres tú, Mika? —preguntó entrecerrando los ojos.

—Sí, soy yo —contestó Mika sonriendo y acercándose a ella.

La mujer le dio un fuerte abrazo.

—¡Hijo mío! ¡Mi hijo querido! —saludó poniéndole las manos en la cara y dándole tres besos en las mejillas—. Me alegro mucho de verte, *ibni*.

—*Tante* Rita, este es un amigo de la niñez, Tony Habib.

—¡*Ahla, ahla* Tony! —dijo Rita Marouf mientras abrazaba y besaba a Tony tan efusivamente como había hecho con Mika—. Todos los amigos de Mika son bienvenidos en esta casa.

Rita Marouf tenía sesenta y cinco años. Era una mujer llena de energía y vitalidad, alta y con una figura que le faltaba poco para ser rubenesca. Tenía el pelo largo y castaño, que parecía de color miel si le daba el sol o la luz, y lo llevaba recogido en un moño para que no le molestara. Tenía la piel clara y relativamente pocas arrugas para su edad, y unos centelleantes ojos marrones oscuros pintados

155

con *kohl*. Su nariz se curvaba en la punta y sus labios eran carnosos. Llevaba un vestido de flores turquesa y unas cómodas sandalias negras.

Rita y su marido Jaled, el padre de Yamal, habían vivido en Alepo, donde había nacido y crecido Rita, hija de un catedrático de universidad. Rita era enfermera y Jaled había sido médico. Pero tras la muerte de Jaled de un repentino ataque al corazón, se había quedado sin dinero y había destinado el poco que tenía a pagar las deudas de juego de su marido, de las que no sabía nada. Prácticamente en la miseria, había llevado a la familia a casa de su tía, el único pariente que tenía, en Kansafra, donde llevaba la panadería del pueblo, que había heredado cuando la anciana murió.

—Entrad. Vamos a la cocina, os preparo algo para desayunar y me contáis en qué lío estáis metidos —dijo mientras los guiaba por el pasillo—. Y esta vez, Yamal, fíjate bien en cómo preparo el té sin manchar el suelo.

Una vez en la cocina, que formaba parte de la panadería-café, los tres hombres se sentaron en los taburetes frente a la barra. Rita se puso un delantal blanco que prácticamente le tapaba el vestido y empezó a encender el horno de leña para preparar el desayuno.

—¿Qué planes tenemos? —preguntó Tony.

—Quiero que vayas a Duma —contestó Mika.

—¿Y por qué no a Idlib? —sugirió Yamal.

—Porque Duma está más cerca de Damasco y es el centro del levantamiento —explicó Mika.

—Iré con él —se ofreció Yamal.

Mika asintió.

—¿Has convocado una reunión? Quiero ver a todo el mundo —dijo Mika.

—Sí, en al-Bara, el viernes después de las oraciones de mediodía.

—Eso es dentro de cuatro días —calculó Mika—. Muy bien. Me quedaré aquí y hablaré con Hassan y algunos más mientras tú llevas a Tony al sur. Recuerda que tenéis que estar de vuelta el viernes.

—Lo haremos.

—¿Cuánto tiempo te costará organizar el viaje?

—Nos iremos esta misma mañana. Podemos salir después de desayunar —propuso Yamal.

—Aquí tenéis —Rita les llevó una bandeja con pan caliente recién horneado y vasos de té—. También he preparado un poco de queso, aceite de oliva y pepino… a menos que queráis otra cosa.

—No gracias, *tante* Rita —dijo Mika partiendo un trozo de pan—. Nos mimas demasiado.

—Si no os mimo a vosotros, ¿a quién voy a hacerlo? —explicó sonriendo—. Venga, comed —les instó quedándose cerca de la barra—. ¡Yamal, deja el móvil!

—*Immi*, tengo que organizar una cosa.

—¿Y es más importante que dedicar unos minutos a comer con la familia?

—Estoy comiendo, *immi* —replicó Yamal antes de dejar el teléfono en la barra, aunque no le quitó la vista de encima—. Tengo casi cincuenta años y sigue tratándome como si fuera un niño.

—¡Te he oído! —exclamó Rita amenazándole con un puño—. ¿Cómo quieres que te trate si te comportas como si tuvieras cuatro años? Es mi hijo —añadió, dirigiéndose a Mika y Tony— y lo quiero como a nada en este mundo, pero me va a matar.

Mika le apretó la mano.

—¿Por qué no es como tú, Mika? —preguntó Rita acariciándole la mano.

—¡Por el amor de Alá! —exclamó Yamal con cara de sorpresa, dándole un codazo a Tony—. ¡Adora a Mika!

157

—Ya lo veo —dijo Tony—. ¿Qué vamos a hacer hoy, Yamal?

—Esto es lo que tengo pensado —contestó Yamal cogiendo un periódico antiguo y un bolígrafo de una estantería para hacer un dibujo—. Iremos hacia el sur por la autopista Alepo-Damasco.

—¿Cuánto tardaremos?

—Unas dos o tres horas. Quizá más, si el ejército ha instalado nuevos controles.

—¿Y qué haremos cuando lleguemos?

—Esta noche hay una protesta en Duma. Uno de los nuestros se ha convertido en el líder de la oposición en esa zona.

—¿Cómo?

—Era militar y un francotirador mató a su hermano, que solo tenía quince años. Hace unas semanas también le dispararon a él en una manifestación. Entonces decidió desertar y organizar más protestas. Pero hemos de tener cuidado. Lo buscan. Para el ejército y el Mujabarat es un traidor.

—*Tayeb* —dijo Tony—. Entonces, esto es lo que necesito...

Tony y Yamal empezaron a planear el viaje.

—¿Qué tal estás, *tante* Rita? —preguntó Mika mientras Rita tomaba una taza de té.

—¿Qué está pasando en este país? —contestó con un hondo suspiro.

Mika cambió de tema de conversación.

—No sé por qué no volviste a la universidad.

—Por el dinero. ¿Cómo iba a criar a mis hijos? Vivir en Alepo es mucho más caro que en el campo.

—Pero *tante* Rita. ¿Una panadería? ¿No te aburres?

—Solo hay que acostumbrarse. No tuve otra elección, pero ahora me divierto. Y gracias al pequeño café, no está tan mal. De vez en cuando ayudo en la clínica.

Mika asintió en silencio.

—Pero cada vez es más difícil conseguir harina. ¿Cómo voy a preparar pan todos los días? ¿Cómo voy a alimentar a toda esa gente? —preguntó indicando hacia la puerta de la panadería.

—No lo sé, *tante*.

—Le apoyé —continuó Rita—. Creí en él cuando dijo que iba a introducir reformas. Y quizá lo hizo, quizás ayudó a sus amigos en Damasco, pero no hicieron nada por los que vivimos en el campo. Sobrevivir es una lucha diaria, *ibni*. Los vecinos se pelean. La gente que vivía en paz unos con otros ahora se matan.

—Eso cambiará, *tante* —aseguró Mika para tranquilizarla.

—Quiero que se vaya.

—Lo quieres tú y toda Siria.

—Debe de tener seguidores todavía, si no, no estaría aquí —comentó Rita.

—Cuenta con el apoyo de los alauitas, *tante*, de su comunidad y de los suníes que dejaron entrar en el círculo de su padre.

—Como a ti —dijo con aspereza.

—Sí, como a mí —admitió Mika—. Pero ya no formo parte de ese grupo.

—Ha traicionado a Siria.

Mika asintió.

—Era un país bonito, culto, elegante. Si alguien no lo impide, lo arrasará.

—Eso es lo que intentamos hacer, *tante*.

—Os deseo mucha suerte, *ibni*. Para mí eres como un hijo. Pero no creo que esto acabe pronto. La ideología y la religión nos separan. Nos esperan años de muerte y destrucción.

—No digas esas cosas, *tante* —le pidió Mika uniendo las palmas.

—¿Te acuerdas de lo que pasó en el Líbano?

—¿Cómo iba a olvidarlo?

—Esto será peor.

—Esperemos que nuestra victoria sea rápida.

—Eres un hombre de fe, Mika.

—He de creer, *tante*. He de creer que venceremos y recuperaremos nuestro país.

—Mika —lo interrumpió Yamal—. Ya está todo arreglado. Tony y yo nos iremos dentro de una hora.

—Muy bien —contestó Mika—. Yo me quedaré para ver a nuestros hombres. ¿Dónde está Ali?

—¿Quién es Ali? —preguntó Tony.

—Ali Ghazi es uno de los nuestros. Ha organizado una brigada que está defendiendo los pueblos de este lado del río —explicó Mika mientras buscaba un trozo de papel y un bolígrafo—. Estamos en la margen oriental del río Orontes —continuó, al tiempo que dibujaba un burdo plano—. Esto es Yabal al-Zahwiya y los pueblos suníes que el ejército y las milicias alauitas están machacando. Aquí hay un control del ejército —indicó señalando en el mapa que había dibujado—, a un kilómetro del río, desde el que lanzan bombas y proyectiles de mortero constantemente. Todos los suníes han abandonado sus hogares y han cruzado el río.

—Hubo un combate en Aziziya, en el otro lado. Algunos hombres de aquí cruzaron el río y los alauitas contraatacaron. Los suníes, que habían convivido durante generaciones junto a los alauitas, tuvieron que trasladarse a esta orilla.

—¿Y quién forma parte de esa brigada? —preguntó Tony.

—Lugareños y exsoldados que nacieron y se criaron aquí. Es una de las mayores brigadas del país. Ali está enseñando a defenderse a los campesinos. No iban a permitir que se les tratara así sin pelear —contestó Yamal.

—No, claro. Pero ¿no hay otro camino? ¿No se está contribuyendo a que esta guerra sea cada vez más sectaria? ¿Suníes contra alauitas en vez del pueblo sirio, incluidas todas las minorías religiosas, unido para derrocar al dictador?

—Ese es el objetivo, Tony —intervino Mika—. Es lo que queremos todos, pero en Siria los alauitas creen que llevan la voz cantante porque pertenecen al clan Asad. Los suníes han de defenderse también.

—Pero ¿por qué iban a atacar las milicias alauitas a los suníes —preguntó Tony—. Quizá parezca una pregunta ingenua, pero no sé la respuesta.

—Venganza y represalias —sugirió Yamal—. Las agresiones comienzan por una de esas razones o la otra. Los suníes atacan los pueblos alauitas no porque les hayan hecho algo, sino porque creen que así se vengan de los ataques del ejército contra sus pueblos. Además, si los lugareños no se organizan, estarán dejando las puertas abiertas a otros combatientes que ocuparán sus tierras con la excusa de que les van a defender de los alauitas.

—¿Qué quieres decir?

—Es como darle la bienvenida a Al Qaeda o a cualquier otro grupo militar para que defienda a la pobre población suní.

—Pero si las milicias populares toman la iniciativa, eso solo empeorará la situación —aventuró Tony.

—Lo que esperamos es que en cuanto tengamos una fuerza de combate organizada que se oponga a Asad, todos los grupos sigan la misma bandera —concluyó Mika.

—¿El Ejército Libre de Siria del que hablabas? —preguntó Tony sin dejar de tomar notas.

Yamal y Mika asintieron.

—Iré al sur a ver cómo se están organizando y cuántas armas tienen. Después nos veremos en al-Bara.

Mika se volvió hacia Yamal.

—Por cierto, ¿qué había en el arsenal del ejército en el aeropuerto?

—Nos llevamos algunas cosas, pero necesitamos más —contestó Yamal.

—Lo sé. Espero que pronto podamos conseguir todo lo que necesitamos —contestó Mika antes de preguntarle a Tony—. ¿Qué crees? ¿Apoyará Estados Unidos nuestra causa?

Tony negó con la cabeza.

—La verdad es que no lo sé. Es un asunto complicado. Pero ya veremos.

—Tiene que ayudarnos.

—Hemos de ponernos en marcha —les urgió Yamal—. Si alguien quiere darse una ducha o hacer algo, es el momento.

Damasco, cuartel general del Mujabarat

Kamal Talas, vestido con el uniforme del ejército sirio, estaba en la zona de recepción de la oficina del teniente general Abdel Fateh, en un edificio en el que trabajaban los miembros clave de la Guardia Republicana del presidente. Consultó el reloj. Llegaba media hora tarde a la cita. Algo debía de haber pasado. Fateh era absolutamente puntual. Se preguntó por qué había insistido en que fuera uniformado. Miró al joven ayudante que había en un escritorio y revisaba papeles a los que ponía un sello. Estuvo a punto de preguntarle si sabía dónde estaba Fateh, pero finalmente decidió no hacerlo.

Echó un vistazo a su alrededor. Era una habitación bonita para pertenecer a un militar. Los escritorios y armarios eran de madera oscura, y sobre el suelo de madera había una moqueta roja, verde y negra. Las paredes estaban prácticamente vacías. En una esquina había una tetera en la que hervía agua. La miró anhelante. ¿Por qué no le ofrecían una taza de té?

El zumbido del interfono le sacó de su ensimismamiento y al poco el ayudante salió de detrás del escritorio y le indicó que le siguiera. Abrió la puerta de la oficina y se hizo a un lado para que pasara.

Kamal se sorprendió al ver a Maher Asad en la silla de Fateh, pero ni siquiera pestañeó. Se cuadró con la gorra bajo el brazo y saludó al hermano del presidente. Maher no devolvió el saludo. Se recostó en la silla con una sonrisa irónica y se tocó el extremo del bigote.

—Descanse, general —dijo finalmente antes de ponerse de pie y acercarse a Kamal—. Seguramente se estará preguntando por qué estoy en la oficina de Fateh.

—Así es, señor —admitió Kamal.

—El teniente general Fateh ya no es el director del Mujabarat —explicó—, sino yo —añadió al cabo de unos instantes para que asimilara la información.

—Sí, señor.

—A partir de este momento me informará directamente a mí.

—Sí, señor.

—¿Qué noticias tenemos del general de brigada Hussein?

—Ha vuelto a entrar en el país, señor.

—¿Sabemos dónde está?

—Cerca de Idlib.

—¿Tiene las coordenadas?

—Creemos que está en Kansafra o cerca de allí.

—Seguramente con Yamal Marouf.

Kamal asintió.

—Entérese de quién está al mando de los controles más cercanos —le ordenó—. Y pida refuerzo aéreo desde Idlib.

Hágalo salir —añadió mientras se dirigía hacia la ventana con las manos en la espalda.

—¿Y los civiles, señor?

Maher se paró, pero no se dio la vuelta inmediatamente. Cuando lo hizo, taladró a Kamal con la mirada.

—¿Cree que me importan, general? —contestó en un tono escalofriantemente bajo.

—Sí, señor —dijo Kamal tragando saliva—. También tenemos información sobre una posible reunión organizada por Hussein.

—¿De qué tipo?

—Creemos que se trata de una reunión del equipo Secutor de Hussein.

—¿Dónde? ¿Cuándo?

—Todavía no tenemos todos los detalles, general.

—Ya sabe lo que tiene que hacer, general.

—¿Y los lugareños, señor?

—¡General! —gritó Maher dando un puñetazo en la mesa—. ¿Cuántas veces he de decirle que no me importan?

—Sí, señor.

—Eso es todo, general —Maher cogió un puro a medias que había en un cenicero y lo encendió.

Kamal saludó y se dio la vuelta para irse.

—Esto… general —dijo Maher—. El teniente general Fateh parece haber desaparecido. Encuéntrelo. Cuando lo haga, tráigalo. Ya no lo necesitamos.

Kamal asintió y salió por la puerta.

Kansafra

Mientras Rita atendía a la primera oleada de clientes, que siempre iban para comprar pan recién hecho a las siete de la mañana, Mika intentó ver la televisión que había en el cuarto de estar del piso de arriba. Por mucho que movió la antena, solo consiguió que se viera el canal estatal.

—¡Por el amor de Dios! —protestó.

A pesar de todos sus intentos, cada vez que orientaba la antena en otra dirección se oían interferencias y en la pantalla solo aparecían rayas. Finalmente se dio por vencido, soltó un juramento, dio un golpe a la parte superior del aparato y la antena salió volando y aterrizó cerca de la ventana.

Cuando se dio la vuelta para irse oyó:

«Buenos días. Según informaciones recibidas por la cadena Al-Yazira, se ha producido la deserción de un alto cargo en las filas de la Guardia Republicana de Bashar al-Asad.»

Mika se dio la vuelta. La imagen era inestable y apenas se oía el sonido.

«La deserción del teniente general Abdel Fateh, director de los servicios de inteligencia de Siria, ha supuesto un duro golpe al régimen de Asad. Fateh es el militar con mayor graduación del régimen que se ha rebelado contra Asad y su familia. Los expertos consultados creen que esta deserción podría representar el comienzo de un abandono masivo de altos cargos del Gobierno. Conforme se ha ido endureciendo el aplastamiento de las protestas contra la dictadura, la deserción de oficiales de la jerarquía militar, en su mayoría suníes, ha ido en aumento. Nuestro corresponsal en Beirut nos ofrece más información…»

Mika se sentó en el sofá frente al televisor y prestó atención a la noticia. Después sacó el móvil y envió un mensaje de texto a Yamal y a Tony.

Más tarde se colocó un *keffiyeh* rojo y blanco en la cabeza y fue al pueblo. Cruzó la polvorienta plaza en dirección a casa de Yamal, una construcción de ladrillo encalado en las afueras, unos tres kilómetros más allá del taller, que se había convertido en hotel temporal y lugar de reunión de los militares y oficiales de seguridad que habían desertado.

Pasó por el escenario de una reciente refriega, en el que los escombros de edificios destruidos, el cemento agrietado y los cables colgando atestiguaban la violencia del ataque. El ruido que producían sus botas provenía de la arena y el serrín que se había echado para empapar la sangre, que también había manchado las paredes de los edificios a ambos lados de la calle. Era lo único que quedaba de las personas que habían muerto en ese lugar.

Apretó los dientes y siguió caminando.

Mientras se desataba las botas en la puerta, se fijó en un retrato de Bashar al-Asad que alguien había pegado al suelo para que lo pisara todo el que entrara. Aquella imagen le entristeció, pisar una fotografía era el peor insulto que se le podía hacer a una persona. Se deshizo de aquel sentimiento y entró. Oyó voces en una habitación junto a la entrada.

En el interior había un grupo de hombres que fumaba y tomaba té. Uno de ellos estaba sentado sobre un escritorio de madera y el resto en sillones, sillas o donde habían podido acomodarse. En un rincón había un ajado sofá granate y la ventana estaba cubierta con cortinas amarillas. Detrás del hombre sentado en el escritorio había un par de estanterías llenas de cigarrillos, papeles y algún libro, una bandera siria clavada en la pared y varios ganchos de los que colgaban ametralladoras y rifles.

En cuanto asomó la cabeza por la puerta se produjo una gran algarabía y todos se acercaron para estrecharle la mano o darle un abrazo.

—¡Hombre, Mika!

—*Marhaba*, hermano! *Ahla, ahla!* Entra.

—Te estábamos esperando.

—Dinos, ¿qué está pasando?

—Muchas cosas —contestó sonriendo mientras se sentaba en la silla que había detrás del escritorio—. ¿Os habéis enterado de la deserción de Fateh?

—¿Qué?

—¿Qué ha pasado?

—No lo sé a ciencia cierta. Acabo de enterarme por Al-Yazira.

—¿Y quién está al mando ahora?

—Maher Asad.

La habitación se quedó en silencio y todos los presentes lo miraron.

—¿Nos va a apoyar Estados Unidos? —preguntó uno de los presentes.

—Estoy en ello. Por cierto —empezó a decir mirando a su alrededor—, ¿dónde está nuestro experto en informática?

—Ha ido a preparar té —apuntó una voz.

Sacó un lápiz de memoria del tamaño de una cerilla y le dio vueltas entre los dedos.

—Aquí está —anunció el hombre que estaba apoyado en el marco de la puerta.

—Ahmed —lo saludó Mika en cuanto dejó la bandeja con dos teteras y varios vasos en el escritorio—. ¿Podrías echarle un vistazo a esto, por favor?

—*Akid* —contestó Ahmed.

—Dime qué hay.

—¿Qué estás buscando?

—Es una copia del disco duro del portátil de un abogado —le explicó—. Me gustaría saber en qué tipo de tratos y casos está involucrado.

Ahmed asintió.

—¿Qué sientes al ser uno de los nuestros, Ahmed?

—Una sensación maravillosa, señor —contestó con una amplia sonrisa.

Todos los hombres asintieron y sonrieron.

Ahmed cogió el portátil que había dejado en el sofá y salió de la habitación.

—Este té es excelente —dijo Mika tras tomar un sorbo—. ¡Por nuestro éxito!

—*Insha' Allah* —corearon varias voces—. *Allaho Akbar!*

Las conversaciones se reanudaron. Varios hombres encendieron cigarrillos y Mika sacó puros de su mochila y los ofreció.

De repente, el agudo silbido de un proyectil se impuso sobre sus risas y bromas. Todo el mundo se quedó quieto a la espera de la explosión, que se produjo segundos después y sacudió el edificio. Algunos hombres se cayeron y varios vasos, unos llenos y otros vacíos, se hicieron añicos contra el suelo de cemento.

No se movió nadie. Se oyó el zumbido de un reactor que volaba bajo y segundos después otra explosión.

—¿Dónde habrá sido? —Mika se levantó de un salto y salió fuera. Como a un kilómetro, cerca del mercado, se elevaba una columna de humo. El taller de Yamal había quedado reducido a escombros y el manzano que había en la plaza estaba negro como el carbón.

—¡Todo el mundo fuera! —gritó Mika—. Saben que estoy aquí. Esa bomba era para mí. También saben que Yamal anda cerca. Asad está apostando fuerte. Vamos, habrá heridos que necesitarán ayuda.

Mika atravesó la espesa nube de polvo que rodeaba el taller de Yamal y las casas circundantes, que habían quedado destruidas. Algunas mujeres con niños en ambas caderas, tosiendo, llorando, gritando o mudas de dolor salieron de sus hogares. Varios hombres y mujeres andaban sin rumbo fijo llamando en voz alta a sus familias. Los hombres gritaban, apartaban los escombros y sacaban a los que habían quedado sepultados. A lo lejos se oyó la sirena de una ambulancia que circulaba a toda velocidad. El sonido se intensificó conforme se acercaba al lugar de la explosión.

—En nombre del poderoso Alá —pidió la voz alta y clara del imán desde el minarete de la mezquita cercana—, que todos los médicos y enfermeras de la zona acudan inmediatamente al hospital. Hay muchos heridos. Por favor, dense prisa.

Mika y sus hombres se unieron al grupo que estaba intentando levantar un gran bloque de cemento. Uno de ellos se agachó para pasar por debajo.

—¿Hay alguien? —preguntó antes de salir—. Creo que hay algún superviviente ahí debajo.

—¡Todo el mundo aquí! —ordenó Mika—. ¡Hay supervivientes!

—¡Alá! —exclamó un hombre cubriéndose la cara con las manos—. Esto no es vida, Bashar, esto no es vida.

De repente un niño empezó a gritar:

—¡Ayuda! ¡Por favor! ¡Mis padres! ¡Vivíamos en esa casa! —explicó indicando hacia una montaña de escombros—. ¡Por favor, ayúdenlos!

Mika le abrazó.

—¡No! —gritó el niño, que se zafó del abrazo y fue corriendo hacia los cascotes—. ¡Por favor! ¡Por favor! —gimió—. ¡Mis padres! ¡Sáquenlos! Estaban muy asustados. Vinimos de la otra parte del río. Pensamos que aquí estaríamos a salvo.

A Mika se le humedecieron los ojos e intentó confortar al niño, que sollozaba inconsolable en sus brazos.

169

—Dios mío —dijo mirando al cielo—, ayúdame a socorrer a esta gente —murmuró antes de rezar una oración.

—¡General! ¡Señor! —gritó alguien que le hacía señas.

Dejó al niño al cuidado de un vecino y corrió hacia el lugar en el que sus hombres y los habitantes del pueblo habían levantado un gran bloque de cemento. Debajo había un hombre cubierto de barro en un gran agujero, una montaña de escombros lo aprisionaba contra lo que había sido una pared.

—¡Alá! —exclamó Mika al verlo—. ¡Me oye! —gritó, pero el hombre parecía desfallecido—. ¡Tened mucho cuidado! —indicó a los que intentaban sacarlo—. No lo mováis demasiado rápido, le romperéis la espalda.

—Hay más gente en el agujero, Mika.

—Sacadlo despacio —ordenó Mika antes de tumbarse para liberar de escombros al hombre, que se había desmayado por el dolor—. A la de tres... tirad.

El hombre salió lentamente del agujero.

—*Al-hamdulila*. ¡Está vivo! —gritó alguien.

—¡Ahmed, ayúdame! —pidió Mika.

—¡Vamos a sacar a los demás! —dijo un hombre mientras Mika cogía una manta, trasladaba al anciano y lo depositaba con cuidado en la parte trasera de una camioneta que se había convertido en una improvisada ambulancia.

—¿Me oye, señor? —preguntó Mika al teniente general Abdel Fateh.

La cabeza de Fateh cayó hacia un lado. Había perdido mucha sangre, tenía una profunda herida en la cabeza y le faltaba una pierna.

—El resto están muertos —le informó uno de sus hombres.

—Que lleven a estos heridos al hospital —ordenó subiendo a la camioneta y colocándose junto a Fateh y media docena de hombres. Miró a tres de ellos, parecían muertos, y no daba la impresión de que Fateh fuera a sobrevivir.

—No se vaya —pidió apretándole la mano cuando la camioneta se puso en marcha. Sintió una ligera presión.

Imaginó que quería decirle algo y acercó la oreja a su boca.

—No he podido hacer más —susurró—. Vine a buscarte.

—¡Vaya más rápido! —gritó Mika al conductor.

—Eres muy valiente —murmuró Fateh con los ojos cerrados.

En el hospital esperaban las enfermeras con camillas. Mika colocó al teniente general en una con mucho cuidado y lo entró corriendo.

El interior estaba a oscuras, había un corte de electricidad.

—¡Por el amor de Alá! —gritó Mika cuando colocaron a Fateh en una mesa—. Doctor, salve a este hombre.

—Haré todo lo que pueda —contestó poniéndose un par de guantes—. Pero mire a su alrededor, no tengo nada. No hay electricidad ni medicinas ni equipo… nada. ¿Cómo voy a salvar vidas?

Mika miró al teniente general.

—Tenga paciencia, señor.

Los labios de Fateh se movieron.

—Mika, no confíes en nadie —murmuró—. Salva a este país —añadió antes de cerrar los ojos.

Mika no pudo apartar la vista.

—Se ha ido —dijo el doctor.

—Lo sé.

Miró al doctor con ojos brillantes.

171

—¿Qué hago?

—Tenga fe.

Damasco

Era de noche cuando Yamal y Tony llegaron a las afueras de Damasco y tomaron la circunvalación para dirigirse al este hacia Duma. El tráfico era intenso. Autobuses, coches y motocicletas competían por los carriles. Yamal sacó un móvil y se lo entregó a Tony.

—Marca el número 0922 644 364 894.

—¿Y después? —preguntó Tony apretando los botones.

—Te contestarán. Cuando lo hagan, di Skywalker. C3PO.

—¿Skywalker? —se sorprendió.

—Sí.

—¿De dónde lo has sacado?

—De *La guerra de las galaxias*. Ya sabes, Luke Skywalker.

—¿Estás de broma?

—No, me encantó esa película.

Tony sonrió.

—¿Eres Skywalker?

—*Akid* —contestó.

—¿Y quién es Mika?

—Solo.

—Imagino que Han Solo. Lo que quiere decir que yo soy C3PO.

—¡Muy bien! Le estás pillando el truquillo.

Tony suspiró.

—¿Ves ese coche que llevamos delante? —preguntó Yamal indicando hacia un viejo Toyota Corolla—. Es nuestro guía. El ejército cambia los controles repentinamente para intentar cazar a cualquiera que esté involucrado en la oposición. Los organizadores de las protestas utilizan una red de oteadores y los vigilan de cerca. El tipo de delante nos está mostrando la ruta más segura.

—¿Han llegado las protestas a Damasco?

—No realmente —contestó Yamal—. Es lo que más teme el régimen. Han blindado los alrededores con fuerzas de seguridad para evitarlo.

De repente el Toyota giró a la izquierda y lo sustituyó una camioneta Suzuki, a la que siguió Yamal.

—¿Qué ha pasado? —preguntó Tony al ver que el Toyota salía de la carretera en la que circulaban.

—Cambiamos de coche guía cada diez minutos, por si los están controlando.

—¿A quién vamos a ver en Duma?

—Casi hemos llegado. Recogeremos a uno de los organizadores de las protestas —le informó—. Abu Ali, un hombre de negocios. Nos llevará a la manifestación. Allí le podrás preguntar todo lo que quieras, pero el viernes pasado las fuerzas de seguridad abrieron fuego contra los manifestantes y cuando estaban enterrando a los que habían asesinado, volvieron a disparar a los que habían acudido al funeral. Hubo siete muertos.

—¡Joder! —exclamó Tony sin dejar de apuntar en una libreta—. Creía que íbamos a ver a Bassam, que es uno de los vuestros.

—Íbamos a hacerlo, pero ha tenido que esconderse durante unos días.

Minutos después, la Suzuki se detuvo en una esquina y giró a la derecha. Un hombre salió de un oscuro portal y se dirigió hacia ellos. Yamal pasó al asiento trasero, el recién llegado se sentó en el del conductor y giró hacia la izquierda.

—Me alegro de verte, Abu Ali —lo saludó Yamal apretándole el hombro.

—*Marhaba*, hermano —contestó mirando a Yamal por el espejo retrovisor.

—Este es Tony Habib —lo presentó Yamal.

—¡Ah, sí, C3PO! —dijo Abu Ali riéndose—. Del *New York Guardian*, ¿verdad? Siempre he querido ir a Estados Unidos.

—¿Dónde vamos?

—Esta calle lleva a la plaza principal de Duma —explicó Abu Ali mientras torcía a la izquierda y paraba delante de una multitud de hombres, mujeres, niños y jóvenes que daban palmadas y cantaban—. Abre la ventanilla y te enterarás de lo que dicen.

«¡Preferimos morir que vivir así! —Oyó que gritaban alto y con valentía—. ¡Solo los traidores matan a su pueblo!»

174

Abu Ali condujo con cuidado hasta que llegaron al extremo de la calle.

—Ese es el funeral de un joven de veinte años que murió en la cárcel. Acaban de enterrarlo —explicó indicando hacia otro grupo de gente.

—¿Qué pasó?

—Le pegaron un tiro en una pierna en una de las protestas. La policía rodeó a algunos de los manifestantes y, como no podía correr, lo detuvieron. A la semana siguiente tiraron su cadáver frente a la casa de sus padres. Lo habían torturado. Le faltaba un ojo.

—¿Puedo salir? —preguntó Tony—. Me gustaría hablar con alguno de ellos.

—Sí, pero date prisa —le aconsejó Abu Ali—. Y no te quites el *keffiyeh*, hay informadores del Gobierno por todas partes.

Dos hombres hablaban por un megáfono en un escenario improvisado.

—¡Utilizaremos la palabra para librarnos de Bashar! —gritó uno de ellos—. ¡El régimen caerá ante la fuerza de nuestro empeño!

—¡Sí! —coreó el público—. ¡Libertad! ¡Liberadnos de la tiranía de la casa de Asad!

—Abu Ali, no creo que debamos parar aquí —intervino Yamal.

—¿Por qué?

—Creo que nos han localizado.

—No veo a nadie sospechoso —dijo Tony.

—No, pero estoy adiestrado para detectarlos y vienen hacia nosotros —replicó Yamal—. ¡Vámonos!

Yamal cogió del brazo a Tony y volvieron corriendo al coche. Abu Ali lo puso en marcha y fueron hacia el siguiente pueblo.

—¡Joder! ¡Es como estar sitiados! —dijo Tony mientras conducían.

—Sí —corroboró Abu Ali—. Todos los días, las fuerzas de seguridad asesinan a nuestros hermanos, familia e hijos en estos pueblos. Nos torturan, nos destruyen.

Cuando llegaron a su siguiente destino oyeron el clamor de unas tres mil personas que se habían congregado para llorar la muerte de varios manifestantes. Al acercarse más reconocieron un cántico. Era una canción árabe que hablaba de derramar lágrimas por los muertos y de tener esperanza por los que seguían vivos. Muchos de los participantes unieron los brazos cuando acabó la melodía y otros enarbolaron pancartas en inglés y en árabe que decían: «Haremos una revolución pacífica hasta vencer».

Tony se mezcló entre la multitud, con Yamal y Abu Ali detrás; se paró para hablar con varios grupos de manifestantes y le sorprendió que su árabe no estuviera tan oxidado como creía.

175

Cuando llegaron a la plaza, la gente de los balcones empezó a tirarles caramelos.

—¿Por qué lo hacen? —preguntó Tony.

—Es una señal de apoyo.

En el momento en que unos manifestantes prendieron fuego a una bandera rusa, Yamal puso una mano en el codo de Tony.

—Sigue andando —le susurró.

—¿Por qué?

—Nos han localizado.

—¿Cómo lo sabes? Hay miles de personas. ¿Estás seguro?

—Sí, lo estoy. No te pares.

—¡Señor, señor! ¡Tome esto, por favor! —dijo un joven que había corrido hacia Tony cuando este se dirigía hacia el coche flanqueado por Yamal y Abu Ali.

—¿Qué es? —preguntó Tony al coger la bolsa de plástico que le ofrecía.

—Es periodista, ¿verdad?

—¿Cómo lo sabes?

—Le he oído hace un rato —confesó el joven con cara asustada—. Soy uno de los coordinadores de la manifestación. Sé que me buscan. Por favor, tengo que sacar esta película antes de que me detengan.

—Pero ¿qué hay en ella?

—Ya lo verá. Prométame que le contará al mundo lo que está pasando aquí.

—La veré —aseguró Tony mientras metía la bolsa en la mochila que llevaba al hombro.

Kamal Talas vio avanzar a Yamal, Tony y Abu Ali entre la multitud, en una gran pantalla del cuartel general del Mujabarat, en el casco antiguo de Damasco.

—¿A quién tenemos en la zona? —preguntó a uno de los jóvenes analistas.

—A Faris.

—¿Dónde está?

—Cerca. Esperando órdenes, señor.

—Dígale que actúe.

—Confirmado, Yamal Marouf y el activista Abu Ali —dijo el joven ante un micrófono.

—Dígale que elimine a los tres.

—¿A los tres, señor?

—Sí, a los tres.

—Pero, señor, Tony Habib es un periodista americano.

—He dicho que a los tres.

La multitud de la plaza se hizo más numerosa y se oyeron vítores cuando un hombre subió al escenario y cogió el micrófono del hombre que acababa de cantar una canción. Cuanto más intentaban avanzar Yamal, Abu Ali y Tony, más los empujaba hacia atrás el gentío.

—No te separes, Tony —dijo Yamal mientras estudiaba los balcones que rodeaban la plaza—. Mira, Abu Ali —dijo indicando uno de los balcones de un extremo, que estaba vacío y a oscuras, a diferencia de los que estaban iluminados y llenos de gente que cantaba y gritaba consignas.

—Tony, *yallah*! —Yamal se volvió para agarrar a Tony, pero había desaparecido—. ¡Por el amor de Alá! ¿Dónde se ha metido?

—No lo sé —dijo Abu Ali elevándose sobre la punta de los pies para intentar ver por encima de la gente.

Yamal sacó el móvil del bolsillo y se quedó de piedra cuando vio un mensaje de Mika: «Código rojo».

—*Shu?* —preguntó Abu Ali.

—Algo ha pasado en Kansafra, hermano. Tengo que encontrar a Tony y volver allí.

Yamal miró a su alrededor, pero la multitud parecía haberse tragado a Tony.

—¿Y si nos dividimos para buscarlo? —sugirió Abu Ali.

—Quizá sea mejor —accedió Yamal mientras marcaba el número de Tony.

—¿Estás seguro de que quieres llamarlo? Seguramente Damasco tiene toda esta zona controlada por satélite.

—Es un teléfono de prepago, no podrán rastrearlo.

Pero Tony no contestó.

—*Tayeb*, Abu Ali. Ve por la derecha y yo iré por la izquierda. Vamos a registrar la plaza. *Allah sa'iduna!* —exclamó poco después indicando hacia el escenario.

Dos hombres ayudaban a Tony a subir a la pequeña estructura de madera.

—Tenemos que sacarlo de ahí —dijo Abu Ali.

—Hay un francotirador —aseguró Yamal, señalando con la cabeza hacia el balcón a oscuras—. ¡Rápido, tenemos que movernos!

Mientras Yamal y Abu Ali iban hacia el escenario, los dos hombres que estaban con Tony le dieron una calurosa bienvenida.

—¡Es periodista! ¡Contará nuestra historia! —gritó uno de ellos.

—Dinos, hermano —dijo el otro cogiendo el micrófono y poniéndoselo delante—, ¿para quién escribes?

Al principio Tony no dijo nada. Levantó el pulgar y la multitud rugió agradecida.

—*An Nahar* —contestó Tony haciendo referencia a un periódico libanés que había publicado alguno de los artículos que habían aparecido en la agencia de noticias del *Guardian*.

Yamal aceleró el paso como pudo y se agachó para que el francotirador no descubriera dónde estaba.

—¿Qué opinas de la revolución siria? —preguntó el hombre antes de devolverle el micrófono a Tony.

—¡Sí, dinos qué piensas! —gritó alguien en la multitud levantando un puño.

Antes de que Tony pudiera contestar, todo el mundo empezó a corear: «Los sirios libraremos a nuestro país del tirano. *Insha'Allah! Insha'Allah!*».

Yamal llegó al pie del escenario. Consiguió que Tony lo mirara y le hizo gestos frenéticos para que bajara. Tony le entregó el micrófono al hombre y fue hacia la parte delantera del tablado.

«¡Libertad! ¡Libertad!», vociferaba la multitud.

En cuanto puso el pie en el primero de los tres escalones de madera, cayó de lado hacia los congregados. Se alzaron varias manos para sujetarlo, pero aterrizó en el suelo.

—¡Le han disparado! —gritó alguien—. ¡Mirad la sangre!

La multitud se abrió e hizo un círculo alrededor de Tony, que tenía la cara crispada por el dolor.

—¡Dejadme pasar! ¡Soy médico! —mintió Yamal—. Aguanta, hermano. Te han dado en el hombro. ¡Abu Ali! ¡Ayúdame a llevarlo al coche rápidamente! —gritó, mientras se agachaba para levantar a Tony intentando no hacerle daño.

En ese momento oyó un extraño silbido seguido de un chasquido y el hombre que tenía al lado cayó desplomado.

—¡Está muerto! ¡Le han disparado! —gritó alguien.

El pánico se apoderó de los presentes, que empezaron a

correr, tropezando unos con otros en su intento por ponerse a salvo.

Yamal consiguió poner el brazo ileso de Tony sobre sus hombros.

—¿Puedes andar?

Tony asintió.

—Tenemos que movernos rápidamente. Las fuerzas de seguridad llegarán en cualquier momento y esto se va a convertir en un baño de sangre.

—¿Dónde está Abu Ali?

—Espero que haya ido a por el coche.

A su alrededor, el caos era generalizado. Algunos de los más valientes tiraban piedras a los soldados armados que avanzaban hacia ellos. Un hombre con la cabeza cubierta por un *keffiyeh* blanco y negro tiró un cóctel molotov a los soldados. Inmediatamente le dispararon y cayó al suelo.

«*Allaho Akbar!*», gritaron otros imitándolo. Los soldados abrieron fuego y varios jóvenes cayeron, muertos o heridos.

—¿Estás bien? —preguntó Yamal.

Tony estaba sudando y el dolor en el hombro era casi intolerable.

—El coche debería estar a la vuelta de la esquina.

Abu Ali estaba en el asiento del conductor con el motor en marcha. Yamal puso rápidamente a Tony en el asiento de atrás y lo cubrió con una manta.

—¡Arranca! —gritó a Abu Ali en cuanto se sentó en el asiento del acompañante—. Espero que sepas cómo salir. Seguro que han rodeado el pueblo.

Abu Ali asintió, aceleró en las estrechas calles y tomó curvas muy cerradas hasta que salieron a la carretera en dirección a Damasco.

—Querían matarnos. A los tres —dijo Yamal.

—Lo sé.

—¿A quién habrán enviado para hacerlo?

Abu Ali se encogió de hombros.

—Tienen muchos francotiradores en la zona.

—En cualquier caso, hay que redoblar las precauciones.

—No te preocupes.

Abu Ali pasó por un bache y Tony gruñó en la parte de atrás.

—Tengo que llevarlo a un hospital. Está perdiendo mucha sangre —dijo Yamal.

—No podemos hacerlo en Damasco, es demasiado peligroso. Habrá que ir a alguno ilegal.

—¿Dónde?

—Adnan Malek dirige uno en Harasta. Está a unos veinte minutos por esta carretera, si no nos paran.

181

Noroeste de Damasco, Harasta

Harasta parecía un pueblo fantasma. Las calles estaban desiertas y no se veía ninguna luz.

—¿Dónde estamos? —susurró Tony.

—Te vamos a llevar a un hospital —dijo Yamal.

—Ya casi hemos llegado. C3PO necesita un nuevo cableado —añadió Abu Ali sonriendo al espejo retrovisor.

—¿Dónde está el hospital? ¿Por qué no hay luz en las calles? —inquirió Tony.

—Han debido cortar la electricidad.

Abu Ali torció a la izquierda en una calle y apagó los faros.

—Adnan está estudiando medicina —explicó Abu Ali—. Ha instalado este hospital ilegal en una antigua escuela. Ya hemos llegado.

—Aquí solo hay escombros —dijo Tony mirando por la ventanilla.

—Está en el sótano.

—*Yallah* —Yamal abrió la puerta del coche—. Esto te va a doler, hermano.

Lo sacó con cuidado. Abu Ali fue a ayudarle y puso un brazo en la cintura de Tony. Avanzaron por un pasillo lleno de gente, algunos tumbados en camas improvisadas y la mayoría en el suelo.

—*La ilaha ila Allah, Allaho Akbar* —murmuró un hombre al verlos pasar.

Al final del pasillo había dos habitaciones, una de ellas era un burdo quirófano iluminado por dos bombillas conectadas a un pequeño generador.

Un médico con ropa quirúrgica verde intentaba reanimar al hombre que había sobre la mesa de operaciones. Al poco se echó hacia atrás, se quitó la mascarilla y movió la cabeza.

—Adnan —lo llamó Abu Ali.

El médico levantó la vista y fue hacia ellos. Abrazó a Abu Ali y le estrechó la mano calurosamente—. Acabo de perder a otro.

—Lo siento.

—No estoy cualificado. Si hubiera podido acabar la carrera… —se lamentó.

Abu Ali le presentó a Tony y Yamal le explicó rápidamente lo que había ocurrido.

—Por supuesto que os ayudaré —dijo Adnan haciéndoles entrar en el quirófano en el que el hombre que acababa de morir estaba en el suelo cubierto por una sábana—. Aunque no sé qué podré hacer. No tenemos rayos X ni electricidad, solo algunos suministros médicos y una botella pequeña de oxígeno.

—Haz todo lo posible —pidió Yamal sujetando a Tony,

que estaba muy pálido por la sangre que había perdido y apenas se mantenía en pie.

—No tengo mucha práctica en extraer balas.

—Haz lo que puedas. Es un periodista americano y amigo. Si le haces un apaño, mañana podremos cruzar la frontera con él.

—Eres muy optimista, hermano —dijo Adnan—. Yo no lo movería mucho.

Adnan llamó a las dos enfermeras que estaban esterilizando el instrumental con agua hirviendo.

—Tony —dijo Adnan cuando Yamal y Abu Ali lo pusieron con cuidado en la mesa—. No tengo anestesista. Esto te va a doler.

Tony asintió, perplejo.

—Te pondré un poco de anestesia tópica, que adormecerá esa zona, pero sin rayos X no sé a qué profundidad está la bala.

—¿Qué ha sido eso? —preguntó Abu Ali aguzando el oído—. Todo el mundo se quedó quieto. Eran disparos, y sonaban cerca.

—*Haraam!* —maldijo Adnan—. Seguramente es por la protesta en Duma.

—Por favor, tenemos que irnos enseguida —le urgió Yamal.

—Sí, claro. Sujetadlo.

Tony soltó un grito espantoso cuando Adnan le extrajo la bala y segundos después se desmayó.

Yamal se dio la vuelta y se masajeó las sienes.

—¿Estás bien? —preguntó Abu Ali.

—He visto este tipo de cosas antes —explicó Yamal—. Pero sigue afectándome.

Abu Ali asintió.

—Necesitará descansar varios días —aconsejó Adnan mientras iba a lavarse las manos.

—No tenemos mucho tiempo —dijo Yamal mirando a Abu Ali—. He de volver a Kansafra. Además, estoy seguro de que el general querrá adelantar la reunión un par de días, antes de regresar a Turquía con Tony.

Kansafra

Mika estaba sentado en una pequeña escalera de mano frente a una mesa en el almacén de la panadería de Rita. Sobre la mesa había un portátil abierto. Apretó un botón y apareció una cara en la pantalla.

—¿Qué tal estás, Joe?

—Igual.

—¿Has hablado con Langley? ¿Tienes alguna noticia?

—No. ¿Vas a poner en marcha tu plan?

—Por supuesto. La situación está empeorando.

—Muy bien, mantenme informado.

—Y tú también —Apretó un botón y la cara de Joe desapareció—. *Haraam!*

Inspiró profundamente y tamborileó con los dedos sobre la mesa antes de levantarse e ir hasta la ventana, desde la que contempló el paisaje con las manos en los bolsillos.

«¿Por qué querría nadie destruir esto?», pensó. El valle se abría ante sus ojos y vio el Orontes, que discurría entre verdes campos a ambos lados. A lo lejos, las montañas teñidas de sombras púrpura por los rayos del sol poniente hacían guardia en el extremo del valle. Pensó en Nayla y su mente se llenó inmediatamente de imágenes de los dos en Beirut hacía muchos años.

El ordenador emitió un sonido a sus espaldas. Era una llamada por Skype de Nayla. Corrió para contestar.

—*Marhaba* —saludó Nayla cariñosamente.

—*Kifek inte* —contestó.

—Estoy bien. ¿Cómo estás tú?

—La situación está empeorando.

—*Ya Allah!* —Nayla meneó la cabeza y chasqueó la lengua.

—Estás muy guapa.

Nayla se echó hacia atrás en la silla.

—Muchas gracias —dijo sonrojándose tímidamente—. Por cierto, tengo buenas noticias para ti.

—Me vendrán de maravilla —aseguró masajeándose las sienes.

—Akram Odeh ha aceptado reunirse contigo en Estambul —le informó sonriendo—. Acaba de llamarme Nahed, vendrán dentro de un par de días. No podía esperar para decírtelo. Akram conoce a todos los peces gordos, seguro que te ayudará.

—No dejas de sorprenderme —dijo Mika sonriendo.

—¿Creías que no lo conseguiría?

—Era broma. Sabía que lo harías.

—¿Cuándo volverás? Espero que sea antes del Eid.

—El Eid… —repitió pasándose una mano por la cara—. No puedo imaginarme cómo será este año.

—Hay que celebrarlo, aunque solo sea una comida de un par de horas con los amigos.

—Lo celebraré, si puedo estar contigo.

Nayla sonrió.

—Ahora en serio, ¿cuándo crees que volverás?

—He adelantado la reunión que tenía con mis hombres, pero aún tardaré una semana.

—Te echaré de menos en el Eid. Seguramente lo celebraremos este viernes —suspiró Nayla—. Voy a preparar pierna de cordero rellena al horno.

—Nada me gustaría más que estar contigo. Vuelves a estar en mi mente y en mi corazón, y no consigo sacarte de ellos.

185

—No sigas por ahí. Estoy casada.

—Pero ¿eres feliz? ¿Realmente feliz?

—No quiero tener esta conversación por Skype.

—¡Maldita sea! —exclamó dando un manotazo en la mesa—. Contesta la pregunta.

Nayla lo miró desconcertada.

—Lo siento —se disculpó inmediatamente—. No es por ti. Es la situación. Es muy duro ver lo que le está pasando a mis amigos, a sus familias. Rita, la madre de Yamal, me trata como si fuera su hijo, me ha abierto su corazón, me ha aceptado en su casa y me ha hecho sentir como si estuviera en la mía... Pero la sensación de impotencia se apodera de mí.

—Sé que es una situación muy complicada —dijo Nayla para tranquilizarlo.

—Siento mucho haberme puesto así contigo —volvió a disculparse—. No era mi intención.

—Disculpa aceptada —dijo Nayla sonriendo.

—¿Dejarás que vuelva a besarte cuando nos veamos?

—Tú vuelve aquí sano y salvo, y hazme saber más o menos cuándo llegarás para organizar una reunión con Akram.

—No quiero que te involucres en esto. Es muy peligroso. Si te pasara algo no me lo perdonaría nunca.

—Creo que ya estoy involucrada...

Mika se quedó callado mirando la pantalla y se produjo un incómodo silencio.

—Nayla... Esto... Estaba pensando en... —dijo finalmente. Quería recordarle el mágico día que habían pasado en la playa en Beirut y cuánto la amaba desde entonces.

—¿En qué?

Se oyó una llamada en la puerta.

—Tengo que dejarte, *ayuni* —se despidió rápidamente. Ahmed asomó la cara—. Nos vemos pronto.

—Señor, he estado examinando el lápiz que me dio.

—¿Y? —preguntó haciéndole un gesto para que entrara.

—Lo que he encontrado es muy interesante.

—Enséñamelo.

Abrió un portátil y empezó a teclear.

En ese momento recibió otra llamada por Skype. Mika miró quién era y decidió contestar.

—¿Puedes hablar? —preguntó una voz con acento americano.

—Sí.

—¿Te acuerdas de que preguntaste por las cuentas bancarias de Abbas Daoud en Dubái?

Mika asintió.

—Tiene una media docena.

—¿Estás seguro?

—Sí. Fueron difíciles de localizar, Dubái no facilita ese tipo de información.

—¿Cómo la conseguiste?

—Pedí algunos favores.

—Gracias.

—De nada. Soy yo el que te debe una.

Colgó y se volvió hacia Ahmed.

—¿Qué tenemos?

Ahmed giró el ordenador hacia Mika e indicó hacia la pantalla.

—Todas esas carpetas son falsas y no hay nada en ellas. Pero en esta hay algo muy interesante. Es como si Abbas hubiera escondido una carpeta dentro de otra.

—¿Hay más carpetas escondidas?

Ahmed asintió.

—Esta la he encontrado por casualidad, pero seguro que hay otras. También hay muchas carpetas encriptadas y codificadas aparte, inaccesibles si alguien entra en su ordenador.

—¿Y eso qué quiere decir?

187

—Que Abbas tiene secretos que no quiere que nadie conozca. Si alguien buscara en su ordenador, solo encontraría las carpetas falsas que le he enseñado.

—¿Puedes entrar en las otras?

—Están muy ocultas. Me costará tiempo.

—Hazlo.

—Lo haré, pero, mientras tanto, esta es una de las que he encontrado.

Apretó un botón y fue bajando por las carpetas que aparecieron en la pantalla. Mika observó estoicamente la pantalla. Al final Mika y Ahmed se miraron. «Nayla tenía razón. Abbas se había construido un castillo de naipes», pensó Mika.

—Bien hecho —lo alabó dándole un golpecito en la espalda—. Te debo un buen regalo para el Eid.

—Señor, el mejor regalo que puede hacerme es dejarme entrar en su ejército.

Mika apartó la mirada.

—Sé que soy joven, pero estuve en la policía.

—¿Y por qué la abandonaste?

—No podía disparar a la gente con la que había crecido.

Mika le puso una mano en el hombro.

—Esto es muy serio. Podrías tener que hacer cosas en las que tu vida correría peligro.

—Lo sé, señor. Pero este es mi país y quiero liberarlo de Asad. Quiero que Siria tenga un Gobierno elegido por el pueblo. Y un día me gustaría decirles a mis nietos que luché por su libertad.

—Muy bien —cedió—. Te pondré a las órdenes de Yamal. Es mi mejor hombre y en el que más confío.

Damasco, cuartel general del Mujabarat

Kamal Talas estaba en su oficina del cuartel general del

Mujabarat en el Ministerio de Defensa de la plaza de los Omeyas, en el centro de Damasco. Esa mañana había estado muy ocupado, y la noticia de que el teniente general Fateh había muerto en el bombardeo a Kansafra le había afectado mucho. Miró el reloj, ya había pasado la hora de comer. Todavía no había conseguido detener a Mika y Yamal y el periodista americano habían conseguido escabullirse. Sonó el teléfono.

—Es el general Asad, señor.

—Pásemelo.

—*Kifek* Kamal.

—*Hamdellah*, general, *shukran*.

—Como ya sabe el Eid está al caer —dijo Maher Asad.

—Sí, señor, lo sé.

—¿Tiene algo planeado?

—Estoy seguro de que mi mujer ya lo habrá organizado.

—He recibido una llamada del mediador de la ONU.

—Sí, señor.

—Ha solicitado el cese de las hostilidades con los rebeldes durante el Eid.

—Muy bien.

—Le he dicho que no entendía por qué. ¿Por qué íbamos a parar por una celebración?

—Como usted diga, señor.

—Estupendo. Entonces, estamos de acuerdo.

—Señor, una cosa… —empezó a decir Kamal—. Van a enviar el cadáver de Fateh a Damasco para enterrarlo.

—¿Y?

—Creo que deberíamos organizar un funeral de Estado, señor.

—Lo enterrará su familia.

—Pero, señor, era el oficial de mayor graduación del Mujabarat.

—No es necesario —lo cortó Maher Asad con voz tensa antes de colgar.

El móvil de Kamal sonó. Era Ibrahim, en el centro de inteligencia del zoco.

—Kamal, debería venir. Va a pasar algo enseguida.

—¿Qué?

—¿Recuerda la reunión sobre la que nos informaron? ¿La de Hussein con el equipo de Secutor? Nuestras fuentes de información han confirmado que se celebrará este viernes. No saben a ciencia cierta dónde tendrá lugar, pero no sería de extrañar que fuera en Kansafra o en un radio de cincuenta kilómetros a la redonda.

—¿Quién se supone que va a ir a esa reunión?

—Yamal Marouf, Ahmed al-Shaij, Zahran Allush, el grupo de Mika.

—Entérese de los detalles y que nuestros hombres estén preparados.

—¿Qué vamos a hacer para el funeral del general Fateh? —preguntó Ibrahim.

—Nada.

—Yo iré al funeral que organice la familia —dijo Ibrahim.

Se produjo una pausa.

—Yo también.

Kansafra

Rita estaba detrás del mostrador haciendo inventario de lo que se había vendido y de lo que no. Se alegró al ver la vitrina prácticamente vacía. Como el Eid estaba cerca, todo el mundo había ido a aprovisionarse de dulces y pasteles.

Aquella mañana se había puesto un vestido verde salvia con mangas fruncidas y pliegues de la cintura hasta debajo de la rodilla, con el que estaba muy atractiva. Llevaba recogido el pelo en su habitual moño, pero lo había cubierto con un pañuelo del mismo material y color que el vestido, atado en la parte de abajo.

Estaba preparando una lista rápida de lo que ofrecería al día siguiente cuando se abrió la puerta y entró su amiga y vecina May Haddad.

—Me he enterado de lo del taller de Yamal.

Rita meneó la cabeza apenada.

—Ven, siéntate —la invitó antes de servir dos vasos de zumo de granada.

—Justo antes del Eid —comentó May subiéndose a un taburete. ¿En qué piensa esa gente? Son unos animales.

May Haddad solo era un poco mayor que Rita, pero no había envejecido tan bien. Era más bien baja y regordeta. Llevaba un holgado vestido de flores púrpura y rosa, un chal color crema y zapatillas blancas planas. Se había puesto un pañuelo púrpura en el rizado pelo rubio que le llegaba a los hombros y se había pintado los ojos color avellana con *kohl*.

191

—¿Dónde está Yamal? ¿Se ha enterado?

—Seguro que sí. Se lo habrá dicho Mika.

—¿Mika también ha venido?

Rita asintió mientras acababa la lista.

—¿Qué hacen todos esos hombres aquí? ¿No deberían estar en Damasco?

Rita se encogió de hombros.

—Hace tiempo que dejé de hacer preguntas.

—Deberías enterarte. Al fin y al cabo, eres su madre.

—Prefiero no saberlo, May. Me preocuparía mucho más.

—Tienes razón.

Rita miró la lista.

—¿Cuánto *baklawa* crees que debería hacer? —preguntó levantando la vista hacia May.

—¡Por favor, Rita! —exclamó con un dramático suspiro.

—¿Qué pasa? —preguntó Rita antes de poner un plato de *mamul* en la barra—. Pruébalas, te relajarán. Si no, tengo pastillas.

—¿Cómo puedes ser tan frívola? —le reprochó levantando las manos—. ¿No te das cuenta de lo seria que es la situación? Nuestros hijos mueren y destruyen nuestras familias...

—¿Crees que no he pensado en ello? ¿Crees que no tengo miedo? ¿Tienes idea de lo que pasa en este corazón cada vez que Yamal se va? —preguntó dándose un golpe en el lado izquierdo del pecho.

May resopló.

—Ya no entiendo nada —confesó haciendo un gesto con las manos—. ¿Dónde acabaremos?

192 —Solo podemos esperar y rezar para que todo el mundo entre en razón y esta violencia acabe pronto —concluyó Rita.

—¿Y si no acaba?

—No digas eso —pidió empujando las galletas hacia May—. Ni siquiera lo pienses. Es demasiado horrible de imaginar. ¡Coge una galleta, por Dios!

Las dos mujeres comieron en silencio.

—¿Te has enterado de cuándo es el Eid? —preguntó May para cambiar de conversación.

—No —contestó Rita antes de ir al extremo de la barra para encender una pequeña radio. La suave, pero apasionada voz de Fairuz se oyó por el altavoz—. Me encanta esta canción —añadió subiendo ligeramente el volumen.

—A mí también. Quizá nos enteremos de si han visto la luna. ¿Por qué no fijarán una fecha para el Eid? ¿No se cansan de mirar al cielo?

—Estás muy cínica hoy —comentó Rita rellenando los vasos con más zumo.

—En días así me encantaría beber, de verdad.

—Pues, de momento, es lo único que tenemos —dijo Rita tomando un sorbo—. ¿Qué vas a hacer en el Eid?

—No lo sé. No me he sentido muy bien últimamente.

—*Yallah*, May —exclamó Rita dando un golpecito en la barra—. La única forma de sobrevivir a todo esto es no pararse. La vida continúa.

May arqueó una ceja cínicamente.

—¡Vamos a organizar una cena para el Eid! —propuso Rita dándose la vuelta para ver qué había en el frigorífico.

—¿El mundo se desmorona y lo único en lo que piensas es en cocinar?

—El mundo se desmoronará mucho más rápido si creemos que ya está acabado —aseguró mientras sacaba las verduras que tenía—. ¡Venga! Jamás has rechazado una buena comida.

—¿Por qué eres siempre tan optimista?

—Porque, para empezar, quiero celebrar el Eid y fingir, aunque solo sea durante un día, que nada de esto está sucediendo. Después pueden volver a combatir si quieren.

—Así que solo es una excusa para celebrar algo.

—Por supuesto —dijo Rita con una gran sonrisa y las manos en las caderas—. ¿No es eso la vida?

May puso cara de circunstancias.

—Toma —dijo Rita entregándole un rodillo—. Vamos a divertirnos. Además, a ti te sale el *baklawa* mejor que a mí.

—Bueno —replicó May orgullosa como un pavo real—. Me alegro de que al final lo admitas —añadió mientras bajaba del taburete y empuñaba el rodillo como si fuera un arma—. Vamos.

193

—*Hamdellah! Smallah!* Vamos a hacer los dulces primero.

—Espero que Yamal vuelva a tiempo. Le he buscado una chica…, mi sobrina.

—Será mejor que ni mencionemos el tema o me entrará dolor de cabeza. Además, ni siquiera sabemos cuándo será el Eid. Venga, vamos a empezar.

En ese momento anunciaron por la radio que había luna nueva y que el Eid se celebraría al día siguiente.

—Perfecto, además en viernes. —Las dos mujeres dieron gritos de alegría y dejaron lo que estaban haciendo para darse un abrazo. Rita movió el dial de la radio para buscar música y las dos bailaron en la cocina y cantaron una canción popular.

Rita estaba encendiendo el horno cuando se abrió la puerta de la tienda y entró Yamal con Tony en brazos.

—*Marhaba, immi* —saludó.

May tragó saliva y Rita fue corriendo a ayudar a su hijo.

—¿Qué ha pasado?

—Es una larga historia, *immi*.

—Vamos a llevarlo a una cama.

—Estoy bien —dijo Tony con voz débil.

—No lo estás —lo contradijo Rita.

—Yo no discutiría con *immi* —comentó Yamal mientras ayudaba a llevarlo escaleras arriba.

Lo pusieron en la cama de una habitación pequeña al otro lado del pasillo de la de Rita.

—Traeré agua —dijo la mujer antes de cerrar la puerta.

Cuando estaban al pie de las escaleras se volvió hacia su hijo y le empezó a dar bofetadas en la cabeza con furia.

—*Immi!* —protestó Yamal protegiéndose.

—Más te vale que me digas que está pasando, y no

194

voy a aceptar que me cuentes ninguna de tus historias —le amenazó hundiéndole el índice varias veces en el pecho—. ¿Qué pasa con tu trabajo? ¿Qué está pasando con el ejército? ¡Llegas a casa de sabe Dios dónde con un americano herido! ¿En qué lío estás metido? ¿Por qué ha venido Mika? ¿Y por qué han bombardeado tu taller?

—*Immi*, ya te dije que el ejército me había trasladado aquí.

—Entonces, ¿por qué no trabajas? ¿Qué haces?

—*Immi*, no me hagas más preguntas. Es por tu bien.

—No se te ocurra decirme lo que es por mi bien y lo que no —continuó acaloradamente—. Quiero saber en qué demonios estáis metidos Mika y tú.

—¡Rita! —llamó la voz de May desde la cocina—. Voy a empezar a hacer los *awamat* y el *sfuf*. ¿Cuántos quieres hacer? ¿Y cómo vas a preparar el cordero?

—¡Ahora voy, May! —gritó Rita. Luego se volvió hacia su hijo—. No creas que hemos acabado esta conversación. Celebraremos el Eid mañana y después me dirás qué está pasando.

—¿Has visto a Mika, *immi*?

—No desde esta mañana. Ha desayunado, pero después ya no lo he vuelto a ver.

Rita entró en la cocina.

Yamal meneó la cabeza cuando salió para ir a la mezquita.

Allí encontró un auténtico caos. Había hombres sentados en el suelo llorando en silencio, algunos gemían con lágrimas en los ojos y proferían insultos contra Bashar, Maher y el clan Asad, jurando venganza. Se fijó en un grupo de hombres que bajaba cadáveres de la parte trasera de una camioneta. Encontró a Mika allí, que lo saludó con la cabeza.

—Por favor, busque un médico —El único superviviente en la camioneta tiró de la manga de Yamal cuando estaba ayudando a Mika a sacar un cuerpo.

—Soy médico —dijo un hombre acercándose.

—Por favor, vea a esos niños —suplicó—. No pueden estar todos muertos.

—Le juro que lo están —aseguró el médico.

—Por favor, doctor, compruébelo una vez más. No puedo haber perdido a todos mis sobrinos y a mi hermano.

—Déjelos ir, hermano. Se han ido.

El hombre se arrodilló junto a los cadáveres, escondió la cara entre las manos y sollozó.

Yamal, Mika y el médico sacaron los cuerpos de la camioneta y los depositaron con cuidado en las sábanas de algodón blanco en las que los enterrarían.

196

—¿Qué tal está Tony?

—Se pondrá bien —contestó Yamal.

—No me lo puedo creer —dijo Mika señalando los cadáveres con el mentón.

Yamal lo miró, abatido.

—¿Qué estaba haciendo aquí Fateh?

Mika se encogió de hombros.

—Creo que quería decirnos algo.

—¿Qué?

—No lo sé.

—Mañana es el Eid.

Mika asintió.

—Sí, y la ONU ha pedido un alto al fuego.

—¿Crees que se respetará?

—No lo sé —contestó Mika encogiéndose de hombros—. He convocado una reunión de todos los grupos.

—¿Cuándo?

—Esta noche, después de las oraciones.

—¿Quién va a venir?

—Le he pedido a Ahmed que los llame a todos por Skype. Espero que puedan acudir. Necesito volver con algo a Turquía. Algo con lo que demostrar a los americanos que vamos en serio.

—¿Dónde deberíamos celebrar la reunión?

—¿Controlamos al-Bara?

—Está en nuestro territorio. Mohammad Matta es el líder de ese grupo.

—Dile a Ahmed que los informe a todos de que la reunión será en al-Bara.

Yamal asintió y sacó el móvil.

—Por cierto, espero que no tengas planes para mañana. Mi madre y su amiga May se han pasado todo el día cocinando.

Mika sonrió.

—Me alegra saber que hay gente que todavía cree en el Eid.

Un proyectil disparado desde alguno de los controles del ejército al otro lado del río iluminó el oscurecido cielo, pero fue perdiendo velocidad y explotó sin hacer blanco.

—¿Qué demonios les pasa? —preguntó el imán levantando el puño contra el cielo—. Estamos enterrando a nuestros muertos. ¡Es un funeral! —gritó contra el derroche de proyectiles y bombas que siguieron al primero.

—*Yallah* imán —dijo Mika poniéndole un brazo en el hombro—. No gaste saliva, guárdela para las oraciones. Venga, enterremos a los muertos.

—Nos estamos quedando sin sitio —indicó el imán—. Tenemos que dar preferencia a los vecinos del pueblo.

—Lo entiendo, pero no podemos dejar insepultos esos cuerpos —comentó un hombre.

197

El imán inspiró con fuerza.

—Está bien —dijo soltando un profundo suspiro—. Voy a prepararme para las oraciones.

Después del funeral, Yamal y Mika subieron la colina en dirección al centro del pueblo, donde Ahmed les esperaba con su padre, Hassan, para llevarlos a al-Bara en un antiguo Mercedes negro.

—Bonito coche —dijo Mika alborotándole el pelo al joven.

—Era del general Fateh. Lo aparcó cerca del taller de Yamal. Es un milagro que no le pasara nada —le explicó Ahmed.

—*Kifek* Hassan —dijo Mika, dándole un abrazo a su antiguo compañero, expiloto de las fuerzas aéreas igual que él.

—*Hamdellah, shukran.*

—¿Qué tal os va?

Hassan se encogió de hombros y señaló con la mano a su alrededor.

—Puedes verlo por ti mismo.

—Hago todo lo que puedo, Hassan. No es fácil —dijo Mika poniéndole un brazo sobre los hombros—. Pero tenemos que mantenernos unidos.

—Sí, pero el tiempo se acaba. Si no consigues que Occidente nos dé lo que necesitamos, tendremos que buscarlo en otro sitio. No podemos quedarnos parados viendo cómo matan a nuestras familias y destruyen nuestros pueblos.

—Lo sé, Hassan. Pero, insisto, tenemos que mantenernos unidos hasta que consigamos organizarnos.

—Lo vas a tener difícil para convencer a los demás en la reunión.

—Tengo que intentarlo. Si no, este país está perdido.

—Vamos —dijo Yamal subiendo al asiento del conductor.

Viajaron unos cuantos kilómetros en silencio y a oscuras hacia el este, hasta el pueblo en el que menos de media docena de hombres se había reunido en una pequeña casa de adobe y piedra. Todos eran antiguos compañeros de Mika, hombres que habían estado a sus órdenes en el Mujabarat, integrantes del programa Secutor. Tras desertar del ejército y no poder seguir en Damasco, eran fugitivos que se escondían en pequeños pueblos suníes en los que sabían que no les denunciarían a las autoridades, que tenían orden de fusilarlos en el acto. Todos habían formado brigadas que combatían contra el ejército.

Dejaron al joven Ahmed de guardia y entraron.

La habitación tenía una iluminación débil; aun así, distinguieron a dos hombres sentados en el suelo sobre cojines, fumando y tomando té. Hablaban muy bajo y sonreían.

Cuando entró Mika seguido de Yamal y Hassan, levantaron la vista, soltaron un grito de alegría y se pusieron de pie para saludarlos.

—Mohammad, Ahmed —Mika los abrazó y besó tres veces en las mejillas—. Me alegro de veros —dijo con una amplia sonrisa—. ¿Dónde está Zahran?

—Aquí estoy, hermano —Zahran Allush, el anfitrión, entró por una puerta cubierta con una cortina de algodón a rayas amarillas y verdes; llevaba una bandeja con vasos limpios y una tetera. Dejó la bandeja en el suelo y abrazó a Mika.

Se sentaron en círculo. Yamal a la izquierda de Mika y Hassan a su derecha, junto a Zahran, Ahmed al-Shaij y Mohammad al-Golani.

—¿Qué tal estáis? —preguntó Mika al grupo.

—*Hamdellah* —respondieron todos.

—Gracias por venir, sobre todo en víspera del Eid. Estoy seguro de que a vuestras mujeres no les ha hecho gracia.

—La mía me ha amenazado con el divorcio —comentó Mohammad—. Te enviaré la factura, Mika.

Todos se echaron a reír.

—Imagino que ya sabéis que la ONU ha declarado un alto el fuego durante los tres días del Eid —continuó Mika.

—¿Por qué cree la ONU que puede decirnos lo que tenemos que hacer? —dijo Ahmed.

—¿Qué te parece, Mika? —preguntó Zahran.

Mika miró al grupo. Todos tenían la vista clavada en él.

—El alto el fuego lo ha declarado una gente que no sabe lo que está pasando aquí —anunció tras una larga pausa.

—*Hamdellah* —gritaron todos los hombres al unísono.

—Sí, la ONU está en Nueva York, no aquí con nosotros —gritó Zahran.

—Nadie lo va a respetar, Mika —dijo Mohammad en voz baja—. Ni el presidente, ni su hermano, ni nosotros.

Mika miró a Yamal.

—Aunque decidiéramos aceptarlo, ellos no lo harían —añadió Mohammad.

—¿Lo sabemos con seguridad? —inquirió Yamal.

Mika asintió.

—Es lo que he oído decir.

—¿Sabéis que no habrá funeral oficial por el general Fateh? —intervino Hassan.

Mika miró al grupo.

—Sí —contestó frunciendo los labios.

Todo el mundo asintió.

—¿Qué deberíamos hacer, Mika? —preguntó Mohammad.

—Necesitamos reconocimiento internacional. Necesitamos que Occidente entienda que estamos organizando una oposición legítima contra Asad.

—¡Por el amor de Dios, Mika! —explotó Mohammad—. ¿Qué te ha pasado? ¡Eres un militar! Necesitamos armas y munición para contraatacar.

—Lo sé —concedió Mika—. Y llegarán. Todos habéis formado brigadas y grupos…

—Hemos tenido que hacerlo, Mika —le interrumpió Mohammad.

Mika levantó la mano para hacerle ver que lo entendía.

—Pero tenéis que acordaros de algo muy importante: unidos venceremos. Si alguno de vosotros se escinde y hace las cosas por su cuenta, perderemos y este país se desintegrará. La única forma de librarse de Asad es enfrentándonos contra él juntos y derrotándolo juntos. ¿Lo entendéis?

Todos lo miraron.

—Secutor funcionó porque estábamos unidos, éramos un equipo —añadió.

—¿Qué propones?

—La oposición, nosotros, necesitamos un nombre y luchar bajo la misma bandera. He hablado con las personas que han organizado la oposición en el resto del país. Sus grupos, facciones y brigadas se unirán a nosotros.

Los presentes se miraron unos a otros y algunos mostraban escepticismo en sus semblantes.

—Mika, Mohammad tiene razón. Necesitamos munición, tanques, lanzamisiles. No vamos a derribar el régimen con palabras —apuntó Yamal.

—Tendremos lo que necesitamos. Dentro de unos

días volveré a Turquía y presionaré a Occidente. Si no, iremos a Arabia Saudí, a Qatar, ellos nos ayudarán. Sé que lo harán.

—Eso fue lo que dijiste al principio —le reprochó Mohammad con expresión huraña.

—¿Qué quieres que hagamos mientras tanto? —preguntó Zahran—. No podemos quedarnos de brazos cruzados.

—Atacaremos los controles y arsenales del ejército y nos llevaremos lo que podamos, tal como hemos estado haciendo.

—Podemos asaltar el arsenal de Wadi Deif mañana por la mañana —sugirió Yamal—. La semana pasada entraron un par de tanques y un lanzamisiles.

—¡Esto es ridículo! —protestó Mohammad lanzando su vaso contra la pared. Los trozos salieron disparados en todas direcciones y aterrizaron como gotas de lluvia en los cojines y el té manchó la pared.

Todos se volvieron hacia él.

Se levantó de un salto y empezó a moverse de un lado a otro.

—Miradme bien. Soy un soldado, como todos los hombres que están conmigo, todos y cada uno de nosotros lo somos, endurecidos por el combate, curtidos en el campo de batalla. Y vosotros también lo sois. No somos ladrones. No quiero asaltar los controles del ejército.

—¿Qué sugieres, Mohammad? —preguntó Mika.

—Estamos listos —aseguró Mohammad con tono agresivo—. Mis hombres están dispuestos a luchar, a ser mártires de Siria.

—Dame una oportunidad. Danos una oportunidad.

—Tienes una semana para entregarnos lo que necesitamos, Mika, o Al-Nusra seguirá otro camino.

—Venga, Mohammad, siéntate —intervino Zahran

para calmarlo—. Toma otro té. No le diré a mi mujer que has roto un vaso.

Pasaron unos segundos de tenso silencio hasta que Yamal soltó una risita y todos empezaron a reírse.

—No me gustaría decirle a tu mujer que he roto un vaso —comentó Hassan.

—Prefiero a la Shabiha que a tu mujer —aseguró Ahmed.

—Y yo —dijo Zahran.

—¿Cómo quieres que nos llamemos, Mika? —preguntó Yamal.

—¿Qué os parece Ahrar Suriya? —sugirió Hassan antes de que Mika tuviera oportunidad de contestar—. Es el nombre de la brigada que opera en tu pueblo, Mika, al-Rastan.

—Hombres libres de Siria… —meditó Mika.

—O Ahrar al-Sham —apuntó Hassan—. El nombre de mi grupo: Hombres libres del Levante.

—O Mártires de Siria —propuso Yamal.

—Eso es un poco dramático —dijo Zahran—. Los americanos creerán que somos extremistas.

—Y el nombre de tu grupo, Liwa al-Islam, ¿no te parece extremista? —le reprochó Yamal vehementemente.

—Creo que el del mío es mejor, Suqur al-Islam —dijo Ahmed.

—Por el amor de Alá, ¡Halcones del Islam! —exclamó Hassan.

—Los Halcones del Islam somos un grupo serio, no como el tuyo.

—¿Me estás diciendo que no somos serios? —lo desafió Hassan llevándose la mano a la pistola que llevaba en la cintura y cruzando la habitación para enfrentarse a Ahmed—. ¡Dímelo a la cara!

Mientras los cuatro hombres se peleaban por el nom-

203

bre del nuevo grupo de la oposición, Mika miró a Mohammad, que seguía sentado tranquilamente y no se había involucrado en la discusión.

—Por favor, hermanos —pidió Mika—. Si no somos capaces de ponernos de acuerdo en un nombre, ¿cómo vamos a avanzar? Sugiero Ejército Libre de Siria.

Antes de que nadie pudiera reaccionar se oyó movimiento al otro lado de la puerta.

—¿Qué ha sido eso? —preguntó Yamal.

Mohammad se puso de pie, sacó la pistola y apuntó a la puerta. Se acercó a ella furtivamente y la abrió de una patada. Fuera, el joven Ahmed estaba en el umbral, inmóvil, con los ojos vidriosos llenos de lágrimas. Se sujetaba la garganta y a través de sus dedos se filtraba sangre.

—¡Ahmed! *Ibni!* —Hassan fue hacia él.

—Algo pasa —dijo Mohammad.

204

Cuando Hassan llegó donde estaba su hijo, este se desplomó en sus brazos.

—¡Ahmed! —gritó Hassan cuando le salpicó la sangre que brotaba de la garganta cercenada—. ¡Oh, Alá! ¡Alá! ¿Qué voy a decirle a tu madre? —se lamentó abrazando el cuerpo contra su pecho.

—Tenemos que salir de aquí —propuso Mika—. ¿Hay una puerta trasera, Zahran?

Zahran asintió.

—¿Dónde está tu familia? —preguntó Yamal.

—No está aquí. Mi mujer ha ido a ver a sus padres.

—¿Hay alguien más en la casa?

—No —contestó Zahran mientras dirigía al grupo por la cocina hasta la parte de atrás.

—¿Cómo salimos?

—Tengo un *jeep*.

Nada más subir al vehículo un agudo silbido rasgó el silencio de la noche y segundos después la casa iluminó la oscuridad circundante y explotó por el cohete que había impactado en ella.

—¡*Yallah* Zahran! *Yallah!* —le urgió Mika—. ¡Vámonos de aquí!

Otro misil cayó en la parte delantera de la casa y el suelo tembló. Cuando Zahran puso la llave en el contacto se oyeron ruedas que derrapaban y ruido de motores, pero el llavero cayó al suelo.

—¡Date prisa, Zahran, o no habrá Ejército Libre de Siria! —gritó Yamal.

—Sacad las armas y preparaos para disparar —pidió Mika mientras Zahran buscaba las llaves. Las encontró en el momento en el que aparecía un Humvee y un soldado les disparaba con una ametralladora.

Zahran puso el coche en marcha, pisó el acelerador y atravesó el humo y las llamas que envolvían la parte delantera de la casa, en dirección al oscuro campo sin luna.

De repente, un cohete salió de la nada y explotó más allá de la casa, en el camino que había tomado el *jeep*.

Damasco, cuartel general del Mujabarat, zoco al-Hamidiyeh

En la sala subterránea bajo el zoco de Damasco, Kamal Talas miraba la gran pantalla que había en la pared. Las explosiones no se oían y aparecían de color verde sobre fondo oscuro.

—Operación concluida —se oyó a través de un altavoz.

—Las fuerzas aéreas confirman la destrucción de la casa de al-Bara, tal como ordenó, señor —dijo un joven analista volviéndose hacia Kamal.

—Gracias. ¿Los hemos eliminado a todos? —preguntó a su colega.

205

—No creo que hayan sobrevivido —contestó Ibrahim—. Llamaré a los chicos de la Savak en Teherán para darles las gracias. Sus nuevas técnicas de vigilancia son impresionantes. Los americanos no saben que los controlamos todo el tiempo ni pueden vigilarnos de cerca.

Kamal soltó una risita.

—Llamaré al general Asad para comunicarle que la misión ha tenido éxito.

Kamal salió de la sala y sacó el móvil. Estaba a punto de llamar, cuando el teléfono sonó.

—Soy Rami.

—Sí.

—¿Ha encontrado a Habib?

—Estamos en ello.

—¡Maldita sea, Kamal! ¡Está aquí! ¡En Siria! ¿A qué espera?

—Mañana mismo tendré noticias.

—Por cierto, general, me he enterado de que Al Qaeda quiere poner en marcha un lucrativo negocio vendiendo petróleo, en especial de Mosul, a Turquía. Me han informado de que están construyendo un oleoducto cerca de Hatay, en la frontera turca. Asegúrese de que no se apoderan de nuestros campos petrolíferos en Rumelia. No podemos perder esos ingresos. Suponen casi mil millones de dólares para las arcas de la familia.

—Gracias, Rami —dijo Kamal—. Ibrahim —lo llamó al tiempo que le hacía gestos una vez que guardó el móvil en el bolsillo delantero—. Llame a nuestros informadores en Alepo.

—¿Para qué?

—Murad asegura que Al Qaeda ha construido un oleoducto en el norte. Que nuestros chicos lo confirmen y envíen fotos.

—¿Y si es verdad?

—Entonces tenemos un problema.

—¿Cuál?

—Que Al Qaeda intenta quedarse con nuestro petróleo. Si nos lo roban y lo venden en el mercado negro en la región, tendremos un gran problema.

—En la región de Rumelia hay dos mil pozos, Kamal. Producen unas mil quinientas toneladas de crudo. ¿Cómo van a refinarlas?

—Lo pueden hacer toscamente y pasarlo a Turquía.

—Pero, si se lo venden a Turquía, ¿no estaría la inteligencia turca involucrada?

—Por supuesto, pero lo que me preocupa es que Al Qaeda reclute a nuestros hombres para que les ayuden y utilice las ganancias para financiar actividades aquí.

—Me ocuparé de ello.

—Ibrahim —añadió Kamal, pasándose la mano por la mejilla—. Averigüe dónde está Abu Bakr al-Bagdadi.

—¿El líder de Al Qaeda en Irak? ¿Por qué?

—Tengo la impresión de que esto es solo la punta de un plan mucho más grande.

207

Estambul

—¡Señor Sutherland! —exclamó Adam irrumpiendo en la oficina de Joe.

Joe miró al joven marine por encima de las gafas.

—Tiene que ver esto.

El superior se levantó y siguió a Adam hasta su escritorio.

Pulsó una tecla y apareció un comunicado de Al-Yazira.

«Las fuerzas sirias han bombardeado el lugar en el que se celebraba una presunta reunión en la que se pretendía organizar la oposición armada contra el régimen del presidente Bashar al-Asad. El bombardeo de una vivienda en al-Bara, en la provincia de Idlib, se llevó a cabo hace unas horas, en la víspera del Eid. Se cree que el general Mikal al-Hussein, antiguo miembro del círculo de allegados del presidente, se encuentra entre las potenciales víctimas. El Gobierno sirio asegura que ha dado un gran golpe al núcleo de la oposición, ha destruido su dirección y cree haber puesto fin a los levantamientos que comenzaron en abril en Daraa.»

—¡Santo cielo! —exclamó Joe sacando el teléfono—. ¿Cómo es que no nos habíamos enterado? Creía que estabas encargado de espiar al Mujabarat.

—Lo estoy, señor —se defendió Adam—. Lo único que se me ocurre es que hayan cambiado sus técnicas de encriptado.

—Intenta enterarte de lo que puedas a través de nuestros informadores sobre el terreno.

La gran pantalla colgada en la pared tenía el volumen bajado. Nayla estaba estudiando un montón de papeles en su escritorio con un lápiz rojo en la oreja cuando creyó oír el nombre de Mika. Levantó la vista y aguzó el oído. Cogió el mando a distancia y lo dirigió hacia la pantalla. Consiguió ver el final del boletín de noticias y rápidamente cambió a la BBC y después a la CNN, pero no encontró nada en ninguna de las dos cadenas. Volvió a Al-Yazira, pero estaban dando una noticia sobre la sequía en Kenia, Etiopía y gran parte de África oriental.

Cogió el móvil y su frente se llenó de arrugas cuando, preocupada, intentó marcar el número de Mika. Ni siquiera oyó el tono de marcado. Abrió el ordenador, entró en Skype e intentó llamarle, pero no estaba conectado. Se recostó en la silla y cruzó los brazos con un nudo en el estómago.

Υ

Abbas estaba revisando unos papeles en su oficina cuando su móvil empezó a vibrar y el número que apareció en la pantalla le llamó la atención.

—¿Sí?

—Soy Mustafa Ahmeh, en Beirut.

—¿Qué quiere?

—Hasan Nasrallah está dispuesto a que Hizbulá apoye a Bashar al-Asad.

—Muy bien, Teherán está listo para enviar el dinero.

—Quizá necesitemos algo más de nuestros amigos en Moscú.

—De acuerdo. Estoy seguro de que estarán encantados de hacer ese favor. Les diré que vuelvan a abastecer el campo de adiestramiento de Zabadani en la frontera.

—Estupendo, enviaré a los combatientes de Hizbulá.

—Muy bien. Volveremos a estar en contacto cuando acabe todo esto. ¿Cuándo quiere enviarlos a combatir?

—En cuanto estén listos y nos lo comunique Asad. Estamos esperando a que el hermano del presidente nos dé luz verde.

—*Masbut*.

—*Shukran*, hermano.

—*Allah ma'aak*.

Abbas colgó y marcó otro número.

—Informe a su jefe en el Kremlin de que Hizbulá va a intervenir. Necesitaremos su ayuda. Envíe el cargamento de armas a Zabadani.

Kansafra

En el jeep negro de Zahran reinaba el silencio mientras avanzaba por oscuras pistas de tierra, evitaba zanjas y

209

atravesaba grandes charcos de agua enfangada. Unos miraban al frente, y otros hacia atrás y al cielo, por si les disparaba algún caza.

Hassan cargaba en los brazos a su hijo muerto.

—Juro que mataré a Bashar por esto —sollozó—. Mi hijo, mi primogénito... Y en el Eid... ¿Cómo ha sido capaz de hacer algo así?

—Ahora es un mártir —dijo Mohammad.

—¿Cómo se habrán enterado de dónde iba a ser la reunión? —preguntó Mika, que iba delante con Zahran.

—No lo sé, hermano.

—¿Quién creéis que habrá organizado el ataque? —preguntó Yamal inclinándose hacia delante.

—Ha tenido que ser Kamal Talas —aventuró Zahran.

—Pero tuvimos mucho cuidado —añadió Yamal.

—Alguien ha ayudado a Kamal —sugirió Mika mirando las sombras oscuras de los árboles que dejaban atrás—. No creo que él solo nos hubiera encontrado.

—¿Y quién habrá sido? —intervino Ahmed.

—Los iraníes o los rusos —contestó Mika—. O ambos —añadió.

—Estamos llegando a Kansafra.

—Deberíamos parar aquí. Es mejor ir al pueblo por diferentes entradas, por si acaso —recomendó Mika.

Zahran redujo la velocidad y Mika, Yamal, Ahmed y Mohammad bajaron del jeep.

—Hassan —dijo Mika metiendo la cabeza por la ventanilla—. Sé fuerte.

Hassan asintió con lágrimas en los ojos.

—Lleva a casa a este hombre, Zahran —le pidió Mika—. Mañana por la mañana atacaremos el control de Wadi Deif. Necesitáis armas y municiones hasta que establezcamos una ruta de aprovisionamiento. Haced vuestros rezos y venid después.

Υ

Era casi medianoche cuando Mika y Yamal entraron por la puerta trasera de la casa de la madre de Yamal. Oyeron a Rita y a May coreando una canción que sonaba a todo volumen en la radio.

—Tu madre está despierta hasta tarde —comentó Mika.

—Le encanta el Eid —dijo Yamal antes de asomar la cabeza. Todo estaba lleno de harina y el polvo parecía dorado a la luz de la araña que colgaba sobre la barra.

—*Ibni!* —gritó Rita cuando vio entrar a su hijo seguido de Mika—. *Kul aam wa inta bi jair* —dijo mientras le daba un abrazo—. ¿Dónde habéis estado?

—*W'ente, immi* —contestó devolviéndole el abrazo—. *Yin'ad aleyki tante* May —saludó por encima del hombro a May, que estaba amasando con el rodillo.

—*Barak Allak fik, ibni* —contestó sonriendo.

—Venid —pidió Rita para acomodarlos en la barra—. Abrid el apetito para la comida de mañana. No tenemos por qué esperar.

—Tomad —dijo May ofreciéndoles dos bandejas—. Esto es lo que hemos estado preparando vuestra madre y yo—. ¡Comed! —les ordenó con los brazos en jarras.

Yamal y Mika contemplaron la comida que tenían delante. Había un montón de pan generosamente rociado con *za'ater* y aceite de oliva, y una montaña de kebabs con tomates secos y pimientos de Alepo. También había *fatayer*, pasteles dorados que rezumaban una mezcla de espinacas y queso fresco. La otra bandeja estaba llena de dulces, diferentes tipos de *baklawa*, galletas y pastelitos de *sfuf* y *burma*.

—¿A qué estáis esperando? —preguntó Rita agitando el rodillo en el aire.

211

—*Tante* Rita —dijo Mika mirándola—. Tiene un aspecto delicioso. No sé por dónde empezar.

—Prueba los kebabs primero —sugirió May—. Con *kibbeh*, acabo de sacarlo del horno.

—¿Por qué iba a empezar por ahí? —la interrumpió Rita—. Prueba el *fatayer*, hijo. Lo he hecho yo.

—El que lo hayas hecho tú no quiere decir que esté bueno —dijo May.

—¿Qué estás insinuando? —replicó Rita—. Sabes que soy mejor cocinera que tú.

—No digas tonterías —objetó May con altanería.

Rita resopló.

—Señoras, señoras —Mika levantó una mano antes de que empezaran a discutir—. Probaré el pastel de espinacas primero…

—¿Lo ves? —dijo Rita con tono triunfal.

—Y creo que Yamal preferirá el kebab. ¿Verdad, hermano? —comentó Mika guiñándole un ojo.

—Pues claro —aceptó Yamal y dio un bocado antes de que Mika tuviera tiempo de sentarse.

—¡Traidor! —lo acusó Rita.

—¿Dónde habéis estado? —preguntó May mientras seguía haciendo pan.

—Hablando con unos amigos —contestó Mika sin pestañear.

—¿Con quién? —intervino Rita—. ¿Con alguien que conozcamos?

—Zahran, Hassan, Ahmed, Mohammad… —especificó Mika.

—Los de siempre —dijo Rita—. ¿Cómo están? ¿Y sus familias? Hace tiempo que no vemos a sus mujeres, ¿verdad, May? O a sus madres —añadió mientras ponía mantequilla en la masa.

—No es fácil desplazarse, Rita —comentó May—. Las

carreteras son peligrosas y ahora con todos esos controles y el ejército disparando a la gente…

—Recuerdo cuando iba con el padre de Yamal a cenar y no teníamos que preocuparnos por volver tarde a casa —dijo Rita.

—Eran otros tiempos —reconoció May—. Esperemos que los problemas actuales se resuelvan y podamos llevar una vida normal otra vez.

—*Insha'Allah* —deseó Rita—. Espero que sea pronto.

May meneó la cabeza con tristeza.

—¿Os acordáis de lo que hizo el padre de Bashar en Hama en 1982? Arrasó la ciudad porque el pueblo pidió reformas.

—He oído decir que Bashar convocará elecciones antes de que acabe el año —intervino Rita—. Evidentemente no es como su padre. ¿Tú qué opinas, Mika? Eres amigo suyo.

—Creo que ha cambiado —contestó Mika.

—Bueno, al menos tenemos el Eid para celebrarlo durante los próximos tres días. Nadie va a combatir durante esta fiesta. Sería una locura que lo arruinaran todo —concluyó Rita, y después se volvió hacia May—. ¿Cuántos kebabs deberíamos preparar? ¿Cuántos seremos en la comida?

—Déjame ver…

—Tú tienes más familia. Por nuestra parte seremos Yamal, Mika, Tony y yo. No creo que mis otros hijos y sus mujeres puedan venir. ¿Has hablado con alguno, Yamal?

Yamal negó con la cabeza.

—¿Por qué no os habéis casado ni tú ni Mika? —preguntó May de repente.

Los dos dejaron de comer y la miraron.

—*Ya'anni?* —se extrañó Yamal.

—*Ya'anni?* —se rió May—. Es una pregunta muy fá-

213

cil. ¿Por qué dos hombres apuestos y jóvenes están solteros?

Yamal se encogió de hombros y Mika no contestó.

—Tengo una sobrina muy guapa —dijo May—. Ha venido a ver a sus padres. De hecho, mañana estará en la comida del Eid. La verdad, Rita, cuanto más lo pienso más creo que sería perfecta para Yamal. Es guapa, educada y joven.

—¿Por qué no está casada? —preguntó Rita.

May se encogió de hombros.

—No me lo explico. Su madre dice que es muy testaruda. Mira. —Sacó una libreta que llevaba en el bolsillo y quitó la goma que sujetaba las páginas—. Es esta —dijo enseñándole una foto.

Rita asintió.

—Mira, Yamal. —Se acercó a Yamal y Mika y se la enseñó a ellos—. ¿Verdad que es encantadora?

Yamal asintió educadamente y Mika se concentró en lo que estaba comiendo.

Rita y May intercambiaron miradas. Rita movió ligeramente la cabeza y las dos decidieron no seguir con ese tema.

—¿Qué hacemos mañana? —preguntó Rita alegremente—. Imagino que vosotros dos dormiréis hasta tarde e iréis a rezar a mediodía. Después podemos juntarnos todos para comer. Podemos poner la mesa en el jardín de atrás.

—Esperemos que haga buen día —deseó May.

—¿Qué hacemos con el cordero, May?

—Lo prepararemos mañana por la mañana.

—*Immi*, esto estaba delicioso —agradeció Yamal acariciándose el estómago.

—Me alegro. Mi Yamal es un chico estupendo —dijo Rita sonriendo.

May puso cara de circunstancias.

—Hace un momento era un traidor, aclárate.

Rita resopló exasperada.

—Habéis dejado muchas cosas. ¿Por qué? ¿No os han gustado?

—*Tante*, has preparado demasiado —se excusó Mika poniéndole un brazo alrededor y estrechándola—. Todo eso no era para nosotros solos, ¿no?

—Por supuesto que lo era —aseguró Rita sonriendo.

—Entonces nos lo comeremos mañana —aseguró Mika—. Ahora deberíamos irnos a la cama.

—Sí, claro —dijo Rita dándole un abrazo a Mika—. Mañana es el Eid, así que no quiero oír hablar de otra cosa. Nos reuniremos como una gran familia y lo celebraremos. Las protestas y todo eso en lo que estéis metidos tendrán que esperar.

215

Pocas horas después, antes del amanecer, Mika se vistio rápida y silenciosamente y bajó con cuidado las escaleras evitando los peldaños que crujían. Yamal lo esperaba en la barra. Mika le hizo un gesto con la cabeza, salieron y se dirigieron hacia una pequeña mezquita en las afueras del pueblo. El cielo todavía estaba oscuro y se veía una delicada media luna en el extremo oriental.

Zahran y Ahmed, dos sombras oscuras que avanzaban por las estrechas callejuelas y cruzaban una de las dos plazas principales del pueblo, llegaron al mismo tiempo. Y Hassan, cuyos ojos inyectados en sangre delataban su dolor, llego al poco y se unió al grupo que estaba sentado en la moqueta.

—¿Dónde está Mohammad? —preguntó Mika.

Todos negaron con la cabeza.

—Esperaremos a que acaben las oraciones y si no

ha venido, nos iremos sin él. Imán, empiece las oraciones.

Se pusieron de pie, colgaron las armas en los ganchos que había en la pared y se colocaron detrás del imán. Estaban a punto de empezar cuando la puerta de la mezquita se entreabrió y Mika vio a Mohammad. Indicó a los demás que siguieran sin él, se puso las botas y la chaqueta y salió al frío aire del amanecer.

Mohammad estaba apoyado en el techo de un coche pequeño, acariciando el rifle que había encima, como si fuera un gato. Cuando Mika se acercó se puso firme y saludó marcialmente. Mika le devolvió el saludo.

—No tienes por qué seguir haciéndolo, ya lo sabes —dijo Mika estrechándole la mano.

—Sigues siendo mi superior.

—Cuando se ha estado en una trinchera, se sabe quién es tu hermano. Nos conocemos mejor que nuestras familias.

Mohammad encendió un cigarrillo y se produjo una larga pausa que aprovechó para dar un par de caladas y mirar al cielo. Parecía como si alguien hubiera cogido una gran brocha y hubiera pintado franjas entrelazadas de púrpura, naranja y rosa, que se mezclaban arremolinándose, y hacían que el paisaje de debajo tuviera un lúgubre y macabro color verde grisáceo.

—Mira qué bonito está el cielo —dijo finalmente Mohammad.

Mika asintió.

—He venido porque quiero que oigas lo que tengo que decir de mis labios y no de los de otros.

—¿Qué?

—Sabes que te respeto y te admiro. No olvidaré que me rescataste y me adiestraste.

—Fuiste uno de mis mejores hombres —reconoció Mika.

—Estaba orgulloso de formar parte de Secutor —dijo Mohammad dando una larga calada—. Estuvimos juntos en muchas operaciones.

—¿Y? —lo interrumpió Mika.

—Tu plan se está demorando demasiado. Asad nos borrará del mapa antes incluso de que hayamos empezado.

—Voy tan rápido como puedo, hermano. Volveré a Turquía mañana por la noche.

—Necesitamos armas ahora, no dentro de una semana. Tenemos que contraatacar ya.

—Por eso vamos a asaltar el arsenal de Wadi Deif.

—¡No! —exclamó Mohammad—. No soy una especie de Robin Hood.

—Es la única forma que tengo de que Estados Unidos o sus aliados nos reconozcan, nos financien y nos den armas.

—Ya te he dicho que eso llevará mucho tiempo. Estaremos acabados antes de haber empezado. Occidente, Estados Unidos… tardaremos demasiado tiempo. Sabes tan bien como yo que no entienden nuestro mundo. Han dejado a los iraquíes a su suerte, no tienen ni idea de cómo tratar con los jeques. Lo único que han hecho siempre ha sido tomar notas.

—Mira, Mohammad, ya me he puesto en contacto con Estados Unidos y tengo una reunión con Akram Odeh en Estambul.

—Les da igual lo que nos pase.

—¿Y qué propones?

Mohammad se incorporó, tiró la colilla al suelo y sacó otro cigarrillo.

—Necesitamos aliados ahora. Necesitamos dinero, gente que crea en nosotros y en lo que estamos haciendo.

—¿Como quién?

—Bagdadi.

—¿Qué? —Mika frunció el entrecejo con expresión incrédula—. No.

—Estuve con él en la cárcel en Irak en el 2005.

—Lo sé.

—Nos sacaste a los dos de la cárcel del campamento de Bucca, nos adiestraste aquí, en Siria, y nos enviaste de nuevo a Irak.

—El Estado Islámico es un grupo yihadista.

—Que ayudaste a crear.

—No me lo recuerdes. Aquello fue un error, un error que entrañará la caída de Asad y quizá la de Siria.

—Sus ideas son las más acertadas. Siria debería formar parte del nuevo califato islámico.

—No lo hagas.

—Bagdadi ha prometido ayudarnos con armas, dinero, combatientes… Nos dará todo lo que necesitemos para luchar contra Asad. Al Qaeda de Irak, el Estado Islámico, se compromete a derrocar a Asad.

—¿Y qué quiere a cambio?

—Que le juremos lealtad y combatamos según sus reglas.

—No dejes que te cieguen. Convertirán esta lucha en una guerra sectaria, tal como hizo Zarqawi en Irak. Si te unes a Al Qaeda todo se reducirá a suníes contra chiitas.

—Ya es eso. Somos la oposición y casi todos somos suníes.

—Deja que tu oposición sea secular. Toda aproximación al Islam radical destruirá este país.

Mohammad frunció los labios en silencio.

—Por favor, dame un poco de tiempo. Deja que vaya a Estambul y vea qué puedo hacer.

—He hablado con los hombres del Frente Nusra, vamos a jurar lealtad a Al Qaeda.

—No lo hagas, tus combatientes son los mejores. Si nos dividimos no habrá ninguna posibilidad de que Occidente nos ayude.

—Esta es tu última oportunidad. O nos das lo que necesitamos o al-Nusra jurará lealtad a Al Qaeda.

Mika negó con la cabeza.

—Tiene que ser así. La familia Asad no entiende otro lenguaje.

Mika se quedó callado.

—¿Vendrás a Wadi Deif?

—No —contestó Mohammad—. Nuestros lanzacohetes van camino de la frontera.

Se produjo un tenso silencio.

—No te traicionaré. Soy sirio como tú y no puedo quedarme de brazos cruzados viendo cómo destruyen este país.

—Sí —aceptó Mika con tristeza—. Los dos queremos lo mismo, pero los medios que utilizamos son diferentes.

—Te lo volveré a repetir: Occidente no va a ayudarnos, solo los hermanos musulmanes vendrán en nuestra ayuda. Son los únicos que nos entienden.

Mika asintió.

—*Allah ma'aak*, Mohammad —se despidió ofreciéndole la mano.

Mohammad la estrechó y le dio un abrazo. Fue a la puerta del conductor y la abrió. Antes de entrar, se cuadró e hizo el saludo militar hacia Mika. Después puso en marcha el motor y se alejó envuelto en una nube de polvo por la pista de tierra.

Estambul

—Sí, lo entiendo. Gracias, señor.

Joe Sutherland colgó el teléfono y fue a la ventana de

su oficina que daba al casco antiguo de la ciudad. Observó el paisaje urbano unos minutos para despejar su mente. Acababa de mantener una conversación con Richard White en la que este le había comunicado que Estados Unidos no iba a ayudar de ninguna manera a un general inconformista y a un ejército de desharrapados para que sustituyeran a Asad. «¿Cómo sabemos que esos tipos no van a dar un golpe de Estado?», le había preguntado White. Joe había tenido que recalcarle que cometería un error y que eso solo serviría para que la oposición siria se aliara con los saudíes más radicales o, peor aún, con Al Qaeda. «No creo que eso suceda —se había limitado a replicar White—. Esa oposición no parece tener ninguna repercusión o respaldo. Que resuelvan sus problemas ellos solos».

El móvil de Sutherland vibró. Era un mensaje.

«Esta noche, 19:30 h. M.»

¡Mierda! Mika había vuelto a Estambul. ¿Qué iba a decirle?

Nayla entró en la cocina y tamborileó brevemente con los dedos en la encimera de mármol de la isla. ¿Dónde estaba Mika? Sacó el móvil por enésima vez con la esperanza de tener un mensaje. Pero en la pantalla solo se veía el jarrón de orquídeas que había elegido como salvapantallas. Exasperada y preocupada abrió una botella de vino, se sirvió una copa, la llevó al cuarto de estar y se sentó en su silla favorita: un antiguo palanquín cubierto, restaurado y tapizado. Lo había colocado frente a la alta cristalera que daba al adoquinado patio en el que había una fuente. Allí, a última hora de la tarde y a primera de la mañana, podía contemplarse el sol brillando en el agua que caía del ánfora que formaba parte de la ornamentación.

Se arrellanó en la silla, con los pies debajo, dejó la copa con cuidado en el brazo y disfrutó de la intimidad que le brindaban los suaves cojines de seda color aceituna. Estaba especialmente guapa, vestida on unos sencillos pantalones de algodón blancos y una camisa de seda azul. Volvió a mirar el teléfono. Seguía sin recibir mensajes. Estaba a punto de tomar un sorbo de vino cuando oyó que se abría la puerta.

—¿Cuándo ha cruzado Hussein la frontera? —oyó decir a Abbas en un tono de voz que hizo que se acurrucara—. Eso quiere decir que llegará a Estambul esta noche… ¿Ha venido con Tony?… Sí, antes lo encontraremos a él… Sí, me ocuparé de ello… Le mantendré informado… Si no, haga lo que le parezca adecuado… Sí, lo entiendo… Es mejor cortar la cabeza de la serpiente antes de que muerda… Dígale a Maher que no se preocupe… Recuerdos a Bashar… Sí, iré a Beirut dentro de una semana y lo organizaré todo con Nasrallah… Los chicos del norte… Sí, están de camino… *Yallah… Allah ma'aak.*

El corazón de Nayla empezó a latir con fuerza. ¿Qué estaba haciendo Abbas? Obviamente iba a ir a Beirut, pero ¿Nasrallah? La única persona con ese nombre en la que podía pensar era Hassan Nasrallah, el líder de Hizbulá. Los chicos del norte, ¿Rusia? No podía ser otra cosa. ¿Y Mika? Estaba claro que corría un gran peligro. Al parecer querían matarlo y quizá también a Tony. Tenía que avisarles.

Echó un disimulado vistazo. El pasillo estaba vacío. Abbas había subido al dormitorio o a su oficina. Marcó rápidamente el número de Mika, pero no consiguió establecer comunicación. «Llama urgentemente», decía el mensaje que le envió. Intentó llamar a Tony, pero tampoco tuvo suerte. Se levantó y paseó de un lado a otro del cuarto de estar mientras pensaba en cómo podría ponerse en contacto con Mika.

221

De repente tuvo una idea. Subió corriendo las escaleras hacia su oficina. Cuando llegó al primer rellano, vio las puertas dobles del dormitorio abiertas y oyó el agua de la ducha. Subió los escalones que llevaban a su oficina de dos en dos. Una vez dentro, encendió el ordenador y abrió Skype. Quizá Mika estuviera conectado. Vio su número de teléfono y llamó. Segundos más tarde la cara de Mika, aunque con interferencias, apareció en la pantalla.

—¡Mika!

La imagen se desdibujó.

—¿Me oyes?

La conexión fallaba.

—Escucha con atención. Saben que vienes a Estambul. Creo que corres peligro.

Esperó un momento, pero no obtuvo respuesta.

—Por favor... Presta atención...

—Nayla... —oyó que decía una voz distorsionada.

De repente se abrió la puerta y apareció Abbas.

Nayla cortó la llamada rápidamente y se enderezó.

—¡Abbas! ¿Qué haces en casa tan temprano? —preguntó con el corazón latiéndole a toda velocidad.

—¿Con quién estabas hablando?

Estaba muy nerviosa, pero intentó disimular poniendo cara de extrañeza.

—Aquí no hay nadie —aseguró haciendo un gesto hacia la habitación.

Abbas se acercó al mirador y miró hacia la arbolada calle.

—Me ha parecido oírte hablar.

—No —Se encogió de hombros y se colocó delante del ordenador.

—¿Qué tal has pasado el día? —preguntó Abbas desde la ventana.

—Bien —contestó mientras intentaba apagar el portátil que tenía detrás.

—¿Qué has hecho hoy?

De repente se dio la vuelta y fue hacia ella.

Nayla casi dio un salto, asustada, pero sonrió para intentar distraerlo.

—Qué sorpresa más agradable tenerte en casa tan pronto.

Abbas la miró, pero tardó en responder.

—¿Ah, sí?

—Por supuesto —contestó Nayla, que seguía intentando apagar el ordenador—. ¿Por qué no vamos abajo, abrimos una botella de vino y preparamos una maravillosa cena? —Nayla no estaba segura de si su marido había visto la pantalla de Skype—. Ven —le pidió cogiéndolo por el brazo y llevándolo hacia la puerta.

Cuando casi habían llegado se oyó un tono de llamada en el ordenador y Abbas se paró.

—¿No deberías contestar?

—Seguramente no es nada importante, mi madre que querrá hablar conmigo —mintió apartando la vista.

—¿Desde cuándo te llama tu madre por Skype? —preguntó volviéndose hacia ella.

—Ya conoces a *immi...* —contestó con una risita nerviosa. No pudo mirarlo a la cara. Sabía que si lo hacía, descubriría que estaba mintiendo.

Cuando llegaron al piso de abajo Abbas la dejó en la cocina.

—Ahora vengo.

—¿Dónde vas?

—Tengo que hacer una cosa.

—¿Y no puede esperar? —preguntó Nayla.

Pero Abbas no respondió. Se fue al cuarto de estar, sacó el móvil y se encaminó hacia el jardín. Nayla fue de pun-

223

tillas hasta una de las cristaleras e intentó oír lo que decía, en vano. Hablaba demasiado bajo, estaba de espaldas y el sonido de la fuente distorsionaba sus palabras. Sabía que no podía acercarse más sin que la descubriera.

Abbas marcó un número y vio a través de los cristales que tenía delante que Nayla estaba junto a una de las cristaleras del cuarto de estar. Evidentemente, ella no se daba cuenta de que veía su reflejo. Intentaba oír lo que estaba diciendo.

—Sí —contestó una voz masculina.

—Soy Abbas.

—¿Y?

—Quiero que siga a mi mujer.

—¿De qué tengo que enterarme?

—Quiero saber lo que hace, a quién ve, con quién habla, todo… Me interesa sobre todo saber cuándo ve al general sirio.

—Hablaré con mi mejor agente.

—Mi mujer no debe enterarse de nada.

—Entendido.

Se pasó la mano por el pelo y exhaló un profundo suspiro. Volvió a mirar hacia la ventana que tenía delante. Nayla ya no estaba. Se dio la vuelta y empezó a volver hacia la casa.

—Y no se olvide del americano. Tengo que hablar con Damasco.

—Delo por hecho.

Cuando levantó la vista, Nayla le sonreía con una copa de vino en la mano.

El taxi amarillo subió lentamente la empinada y estrecha callejuela de Cihangir bordeada de edificios de apartamentos y se detuvo frente a una pequeña casa victoriana de finales del siglo XIX, no muy lejos del apartamento de Joe Sutherland.

La portezuela se abrió y Tony, todavía con el brazo en cabestrillo, salió con dificultad. El conductor bajó para sacar una bolsa del maletero y la dejó en el suelo al lado de Tony.

—¿Está seguro de que es aquí? —preguntó Tony mirando el edificio.

—*Evet beyefendi* —contestó el hombre asintiendo.

—¿Y esto es un hotel?

—Eso no lo sé, *beyefendi*, pero creo que esta es la dirección.

—¿Cree?

—Algunas calles de Cihangir no tienen nombre.

—Muy bien. *Te ekkür ederim* —agradeció dándole unos billetes.

225

Se acercó a la puerta vigilada por una gata de ojos claros que le miraba con altanería. Apretó lo que creyó que era el timbre, pero no oyó ningún sonido. Se echó hacia atrás y miró hacia las ventanas. La gata se lamió antes de entrar por la gatera. Volvió a llamar, mantuvo el dedo apretado varios segundos, pero solo volvió a salir la gata.

Estaba a punto de llamar por tercera vez cuando la pesada puerta de caoba se abrió. Una mujer pequeña y regordeta con pelo color rojizo castaño y encendidos ojos oscuros pintados con *kohl* lo miró.

—Soy Tony Habib —se presentó—, amigo de Mika al-Hussein. Me ha dicho que podía alojarme aquí.

La mujer se hizo a un lado para permitir que entrara y le condujo en silencio por unas estrechas escaleras de mármol.

—¿Es un hotel? —preguntó Tony cuando habían subido cuatro pisos.

La mujer no contestó.

En el rellano del quinto piso solo había una puerta. La mujer la abrió, entró e hizo un gesto a su alrededor en silencio.

—Gracias. ¿Es Aysa Hanim?

La mujer asintió y se fue.

—¡Joder! ¿Por qué no me ha dicho que era muda? —murmuró mientras entraba y dejaba la bolsa cerca de la puerta.

Era una habitación grande y luminosa de techo alto, pintada de blanco y con el suelo de madera clara. Un pequeño balcón daba a los destartalados tejados de los edificios más cercanos y permitía una reducida vista del Bósforo a lo lejos. En la zona para sentarse había un sofá de cuero blanco, una silla y un televisor. A un lado había una pequeña cocina con frigorífico, tostadora, cocina y hervidor eléctrico. Una cortina blanca casi transparente separaba el dormitorio. La cama era enorme y miró las seductoras sábanas de algodón recién planchadas y las abultadas almohadas. En la mesilla había una jarra con agua.

«Es encantadora», pensó mientras se quitaba el pañuelo en el que llevaba colgando el brazo, sacaba las cosas de la bolsa y la mochila, organizaba sus libretas y encendía el ordenador. Tenía muchas cosas que hacer y quería acabar un artículo. Se dio una ducha rápida, se cambió y bajó a preguntar a Aysa Hanim si tenía algo para comer. Pero solo vio a la gata. Decidió ir a buscar una tienda o un supermercado.

Al pie de la pequeña colina torció a la derecha con la esperanza de encontrar alguna tienda. A eso de un kilómetro había una junto a un pequeño café. Entró, y mientras le servían un café sacó el móvil para comprobar los correos electrónicos.

De repente, sonó. Era un número local y dudó si contestar o no. Llegó un camarero con una cafetera y le sirvió un espeso y aromático café. Miró a Tony y al teléfono, y arqueó las cejas como si le extrañara que no contestara.

—¡Tony! —lo saludó la voz de Abbas—. *Kifek?*

—*Hamdellah*, gracias.

—¿Qué tal el viaje?

—He visto muchas cosas.

—Por supuesto, por supuesto. He intentado ponerme en contacto contigo.

Tony frunció el entrecejo. Algo en la voz de Abbas le inquietó.

—¿Dónde estáis Mika y tú?

—Estamos de camino a Estambul. Llegaremos pronto.

El camarero dejó de limpiar los vasos un momento.

—Deja que hable un momento con Mika.

—Está conduciendo, ya te llamará él.

El camarero miró a su alrededor sorprendido.

—¿Por qué no venís directamente a casa? Nayla está preparando la cena.

—Eres muy amable. A ver a qué hora llegamos.

—Dime dónde estáis y enviaré un coche y un chófer.

El teléfono indicó que tenía otra llamada. Cuando la buscó, vio que era de Nayla.

—Me están llamado. Ya hablaremos.

—¡Tony! —dijo Nayla con voz entrecortada—. Dondequiera que estés, vete. Sal de ahí.

—¿Qué? ¿Qué quieres decir?

—Te están buscando. Os quieren a Mika y a ti.

—¿Cómo lo sabes? ¿Y por qué a mí?

—Créeme. Por favor, vete y avisa a Mika.

227

De pronto dos motos y un todoterreno negro entraron derrapando por un extremo de la calle.

—Tengo que colgar —dijo mientras dejaba unas monedas en la mesa—. *Te ekkür ederim* —se despidió del camarero.

El camarero miró las monedas y después a Tony.

—¿Hay una puerta trasera?

El camarero se encogió de hombros.

Tony sacó un billete de doscientas liras.

El camarero cogió un vaso y empezó a limpiarlo.

—Por favor —rogó antes de sacar otro billete de doscientas liras.

El camarero le hizo un gesto para que pasara detrás de la barra y apartó una pequeña cortina. Tony entró rápidamente. Era un almacén, pero no se veía ninguna salida.

—¿Dónde está la puerta? —preguntó asustado.

El camarero movió un saco de arpillera y dejó un asa a la vista. En el café se oyeron voces.

—¡Por favor, dese prisa! —le urgió.

El camarero levantó una trampilla en el suelo de madera y le indicó que fuera hacia el final de lo que parecía un pasillo. Después la trampilla se cerró y oyó que volvía a colocar el saco encima.

Estaba en un pequeño sótano lleno de polvo, pero vacío, iluminado por la luz que llegaba desde una estrecha ventana en uno de los extremos. Fue hacia ella y se subió a una cesta para ver dónde daba. Era un pequeño callejón, seguramente en la parte de atrás del café. Abrió los dos cerrojos y empujó hacia afuera. Pero ¿cómo iba a salir? Se oían pasos y gritos enfadados.

Miró a su alrededor. Colocó un par de cajas vacías una encima de la otra y consiguió llegar a la mitad de la pared. Solo tenía que izarse, lo que no iba a ser fácil debido al brazo. Puso el pie derecho en una grieta y utilizó el brazo derecho para impulsarse, pero perdió el equilibrio y cayó. Rugió y gimió por el dolor que sintió en el brazo. Encontró otra caja, que le permitió subir un poco más y, tras un par de intentos, consiguió salir.

Una vez fuera miró a su alrededor para orientarse. Confuso, se dirigió hacia la izquierda, pero se dio cuenta de que volvía directamente a la parte delantera del café. Cambió de dirección. Empezó a andar a toda prisa y bajó la cabeza cuando se cruzó con dos mujeres que iban con bolsas de la compra hacia un puesto de verdura.

Echó un vistazo por encima del hombro, la calle estaba vacía.

Llegó a un cruce y miró hacia la izquierda. Parecía la empinada calle en la que estaba la casa. Pero ¿era esa o la siguiente? De pronto vio que el todoterreno doblaba la esquina. Tenía que irse, los tendría encima en un par de minutos.

Oyó que el vehículo aceleraba. Lo habían visto.

Echó a correr. A unos cien metros vio un gato negro lamiéndose las patas. ¿Era la gata que conocía? Rezó porque lo fuera. Se acercó, pero el gato desapareció por un callejón. Se desvió para seguirlo y oyó que el todoterreno torcía la esquina. Al poco estaba frente a la casa. Llamó al timbre y lo mantuvo apretado varios segundos. El todoterreno entraba en el callejón. Estaba sudando. ¿Lo habían visto? «¡Venga! ¡Venga!», pensó. Volvió a llamar. El todoterreno echaba marcha atrás.

Entonces se abrió la puerta y entró.

—Muchas gracias, señora. Lo siento, he salido a dar una vuelta —empezó a disculparse muy nervioso—. La he estado buscando porque quería pedirle una llave para no molestarla.

La mujer lo miró con cara inexpresiva e indicó hacia la

mesa de la entrada en la que había una bandeja con dos llaves.

—Gracias, señora —dijo sonriendo aliviado.

La mujer meneó la cabeza y se dio la vuelta para marcharse.

—Solo una cosa más, señora. ¿Sabe dónde podría comer y beber algo?

La mujer indicó el piso de arriba.

Tony asintió sin saber muy bien a qué se refería; inspiró profundamente y subió los cinco pisos hasta su habitación. Estaba cansado, jadeante y hambriento. Cuando abrió la puerta sonrió y soltó una risita. Eso era a lo que se refería la mujer. Cerca del balcón había una mesa plegable y una silla. Sobre un mantel azul y verde había varios platos de aperitivos turcos. Levantó la tapa de una cacerola y le inundó el olor de un *pilaf* de cordero asado y arroz. Había un plato pequeño de *baklawa* para el postre y, en una mesita auxiliar redonda, una botella de tinto de Ankara y una copa.

Después de comer se tomó lo que quedaba de vino, fue al escritorio y abrió el ordenador. Miró los correos electrónicos, que en su mayoría eran de su editor y cuyo tono iba *in crescendo*. En los primeros le pedía amablemente que le enviara los informes y artículos, y en el último, escrito tan solo unos minutos antes, le decía que si no le enviaba un artículo inmediatamente podía considerarse despedido.

Entró en un programa de mensajes.

«Cálmate, Bill. Estoy en Estambul. Te lo envío dentro de un par de horas.»

Segundos después:

«¿Has conseguido la entrevista con Hussein?»

«La conseguiré, no te preocupes. Tengo un material excelente. Te envío algo dentro de dos horas.»

Sin tiempo que perder, empezó a escribir.

«Damasco, Siria. Se quiera o no, esta es sin duda la Siria de Asad, tal como reza la señal que ha marcado durante largo tiempo el cruce a través de los *uadis* rocosos que la separan de Turquía, su vecino al noroeste, o del Líbano, al oeste. Pero, como se ha demostrado últimamente, también es la Siria que pertenece a los hombres y mujeres que han salido a las calles para recuperarla», escribió.

Algún lugar en Damasco

Un dedo pulsó un botón en un móvil. El tono de llamada se oyó un par de veces hasta que contestó una voz masculina.

—¿Sí?

—¿Se sabe si Mika ha hablado con los americanos?

—Lo ha hecho.

—¿Y?

—Todavía nada.

—Envía un mensaje a los americanos. Déjales bien claro que no toleraremos que se inmiscuyan.

—Sí, hermano.

—No utilices a nuestra gente como mensajeros.

Estambul

Cuando empezó a oscurecer, el ajetreo de la gente que intentaba volver a casa para descansar facilitó que Mika se mezclara entre la multitud que atestaba Defterdar Yokşu, la calle principal que atraviesa Cihangir hasta el Bósforo. Hacía una bonita tarde y los cafés y bares estaban llenos de gente.

Se fijó en tres mujeres sentadas a una pequeña mesa en un bistró, todas con una copa de vino, que conversaban y se reían con complicidad. Una de ellas, de pelo corto moreno, echó la cabeza hacia atrás y se rió de algo que había dicho otra. Su sonrisa, su piel, el brillo de sus ojos y el mechón de pelo que le caía sobre la frente le recordaron a Nayla. No pudo evitar mirarla a los ojos cuando pasó por delante. La mujer le lanzó una elogiosa mirada y les hizo un gesto a sus amigas, que volvieron la cabeza. Se acercaron las unas a las otras y rieron y susurraron mientras se alejaba. Mika sonrió y se levantó el cuello de la chaqueta. Miró hacia atrás para ver por última vez a la mujer de cabello oscuro. ¿Qué estaría haciendo Nayla en ese momento? Miró el reloj. Acababan de dar las siete. Recordó la última vez que la había visto y lo guapa que estaba. Sacó el móvil, lo miró y lo volvió a meter en el bolsillo. Quería oír su voz, pero ¿qué pasaría si Abbas estaba allí? Apretó los dientes. Deseaba ver su sonrisa, notar la piel de su cara en los dedos, pasarle la mano por el pelo…

Oyó un claxon y un coche frenó a pocos centímetros de él. «¿Estás loco? —le espetó el conductor levantando el puño amenazadoramente—. ¿No quieres vivir?».

Se apartó rápidamente y dejó que pasara.

Al poco llegó al edificio de Joe Sutherland. Levantó la vista. No había luz en su apartamento. Todavía no había llegado a casa. Al otro lado de la calle había un edificio de color pistacho cuya arcada en la puerta creaba un pequeño porche en el que podría esperar sin ser visto. Sacó el móvil. Eran las siete y diez. Había llegado pronto. Pulsó el contacto de Nayla y apareció su número y una fotografía, la que le había sacado sin que se diera cuenta. Sonreía, la luz que reflejaba el Bósforo creaba un aura etérea a su espalda. Estaba a punto de enviarle un mensaje cuando vio a un par de hombres subir por la calle. Andaban con paso rápido y decidido, ambos vestidos con elegantes trajes oscuros y camisas blancas con el cuello abierto. Se echó hacia atrás en el pequeño espacio. Asomó la cabeza para intentar hacerse una idea de quiénes podrían ser esas dos sombras que se recortaban contra los oscuros edificios en el crepúsculo que les rodeaba. No parecían sirios. Se encendieron las farolas. ¿Iraníes? ¿Por qué? ¿Qué querían de Joe? ¿Los habría contratado alguien? ¿Quién?

Uno de ellos vigiló la calle mientras el otro abría la cerradura del edificio de Joe. Entraron. Mika no se movió. Miró el reloj. Eran poco más de las siete y media. Joe estaría al llegar. Asomó de nuevo la cabeza y vio que Joe metía la llave en la cerradura. Estaba a punto de salir para avisarle cuando la puerta se abrió desde dentro. Joe se apartó. Los supuestos iraníes salieron y se fueron rápidamente hacia la izquierda. Joe los observó ligeramente desconcertado, con la bolsa de la compra en la mano izquierda.

Mika silbó. Joe se quedó quieto. Volvió a silbar y Joe miró a su alrededor. Salió con cautela de su escondite y Joe entrecerró los ojos en la oscuridad. Le hizo un gesto y Joe miró a ambos lados de la desierta calle antes de ir hacia él.

—¿Qué demonios está pasando? —preguntó Joe.

Mika le indicó que guardara silencio y volvió a mirar hacia la calle.

—Esos dos eran iraníes —dijo Mika.

—¿Espías? ¿De la Savak?

—Quizá.

—¿Y qué quieren de mí?

—Los tres sois espías.

—Muy gracioso. Soy un hombre de negocios estadounidense.

—Eso sí que es gracioso.

—¿Tiene permiso la Savak para operar en Turquía? —preguntó Joe con ironía—. Bromas aparte, ¿tienes idea de por qué estaban aquí?

—Imagino que te están buscando.

—O a ti.

—Posiblemente —aceptó Mika—. Pero, en cualquier caso, seguramente tienes un micrófono o una cámara, o las dos cosas, en tu apartamento.

—¡Joder! ¡Odio que me espíen! —exclamó haciendo una mueca—. No voy a poder andar en calzoncillos.

—Eres muy gracioso.

—¿Cómo sabían que teníamos una reunión?

—No creo que lo supieran, pero sí saben que nos conocemos y que aparecería por aquí en algún momento.

—En ese caso, ¿deberíamos tomarnos este vino? —preguntó sacando una botella de la bolsa.

—Ven, vamos a ver a una amiga que tiene un montón de gatos que son mucho mejor que tú o que yo a la hora de oler a alguien sospechoso. No está lejos.

—Espera un momento. Voy a dejar la bolsa.

—Deja la botella de vino —sugirió Mika.

Se apoyó en la pared del rellano y estudió los edificios a ambos lados del de Joe para intentar localizar el lugar en que los iraníes podían haber instalado el puesto de vigilancia, pero no vio nada extraño. Ni lo vería. Sabía bien, porque había trabajado con ellos, que tenían unos equipos de vigilancia muy sofisticados. Podían estar viendo el apartamento de Joe desde cualquier sitio en Teherán.

Un par de minutos más tarde se abrió la puerta y cuando Joe se agachó para atravesarla, se oyó una tremenda explosión, que llenó de cristales la calle, seguida de una gran nube de humo gris y unas abrasadoras llamas naranjas y amarillas que salían de las dos ventanas del quinto piso.

Mika salió despedido hacia atrás y el estallido retumbó en toda la calle. Joe estaba boca abajo, con el pelo y la ropa cubiertos de hollín. Fue corriendo hacia él.

—¡Joe! ¡Joe! —gritó mientras le daba la vuelta—. ¡Háblame!

Joe gimió. Tenía la cara gris, con varios cortes, al igual que las manos, y el pelo lleno de cristales.

—Tenemos que irnos.

Joe abrió ligeramente los ojos.

—¿Qué demonios ha pasado?

—Vamos —le urgió Mika colocando uno de los brazos de su amigo en los hombros—. Es mejor que no estemos aquí si se produce una segunda explosión o cuando llegue la policía, claro.

—Pero si solo soy un hombre de negocios…

—Un hombre de negocios al que acaban de poner una bomba en su apartamento.

—Pero querrán hablar conmigo.

—Sí, ya pensaremos qué les decimos cuando lo hagan.

Mika echó a andar tan rápido como pudo cargando con el peso de Joe.

—Mika, no puedo ir tan deprisa. Creo que me he roto un tobillo.

—Joe… oye esas sirenas. Venga, tenemos que darnos prisa.

Mika apretó el timbre de la casa victoriana y se oyeron pasos apresurados que se dirigían hacia la puerta.

—Aysa Hanim, soy yo, Mika.

La puerta se abrió y la anciana se quedó con la boca abierta al ver a Mika sujetando a Joe.

Cuando cruzaron el umbral en dirección a la iluminada despensa, la mujer se llevó la mano a la boca al ver los cor-

235

tes que Joe tenía en la cara. Les hizo señas para que la siguieran y ahuyentó a los seis gatos que descansaban plácidamente sobre las coloridas colchas de ganchillo. Indicó un gran sofá morado, lo suficientemente ancho como para servir de cama, y cogió una sábana lila que estaba sobre la tabla de planchar para colocarla encima antes de que Mika depositara con cuidado a Joe en él.

Mientras Mika le ayudaba a quitarse la chaqueta, Aysa Hanim desapareció y volvió a los pocos minutos con una palangana de porcelana y un jarrón de agua caliente, jabón, alcohol y una toalla. Metió la toalla en el agua y la retorció antes de pasarla con cuidado por la cara de Joe.

—No se preocupe, puedo limpiarme yo solo —dijo Joe intentando sentarse en el sofá.

Aysa Hanim lo miró sin decir nada, con las manos en jarras y la barbilla desafiantemente elevada. Joe volvió a intentar sentarse de nuevo, pero no pudo. Soltó un gemido y se dejó caer en el sofá.

Mika miró a Aysa Hanim.

«Por supuesto, yo tenía razón», pareció decir cuando enarcó una ceja.

Mika le hizo un gesto para que continuara.

—Deja que Aysa Hanim te cuide —le pidió apretándole un brazo para tranquilizarlo.

Joe contestó con un gemido.

—Tranquilo.

—¿Qué ha pasado? —preguntó Joe.

—No lo sé —contestó negando con la cabeza—. Pero ha sido un mensaje contundente.

—Joder, estar cerca de ti es peligroso.

Mika se encogió de hombros.

—Aysa Hanim, voy a ver a Tony.

La mujer asintió.

—Joe, sé buen chico y haz lo que te pida.

Joe intentó levantar la mano, pero Aysa Hanim se la bajó.

—Te lo digo en serio, no discutas con ella —le recomendó Mika sonriendo—. Y si necesitas algo, pídeselo. No habla, pero lo entiende todo.

Mika sonrió cuando dejó a Joe intentando discutir con Aysa Hanim acerca de lo que él creía que necesitaba y lo que Aysa Hanim sabía que tenía que hacer. Subió las escaleras hasta el quinto piso y llamó suavemente a la puerta de la habitación de Tony.

—*Ana*, Mika.

La puerta se entreabrió ligeramente y Tony echó un vistazo antes de dejarle entrar.

—¿Qué te ha pasado? ¿O es mejor que no lo pregunte?

Mika se sentó en el sofá de cuero y se puso las manos en la parte de atrás de la cabeza mientras Tony servía dos copas de vino.

—¿Qué tal es ese vino? —preguntó Mika.

—Sorprendentemente bueno, pruébalo —dijo tomando un sorbo.

Mika le imitó y asintió.

—Lo es.

—¿Qué pasa? —preguntó Tony.

—¿Qué no pasa? —contestó soltando una triste carcajada e inclinándose hacia delante—. Estados Unidos tiene que ayudarnos. Si no lo hacen, no lo conseguiremos. Siria acabará destruida por facciones que siguen distintos caminos.

—¿Has hablado con Sutherland?

—Iba a hacerlo, pero hemos tenido un pequeño problema. Aysa Hanim lo está cuidando abajo.

237

—¡Santo cielo! ¿Qué ha pasado?

—Han puesto una bomba en su apartamento.

—¿Quién? ¿Por qué?

—Alguien quería enviar un mensaje.

—¿Un mensaje a quién?

—A los dos. A él para decirle que no nos ayude y a mí para sugerirme que no me acerque a los americanos.

—¡Joder!

—Me estoy quedando sin ideas.

—Deja que te entreviste. Utilicemos la prensa para presionar a Washington.

—¿Servirá de algo?

—¿A qué te refieres? —preguntó Tony antes de empezar a ir de un lado a otro de la habitación—. La gente tiene que saber lo que está haciendo Asad. Estados Unidos se verá obligado a ayudaros.

238

—Pero, Tony, necesitamos ayuda ahora, hoy. No dentro de un año o cuando decidan apoyarnos.

Tony lo miró en silencio.

—*Ya haraam!* —Mika golpeó la copa contra la mesa, la rompió y el vino manchó la mesa y la alfombra blanca—. Cuando la CIA nos necesitó con Bin Laden pasé por el aro y cuando quisieron a Zarqawi, ¿quién crees que les informó sobre su escondite en Hibhib para que los F-16 pudieran lanzar sus bombas y hacerlo salir? Y ahora que yo necesito algo van a dejarme colgado.

—Encontraremos una solución.

—Por supuesto, los ingleses no se moverán sin autorización de la ONU, ni tampoco Estados Unidos. Tengo que encontrar otras opciones. Ha de haber alguna forma de conseguir que la comunidad internacional nos respalde, y no solo de palabra.

Se recostó lentamente.

—Lo único que nos ofrece Occidente es diplomacia, palabras, amenazas de sanciones más duras para que Asad renuncie a su puesto —continuó—. Y Asad no hace otra cosa que burlarse de Occidente y decir que sus amenazas son inútiles.

Soltó un gruñido de frustración y se pasó la mano por la cabeza.

—Tienes que contar la historia —le pidió con delicadeza—. Es la única forma de que la gente sepa lo que está haciendo Asad en Siria. Tienes que personalizar a la oposición. Necesitas que la gente la relacione contigo, que entienda lo que estás intentando hacer. No puede haber una oposición sin rostro. Y tú eres perfecto, tienes carisma, eres apasionado.

Mika lo miró.

—¿Por qué no nos apoyan? —preguntó finalmente cubriéndose la cara con las manos.

—Lo harán. Los convenceremos, te ayudaré. Tenemos que contarle a la gente lo que quieres.

—Espero que no sea demasiado tarde. Esto es un polvorín. A la menor chispa, el país explotará.

239

Nayla condujo su Vespa verde y blanca por Kemeraltı Caddesi hacia la punta de la península, en dirección al puente Gálata, de camino al casco antiguo. El tráfico era una locura. Miró el reloj. Llegaba tarde. *Haraam!*, maldijo mientras esperaba en un semáforo y envió un mensaje de texto. «Tarde, tráfico». ¡Por Dios! Por qué había elegido Mika el casco antiguo.

—¿Qué pasa ahora? —murmuró enfadada cuando el tráfico se detuvo—. ¡Venga! —gritó poniéndose de pie y levantando las manos—. ¿Qué pasa?

Cuando vio que aquello no se arreglaba y los taxistas se encogían de hombros, aceleró, subió a la acera y provocó la ira de los peatones, que la miraron con incredulidad o le gritaron cuando pasó a su lado.

Por suerte, el tráfico en el puente no era tan malo, lo cruzó hasta Fatih y fue directamente hacia la mezquita de Süleymaniye. La cúpula y los minaretes brillaban en aquel despejado y sorprendente cálido día de noviembre. Su enfado fue en aumento cuando tuvo que sortear autobuses y grupos de turistas en las estrechas calles del casco antiguo. Pasó volando por delante del guarda del aparcamiento de la Universidad de Estambul, que salió corriendo detrás de ella y le pidió a gritos el pase agitando los brazos, hasta que finalmente se dio por vencido.

Dejó la moto entre dos coches en el atestado aparcamiento y salió por la puerta que daba al arco que conformaba la entrada a la biblioteca de Süleymaniye.

Sacó el móvil y volvió a mirar el mensaje. Lo único que decía era: «Süleymaniye Kütüphanesi». Sí, pero ¿por qué la biblioteca? Era enorme y contenía dos madrasas construidas dentro de la mezquita por el sultán Suleimán en el siglo XVI. La última vez que había estado allí hacía dos años, estuvo estudiando mosaicos y azulejos para un proyecto en el que trabajaba. Entró en el primer edificio, saludó con la cabeza al bibliotecario del mostrador, enseñó el carné y se dirigió a la cavernosa sala de lectura. Había gente en las mesas, escribiendo, leyendo o mirando las filas de manuscritos y libros encuadernados en piel de las estanterías que cubrían las paredes, pero ni rastro de Mika. Fue de puntillas por el reluciente suelo de madera oscura hacia el brillante patio iluminado por el sol que conectaba una madrasa con otra.

El patio era un remanso de paz e inmediatamente la envolvió su tranquilidad y el silencio que solo turbaba el agua de la fuente que había en el centro, el zumbido de las abejas y el canto de algún pájaro escondido en los árboles. Cuando pasó junto a la delicada fuente de mármol blanco, metió los dedos en la fría y transparente agua.

De repente creyó ver algo por el rabillo del ojo. Levantó la vista, hizo visera con una mano para ocultar el sol vespertino, pero no vio nada. Oyó un ruido en los matorrales y se dio la vuelta. Segundos más tarde, aparecieron dos martín pescador de brillante plumaje azul, que echaron a volar hacia la cúpula de la mezquita.

Cuando fue hacia el patio cubierto que había en el otro extremo vio a un hombre sentado en un banco. El hombre levantó la vista del libro que estaba leyendo y la saludó con un gesto de cabeza apenas perceptible. «Será algún estudioso», pensó debido a su descuidado aspecto con pantalones de pana, camisa vaquera, ensortijado pelo entrecano y gafas de gruesa montura en la punta de la nariz. Entró en la segunda madrasa y fue al mostrador de recepción.

La bibliotecaria estaba mirando lo que parecía un antiguo libro de contabilidad encuadernado en piel.

—¿En qué puedo ayudarla?

—Estoy buscando a una persona —dijo poniendo el carné sobre la mesa—, el señor Hussein. ¿Ha dejado algún mensaje para mí?

La mujer entrada en años miró el carné y después a Nayla.

—Un momento —dijo mientras daba la vuelta a la silla hacia un ordenador y tecleaba algo.

—Está en el pabellón pequeño. Vaya por esa puerta y pase el segundo patio.

Se encaminó hacia uno de los edificios originales del complejo de la mezquita que en tiempos había sido una iglesia construida en el siglo XII, cuando los cruzados de

Francia e Inglaterra pasaron por allí para combatir contra los sarracenos en Siria. En tiempos de Suleimán, el edificio se había reconstruido al estilo otomano, aunque se habían conservado algunas de las columnas romanas de la fachada de la iglesia, al igual que las vidrieras bizantinas, los mosaicos y los azulejos. Aquella antigua escuela albergaba en ese momento manuscritos y libros sobre la historia árabe.

Abrió la enorme y pesada puerta de madera, entró en la biblioteca y se paró un momento para admirar la belleza de la cúpula y de los pasillos con columnas y paneles de madera, llenos de libros y pergaminos. El suelo era en gran parte de mármol blanco. En el mostrador la informaron de que el catedrático Hussein estaba en el piso de arriba, dedicado al siglo XX.

En el centro de lo que habría sido la nave de la iglesia original había una escalera de caracol de metal que llevaba a una balconada. El corazón le empezó a latir con fuerza cuando llegó al final. Fue en silencio hacia la izquierda y se paró en todos los pasillos, pero estaban vacíos. Llegó al fondo y no vio a nadie.

Estaba a punto de dar la vuelta y bajar.

—¡Mika! —exclamó de repente al verlo salir de detrás de una columna de color rosa.

Mika se llevó rápidamente un dedo a los labios, la cogió por el brazo y la llevó al extremo de la balconada, lo más lejos posible de la puerta principal, cerca de una ampliación semicircular con una media cúpula. Se metieron en el primer pasillo. Mika asomó la cabeza y miró al piso de abajo. Aparte del bibliotecario no había nadie más en el edificio.

Se volvió hacia Nayla, sonrió con tristeza y le pasó el pulgar delicadamente por la barbilla.

Nayla bajó la vista al suelo, aquel gesto tan íntimo había conseguido que su corazón latiera con fuerza. Cuando

242

recobró la compostura lo miró con la esperanza de que sus ojos no la traicionaran.

—Sé que no es el sitio ideal —dijo acercándola—, pero me alegro de verte.

Se quedaron mirándose en silencio. En la biblioteca solo se oía el roce ocasional de alguna página y el zumbido de un ventilador.

La atrajo hacia él un centímetro más. Nayla sintió que su corazón se desbocaba. Bajó la vista para mirarle el pecho y el pelo que sobresalía de la camisa blanca que llevaba. Mika se acercó un poco más, sus muslos casi se tocaban. Le cogió el mentón entre los dedos y ella inclinó la cabeza hacia atrás. Nayla siguió sin levantar sus largas y negras pestañas.

—Nayla… —susurró.

—Mika… —murmuró Nayla al mismo tiempo.

Mika besó sus labios y la apretó con fuerza contra su pecho, con una mano en la cintura y la otra en la espalda. Nayla entrelazó los brazos alrededor del cuello de Mika, arqueó la espalda y lo besó con idéntica urgencia.

El ruido de una puerta que se cerraba los devolvió a la realidad. Mika la ocultó y miró entre las estanterías para ver qué pasaba. Abajo había un hombre hablando con el bibliotecario.

—Mika —dijo Nayla tirándole del brazo—. He visto a ese hombre cuando te estaba buscando. Estaba leyendo en uno de los patios.

—¿Sabes quién es? —susurró sin quitar ojo a la puerta.

Nayla negó con la cabeza.

Los dos miraron hacia el mostrador del bibliotecario. La puerta volvió a abrirse y otros dos hombres se unieron al que había en el mostrador. De repente, uno de ellos tiró del cuello de la camisa del bibliotecario. Este, con las gafas

243

caídas en la punta de la nariz indicó con cuidado hacia arriba. El hombre lo soltó y cayó al suelo.

Mika y Nayla se miraron.

—Vamos —dijo Mika cogiéndola de la mano. Corrieron pegados a la pared de la balconada. Cuando oyeron que los hombres subían las escaleras. Mika accionó una palanca y una fila de estanterías se abrió y dejó ver una escalera de piedra. Se hizo a un lado para que entrara Nayla y después la siguió. La escalera conducía a un oscuro túnel. Mika sacó un mechero.

—¿Dónde estamos? —preguntó Nayla.

—Bajo el edificio.

Oyeron el ruido de una puerta que se cerraba.

—Mika —dijo Nayla con miedo en los ojos.

—Sígueme.

—¿Qué ha sido eso?

—Deben de haber encontrado la puerta.

—¡Dios mío, Mika!

—No te preocupes, saldremos de aquí. Ponte detrás de mí.

El túnel olía muy mal. Era muy húmedo y estaba sucio, por no mencionar los chillidos de las ratas que corrían a esconderse por todos los rincones. Nayla estaba demasiado asustada para gritar y mantuvo la vista fija en la espalda de Mika. De repente llegaron a una cámara subterránea más oscura que el túnel. Mika movió el mechero a su alrededor.

Nayla abrió la boca para gritar, pero Mika le puso una mano encima y no la levantó hasta que se le pasó el ataque de pánico. Estaban rodeados de esqueletos y ratas que habían hecho su nido en calaveras, por cuyos ojos se asomaban las colas.

—Respira, Nayla, respira. Estoy aquí —dijo para tranquilizarla.

Los dos se dieron la vuelta cuando el sonido de pasos se hizo más intenso.

—Mika —dijo Nayla—. No hay salida.

—Tiene que haberla —aseguró mirando a su alrededor.

—No tenemos tiempo.

Mika se apartó un momento para tantear la parte superior de la cámara.

—No me dejes —gimoteó mirando las ratas que se arremolinaban a sus pies.

—¡Mira! —le pidió poniendo el mechero delante de una grieta. Algo movía la llama hacia dentro—. Seguro que hay otro túnel, pero ¿dónde? —siguió tanteando—. Venga, ratas, enseñadme el camino.

Los pasos sonaban muy cerca e incluso oyeron el sonido del seguro de una pistola.

—¡Date prisa! —suplicó Nayla.

—Ha de haber una forma de abrir esto —dijo poniendo la mano sobre una pared de tierra húmeda. De repente se oyó un ruido sordo y la pared empezó a moverse lentamente—¡Vamos! ¡Vamos! —susurró.

Apenas había espacio para pasar. Corrieron cogidos de la mano por otro túnel hasta que llegaron a unas escaleras. La luz del sol se filtraba a través de la rejilla de madera que había en la parte de arriba. Mika la abrió y salió para ayudar a Nayla.

Miraron a su alrededor. Estaban en el centro del patio de la mezquita. Los cientos de personas que se habían congregado para las oraciones de la tarde los miraron con recelo.

Mika cogió a Nayla de la mano y atravesaron el patio corriendo hacia lo que había sido el antiguo edificio del tribunal otomano, para salir del complejo y dirigirse hacia la universidad.

245

—¿Y mi Vespa? —preguntó Nayla cuando Mika la metió en un taxi antes de subir él.

—Volveré.

—¿Quiénes eran esos hombres? —dijo Nayla poniendo la cabeza en el hombro de Mika.

—No eran sirios —aseguró poniéndole un brazo alrededor y mirando por la ventanilla mientras se dirigían al puente Atatürk para volver a Beyoğlu.

—¿Entonces?

—Turcos.

—¿Turcos?

—¿Sospecha Abbas algo de lo nuestro?

—¡Abbas! —exclamó Nayla enderezándose—. ¡No! —aseguró convencida y después añadió—: No creo. ¿Cómo iba a haberse enterado? Aunque una vez entró en mi oficina cuando estaba intentando hablar contigo.

Hizo una pausa.

—Pero estoy casi segura de que no vio nada.

Mika guardó silencio.

—¿Crees que trabajan para Abbas?

Mika asintió.

—Quizá sepa algo y te estaban buscando, más que nada para asustarte. Pero hay más posibilidades de que me estuvieran buscando a mí. Al menos hay tres personas en el castillo de naipes de Abbas a las que les gustaría verme muerto.

—He tenido mucho cuidado.

—Lo sé, *habibti*. Sé que lo has tenido —dijo acariciándole la mejilla.

—*Ya Allah!* —exclamó Nayla retorciendo nerviosa el extremo del pañuelo.

—Has de estar alerta —le aconsejó—. Cualquier cosa que pase, me llamas, ¿de acuerdo?

Nayla asintió.

—¿De acuerdo? —repitió dándole un cariñoso pellizco en la mejilla.

—Sí, pero ¿qué me dices de la reunión con Akram Odeh?

—Organízala. Necesitamos toda la ayuda que podamos conseguir. No creo que los americanos nos den otra cosa que buenas palabras.

—Entendido.

—Voy a ir a ver a Abbas —anunció Mika.

—¿Qué? ¿Por qué?

—En primer lugar porque no puedo decirle que sé lo que trama. Tiene línea directa con Asad y se lo contará todo. Necesito que siga creyendo que no tenemos ni armas ni dinero.

—Pero se enterará en cuanto empecéis a recibir envíos desde Akram.

—Sí, pero hasta entonces Bashar y Maher han de creer que tienen ventaja. Si no, estamos acabados.

Nayla asintió.

—Pero sobre todo porque necesitamos dinero de Arabia Saudí para las armas de Odeh. No nos las darán gratis. Sé lo suficiente de Abbas como para presionarle para que lo consiga. Me bajo aquí —dijo indicando al taxista que parara en el cruce de Kemeraltı Caddesi y Bankalar—. Lleve a la señora a casa —añadió dándole unos billetes. El taxista sonrió encantado.

—Mika… —dijo Nayla agarrándole el brazo.

Mika se dio la vuelta, le puso una mano detrás de la cabeza y la besó.

—Mi hermosa Nayla —dijo mirándola fijamente a los ojos—. Haces que merezca la pena pelear por la vida.

Antes de que pudiera reaccionar había desaparecido entre la multitud que había en Bankalar Caddesi y los cafés que la bordeaban.

Y

Tony abrió la cristalera de su habitación y salió al balcón. El sol se estaba poniendo y convertía el cielo en una vertiginosa paleta de colores morados, naranjas y rosas. A lo lejos se oía el *adhan* en una mezquita, la bonita voz del imán llamando a los creyentes a la oración se mezclaba con el ruido de las cacerolas de las madres y esposas que empezaban a preparar lo que ofrecerían a su familia para cenar. Inspiró profundamente y notó el aroma del jazmín. Cortó unos pétalos de las delicadas flores blancas que había en el balcón de al lado y se las llevó a la nariz. Ladeó la cabeza e intentó recordar cuándo había sido la última vez que había olido jazmines, pero no lo consiguió. Levantó la vista. Aquella imagen era idílica, romántica: siglos de historia, confluencia de culturas, arte... le pareció exquisita. Cruzó los brazos sobre el pecho y se apoyó en la pared de piedra. Sería ideal ir allí con una mujer. Pensó brevemente en su exmujer y en cómo le iría. Miró el reloj. Seguramente estaría tomando un almuerzo bien regado en algún restaurante del Upper East Side.

El móvil sonó en el interior. Entró y miró la pantalla. Era un número privado.

—¿Sí?

—Soy Joe.

—¿Qué tal vas?

—Alguien está intentando asustarme.

—No estás solo. ¿Quién anda detrás de ti?

—No lo sé... Podría ser el Mujabarat, la Shabiha, quién sabe —contestó gimiendo.

—No pareces estar muy bien. Quizá deberías ir al médico.

—No te preocupes, soy más duro de lo que parece.

—¿Qué se sabe de la CIA? Tengo que enviar un artículo.

—No creo que Estados Unidos se implique.

—¿Es oficial?

—¡Claro que no! —exclamó Joe y le entró un ataque de tos por el esfuerzo—. Si quieres saber la versión oficial, llama a Mike Walker a la Casa Blanca.

—¿Qué excusa ha puesto?

—No podemos involucrarnos. No podemos permitirnos otro Irak. Por Dios, ¿no somos capaces de salir de Irak y vamos a enviar a nuestros chicos a Siria? El Congreso no lo aprobaría nunca, ni mucho menos los estadounidenses.

—¿Crees que una entrevista con Mika conseguirá presionar a la Casa Blanca para que apoye a la oposición?

—La apoyará con el tiempo, cuando estén convencidos de que está justificada.

—Justo la forma en que Mika no quiere que les apoyen.

—Así es, ni armas ni dinero, al menos abiertamente. Seguramente conseguirá ayuda no letal.

—Pero Asad es un monstruo. Está matando a su pueblo. Tenemos que ayudarles.

—No, no estamos obligados a hacerlo. De momento, observaremos y veremos qué pasa.

—Tenemos que librarnos de Asad.

—¿Y qué ganamos con eso?

—No podemos abandonarlos. Luchan para conseguir que haya democracia en su país —replicó Tony—. ¿No es eso lo que hacemos? Apoyar a los pueblos que quieren ser libres.

—Sí, pero la situación de Siria es demasiado complicada para que intervengamos. Además, ¿qué íbamos a conseguir?

249

—¡Por el amor de Dios! Sabes bien que Siria es una pieza clave en la región. Si se produce una guerra civil, habrá repercusiones en toda la zona… Líbano, Turquía, Irak…

—No —contestó Joe arrastrando la palabra—. Es un asunto muy sucio.

—¿Les vamos a dar la espalda?

—Eso me temo, al menos de momento.

—¿Lo sabe Mika?

—Todavía no, pero se lo diré en cuanto lo vea.

—Tengo que ayudarle.

—Sé que eres su amigo. Es un buen tipo y a mí también me gustaría ayudarle, pero no puedo. Tengo las manos atadas. No podemos involucrarnos ni justificar el envío de tropas a un país que sistemáticamente se alía con nuestros enemigos.

250

—La gente ha de saber lo que está pasando en Siria. Entonces quizá cambien de opinión.

—No lo harán. Los estadounidenses están cansados de combatir en las guerras de otros países.

Mika metió las manos en los bolsillos y mantuvo la cabeza baja mientras se dirigía rápidamente al Cafe Gálata, una bonita cafetería alejada de los lugares más turísticos, en un callejón peatonal adoquinado junto a Bereketzade, cerca de la torre de Gálata de estilo románico construida por los genoveses a mediados del siglo XIV.

En el oscuro y fresco interior del café había un grupo de turistas alemanes. Mika pasó a su lado, se acercó a la barra y pidió un café. Al poco entró un hombre y se sentó en uno de los taburetes tapizados de cuero rojo junto a Mika.

—General —lo saludó.

—¿Qué tal estás, Adam?

—Bien.

—Gracias por investigar las cuentas de Daoud en Dubái.

—De nada. Estoy en deuda contigo, me salvaste la vida en Pakistán cuando fuimos a buscar a Bin Laden.

—¿Te gusta Estambul?

—No está mal.

—Adam —dijo sacando un lápiz de datos del bolsillo—. Tengo otra cosa que necesito que investigues.

—¿Qué es?

—Una copia del portátil de Daoud. Uno de mis hombres la está analizando, pero no ha conseguido gran cosa.

Adam asintió.

—Me gustaría enterarme de lo que hay en esas carpetas. Lo único que sabemos es que están encriptadas y ocultas.

—Me encargaré de ello. ¿Para cuándo lo necesitas?

—Cuanto antes.

—¿Tienes idea de lo que tengo que buscar?

—Quiero saber para quién trabaja, qué clientes tiene y qué hace para ellos.

—De acuerdo.

—Gracias. Estaremos en contacto —se despidió Mika. Apuró el café y salió.

251

Abbas cogió el móvil.

—¿Estás seguro de que todo está oculto? —preguntó una voz masculina.

—Lo está.

—¿Seguro?

—Sí.

—¿Sabes por qué esa información no puede caer en manos del americano?

—Claro.

Colgó. Miró un momento al teléfono con el entrecejo fruncido. ¿Por qué le había llamado Rami para preguntarle aquello?

Adam Hunt conectó el lápiz de memoria de Mika en su portátil. Apretó un botón y el ordenador empezó a analizar los datos. Dejó que hiciera su trabajo mientras se preparaba un café instantáneo, cuando oyó una llamada telefónica en otro ordenador. Llenó la taza rápidamente con agua caliente, se acercó al ordenador y se puso los cascos. Alguien hablaba con voz distorsionada y tuvo que teclear un código para orientar el satélite. El sonido seguía sin llegar con claridad, pero se oía mejor.

—Hermano, *marhaba! Kifek!*

—*Hamdellah, hamdellah.*

—¿Te has hecho famoso, hermano?

—Por qué.

—Los americanos han decidido que eres un terrorista. Ofrecen diez millones de dólares por tu cabeza.

—¿Nada más? ¿Solo diez millones? Deberían ofrecer más.

—En cualquier caso, la estrategia está funcionando, jeque.

—Sí, tenemos muchos mártires dispuestos a morir por la causa.

—Y tendremos más que reemplazarán a los que mueran.

—Echaremos a los americanos de Irak y esta tierra volverá a pertenecer a los justos de Alá.

«¿Quién será?», pensó mientras grababa la conversación.

—Eres muy inteligente, jeque.

—Los americanos son unos cobardes. Si tuvieran agallas vendrían a por mí en vez de ofrecer dinero como si
fueran niñas.

«¿De dónde vendrá?», se extrañó Adam.

Se produjo una pausa.

—Estaré en Raqqa la semana que viene.

—*Mnih*, iré a verte. Tenemos que hablar sobre la
alianza con Nusra y anunciarla.

—Me alegro. El Estado Islámico de Irak pronto incluirá
a Siria. *Allaho Akbar*.

Mientras le daba vueltas a la conversación que acababa
de oír aparecieron varios iconos en la pantalla del portátil.
Fue hacia allí y se quedó perplejo cuando abrió las carpetas.

—¡Cielo santo! —murmuró mientras cogía el móvil
para enviar un mensaje de texto.

253

Mika estaba en un banco cerca de una parada de autobús cuando Adam se sentó a su lado.

—¿Has encontrado algo? —preguntó sin mirarle.

—Sí —Inspiró hondo antes de empezar a hablar con
calma—. Este hombre —dijo sacando el lápiz de memoria
del bolsillo delantero de su chaqueta—, es un tramposo.

—Dime.

—Aparte de sus clientes legales, está a sueldo bajo
mano de todo el mundo… Arabia Saudí, Qatar, Irán, Hizbulá. La lista es impresionante. En su mayoría son negocios en el mercado negro del petróleo y las armas, con mucho dinero de por medio. También tiene carta blanca con la
diplomacia saudí. Al parecer tienen en nómina a muchos
diplomáticos, de Turquía a la India, por no mencionar a los
particulares que respaldan a Al Qaeda.

—¿Y sirios?

—El presidente, su hermano y Rami Murad.

—¿Qué hace para ellos?

—Crea compañías petroleras, oculta dinero, lo blanquea, hace todo el trabajo sucio.

—Gracias.

—De nada, general. Hay algo más.

—Quizá tenga problemas con el Estado Islámico en Siria. —Cuando acabó de contarle lo que había oído, llegó el autobús.

Mika asintió.

En cuanto se fue Adam, Mika envió un mensaje de texto a Yamal. «Hemos perdido a Mohammad Al-Golani y al Frente Nusra».

—Está en una reunión —explicó con voz tensa Teba, tras saludar a Mika en el mostrador de recepción.

—Muy bien, esperaré —dijo Mika sonriendo.

—No sé cuánto durará y tiene citas durante el resto de la mañana.

—Estoy seguro de que me hará un hueco —dijo Mika sentándose en el sofá—. Avíseme cuando esté libre. Esperaré aquí.

Teba torció el gesto e intercambió una mirada con la recepcionista. Al poco volvió y le dijo:

—Por favor, acompáñeme, general. El señor Daoud está muy ocupado y tiene varias reuniones seguidas, por lo que va muy escaso de tiempo, pero aun así, siempre está dispuesto a recibir a un amigo.

—Muy generoso por su parte.

Teba abrió una de las grandes hojas de la puerta blanca de la oficina de Abbas.

—¡Hermano! *Ahlan, ahlan!* ¿Qué tal estás? —lo saludó envolviéndolo en un cálido abrazo—. Pasa —pidió indicando hacia el sofá de cuero blanco que había a un lado de la oficina—. Teba, por favor, café para el general. Me preguntaba cuándo volverías —dijo girándose hacia Mika antes de sentarse en una de las sillas.

—Creía que sabías que estaba aquí —contestó Mika sentándose frente a él en el sofá.

Se produjo un tenso silencio y Abbas cruzó y descruzó las piernas, y cambió de posición en la silla.

La puerta se abrió y Teba entró con una bandeja. Abbas se dio la vuelta.

—Ah… aquí está. Un delicioso café turco y un poco de *halwa*. Gracias, Teba.

Cuando dejó la bandeja en la mesa, añadió:

—Teba, dile a Mehmet que venga. Avísale de que estoy en una reunión que no tenía prevista, pero que prefiero que me espere en la recepción por si lo necesito.

—Sí, señor —Teba asintió y salió cerrando la puerta con cuidado.

—Prueba este *halwa*, es delicioso —aseguró Abbas.

Mika comió un trozo y los dos tomaron el café en silencio.

—¿Qué tal Damasco? —preguntó Abbas.

—Solo estuve en Idlib.

—¿Y?

Mika se pasó la mano por la nuca y dirigió su mirada hacia el Bósforo.

—Homs está sitiada.

—La prensa extranjera lo describe como bloqueo —lo interrumpió Abbas.

—Es un asedio, Abbas —insistió Mika—. Bashar asegura que hay grupos de guerrilleros armados en Homs, pero no es verdad. Los tanques rodean algunos de los barrios antiguos y disparan al azar, y hay francotiradores en los tejados, con intención de aterrorizar y matar. Asad no se detendrá hasta que la oposición se arrodille ante él.

255

Abbas se sirvió más café y se produjo otro largo silencio.

—¿Has podido hacer algo de lo que comentamos? —preguntó Mika.

—Estoy en ello. No hay mucha gente interesada en una guerra privada. Al menos no en Baréin y tampoco en Qatar.

—¿Y en Arabia Saudí?

Abbas se encogió de hombros y abrió los brazos moviendo la cabeza.

—¿De verdad? —Mika se levantó y se aproximó a la ventana—. Creía que los saudíes se alegrarían y me darían montones de dólares.

—¿Por qué?

—¡Abbas! —exclamó—, no seas tan ingenuo. Sabes tan bien como yo que los saudíes no soportan a Asad, ni a Bashar ni a su padre antes. Creía que no querrían dejar escapar la oportunidad de derrocarlo.

El rostro de Abbas se mantuvo inexpresivo.

—He de tener cuidado. Tengo jefes en Nueva York a los que rendir cuentas. No puedo ir por ahí pidiendo a los clientes de esta empresa que te apoyen.

—¿Sabe tu jefe americano lo que has estado haciendo en Turquía?

—No sé de qué estás hablando.

—¿Sabe que estás en la nómina de Asad? ¿O los negocios que haces con Irán, Hizbulá y Rusia?

—No sabes lo que dices. Soy un abogado, no un matón de alquiler.

—¿Y saben que fuiste tú el que organizó la financiación secreta de Arabia Saudí a Al Qaeda en Irak y la creación de Secutor en Siria? —Mika ladeó la cabeza—. De hecho, ¿saben en Arabia Saudí que trabajas para Irán y viceversa?

—¡Basta ya! —bramó Abbas—. No sabes nada.

—¿No? —preguntó Mika calmadamente.

—¡No! No tienes ni idea de lo que estás diciendo —Abbas se levantó y empezó a ir de un lado a otro de la oficina.

—Has entrado en un juego muy peligroso, amigo mío. El de un abogado que quiere ser hacedor de reyes.

—No tienes ninguna prueba.

Mika hizo una pausa.

—Eres un hombre muy persuasivo y, por lo que sé, muy bueno en tu oficio. Creo que puedes convencer a alguno de tus clientes saudíes para que nos ayude.

—Tal como te he dicho, hago lo que puedo, pero estas cosas llevan tiempo.

—Tiempo es precisamente lo que no tengo.

—Mira —dijo Abbas frotándose la frente—. Dame unos días.

257

—Tienes cuarenta y ocho horas. Encuentra el dinero.

—¿Y si no lo encuentro?

—Te desenmascararé ante los americanos y los saudíes… y quizás ante los iraníes.

—¡No me amenaces! —le advirtió enfadado.

—Nunca amenazo —dijo Mika dirigiéndose hacia la puerta—. Los secretos solo son tan buenos como las personas que los guardan. No hace falta que me acompañes —Cerró la puerta y en ese momento oyó el ruido de algo que se estampaba contra el suelo.

Teba lo miró sorprendida y Mika se encogió de hombros.

—Quizá debería llevarle una manzanilla. El café le ha puesto muy nervioso.

En la recepción, un hombre con la cabeza afeitada, camisa azul de cuadros y vaqueros leía una revista. Cuando pasó Mika levantó la vista. Le pareció familiar. ¿Dónde lo había visto antes? En el momento en el que Mika entró en el ascensor, se acordó. Era el hombre que había visto en la biblioteca de Süleymaniye. Evidentemente era uno de los matones de Abbas y este le había dicho a Teba que quizá lo necesitaría. Mika sonrió cuando las puertas del ascensor se cerraron.

En cuanto Mika se fue, Abbas cogió la cafetera, la arrojó contra la pared y la hizo añicos. El espeso y oscuro líquido manchó la alfombra, las paredes y el sofá. Sacó el móvil y llamó.

—Tenemos que vernos... Sí, puedo ir a Riad... Muy bien, llegaré mañana.

¡Maldito Mika! Abbas hizo girar un bolígrafo entre los dedos. ¿Cómo se había enterado de su castillo de naipes?

Llamó a otro número.

—Hussein está presionando... No creo que haya conseguido nada de los americanos... ¿Qué hago?... Intentaré ganar tiempo... Sí, todo está oculto... El dinero para Hizbulá está en Dubái... Sí, y los rusos han pagado... El envío llegará a la base aérea de Hama mañana...

Mika fue hacia el muelle de Karaköy, en el extremo norte del puente Gálata. Se detuvo ante uno de los vendedores de comida colocados a lo largo del puente y compró un *balık ekmek*, un sándwich de caballa a la parrilla. Se sentó en un banco para comérselo y miró el reflejo dorado y plateado del sol en el agua. Cerró los ojos un momento y de repente se sintió muy cansado. Hacía semanas que no dormía bien; solo lo hacía unas horas de vez en cuando. La última comida completa que había tomado había sido la del Eid en casa de la madre de Yamal. Desde entonces se había alimentado de tentempiés y sándwiches. Echó la cabeza atrás para recibir el sol en la cara y disfrutar de un momento de paz, oyendo el graznido de las gaviotas y los pájaros, el motor de los *vapur* en el Bósforo y los gritos de los niños cuando sus padres les compraban algodón de azúcar y almendras garrapiñadas.

—General de brigada Mikal al-Hussein, acompáñenos por favor —dijo una áspera voz. Notó que algo le tocaba el cuello y supo que era un silenciador.

Inspiró hondo sin abrir los ojos, y dejó salir el aire lentamente. Lo habían encontrado. Pero, ¿quiénes eran? ¿El Mujabarat? ¿La Savak? ¿Los matones de Abbas? Abrió los ojos y se levantó.

—Tranquilo —dijo el hombre que estaba detrás de él—. Nada de trucos.

Se dio la vuelta y vio a dos hombres, altos y fornidos, vestidos con traje negro, camisa blanca, corbata negra y gafas de aviador verde oscuro con montura dorada. Uno de ellos llevaba un aparato de escucha en la oreja. Estaban de pie con las piernas separadas y las manos cerradas.

Evidentemente no parecían ni se comportaban como los sirios.

—¿Quiénes sois? —preguntó cuando lo cogieron de cada brazo.

—No importa.

Intentó captar el acento. No parecía sirio.

—¿Dónde vamos?

—¡Calla!

El que se había colocado a su izquierda se volvió ligeramente y murmuró algo hacia su muñeca.

De repente Mika se desembarazó de ellos y corrió por el concurrido muelle sorteando niños, bicicletas, vendedores callejeros y gente que paseaba y disfrutaba del sol de la tarde. Echó un rápido vistazo a su espalda. Lo seguían, pero a unos cincuenta metros. Aceleró. Divisó la

259

torre de Gálata a lo lejos. Estaba seguro de que conseguiría despistarlos en las estrechas calles que había a su alrededor. Pero antes de que pudiera cruzar la calle principal notó un fuerte golpe en la cabeza. Todo se oscureció y se desplomó.

Al volver en sí le dolía la cabeza. Abrió los ojos lentamente, pero todo estaba a oscuras. Volvió a cerrarlos. Intentó levantar los brazos, pero se dio cuenta de que tenía las manos atadas. La cabeza cayó hacia un lado y volvió a desmayarse.

Cuando se despertó de nuevo había luz. Tenía un saco de arpillera en la cabeza. Forcejeó y consiguió enderezarse ligeramente. Creyó oír voces, una de ellas profunda y áspera que fue haciéndose más nítida conforme se acercaba. Se abrió una puerta y entraron varias personas.

—Desatadlo.

Alguien cortó la cuerda que le sujetaba las manos y se masajeó las muñecas para que volviera a circular la sangre. De repente le quitaron el saco de la cabeza. Entrecerró los ojos ante la luz del sol que entraba por las ventanas saledizas que había en la opulenta habitación en la que estaba.

—General, soy Akram Odeh y esta es una de mis casas —Un hombre pequeño y corpulento se acercó para estrecharle la mano—. Creo que quería verme.

Intentó ponerse en pie, pero las piernas le fallaron y volvió a sentarse.

—Por favor, tómese el tiempo que necesite —dijo Akram sentándose en una silla del siglo XIX con estructura blanca y tapizada con terciopelo carmesí. Era una de las ocho sillas que rodeaban una mesa en lo que sin duda era su oficina. En un extremo había un gran escritorio de caoba, una alfombra de seda y algodón cubría gran parte del suelo de madera, y en las paredes observó a ambos lados del escritorio que estaban cubiertas de libros forrados en piel de color azul, verde y marrón, además de un gran cuadro de un beduino y su camello en el desierto.

—Era mi padre —explicó Akram con orgullo mirándolo.

Mika asintió.

—¿Así que conoce a la encantadora Nayla? —Akram se levantó y se sentó detrás del escritorio. No era un hombre atractivo, pero el poder y el dinero le habían aportado un carisma que encajaba en su forma de ser. Andaría por los setenta, estaba prácticamente calvo, con algunos mechones en la coronilla, tenía la cara redonda, penetrantes ojos oscuros, cejas gruesas y un poblado bigote. Iba muy bien vestido, con pantalones de color verde aceituna y una chaqueta marrón que solo podía estar hecha a medida, dada su estatura.

—Sí —contestó Mika aclarándose la garganta—. Hace muchos años que conozco a Nayla.

—Es una buena amiga. Su marido —dijo encogiéndose de hombros— es un poco resbaladizo, pero a mi mujer y a mí nos cae muy bien Nayla.

Mika asintió.

—Nos ha dicho que crecieron juntos en Beirut.

—Así es.

—Nahed pasó unos años en la universidad con Nayla. Se licenciaron juntas.

—Para entonces ya me había ido de Beirut.

Akram sonrió.

—Si no, habría sido una gran coincidencia, aunque el mundo es muy pequeño.

—Lo es —afirmó Mika.

—¿Estaba en Beirut el primer año de la guerra?

261

Mika asintió.

—El día que empezó fui al instituto.

—¿Cuánto tiempo se quedó?

—En 1982 Asad le pidió a mi padre que volviera.

—¿Sí? ¿Por qué?

—Estaba muy unido a Asad, era uno de sus asesores —contestó crípticamente.

Akram no le presionó más. Asintió, se pasó la mano por la mejilla y se acercó a los libros. Sacó uno y empezó a hojearlo.

—Fue una guerra terrible, general. Destruyó una hermosa ciudad y un hermoso país.

—En los años sesenta Beirut era el París de Oriente Próximo… Venía todo el mundo… en especial los ricos y famosos. Era un paraíso para los *playboys*… lleno de dinero, intriga, espionaje, sexo, mujeres hermosas… todo lo que se deseara, se encontraba en Beirut.

—Sí.

—Y después se convirtió en un campo de batalla y su belleza se convirtió en cenicientos escombros. ¿Y para qué? ¿Por qué se libró realmente?

—Fue una guerra muy complicada —dijo Mika.

—En el Líbano hubo un precario equilibrio en el poder desde la independencia en 1942 —leyó Akram en el libro que tenía en las manos—. Los maronitas cristianos que dominaban la política desde el Mandato francés y querían mantener lazos más estrechos con Occidente se enfrentaron a los musulmanes, que estaban infundidos del sentimiento de nacionalismo árabe que reinaba en aquellos tiempos. Los palestinos llegaron al país después de que los expulsaran de Jordania y la situación se convirtió en un barril de pólvora a punto de explotar.

Cerró el libro.

—Fue más complicado —aseguró Mika.

262

—Sí, pero, por muy complicado que fuera, murieron doscientas cincuenta mil personas y un millón tuvo que abandonar el país. ¿Sabía que incluso ahora, veinte años después de que acabara la guerra, sigue habiendo más de setenta y cinco mil desplazados?

Mika lo miró sin decir palabra.

—Pero participé en esa guerra, y en muchas otras. Vendí armas a los maronitas, a los sunís, a los drusos, a los chiitas, a la OLP y a los sirios. Como ve, general, no creo en la política.

Mika asintió de nuevo.

—Siento mucho la excepcional forma en que le han traído —se disculpó—, pero como estoy seguro de que ya imagina, he de tomar precauciones.

—Lo entiendo.

—¿Y bien? —dijo Akram relajándose en su lujosa silla y colocando las puntas de los dedos debajo de la barbilla. Después lo miró larga y fijamente—. ¿Qué puedo hacer por usted?

—Señor… —empezó a decir Mika.

—Por favor —pidió levantando una mano—, dejémonos de formalidades. Puedes llamarme Akram.

—Gracias, Akram. Necesito tu ayuda. Tal como sabes, existe una oposición contra Asad. Está armada y se llama el Ejército Libre de Siria.

—Era inevitable. Pero ¿de qué tipo de ayuda estamos hablando?

—Armas, munición…

—¿Dónde consigues tus suministros ahora?

—Nos apoderamos de lo que podemos asaltando arsenales y controles del ejército. Pero si queremos que nuestro deseo se haga realidad, necesitamos un abastecimiento continuo.

Akram se inclinó hacia delante y cerró las manos.

—¿Y los americanos? ¿Los europeos, Francia, Inglaterra?

—Aparte de las amenazas de sanciones no han hecho nada todavía.

Se produjo una pausa en la que el silencio envolvió a los dos hombres, únicamente interrumpido por el chapoteo de una fuente en el patio enlosado que había detrás de Akram y el silbido del viento en los árboles que bordeaban un camino que acababa en el Bósforo.

—¿Y cómo vas a pagar esas armas? —preguntó Akram deshaciendo el silencio.

Mika lo miró.

—Esperaba que pudieras ayudarnos con esa cuestión también.

—Entiendo el aprieto en el que estás metido. Como puedes ver, solo soy un humilde hombre de negocios —Echó la silla hacia atrás, se levantó y fue hacia la ventana con las manos en los bolsillos—. ¿Cuál crees que es mi mayor riqueza, general? —preguntó mientras miraba los jardines a través de las cristaleras—. Tengo capacidad para satisfacer necesidades —continuó dándose la vuelta—. Soy un hombre poderoso porque proporciono a la gente lo que quiere. Todo esto —explicó haciendo un gesto con la mano a su alrededor— y todo eso —indicó hacia los exuberantes jardines que llegaban hasta el borde del Bósforo—, y tengo muchas casas como esta, lo he conseguido porque satisfago deseos. Y cuantos más deseos satisfago, más poderoso soy. Y las personas cuyas necesidades satisfago… me pagan muy bien. No rindo culto a la política, trabajo para el que me paga. Soy un hombre que compra y vende, un negociante. Pero podría ser un vendedor de libros —sugirió indicando hacia las estanterías de las paredes—. O un marchante de arte. Empecé vendiendo las ovejas y cabras de mi padre en el mercado. Allí aprendí a hacer trueques, a vender al mejor precio. No he regalado nada en mi vida.

Hizo una pausa y volvió a sentarse en la silla.

—Necesitas a alguien que te respalde, alguien con dinero que quiera una parte del negocio. Yo no soy esa persona. No financio guerras. Solo puedo proporcionarte los medios para luchar en ellas.

—Lo entiendo. Quizá podrías presentarme a alguien.

—No soy un intermediario. No percibo corretajes.

—Muy bien —Mika se levantó—. Siento haberte hecho perder el tiempo.

—No te precipites —le pidió con calma.

Las aletas de la nariz de Mika se ensancharon, pero no se movió.

—Por favor, siéntate —le pidió ofreciéndole la silla que tenía enfrente.

Tras un momento en el que los dos hombres se miraron fijamente, Mika cedió y se sentó.

—Me gustaría contarte algo sobre mí —empezó a decir Akram—. A diferencia de muchos colegas en esta profesión, me gusta que mis negocios sean limpios.

Mika iba a protestar, pero Akram levantó una mano para calmarlo.

—Debes de saber que he hecho negocios con Rami Murad, muchos negocios. La mayoría de las armas que utilizó cuando estaba en la Guardia Republicana o el Mujabarat seguramente provenían de mi arsenal. No tengo que estar de acuerdo o en desacuerdo con los que compran mi mercancía. Es una transacción y, tal como he dicho antes, me pagan bien y yo proporciono un producto. Mi trabajo es un mal necesario. Permite que los políticos nieguen tener conocimiento o implicación en los conflictos. En tu caso es diferente. No te conozco en absoluto. Lo único que sé de ti es lo que Nayla nos ha contado. Pero

265

hay algo que me inspira confianza. Creo que eres un hombre íntegro y honrado. Y por eso este es un caso en el que infringiré mis reglas. Te ayudaré...

—¿Por qué lo vas a hacer si, como dices, no eres un intermediario ni crees en la política?

Akram se quedó callado un momento.

—¿Por qué vas a infringir tus reglas?

—Por venganza, general.

Akram inspiró hondo y Mika esperó.

—Cuando Nahed y yo nos casamos lo hicimos contra la voluntad de su familia. No veían bien esa boda porque ella es suní y yo saudita, así que nos fugamos.

—Entiendo.

—No, no creo que lo entiendas. Nahed no es chiita ni libanesa. Es alauita y nació en Damasco, es prima lejana de Bashar. Después de fugarnos le prohibieron volver a Siria o ver a su familia. No pudo ir ni siquiera cuando su padre estaba muriéndose. No soy un hombre religioso. Lo que hago para ganarme la vida no me permite serlo. Pero vi el dolor que tuvo que soportar, por culpa de los Asad.

—Lo siento mucho. En nombre de la religión se cometen muchas vilezas

—Somos musulmanes, ¿no? —preguntó Akram—. Todos somos hermanos en la misma fe. Y, sin embargo, nos matamos y torturamos los unos a los otros en nombre de Dios.

—Y hacemos guerras en nombre de Dios —añadió Mika.

Akram asintió.

—En cualquier caso, para mí este asunto no tiene relación con la religión —aseguró Akram jugueteando con el bigote—. Como sabes, por mucho tiempo que pase y por mucho que Occidente pretenda modelarnos a su imagen, las tribus siempre gobernarán en Oriente Próximo. He esperado muchos años esta oportunidad. Es la ley del desierto… ojo por ojo. Asad pagará por lo que le hizo a mi mujer.

Se produjo un momentáneo silencio.

—Hablaré con mis contactos en Qatar y los emiratos.

Estambul

—¿Por qué coño es tan cobarde el presidente? —explotó Tony mientras hablaba con su editor, Bill Kahn, en Nueva York.

—Quizá porque lo es —contestó Bill sin pensarlo.

—No ha hecho nada. En los últimos ocho meses se ha limitado a mostrar su prepotencia. Ni siquiera pidió que Asad renunciara hasta hace dos meses.

—No podía hacerlo. Turquía y Arabia Saudí se opusieron en un principio.

—¿Y qué excusa ha puesto para no ayudar? —gritó Tony.

—No lo sé, es todo política.

—Mientras tanto, los sirios mueren a manos de su presidente.

—¿Por qué no hablas con el general? —preguntó Bill.

—Lo intento. Mika está en la cuerda floja.

—Por eso debería concederte esa maldita entrevista. Sería bueno para todo el mundo, para ti, para mí y para él. Todos tendríamos lo que queremos.

—¿Y qué consigues tú con esa entrevista?

—Otro Pulitzer, y un aumento de sueldo, por supuesto.

—¿Joder, Bill? ¿Eso es en lo único que piensas?

—Tú harías lo mismo.

Tony puso los ojos en blanco.

—¿No podrías hablar con alguien en la Casa Blanca o el Departamento de Estado para averiguar qué les haría cambiar de opinión?

—Sin la entrevista, dudo que nada lo consiga, pero lo haré.

—Mantenme informado.

Nayla estaba en un taller de diseño de muebles mirando telas cuando sonó el móvil. El corazón se le desbocó al ver quién la llamaba.

—Perdone, pero tengo que contestar —se disculpó ante el diseñador con el que estaba trabajando.

—Por supuesto —dijo el hombre, que se ausentó mientras Nayla iba a un rincón de aquel espacio diáfano en un renovado edificio fin de siglo en Gálata.

—¡Mika!

—Tengo que verte.

—*Shu?* ¿Pasa algo? ¿Has visto a Akram?

—No, no pasa nada. Solo quiero verte.

—¿Te parece bien dentro de una hora?

—Sí, claro, ¿dónde estás?

—En Gálata.

—Nos vemos en el café Karabatak.

—Sé dónde está.

Una hora más tarde, Nayla estacionó la Vespa bajo un plátano en la pequeña plaza adoquinada que había delante del profusamente decorado café, una antigua herrería. Miró a su alrededor, pero no vio a nadie sospechoso. Se colgó el bolso al hombro y entró. Vio inmediatamente a Mika y fue hasta donde estaba sentado. Le entraron ganas de arrojarse en sus brazos, apretarse contra su cuerpo, abrazarle, besarle..., pero se limitó a darle un beso en cada mejilla y sentarse.

Mika la miró un momento sin decir nada.

Nayla sonrió tímidamente y después esbozó una amplia sonrisa.

—¿Qué pasa? —preguntó poniéndose un mechón de pelo detrás de la oreja—. ¿Tengo algo en la nariz y te da vergüenza decírmelo?

Mika soltó una risita y apartó la mirada. Después volvió a concentrarse en ella y le cogió una mano. Nayla pensó en si podría notar lo rápido que le latía el corazón.

Estaba ojeroso, las bolsas que tenía bajo los ojos eran más grandes que la última vez que lo había visto. Pero sus ojos marrones seguían teniendo una mirada dulce y amable, y seguía siendo Mika.

—Nayla... —suspiró.

A Nayla le dio un vuelco el corazón y notó que se ruborizaba.

—¿Cómo estás? —preguntó apretándole las manos.

—Muy contento de verte. Pienso en ti a todas horas.

—¿Qué desean? —preguntó un camarero.

Mika soltó las manos de Nayla y se enderezó. Nayla habría estrangulado al camarero de buena gana.

Pidieron café vienés y después de que se los sirvieran, Nayla puso las manos sobre la mesa y Mika jugueteó con sus dedos.

—Qué manos más suaves —comentó sonriendo.

—Cuéntame qué ha pasado con Akram.

—Necesitamos dinero... mucho.

—Sí, pero Akram puede ayudarte, ¿no?

—Lo va a hacer. Va a hablar con alguien en Qatar y en los países del Golfo.

—Te ayudará —aseguró Nayla—. Prometió que lo haría.

269

Mika inspiró profundamente.

—Eso espero.

—Ten fe.

—Estoy un poco bajo de moral.

—¿Quieres que lo llame?

Mika negó con la cabeza.

—No, no quiero malgastar el poco tiempo que pasamos juntos.

Se quedó callado un momento y apartó la vista.

—¿Eres feliz con Abbas? —soltó de repente.

Nayla se sobresaltó, retiró las manos de la mesa, se enderezó e instintivamente puso los brazos sobre su pecho en actitud protectora.

—No te apartes de mí. Vuelve.

—No sé cómo contestar esa pregunta.

—Sé sincera.

270   Nayla inspiró con todas sus fuerzas.

—Creo que lo fui, o al menos me convencí de que lo era.

—¿Y ahora?

—No lo sé. Hace años que no estamos bien.

—¿Por qué?

—La verdad es que me pregunto si alguna vez lo estuvimos, o si solo lo imaginé.

—Nayla… Nunca… he dejado de quererte —balbució Mika.

—Entonces, ¿por qué no te pusiste en contacto conmigo? ¿Por qué no me lo dijiste de alguna manera? —Nayla volvió a retirar las manos—. Te habría esperado. Sabes que lo habría hecho.

—Nunca sabrás cuánto lo siento y cuánto me arrepiento.

—Pero dejaste que sucediera.

—Lo sé.

—Y ahora es demasiado tarde… —murmuró, incapaz de mirarle—. O quizá no… No lo sé —añadió apenada—. Ya no sé qué pensar. Apareces al cabo de muchos años y me dices que todavía me quieres… No tiene sentido, mi vida no tiene sentido. Tengo un marido al que he aguantado por el estatus social, supongo. Para evitar la vergüenza de un divorcio, de admitir que no conseguí que la relación funcionara. Después, cuando me he resignado a una vida en la que voy a mis asuntos y él a los suyos, apareces tú y lo desbaratas todo.

—Si verme te desconcierta, desapareceré —aseguró con ternura—. Me dolerá, pero lo haré si me lo pides.

Nayla lo miró en silencio. Sintió que la tristeza se apoderaba de ella y un cálido líquido transparente llenaba sus ojos.

—Desapareces, después apareces, ¿y ahora me dices que vas a desaparecer otra vez? Demasiado para mí. Lo siento —se disculpó echando la silla hacia atrás—. Tengo que irme.

Salió rápidamente del café y sintió el calor del sol de la tarde; las lágrimas le humedecían las mejillas. Sabía que seguía queriéndolo, pero ¿qué futuro les esperaba? ¿Por qué tenía que amar a ese idiota toda su vida? Ahora está aquí, después está allí, se va, vuelve. ¿Qué se cree que soy?, ¿algo que puede usar a su antojo? Le temblaban tanto las manos que se le cayeron las llaves cuando se inclinó para desbloquear la Vespa. Se dio la vuelta; Mika estaba a su lado.

La abrazó sin decir palabra y, a pesar de que se quedó rígida al principio, finalmente cedió a las caricias de sus manos en el cabello.

—Lo siento —susurró una y otra vez.

Nayla se aferró a él.

—Me partes el alma. No llores, por favor. —Le besó las

271

sienes y le secó las lágrimas con un pulgar—. Toma, suénate —dijo poniéndole un pañuelo blanco en la nariz.

—Me siento como una niña —dijo Nayla soltando una risita.

—¿Estás mejor?

Nayla asintió.

—Ahora estoy aquí —dijo Mika echándole la cabeza hacia atrás—. Y no dejaré que te pase nada.

—Lo sé.

—Te necesito —confesó sin soltarla, cobijados por las espesas ramas del plátano—. Te necesito más de lo que soy capaz de expresar con palabras. No puedo vivir sin ti. Necesito saber que, pase lo que pase, estás ahí. Sé que pedírtelo es un acto egoísta. No sé qué pasará conmigo o con Siria. Y tampoco puedo pedirte que vengas conmigo, es demasiado peligroso. No tengo nada que ofrecerte. Nada.

—Te ayudaré. Sabes que lo haré. Y esperaré.

—No sé cuánto tiempo tardaré. Pero no te preocupes. Cuando todo esto haya acabado, volveré a buscarte.

Nayla hundió la cabeza en su hombro.

—Debo pensar qué hacer con Abbas.

—Lo sé.

Finalmente se separaron.

—Tengo que irme, Mika.

—¿Cuándo volveré a verte? —preguntó sin soltarle la mano.

—Abbas vuelve esta noche, pero creo que se va de viaje otra vez dentro de un par de días.

—Te encontraré.

Nayla asintió sonriendo, puso en marcha la Vespa y se despidió con la mano al alejarse.

Y

Mika se sentó frente al ordenador y apretó un botón. Al poco se oyó el tono de marcación y la cara de Yamal apareció en la pantalla.

—*Marhaba*, hermano —saludó Yamal.

—*Shu? Kifek?*

—Sobreviviendo —suspiró Yamal—. Espero que tengas buenas noticias.

—Hago lo que puedo.

—¿Por qué demonios no nos ayuda nadie? —protestó Yamal enfadado.

—No lo sé.

—Ni siquiera podemos contraatacar, prácticamente no tenemos nada con qué hacerlo. Estamos a su merced.

—Dentro de unas semanas tendré alguna respuesta.

—¿Semanas? *Ya Allah!* Para entontes es posible que ni siquiera estemos aquí.

—¿Qué tal están los chicos?

—No muy bien. Tienen la moral muy baja.

—No me abandonéis.

Yamal suspiró.

—Voy a darle una entrevista a Tony.

—¿Servirá de algo?

—Quizá.

Yamal asintió.

—Recibiste el mensaje sobre Mohammad al-Golani.

—Sí.

Yamal hizo una pausa.

—Bagdadi se ha instalado en Raqqa.

—¿A qué te refieres? —preguntó Mika elevando la voz.

—Por lo que me han contado, ha instalado un campamento allí. Tienen dinero. Están vendiendo petróleo de Mosul en el mercado negro de Turquía y se dice que están sacando petróleo de los campos de Rumalia.

273

Mika se cubrió la cara con las manos.

—Llegaré en cuanto pueda.

Damasco

—¡General! —saludó marcialmente Kamal Talas a Maher Asad cuando entró en la sala.

—¿Qué tienes para mí, Talas?

—Señor, creemos que Hussein ha concedido o va a conceder una entrevista al periodista americano.

—¿Y? —preguntó Maher encogiéndose de hombros—. Eso no le servirá para nada con los americanos.

—Quizá sí.

—No, no lo hará —insistió Maher—. Los americanos no saben cómo comportarse en nuestro mundo. Mira lo que hicieron Petraeus y Estados Unidos en Irak.

—Sí, señor.

—¿Qué más?

—Al parecer el Estado Islámico de Irak ha instalado una especie de campamento logístico cerca de Raqqa. Han empezado a reclutar.

—¿Sí? —dijo Maher sonriendo—. ¿Y ese es nuestro buen amigo al-Bagdadi?

—Sí, ¿le echamos?

—No, déjalo. No es una amenaza. Además, podemos utilizarlo para demostrar que sus terroristas se han infiltrado en Siria. Necesitamos una amenaza para que Occidente vea por qué es necesario este régimen. Tenemos que dejar bien claro que hay una Siria peor que la de mi hermano, ¿y cuál mejor que la de Bagdadi?

Tony bajó del *vapur* en Kadıköy, en la parte oriental del Bósforo, y se dirigió tierra adentro desde el muelle hacia el barrio del mercado. Había quedado con Mika en un pequeño restaurante llamado Çiya Sofrasi. Lo había notado decaído y reservado. No había querido decirle nada por teléfono, simplemente había insistido en que tenían que verse.

Un poco más allá de los concurridos puestos de fruta y verdura estaba Güneşli Bahçe Sokak, la calle que atravesaba el mercado, flanqueada por callejones llenos de excepcionales restaurantes y oscuras tabernas turcas.

Mika le esperaba.

—Siento llegar tarde, hermano —saludó estrechándole la mano—. Parecías preocupado. ¿Qué pasa?

—Vamos a hacer la entrevista para tu periódico.

—¿Qué? ¿Ahora? ¿Aquí?

—Sí, ahora, antes de que cambie de opinión.

—¿No puedes decirme qué ha pasado?

—No hay tiempo. La situación es desesperada. Tengo que convencer a la gente de que el Ejército Libre de Siria no es un grupo de islamistas perturbados, sino que somos moderados, no sectarios, y que lo único que queremos es democracia y reformas para Siria, no un baño de sangre ni la *sharía*.

—De acuerdo. ¿Qué ha pasado para que de repente hayas cambiado de idea?

—No he cambiado de opinión. He estado meditando tu propuesta y esperando el momento adecuado. Tienes que ayudarnos. Tal como te he dicho en otras ocasiones, si nos dividimos, reinará el caos.

—¿Es lo que más te asusta?

—Lo que más miedo me da es que lo que está pasando en Irak se reproduzca en Siria: entonces el sectarismo nos dividirá y el Estado Islámico se instalará en Siria.

275

Υ

Great Falls, Virginia

Aquel sábado por la mañana, Richard White bajó a la cocina para preparar café con un pijama de rayas bajo una gruesa bata de lana. Encendió el pequeño televisor que tenían en la encimera, junto a las plantas aromáticas de su mujer, y bajó el volumen del aparato para no molestarla.

Estaba poniendo el café en el filtro cuando vio que su móvil vibraba.

—¿Sí?

—Director, soy Joe Sutherland.

—Me alegro de oírte.

—Disculpe que le moleste, señor, pero acabo de enterarme de que el *New York Guardian* ha anunciado una entrevista con el general Mika Hussein en primera plana.

—¿Con quién? —preguntó mientras ponía el agua en la cafetera.

—El general sirio del círculo de allegados de Asad, el que desertó y ha formado el Ejército Libre de Siria.

—¡Por Dios! —exclamó el director de la CIA, que por la sorpresa derramó parte del agua en la encimera.

—Sí —asintió Joe pensando que se refería a la entrevista—. Le habría llamado antes, pero acabo de enterarme.

—¿Cuándo la publicarán? —preguntó mientras secaba el agua.

—El domingo.

—¿Mañana? ¡Santo cielo!

—Sí, señor, pero publicarán un resumen en la edición digital a lo largo del día. Además, el periodista que realizó la entrevista aparecerá mañana por la mañana en el programa *Face the Nation* de la BBC.

—¿Dónde está? ¿Ha vuelto a Nueva York?

—No, sigue en Estambul.

—¿Sabe usted lo que dice el artículo?

—No, pero imagino que será una petición de ayuda.

—En cuanto se entere de algo, infórmeme, Joe. Tengo que comunicárselo a la Casa Blanca.

—Sí, señor.

—Y yo que creía que iba a pasar un tranquilo fin de semana jugando al golf…

Damasco, cuartel general del Mujabarat

—¡General Talas, señor! —El ayudante que entró en la oficina de Kamal saludó y se cuadró.

—Descanse —le ordenó Kamal, que apenas levantó la vista del escritorio—. ¿Está ya disponible en Internet la entrevista que el general Hussein ha concedido al *New York Guardian*?

—La subirán dentro de unos minutos, señor. Le traeré una copia impresa.

—Gracias —dijo Kamal antes de sacar el móvil y teclear un mensaje de texto.

«Mika ha concedido una entrevista al *NY Guardian*.»

Segundos más tarde.

«¿Qué aconseja?»

«Contraatacar.»

«¿Cómo? ¿Dónde?»

«Alguno de nuestros líderes ha de ponerse en contacto con el *Guardian*.»

«¿Está seguro?»

«Sí, su opinión ha de hacerse pública.»

«¿Quién?»

«Rami.»

Pasaron unos minutos hasta que llegó la respuesta.

«Muy bien, pero recuerde que Rami es de la familia y le hemos de proteger. Nos apoyamos los unos a los otros.»

—«Por supuesto, señor.»

Kamal marcó un número.

—¿Sí?

—Soy Kamal.

Al otro lado de la línea no se oyó nada.

—Necesito que hable con Tony Habib.

Su interlocutor siguió callado.

—¿Lo sabe mi primo?

—Por supuesto. Ha dado su aprobación.

—No le creo.

—Como quiera —Kamal dio una calada al cigarrillo—. Organizaré el encuentro en Syriatel.

—No voy a ir.

—No me lo diga a mí. Hable con su primo. Es el director de la corporación.

278

Washington D. C., Departamento de Estado, Capitol Way

—¿Señora secretaria?

Susan Jefferson se quitó sus serias gafas de montura negra y levantó la vista. A pesar de mediar los cincuenta, seguía siendo atractiva: tenía la cara redonda, frente ancha, ojos azules, una encantadora nariz respingona, bonita sonrisa y una melena rubia ondulada que le llegaba hasta los hombros y que reflejaba su alegre y enérgica personalidad. Ese día llevaba falda y chaqueta rosadas y una blusa color hueso con un gran lazo en el cuello. A pesar de la falta de sueño y de su enloquecedor calendario de vuelos, tenía un aspecto impecable y una mirada intensa y alerta.

—Señora secretaria, el director White de la CIA ha llegado para su cita de las nueve.

—Ah, sí, por supuesto —dijo levantándose de la silla—. Hágalo entrar, por favor.

—Señora secretaria —saludó Richard White al tiempo que le ofrecía la mano con una cordial sonrisa.

Susan la estrechó con firmeza.

—Director, por favor… —dijo indicando hacia el lujoso sofá que quedaba junto a una de las ventanas de su oficina—. ¿Café?

—No, gracias.

Susan inspiró, cruzó las piernas y colocó las manos en los brazos de la silla.

—Imagino que leyó el *Guardian* ayer.

Richard asintió.

—¿Quién es ese general Hussein?

—Era uno de los jefes de la Guardia Republicana de Asad, desertó hace unos meses y ahora está en Turquía intentando organizar una oposición armada, tal como dice el artículo.

—Bueno, sabemos que la situación se está deteriorando y Asad no ha dado muestras de que le importen nuestras advertencias. ¿Qué deberíamos hacer con ese Hussein? Evidentemente está pidiendo ayuda.

—Por lo que sé, es una persona honrada, un hombre de palabra.

—El presidente me va a pedir que le haga una recomendación en la sesión informativa semanal que mantendremos hoy. ¿Puede redactar una reseña sobre él?

—Sí, claro, nuestro hombre en Estambul lo conoce bien.

—¿Y qué opina?

—Que deberíamos ayudarle.

—¿Con qué tipo de ayuda?

—Armas, municiones…

—Ya sabe que no podemos hacerlo abiertamente, el Congreso no lo aprobaría.

279

—Lo sé.

—¿Qué otra opción tenemos? —preguntó Susan.

—Podemos hacer lo de siempre —sugirió Richard—. Enviarlo en secreto o a través de alguno de nuestros amigos saudíes.

Susan se quedó callada un momento.

—Deje que hable con el presidente sobre una operación encubierta. Pero está cansado de que esas acciones no funcionen sin desplegar tropas estadounidenses. ¿Cómo sabemos que todos esos grupos que dicen ser moderados y no sectarios no son realmente yihadistas disfrazados de almas cándidas?

Richard asintió.

—Es decir, ¿no es posible que grupos extremistas se hayan infiltrado en Siria, como asegura Asad, y estén crispando la situación? ¿No querrán seguir los pasos de Al Qaeda y ese nuevo Estado Islámico de Irak? Nuestras armas pueden acabar en sus manos...

—Dada la situación, esa posibilidad no puede excluirse —admitió Richard.

Damasco

El teléfono de Tony sonó, era su editor.

—¿Tony?

—Sí.

—Vuelve a Siria.

—¿Qué? ¿Te has vuelto loco?

—Necesitamos hablar con alguna de las personas próximas al presidente, conocer la opinión del régimen.

—Ya sabes que he intentado ponerme en contacto con Murad.

—Prueba con Asad.

—No hablará.

—Inténtalo, en serio. Si consigues un titular que demuestre al mundo lo loco que está Asad, es posible que tu amigo consiga lo que quiere.

—¡Joder, Bill!

—Nadie dijo que este trabajo sería fácil.

—Lo sé, pero lo que me pides es como intentar entrar en el puto Kremlin.

—Consigue esa entrevista.

—¡Venga, Mika! —murmuró Tony exasperado—. ¡Coge el teléfono!

—*Shu*, ¿Tony? —contestó finalmente.

—Escucha. Acabo de hablar con Bill. Me ha dicho que una entrevista con alguien del régimen ayudaría mucho a tu causa.

Mika se quedó callado un momento.

—No creo que quieran hacer declaraciones.

—Ayúdame a conseguir una entrevista con Rami Murad. Necesito enviar algo al *Guardian*.

—Murad y yo no nos hablamos.

—Sí, lo sé. Eliminaste a su padre.

—Siguiendo órdenes.

—¡Joder, Mika! —explotó Tony—. Recuerdo que era un chico muy raro cuando estábamos en el Lycée. Estaba enamorado de mi hermana y siempre merodeaba por casa.

—Me acuerdo.

—Pero lo necesito, es uno de los allegados. Sería la entrevista perfecta, la voz del régimen, por no mencionar todas las cosas por las que le podría preguntar.

—No lo hará sin la aprobación de Bashar.

—¿Cómo puedo conseguirla?

—No vayas a Siria sin mí.

281

—Soy periodista. He estado en sitios peligrosos antes.

—No es una buena idea.

—Es mi trabajo —replicó Tony enfadado—. Tú haz el tuyo y deja que yo haga el mío.

—Saben quién eres... El Mujabarat, Maher, incluso Rami.... Estás jugando con fuego.

—Tengo que intentarlo.

—No lo hagas —insistió—. Mira lo que te ha pasado.

—Si Murad acepta, iré.

—No sé si podré protegerte.

—No me pondrán una mano encima. Soy periodista y estadounidense. No pueden tocarme.

—¿Te acuerdas de Daniel Pearl?

Tony tragó saliva. Daniel había sido amigo suyo, le había hecho la competencia en el *Wall Street Journal*. Hacía diez años un grupo yihadista paquistaní lo secuestró para exigir que Estados Unidos liberara a unos presos y dejara de suministrar F-16 al Gobierno paquistaní. Nueve días después lo degollaron en Karachi.

—Sí, pero los que lo asesinaron eran combatientes. Esto es diferente, es el Gobierno sirio —argumentó Tony.

—Mira... —empezó a decir Mika.

—Asad me necesita para contar su versión a Occidente, tal como tú diste la tuya —lo interrumpió—. El *Guardian* quiere una entrevista y mi obligación es conseguirla.

Mika guardó silencio.

—Te entrevisté a ti. Lo más lógico sería que quisieran hablar conmigo, no son tontos. Tienen que entenderlo.

—Es el régimen de Asad, lo que hace no tiene ninguna lógica.

—¿En quién puedo confiar?

—La única que puede llegar hasta Rami es Cyrene Hourani, la exmujer de Kamal Talas.

—Cyrene Hourani —repitió Tony frunciendo el entrecejo—. Me acuerdo perfectamente de ella. Era muy buena periodista. Estuvo en la Lebanese Broadcasting Corporation, ¿no?

—Sí, fue de los pocos que criticaron públicamente la intervención siria en los asuntos libaneses cuando acabó la guerra civil… y pagó un alto precio.

—¿No intentaron matarla?

—Sí, dos veces. Tiene suerte de estar viva.

—Resulta irónico que se casara con Kamal Talas.

—Cuando se divorció de él volvió a Beirut. Lo único que sé es que seguía allí y es escritora.

—¿Cómo puedo ponerme en contacto con ella?

—La conozco, además, fue a la universidad con Nayla. Hace años que son amigas.

—¿Sigue teniendo relación con su marido?

—No, acabaron muy mal.

—Solo necesito entrar, hablar con Murad e irme.

—No lo hagas —le suplicó.

Algún lugar de Damasco

—Sí, hermano —contestó Rami en un móvil.

—El periodista americano te va a pedir una entrevista —dijo una voz masculina.

—Lleva tiempo intentándolo.

—Esta vez quiero que aceptes.

—¿Qué? —se extrañó Rami—. Llevo años ocultándome de los americanos y ahora me ofreces como carnaza.

—Tenemos que dar la impresión de que estamos dispuestos a contestar sus preguntas y no tenemos nada que ocultar.

—Sí, pero… —empezó a protestar Rami.

283

—Hay que demostrarles que no estamos asustados y que si tratan de librarse de nosotros, la región se desmoronará.

—Hermano… todo el dinero…

—La historia que te preocupa no saldrá a la luz, hermano. Nos ocuparemos de él antes de que se vaya.

—Habib tiene información de todas las transacciones que hice en tu nombre y en el de tu padre. Podrías pasar mucho tiempo en la cárcel.

—En Siria estarás a salvo.

—Tienen medios para hacer lo que quieran.

—Concédele la entrevista y no te preocupes por lo demás. Nunca se hará público.

—¿Cómo puedes estar tan seguro?

—Maher se ocupará personalmente de ello.

284 *Líbano, Beirut*

Tony fue hacia la salida principal del aeropuerto Rafik Hariri, donde Nayla le había dicho que le esperaría Cyrene. Estaba deseando verla. No la conocía, pero sabía quién era. En todos los años en los que le había tocado cubrir Oriente Próximo, Cyrene siempre se le había adelantado cuando era periodista. Había conseguido las mejores entrevistas y, gracias a su belleza, había encandilado hasta a los dictadores más duros de la región para que contestaran sus preguntas. Había entrevistado a Hafez al-Asad varias veces, a Jatami y a Ahmadineyad en Teherán, y a Putin y Yeltsin antes que él, por no mencionar su extraordinaria entrevista a Yasser Arafat justo antes de que muriera.

La vio antes de que ella se diera cuenta de que había llegado. Estaba fuera de la terminal, apoyada en una columna, mirando las montañas que rodean esa famosa ciudad en la costa oriental del Mediterráneo. Se sorprendió de su elegante y sereno aspecto, a pesar de llevar unos vaqueros y una camisa blanca con el cuello levantado y remangada, y tener los brazos sobre el pecho. Era una hermosa imagen levantina, la perfecta mezcla de Oriente y Occidente con el color de un cremoso capuchino. La brisa mecía su largo cabello castaño, que apartaba de la cara con unas gafas Ray-Ban colocadas a modo de diadema.

Cuando se abrió la puerta automática, Cyrene volvió la cabeza. Tenía unos bonitos ojos verde ámbar, enmarcados por unas largas pestañas, una nariz afilada y carnosos labios rosados. Medía uno setenta y dos calzada con bailarinas y tenía una figura escultural y atlética.

«¡Qué guapa es!», pensó cuando se acercó rogando que sus ojos no le hubieran engañado y fuera en realidad Cyrene.

El corazón empezó a latirle más rápido. Era realmente espectacular. Sus ojos se iluminaron al reconocerle y fue a recibirlo con una gran sonrisa en la cara. Se fijó en el botón de la camisa desabrochado a la altura del pecho y no pudo evitar mirar el sujetador de encaje blanco que llevaba.

—Debes de ser Tony Habib —dijo afectuosamente, con ojos coquetos y extendiendo la mano—. *Tsharrafna*, soy Cyrene.

—Tony Habib, del *New York Guardian* —se presentó con cierta brusquedad, intentando ocultar su turbación.

—Ven, he aparcado enfrente —le invitó, poniéndose las gafas. Tony estaba seguro de que se había dado cuenta de que se derretía. «¿Cómo voy a resistir todos estos días?», pensó antes de seguirla.

—Gracias por ayudarme a organizar la entrevista con Rami Murad.

285

—Ha sido sorprendentemente fácil. ¿Lo conoces?

—Estuvimos juntos en el Lycée Français en Ashrafieh cuando empezó la guerra civil y estaba enamorado de mi hermana.

—¿De verdad?

—Siempre andaba rondando por casa.

—Entiendo, pero, aun así, no concede entrevistas —dijo Cyrene frunciendo el entrecejo—. ¿Qué vas a preguntarle? Nunca te hablará de sus negocios.

—El *Guardian* necesita una entrevista con el régimen y él forma parte del gobierno.

—Seguirá la línea del partido.

Tony se encogió de hombros.

—Eso es lo que necesito. Entrevisté a Mika y ahora queremos la opinión de la otra parte.

—¿Sabes que es uno de los hombres más ricos del mundo? —preguntó Cyrene volviéndose para mirarlo.

—Lo sé, he estado investigando muy a fondo sus negocios.

—Es muy astuto.

—¿Lo conoces?

—Sí.

—¿Algún consejo?

—¿Consejos? Trabajas para el *New York Guardian*. Yo ya no soy periodista.

—Pero lo fuiste, y muy buena.

—Ya hemos llegado —dijo indicando hacia un antiguo Mercedes 200 color hueso con tapicería granate.

—Bonito coche —dijo mientras ponía la pequeña maleta con ruedas en el asiento de atrás.

—Era de mi padre —le explicó antes de ponerlo en marcha, ir hacia atrás y después salir en dirección norte, hacia Beirut—. Así que eres libanés... —empezó a decir mirándolo.

—Sí.

—¿Hace tiempo que conoces a Nayla?

—Sí.

—Y también conoces a Mika.

—Sí.

Una relajada sensación de camaradería surgió espontáneamente entre ellos, hablaron sobre lo que había supuesto crecer en Beirut durante la guerra civil y se rieron sobre los sitios a los que iban.

—¿De verdad te acuerdas del puesto de *falafel* de Abdala? —preguntó Cyrene soltando una carcajada.

—Sí.

—No lo puedo creer —dijo con una amplia sonrisa—. ¿Cómo es posible que no nos conociéramos entonces?

—No lo sé, pero me alegro de que lo hagamos ahora.

Miró su perfil mientras conducía y pasaba a toda velocidad por el campamento de refugiados de Burj al-Barajneh.

—Están llegando muchos sirios —comentó con un movimiento de cabeza—. Este país no tiene suficiente infraestructura para acogerlos.

En el Golf Club torció hacia el oeste, en dirección a Ouazi, que se extendía paralelo al mar. El reflejo del sol en el agua proyectaba un aura dorada a su alrededor y Tony no pudo dejar de mirarla.

—¿Todo bien? —preguntó Cyrene al darse cuenta.

—Sí, sí —aseguró aclarándose la voz—. ¿Dónde vamos?

Cyrene soltó una risita antes de contestar.

—Vivo en una casa antigua junto a la rue Bliss en Ras Beirut. Casi nunca utilizo el piso de arriba. Te quedarás allí. Fue idea de Nayla.

Tony se alegró enormemente. «Dios te bendiga, Nayla», pensó.

—Es una oferta muy generosa, pero no me importa ir a un hotel.

—Ni hablar —dijo levantando una mano—. Estaré encantada de que vengas.

Hicieron el resto del viaje en silencio, mientras Cyrene maniobraba entre el tráfico interpretando a su conveniencia las normas de circulación.

—Ya casi hemos llegado —anunció cuando giraron en la rue Hamra y tomaron varias calles estrechas que daban a una pequeña plaza. Paró frente a una casa de tres pisos de color melocotón y estilo otomano, hermosamente restaurada, con las contraventanas y la puerta rojas. Sacó un mando a distancia y abrió una verja de hierro también roja, que dejó ver una pequeña entrada en la que aparcó el coche.

—¿No es un poco extraño para Beirut? —preguntó Tony.

—Es un lujo —concedió Cyrene—. Por aquí. —Indicó hacia la puerta. Entraron a un amplio vestíbulo con un bonito suelo de mármol blanco y un soberbio mosaico redondo azul y blanco en el centroo, sobre el que colgaba una impresionante araña. Al lado había un espacioso cuarto de estar, un comedor y una cocina. También había una espectacular escalera de mármol con altas ventanas redondas que daban a un pequeño jardín trasero.

Cyrene lo condujo hasta el tercer piso y le enseñó su habitación y su oficina, en el primer y segundo piso.

—Es muy bonita —dijo Tony al ver la casa y todos sus detalles—. Tienes muy buen gusto.

Cyrene sonrió.

—No creo que te invite nunca a mi apartamento en Nueva York —comentó Tony.

—Me gusta Nueva York. Hace tiempo que no he estado, pero siempre lo he pasado bien allí. Esta es tu habitación —dijo abriendo una puerta.

La luz del sol de media tarde entraba por las cristaleras que daban a un balcón de hierro forjado pintado de rojo, uno de los muchos que había visto cuando se aproximaban a la casa. En medio de la habitación había una gran cama con sábanas blancas y un edredón estampado en verde cuidadosamente doblado a los pies, mesillas y un sillón verde salvia en un rincón junto a la cristalera. Un pequeño escritorio sobre el que había varios libros y una silla completaban el mobiliario. El suelo era de color ébano.

—Gracias.

—Nayla pensó que te gustaría. Ponte cómodo —le invitó gentilmente—. Estaré abajo. ¿Te apetece un poco de comida casera?

—*Mumtaz* —dijo Tony sonriendo.

289

Cyrene bajó, fue a la cocina y se puso un delantal blanco. Sonó el móvil. Era Nayla.

—*Habibti!*

—Tony está aquí, no te preocupes.

—¿Y?

—¿A qué te refieres? —preguntó mientras cortaba berenjenas y tomates.

—Me refiero a qué te parece Tony.

—Está bien.

—Es muy buen periodista.

—Lo sé. Lo he investigado. Tiene una larga lista de premios.

—Además es un tipo estupendo, con una bonita sonrisa.

—*Ya helwe* —se despidió—. Tengo que organizar varias cosas para el viaje a Damasco, lo que implica hablar con Kamal.

—¿Qué tal está?

—Se comporta de manera civilizada —resopló—. Pero solo porque quiere algo.

—Lo pasado, pasado está.

—Ya hablaremos, te mantendré informada.

—Cuida de Tony.

—Creo que es capaz de cuidar de sí mismo, pero lo haré.

Dejó el teléfono en la isla que había en medio de la cocina y sonrió. Sabía perfectamente lo que intentaba hacer Nayla. Por alguna razón, no había querido decirle que estaba preparando la cena para Tony. Tampoco sabía por qué se había ofrecido a hacerla. Lo había hecho sin pensar, pero se había alegrado cuando había aceptado. Se recogió la melena en un descuidado moño, puso música y empezó a silbar mientras lavaba verduras y pensaba cómo guisarlas.

Cuando Tony entró unos minutos después, había una botella de vino enfriándose en una cubitera.

—¿Un poco de vino libanés? —preguntó Cyrene.

—Por supuesto, no tomaría otra cosa.

—El Líbano está produciendo buenos vinos. A pesar de nuestro turbulento pasado, las viñas parecen haber sobrevivido.

—Es delicioso —dijo Tony después de tomar un sorbo—. ¿Qué es?

—Es bueno, ¿verdad? Es Chateau Musar, con uva del valle de la Bekaa, obaideh y merwah.

—Excelente —aseguró Tony tomando otro sorbo—. Sabes mucho de vinos.

—No mucho, solo un poco.

—Seguro que más que yo.

—Cuéntame más de Rami y de tu hermana.

—La verdad es que no hay mucho que contar. Mi hermana era muy guapa y ella y Rami se habían comprometido en secreto.

—¿De verdad?

—Pero un día desapareció junto con su familia sin decir palabra. Nadie sabe por qué.

—¿Y qué pasó con tu hermana?

—Una noche durante la guerra la mató una bala perdida.

Cyrene volvió la cabeza y dejó de cortar las berenjenas.

—¿Qué?

Tony asintió.

—Sí, fue un accidente. Nadie podía creérselo.

Cyrene dejó el cuchillo y se apoyó en la encimera.

—¿Qué te pasa? —preguntó Tony—. Parece que hayas visto a un fantasma.

Cyrene recuperó el aliento y lo miró.

—Me ha pillado por sorpresa.

—¿Por qué? —preguntó Tony con cara preocupada.

—A mi hermana le pasó lo mismo —confesó casi en un susurro—. Aunque creo que la mató un francotirador. Fue intencionado, pero nos hicieron creer que había sido un caso fortuito.

—Lo siento mucho.

Cyrene inspiró hondo y se calmó.

—Fue hace mucho tiempo.

—Aun así.

—¿Qué hizo tu familia después? —Cyrene volvió a cortar verduras.

—¿Seguro que estás bien? —Tony la miró fijamente.

—Sí, sí —insistió sin mirarlo.

—Al poco nos fuimos a Nueva York.

—¿Qué sabes de las actividades de Rami cuando volvió a Siria? —preguntó poniendo la verdura en un escurridor.

291

—Empecé a investigar sus negocios hace unos años: petróleo, armas y muchas otras cosas. Su fortuna supera los seis mil millones de dólares.

Cyrene se secó las manos en un trapo.

—¿Y qué te pareció que hace unos meses anunciara que renunciaba a todo para ayudar al pueblo sirio?

—Creo que fue una farsa.

—¿Por qué crees que ha accedido a hablar contigo?

—Porque Asad necesita justificar todo lo que está haciendo.

—Sí, pero podrían haberte ofrecido a alguien menos importante.

—Rami está en la lista de personas acusadas de corrupción de Estados Unidos y tanto la Unión Europea como Estados Unidos le han impuesto sanciones. También se han dictado órdenes para que se confisquen sus bienes en Estados Unidos y Europa. Y si eso sucede, perderá mucho dinero. Está desesperado por encontrar un lugar seguro para su fortuna. Creo que intentará limpiar su imagen con la entrevista.

—Ten cuidado, es un hombre peligroso —le advirtió.

—Lo sé, pero no creo que a estas alturas corran el riesgo de hacerle algo a un periodista estadounidense. También sabe que puedo airear muchos de sus negocios.

—Yo los creo muy capaces. Esto es Oriente Próximo… y alguien que está en el ojo del huracán…

—No me pasará nada.

—Eso espero. Ahora algunos datos prácticos —dijo añadiendo tomates a la cebolla y el ajo que se sofreían en una cacerola—. Vas a entrevistar a Murad en lo que supuestamente era su antigua oficina en Syriatel. Después de lo que me acabas de contar no me extraña que fuera tan fácil organizarla. Creía que habías tenido suerte por haber publicado el artículo sobre Mika y la oposición.

—¿Conoces a Mika?

—Lo conozco desde hace mucho tiempo, de cuando éramos adolescentes aquí en Beirut. Nayla y yo estábamos muy unidas y cuando Mika se fue nos veíamos aún más. En cualquier caso, te llevaré a la frontera. La cruzaré contigo y te esperaré en Jdeideh.

—De acuerdo.

—Uno de los hombres de Kamal irá contigo a Damasco.

—Entendido.

—Y no hagas ninguna tontería como sacar fotos con el móvil o cosas así. Haz todo lo que te pidan —le aconsejó haciéndole un gesto con el dedo.

Tony asintió.

—Recuerda que es Siria.

—No te preocupes. Sé lo complicada que es la situación.

—Saldremos hacia la frontera mañana por la mañana.

—¿No echas de menos estar en medio de la acción? —preguntó Tony.

—Sí y no.

—Hiciste entrevistas buenísimas cuando estabas en activo.

—Sí, pero eso ya pasó.

—¿No añoras la adrenalina que genera una gran historia o una entrevista importante?

Cyrene negó con la cabeza.

—¿A qué te dedicas ahora? Te debe de ir muy bien —comentó haciendo un gesto a su alrededor.

—Compré esta casa cuando aún trabajaba. Y me alegro de haberlo hecho, porque cuando me divorcié de Kamal la renové y me instalé aquí.

—Así que ahora te dedicas a escribir.

293

—Era la opción más lógica —contestó encogiéndose de hombros—. Pero la verdad es que me encanta.

—¿Te han publicado?

—Solo en Oriente.

—Quizá podrías venir a Nueva York y buscar una editorial.

—Es un mercado muy difícil, pero sí, me encantaría hacerlo —confesó mientras volvía la vista hacia la cacerola y se inclinaba para oler lo que estaba cocinando—. Necesita algo —comentó cogiendo un bote con especias.

—No sé qué le has puesto, pero huele de maravilla —Tony se puso a su lado y se inclinó para olerlo—. ¿Es *mulladarah*?

Cyrene asintió.

—También he preparado *djej* con patatas asadas.

—Es como volver a la infancia —dijo Tony cortando un trozo de pan y untándolo en el *hummus* que Cyrene estaba poniendo en un bol.

—*Yallah!* —lo reprendió dándole un golpecito cariñoso con la cuchara de madera.

—Eso también formaba parte de mi infancia.

Cyrene siguió dando vueltas a las lentejas y el arroz y se fijó en la afectuosa mirada de Tony, pero no quiso mirarlo a los ojos. Se detuvo una fracción de segundo, sorprendida por haber notado que la envolvía una cálida sensación. Hacía mucho tiempo que no sentía nada parecido.

—¿Por qué no eliges una botella de tinto para la cena? —sugirió para que no notara que se le habían enrojecido las mejillas.

Cuando Tony se dio la vuelta se atrevió a volver la cabeza y verlo ir a la despensa en la que había un enfriador de vino. Estaba muy cómoda con él. Parecía que lo conociera desde hacía muchos años. Nayla estaba en lo cierto, tenía una bonita sonrisa y le encantaban sus risueños ojos marrones.

Iba a ser muy interesante.

Estambul

El móvil de Abbas sonó justo en el momento en que el chófer detuvo el coche frente a su casa. Estaba cansado. Había conseguido ayuda saudí para Mika, y mucha. Tal como esperaba, no le había resultado difícil. Los saudíes estaban encantados de desempeñar el papel de protectores de los árabes suníes y la posibilidad de derrocar a Asad y frenar la influencia de Irán en la región había inclinado la balanza. Pagarían las armas de los hombres de Mika y subvencionarían un campo de adiestramiento en Jordania. Solo tenía que asegurarse de que el clan Asad o Teherán no se enteraran.

—Soy Mehmet.

—Sí.

—Es sobre su mujer.

—Dime.

—Mantiene una relación con el sirio.

—¿Es algo serio?

—Sí.

Colgó. Le brillaron los ojos, apretó los dientes y empezó a dar golpes una y otra vez contra el asiento delantero al tiempo que gruñía y bramaba. Soltó un grito y dio un último puñetazo al asiento antes de recostarse. Se aflojó el nudo de la corbata y se desabrochó el botón del cuello de la camisa. Cogió el móvil y marcó un número.

—Asústala. No la toques, pero asústala —Después se dirigió hacia el chófer, que durante todo ese tiempo había mantenido la vista al frente sin mover un músculo—.

Gracias, Adal. Nos vemos mañana a las ocho y media —se despidió. Abrió la puerta y entró en la casa.

Paso fronterizo entre Líbano y Siria

A la mañana siguiente, a las ocho y media, Cyrene y Tony salieron de Beirut y se dirigieron al paso fronterizo de Masnaa, a poco más de sesenta kilómetros. A pesar de no ser una gran distancia, se demoraron porque había mucho tráfico. Tres horas más tarde llegaron al puñado de casas encaladas con techos de teja de aquel pueblo montañoso. La fila de coches era incluso más lenta cuando el carril se dividió en dos: uno para los poseedores de pasaporte diplomático y otro para el resto de viajeros. Había soldados que se movíann entre las dos hileras y de vez en cuando miraban el interior de los vehículos o llamaban a la ventanilla para pedir la documentación. A un lado de la carretera había grupos de personas con sus posesiones a la espalda, esperando. A la izquierda, en la fila de viajeros con pasaporte ordinario, se respiraba un ominoso ambiente.

Una estructura de piedra con techo de teja semejante a una casa se alzaba en medio de la carretera y los vehículos tenían que atravesarla para pasar al otro lado. Cyrene llamó a un guardia con la mano, le explicó quién era y este le indicó que aparcara a un lado. Cogió los pasaportes y lo siguió a un pequeño edificio blanco para formalizar los trámites.

Volvió media hora más tarde y se sentó en el asiento del conductor junto a Tony.

—Ahora tenemos que esperar —le explicó—. Los sirios vendrán a recogernos.

Tony miró el paisaje, era precioso. La cordillera del Antilíbano se elevaba majestuosamente a ambos lados, envuelta en árboles y matorrales, con las cimas blancas por la nieve. Los colores verde y marrón dominaban el paisaje hasta donde alcanzaba la vista. Pero a pesar de la belleza natural que los rodeaba y de la clara luz del sol que se filtraba a través de las idílicas nubes algodonosas, no consiguió librarse de la sensación de miedo que tenía en la boca del estómago.

Tuvieron que esperar otra hora hasta que llegó un corto convoy de todoterrenos negros al otro lado de la estructura de piedra. Dos soldados se acercaron y les pidieron que salieran. Cerraron el coche y atravesaron la estructura en fila india, lo que provocó que la lenta cola de coches se parara por completo y todos los viajeros les miraran.

—¡Venga! —gritó alguien—. ¿No habéis visto seres humanos nunca?

—¡Muévanse, muévanse! —pidió uno de los guardias a los conductores.

—Uno de esos es para ti —susurró Cyrene cuando llegaron a los todoterrenos— Yo iré a Jdeideh en otro. Cuando acabes la entrevista te traerán aquí y volveremos juntos a la frontera.

Tony asintió.

—Buena suerte —le deseó sonriendo. Una ligera brisa le alborotó el pelo y se hizo visera con una mano para tapar la luz del sol.

Tony estaba tan cerca que podía ver el reflejo de las montañas en sus ojos. Le entró un irrefrenable deseo de besarla, pero Cyrene se echó atrás y rompió el encanto. Cyrene subió a uno de los todoterrenos, cerró la puerta y se despidió con la mano antes de que el vehículo avanzara por la carretera del desierto. Tony entró en el coche que le habían asignado y salió hacia Damasco, a sesenta kilómetros de distancia.

Y

Estambul

Nayla caminaba con prisa por la calle Abdi İpekçi, en Şişli, un barrio al norte de Beyoğlu, en la parte europea de la ciudad. La Bond Street de Estambul estaba bordeada por tiendas insignia de diseñadores internacionales, las de los diseñadores turcos más importantes y algunos de los hoteles, restaurantes y bares más elegantes de la ciudad.

Se dirigía a Derin Design y a Decorum, dos de sus tiendas favoritas, para ver un par de sofás y elementos de iluminación que había pedido para el proyecto en el que estaba trabajando, antes de ir a la cita que tenía con Nahed Odeh y otra amiga común para almorzar en la Beymen Brasserie. Estaba llegando al cruce con Bostan Sokak cuando se dio cuenta de lo tarde que era. Sacó el móvil y se detuvo para enviar un mensaje a Nahed y decirle que la llamaría para quedar otro día porque no iba a poder acudir a la cita. De repente, dos hombres aparecieron de la nada, se pusieron a ambos lados, la cogieron por los brazos y antes de que tuviera tiempo de reaccionar la metieron en la parte de atrás de una furgoneta blanca allí aparcada.

—¡Socorro! —gritó, pero la puerta se cerró y la furgoneta arrancó. Uno de los hombres le puso un trozo de precinto en la boca y un saco en la cabeza, y alguien le ató rápidamente las manos a la espalda. Nayla se retorció y dio patadas, pero cayó al suelo cuando la furgoneta pasó por un bache. Estaba asustada y el corazón le latía a toda velocidad. ¿Quiénes eran esos hombres? ¿El Mujabarat sirio? ¿Era por su relación con Mika? ¿Querrían que les dijera dónde estaba? Intentó inspirar por la nariz para calmarse, pero no sirvió de nada. Entonces, tan repentinamente como la habían capturado, le desataron las manos y la levantaron con brusquedad. Se golpeó la cabeza con el techo y soltó un gemido. La furgoneta se detuvo y la puerta se abrió.

—Aléjate del sirio —le ordenó una áspera y profunda voz. Intentó reconocer el acento, pero el saco amortiguaba el sonido—. La próxima vez no te avisaremos.

Nayla notó que la cogían por los brazos y la empujaban. Se quedó quieta donde la dejaron y oyó que la furgoneta se alejaba y las ruedas chirriaban al torcer una esquina. Se quitó lentamente el saco y la cinta de la boca, y miró a su alrededor. Estaba en un callejón estrecho no muy lejos de su casa. Tiró el saco en el cubo de basura de uno de los cafés que daban a la calle principal y se alejó a toda prisa, antes de que la viera nadie.

Mientras andaba llamó a Mika. Cuando contestó le contó rápidamente lo que había sucedido.

—¿Estás bien? —preguntó Mika preocupado.

—Sí.

—¿Te han hecho algo?

—No. ¿Quiénes eran?

—No lo sé, pero me inclinaría a pensar que es cosa de Abbas.

—¡Abbas! —exclamó Nayla—. ¿No era el Mujabarat?

—Es posible, pero hay más posibilidades de que tu marido esté intentando asustarte. Debe de saber algo.

—Imposible. He tenido mucho cuidado.

—A lo mejor ha ordenado que te sigan, *habibti*.

—¿Qué vamos a hacer?

—Intentaremos pasar inadvertidos unos días. Ya pensaré en algo. No dejaré que te ocurra nada.

—¿Debería decirle a Abbas lo que ha pasado?

—¿Está aquí?

—Se ha ido esta mañana.

—Si eran sus matones y no le dices nada, harás saltar todas las alarmas.

—Tengo miedo.

—General, soy Akram Odeh —saludó el traficante de armas saudí cuando Mika contestó a la llamada—. Tengo buenas noticias de Doha.

Mika cerró los ojos y suspiró.

—Gracias, no lo olvidaré.

—Ya hablaremos del *quid pro quo* en otra ocasión, de momento, han prometido apoyo financiero. Es una cantidad muy jugosa.

—¿Cuáles son los siguientes pasos?

—¿Puedes enviarme una lista de las armas que necesitas, en orden de urgencia?

—Sí, te la mandaré en cuanto colguemos.

Mika abrió el portátil, abrió Skype y marcó.

—¡Yamal!

—Sonríes. Eso es señal de que tienes buenas noticias.

—Así es. Arabia Saudí y Qatar nos ayudarán.

—¿Y Occidente?

—Todavía no sé nada, pero, de momento, son buenas noticias.

Yamal asintió.

—Comunícaselo a todos. ¿Cómo está la situación?

—Peor.

Mika frunció los labios.

—Hemos atacado dos controles.

—¿Habéis conseguido algo?

—Un lanzamisiles que nadie sabe todavía cómo funciona.

—¿Qué quieres decir? Los usamos cientos de veces durante el adiestramiento.

—Se lo di a los chicos de la milicia local que operan río abajo… Necesitan mucha instrucción, Mika.

—Entonces, dásela —le ordenó.

Yamal no contestó. Sacó un cigarrillo y lo encendió.

—¿Puedes aguantar un poco más? —preguntó Mika.

—¿Tenemos elección?

—Imagino que los observadores de la Liga Árabe no están colaborando.

Yamal resopló.

—Son inútiles.

Damasco

Tony salió de la sede de Syriatel en el centro de Damasco y buscó con la vista el todoterreno que lo había dejado frente al edificio.

La entrevista con Rami Murad había durado más de tres horas, algo que le había sorprendido, pero al mismo tiempo se había alegrado de alargarla tanto como Murad quisiera, aparte de las veces en las que había salido de la habitación para contestar llamadas y había vuelto ligeramente irritado.

Aun así, había hablado. Oír cuál era la postura del líder de labios de alguien tan allegado al régimen de Asad era inusitado, pero lo que más le había sorprendido había sido su franqueza.

A los pocos minutos de empezar había subrayado cuál había sido durante mucho tiempo la estrategia de supervivencia de Siria: que estaba tan arraigada en la región que podía utilizar todo tipo de recursos para que las circunstancias le fueran favorables.

—Si nos hundimos, toda la región se hundiría con nosotros. Somos el último bastión de estabilidad y podemos desencadenar problemas en toda la región. Si no hay estabilidad aquí, no la habrá en Israel. Nadie puede prever qué ocurriría si, Dios no lo quiera, algo le sucediera a este régimen.

El trasfondo de la entrevista había quedado claro: Siria tenía unas cartas que, de jugarlas, podrían provocar inestabilidad, caos y conflictos en la región. Murad lo había repetido varias veces.

«Todo titulares», había pensado Tony.

Murad había dicho que la familia Asad y la secta minoritaria que representaba no entendían las protestas como una legítima exigencia de cambio, sino como la simiente de una guerra civil. Aún más impactante había sido que el argumento que esgrimía para asegurar la permanencia del régimen no era que fuera a hacer nada bueno para el país, sino que, de desaparecer, el país se desmoronaría.

Tony le había presionado para que hiciera algún comentario sobre la rueda de prensa en la que había asegurado que lo abandonaba todo para ayudar al pueblo sirio, y también sobre sus negocios, en especial los relacionados con el petróleo, pero no había tenido suerte. Había sacado a relucir temas que habían tocado fibra, pero Murad se había comportado como una anguila y había sabido escabullirse. En cualquier caso, iba a ser un artículo muy importante. Ya seguiría con el tema de la procedencia del dinero más adelante.

Se ajustó la mochila en el hombro después de mirar en el interior para asegurarse de que no se había dejado nada. Palpó el móvil en el bolsillo. Seguro de que lo llevaba todo, volvió a mirar a su alrededor. ¿Dónde estaba el chófer? Le había dicho que lo esperaría exactamente donde lo había dejado. Marcó el número que le había proporcionado, pero el teléfono al que llamó estaba apagado. ¡Mierda!

Decidió volver y preguntar en la oficina de Murad si podían llamar a alguien para que lo llevara a Jdeideh, pero cuando entró, la recepción estaba vacía. Afuera seguía sin haber ni rastro del chófer. Tuvo un extraño presentimiento. Llamó a Cyrene, pero le contestó el buzón de voz. Le envió un mensaje de texto con la esperanza de que lo leyera y le llamara, pero, al cabo de unos minutos, cuando vio que no contestaba, decidió coger un taxi. No tenía otra opción.

En Ahmad Shawqi no había mucho tráfico, así que echó a andar hacia la calle principal, que estaba a unos cien metros hacia el oeste. La calma que reinaba consiguió que le resultara difícil creer que la violencia estuviera desgarrando el país, incluso en los barrios del sur de esa ciudad. Nada más pasar un parque en el que florecían buganvillas y jacarandás oyó un chirrido de neumáticos y un todoterreno negro similar al que le había llevado a aquella ciudad paró a su lado.

Subió. No lo conducía el mismo chófer. El que estaba al volante era grande y corpulento, con cuello grueso, pelo muy corto y barba.

—¿Dónde está el otro conductor?

—Lo han llamado —contestó el hombre con sequedad.

Se le hizo un nudo en el estómago, pero prefirió no prestarle atención. Miró al hombre por el espejo retrovisor, pero las gafas de sol que llevaba ocultaban sus pensamientos e intenciones.

Miró por la ventanilla. La tormenta que se había desatado en el resto del país no parecía haber afectado a Damasco. Las calles del casco antiguo estaban llenas de vendedores y gente que se ocupaba de sus asuntos diarios. Cuando pasaron por la mezquita de los Omeyas y las columnas romanas a la entrada de las calles cubiertas del zoco al-Hamidi-yeh, recordó la primera vez que había estado allí, en unas vacaciones familiares que su padre había insistido que hicieran. Y allí estaba el Grand Hotel Victoria, el antiguo hotel en el que Lawrence de Arabia había mantenido una fatídica reunión con el general Allenby en 1918, en la que Lawrence había confesado no saber que los Aliados planeaban entregar Siria a Francia. ¿Qué opinaría Lawrence en ese momento? Las tormentas que habían azotado la región desde entonces habían borrado las líneas en la arena que trazó Sykes-Picot.

Absorto en el ensueño inducido por el hotel y su papel en un momento trascendental en la historia del Levante, no prestó atención hasta que el laberinto de callejuelas se convirtió repentinamente en una ancha calle cuyos carteles indicaban que se dirigían hacia el palacio presidencial.

Se relajó. Habían pasado por el palacio en el viaje de ida. Pero el conductor giró bruscamente hacia la izquierda y se alejó de esa carretera.

—¿Dónde vamos? —preguntó preocupado.

El hombre no contestó.

Repitió la pregunta, pero el chófer mantuvo la vista al frente y las manos en el volante.

—¡Pare el coche! —exigió levantándose.

El hombre pisó el acelerador.

—¡Eh! —protestó Tony poniéndole una mano en el hombro. De repente el conductor echó el codo hacia atrás y le golpeó en la frente. Notó un agudo dolor en la cabeza, se desplomó en el asiento y todo se oscureció.

Cyrene iba de un lado a otro en la puerta de un café en Jdeideh. Miró el reloj. ¿Dónde demonios estaba Tony? Hacía una hora que debería haber llegado. El móvil había perdido la cobertura y solo había recibido un mensaje de texto en el que le decía que iba a coger un taxi y después otro que confirmaba que el todoterreno había llegado e iba de camino. ¿Qué le habría pasado? Llamó a la oficina de Murad, por si hubiera vuelto, pero le dijeron que se había ido hacía horas. Se preocupó.

—Señora Cyrene, tenemos que irnos o no llegaremos a la frontera antes de que cierre —le comunicó el conductor.

—Vamos a esperar unos minutos más —contestó, y marcó el número de Kamal.

—Kamal, algo le ha pasado a Tony… No, no está aquí, por eso te llamo… ¿Qué quieres decir con que tú tampoco lo sabes?… Llama a su chófer, averigua dónde está…. Ok, *tayeb*… Tengo que irme de aquí o no llegaré a tiempo al paso fronterizo.

Se volvió hacia el conductor y le indicó que tenía que hacer otra llamada.

—Nayla, *habibti*, no tengo mucho tiempo… No quiero preocuparte, pero creo que algo le ha pasado a Tony… No lo sé… Se suponía que iba a llegar hace dos horas… Sí, le he pedido a Kamal que se ocupe… Díselo a Mika.

—*Yallah, yallah!* —Cyrene le hizo un gesto al conductor, que tiró el cigarrillo al suelo y subió al coche.

—Ibrahim —Kamal llamó al jefe de vigilancia—. ¿Dónde está el periodista americano?

—¿No está con Murad?

—¡No! Le envió un mensaje de texto a Cyrene diciéndole que iba de camino.

—Según el GPS, el vehículo que lo llevó a Syriatel sigue allí.

—*Haraam!* —maldijo Kamal—. ¿Tenemos a alguien en la zona?

—Un momento, señor.

—¿Qué? —Kamal oyó que Ibrahim gritaba en otro teléfono.

Momentos después volvió a hablar con Kamal.

—Señor, el vehículo ha aparecido a un par de calles de Syriatel.

—¿Y el chófer?

—Estaba inconsciente y atado en la parte de atrás.

—Encuentre al americano, Ibrahim. Ya tenemos demasiados problemas…

Estambul, delegación de la CIA

—¡Señor Sutherland! —llamó Adam—. Creo que tenemos un problema.

—¿Qué pasa? —preguntó Joe saliendo de su oficina—. Tengo una videoconferencia con Langley dentro de cinco minutos.

—Tony Habib ha desaparecido.

—¿Qué quieres decir? ¿Dónde?

—Lo vieron por última vez en la sede de Syriatel, en el centro de Damasco.

—¿Y qué demonios hacía allí?

—Según me han informado, Murad le había concedido una entrevista.

—¿Por qué nos acabamos de enterar? —Joe dio un puñetazo en el respaldo de un sillón.

Volvió a su oficina y cogió el móvil.

—Soy Sutherland —dijo a Mika—. Tony ha desaparecido… No tengo detalles… Te llamo en cuanto sepa algo —La cara de Richard White apareció en la gran pantalla que había al otro lado del escritorio de Joe—. Tengo que dejarte.

—¡Señor! —saludó Joe después de apretar un botón.

—¿Qué tal va todo por ahí, Sutherland?

—Tenemos un problema, señor.

—¿Qué ha pasado?

—Tony Habib, el periodista del *New York Guardian*, ha desaparecido en Damasco.

—¡Por el amor de Dios! —exclamó Richard White—. ¡No quiero otro Daniel Pearl! ¡Encuéntrelo! —ordenó.

—Haremos todo lo posible, señor.

—Excelente. La Casa Blanca ha anunciado que proporcionará ayuda no letal a la oposición siria a finales de semana. Les enviaremos equipos de comunicaciones, suministros médicos, inteligencia militar, chalecos antibalas e infraestructura, tecnología y alimentos, que serán aprobados por el Departamento de Estado.

—Entiendo, señor. ¿A cuánto asciende la ayuda?

—A quince millones de dólares.

—Recibido.

—Y, extraoficialmente, ya sabe lo que tiene que hacer.

—Sí, señor.

—Distribúyalo entre nuestros aliados en la zona.

—Lo haré a través de la inteligencia turca, señor.

—Akram Odeh canalizará los envíos.

—Odeh ha conseguido que Qatar apoye a Hussein y la oposición. Nos uniremos a Qatar.

—Póngase en contacto con él y organícelo.

—Lo haré. Está en Estambul.

—Excelente. Imagino que no tengo que recordarle que no meta a la Agencia en ningún lío. No podemos permitirnos ni filtraciones ni errores.

Joe colgó el teléfono, apoyó los codos en el escritorio y juntó las manos. Se quitó las gafas, se frotó los ojos y suspiró. Tenía que decírselo a Mika. ¡Joder! Tamborileó con los dedos en la mesa. Deseó que las noticias fueran otras.

Sacó el móvil y envió un mensaje: «¿Estás en Estambul?».

La respuesta llegó menos de un minuto después: «Sí».

«¿Nos vemos?»

«Mehmet Bey. 45 minutos.»

El Gran Bazar del centro del casco antiguo de Estambul estaba abarrotado.

Resultaba muy fácil perderse en ese enorme, colorido y caótico laberinto que había ido creciendo desde que en el siglo XX el sultán ordenó que se cubriera un almacén al aire libre en el que se vendían las especias y sedas que llegaban por la ruta de la seda, para evitar el robo y el deterioro.

Cuando estaba cerca de la puerta, Mika se fijó en que había un par de policías en el arco de piedra de una de las entradas. Uno de ellos lo miró fijamente entre las cabezas de la gente que iba al bazar y dijo algo en el transmisor que llevaba en el hombro. «¡Maldita sea!», pensó. Miró a su alrededor y vio un grupo de turistas.

—Por aquí, por favor —dijo el guía levantando un cartel para reunirlos a su alrededor—. Esto es el Gran Bazar… entraremos ahora, pero, por favor, no se separen. Es muy fácil perderse. Si alguno se desorienta, que me llame inmediatamente. Tienen mi número de teléfono. Esta entrada conduce a las tiendas de alfombras… También veremos las tiendas de especias y las de oro y plata, y al final, si tenemos tiempo, algunas antigüedades.

Mika se introdujo en el grupo. Cuando se pusieron en marcha se colocó subrepticiamente en medio de dos hombres altos y procuró estar en el centro del grupo cuando pasaron por delante de los policías. Echó una furtiva mirada y vio que uno de los policías paraba a un hombre vestido con vaqueros y camiseta, que llevaba unas grandes gafas de sol. Tras preguntarle, el hombre indicó hacia el grupo que acababa de entrar.

Mika se volvió hacia uno de los turistas, sonrió y le dio una cordial palmadita en la espalda. El turista se sorprendió.

—¿Le está gustando Estambul? —preguntó Mika con la esperanza de que aquella conversación pareciera lo suficientemente amistosa como para despistar al policía y a aquel hombre.

—Esto… Sí… —contestó el hombre rubio, que parecía del norte de Europa y medía uno noventa—. ¿Quién es usted? No está en este grupo.

—Claro que sí —contestó Mika con aplomo—. Soy el jefe del guía. A veces me cuelo en un grupo para ver qué tal trabajan mis empleados.

309

—¡Ah! —exclamó el turista riéndose—. ¡Me parece una idea excelente!

—Es control de calidad —susurró acercándose más como para hacerle una confidencia.

—Sí, claro —dijo el hombre asintiendo—. Lo entiendo perfectamente.

Mika miró hacia la puerta. El policía había vuelto a su puesto y el hombre, que supuso pertenecía a la inteligencia turca, estaba apoyado en una columna fumando un cigarrillo.

—Le deseo que pase un buen día —Mika estrechó la mano del turista para despedirse y abandonó el grupo para dirigirse hacia los pequeños pasillos que salían de la avenida principal, en la que estaban instalados los vendedores de alfombras.

Υ

Mika avanzó por aquel laberinto en el que algunos pasillos eran tan estrechos que solo podía pasar una persona y se detuvo ante una puerta de madera enmarcada por un arco rojo. La abrió y entró en un pasaje con antiguos baúles de viaje a ambos lados. Al final había un patio adoquinado al aire libre con montañas de alfombras, moquetas y kílims cuidadosamente apilados. En un rincón había una fuente de piedra tallada y el agua que fluía por el caño de latón era clara y fría. Al lado había una pesada maceta de terracota con una buganvilla naranja que crecía hacia el muro y creaba una pequeña pérgola antes de caer hacia el otro lado.

Se detuvo. La puerta de un pequeño edificio de ladrillo estaba abierta.

—*Salaam* Mehmet Bey —llamó.

Al poco apareció un hombre vestido con vaqueros y un polo rojo. Se quitó las gafas que llevaba en la punta de la nariz y arqueó sorprendido sus espesas y oscuras cejas. Sus ojos marrón oscuro se iluminaron al reconocerlo y esbozó una amplia sonrisa.

—¡General! —dijo acercándose con los brazos abiertos.

Mehmet Bey, cercano a los sesenta, era de altura media, complexión ancha y lucía una prominente barriga. Estaba calvo, pero su gran bigote entrecano se curvaba hacia arriba y acababa en dos finas puntas engominadas.

—*Kifek, kifek?* ¿Qué tal estás, *habibi?* —preguntó dándole un abrazo—. He pensado mucho en ti. Ha pasado mucho tiempo… Vamos a tomar un té.

—Tengo que pedirte un favor —dijo Mika poniéndole una mano en el hombro.

—Claro.

—Va a venir Joe.

—¿Joe? ¿Joe Sutherland?

—Sí.

—¡Ah! —exclamó Mehmet Bey asintiendo—. Siéntate aquí —Indicó hacia una pila de alfombras y después colocó un taburete de cuero al lado—. Voy a pedir té.

—Gracias.

—*Allah ma'aak* —dijo antes de desaparecer en el estrecho pasillo por el que había entrado Mika.

Mika se sentó y dejó escapar un profundo suspiro. Unió las manos, bajó la cabeza y solo la levantó cuando oyó un tintineo de vasos. Un niño que no tendría más de diez años llevaba una bandeja en la mano con una tetera de cobre y dos vasos llenos de un humeante té de color ambarino.

Mika asintió y le dio un billete. Los ojos del niño se agrandaron y sonrió antes de desaparecer.

Sacó un puro y lo encendió. Nada más darle un par de caladas Joe Sutherland apareció por el arco de la entrada.

—Siento llegar tarde, me he perdido. Hace tiempo que no venía por aquí.

Mika tomó un sorbo de té y Joe echó un vistazo a su alrededor con las manos en las caderas. Llevaba un traje arrugado y demasiado ancho, el cuello de la camisa desabrochado y el nudo de la corbata flojo.

—¿Cuántos años tiene este sitio? —preguntó mientras se sentaba con cuidado sobre una pila de alfombras frente a Mika.

Mika se encogió de hombros y se inclinó hacia delante con los codos en las rodillas y el puro en una mano.

—Mehmet dice que lleva aquí desde el siglo XV.

Joe asintió y frunció los labios.

—¿Té? —le ofreció Mika haciendo un gesto con la barbilla.

Joe cogió uno de los vasos, lo sostuvo por el borde y tomó un sorbo del caliente líquido.

—Mika… —empezó a decir moviéndose incómodo en aquel improvisado asiento.

Mika lo miró a través de la nube violeta del humo del puro.

—No van a ayudarnos —dijo Mika sin parpadear y con expresión inescrutable.

—Sí que lo harán, pero no en la forma en que quieres —explicó Joe irguiéndose y cruzando los tobillos.

—O en la forma en que necesitamos —precisó Mika con suavidad. Dejó el puro en la bandeja y se levantó. Miró al cielo y cerró los ojos un instante, antes de empezar a ir de un lado al otro del patio con las manos en los bolsillos del pantalón. Inspiró profundamente varias veces para calmar la cólera que sentía en su interior.

—Lo siento, amigo —dijo Joe.

—Tú no tienes la culpa —contestó ásperamente Mika.

Se acercó a la fuente y apretó con fuerza la pila para controlarse. De repente soltó un gruñido, cogió la buganvilla, la levantó por encima de la cabeza y la lanzó con todas sus fuerzas contra uno de los muros de piedra. La maceta se hizo añicos y el sonido reverberó en todo el patio.

Miró a Joe jadeando por el esfuerzo y se quedaron en silencio un momento.

—Lo he intentado —se excusó Joe.

Mika negó con la cabeza y resopló antes de volver a sentarse. Cogió el puro, lo encendió, dio una larga calada y dejó salir el humo lentamente.

—Henry Kissinger tenía razón —aseguró con cara inexpresiva.

—¿Qué? ¿A qué te refieres? —preguntó Joe desconcertado.

—Kissinger dijo en una ocasión que ser enemigo de Estados Unidos es peligroso, pero que ser amigo es fatídico.

Joe suspiró y se miró las manos.

—Tenía razón, Estados Unidos no tiene amigos, solo intereses. La CIA instala en el poder a la gente que le interesa y los retira cuando no le sirven para nada —continuó Mika—. Pusisteis a Sadam en el poder y luego lo derrocasteis con una guerra de chiste... una guerra que no tenía sentido... que se vendió al pueblo estadounidense como una «transformación regional», una guerra de liberación del pueblo iraquí, una forma de librarse de un régimen que fabricaba armas de destrucción masiva, secundaba el terrorismo y violaba los derechos humanos...

Asintió con la cabeza.

—¿Y por qué fue realmente? ¿Por los intereses americanos en el petróleo iraquí o porque George Bush quería beneficiar a unos amigos que ya eran ricos?

—No lo sé Mika. No está muy claro si fue por el petróleo.

—No seas ingenuo, Joe. Por supuesto que fue por el petróleo. George Bush y Dick Cheney tenían intereses en las petroleras estadounidenses. El once de septiembre fue perfecto para iniciar la guerra contra el terrorismo.

—Sé que hemos hecho un montón de cagadas en Oriente Próximo... —empezó a decir Joe.

—¿Cagadas? —lo interrumpió Mika—. ¿Lo llamas cagadas? Son un absoluto desastre. Hace veinte años decidisteis convertiros en la policía de la zona y mantuvisteis bases terrestres y aéreas en Arabia Saudí en los años noventa, eso es lo que provocó el ataque al World Trade Center. Somalia, Libia y Yemen son un desastre y Al Qaeda es más fuerte que nunca y continúa fortaleciéndose. Habéis enfrentado a todo el mundo y habéis cambiado de bando tantas veces que uno se marea…

Joe bebió el té en silencio.

—¿Has tenido un sueño alguna vez?

Joe no contestó.

—Si alguna vez has tenido uno y de repente se desmorona y desaparece, sabrás lo desesperado que me siento. ¿Qué le voy a decir a mi gente? —preguntó mientras se levantaba. ¿Te das cuenta de que si no nos ayudáis estáis dejando la puerta abierta para que Al Qaeda, el Estado Islámico y todo tipo de fundamentalistas entren en Siria? ¿Qué haréis entonces?

—¿Cuál es el plan B?

—¿Plan B? —Mika soltó una risita sarcástica—. No hay plan B. Solo tenía el plan A.

—Volveré a Washington. Seguiré intentándolo —aseguró Joe.

—¿Para qué? No nos darán lo que necesitamos a tiempo. Obama mintió cuando dijo que ayudaría a los que se levantaran contra las dictaduras.

—Eso es pura estrategia política.

—Mira, Joe, comprendo que tienes que ponerte del lado de Washington y seguir la línea del partido, pero no me tomes por idiota. Oí el discurso de Obama del otro día en el que dijo algo sobre trazar una línea roja en la arena.

—Sí, dijo que lo único que le haría cambiar de opinión sobre la intervención sería que Asad utilizara armas químicas.

—A ver si lo entiendo… —Mika cogió el puro y lo volvió a encender—. Si Asad mata a su pueblo con balas no pasa nada, pero para que nos ayude, Asad tiene que matarlo con gas nervioso, ¿no?

—No sé qué decir.

—No hay nada que decir, imagino.

—Tengo que conseguir los envíos de suministros médicos y de comunicaciones…

—Mira, Joe —lo interrumpió Mika levantando una mano—. Por favor, no creas que no estamos agradecidos por ese gesto, porque lo estamos. Necesitamos todas esas cosas. Mi mayor problema ahora es cómo voy a conseguir que mi gente no se deje embaucar por lo que le ofrece el Estado Islámico y Al Qaeda.

—Tienes que impedirlo. Eso desgarraría el país.

—Lo único que les detendría sería poder demostrarles que Estados Unidos nos va a apoyar con algo más que palabras y *walkie-talkies*.

—¿Quieres que organice campamentos de adiestramiento para algunos de tus hombres?

—¡Venga ya! —dijo Mika—. ¿Crees que no sabemos adiestrarlos nosotros? Por cierto, ¿qué razones han alegado para no ayudarnos?

315

—Pues… —empezó a decir Joe mientras se quitaba la chaqueta y se remangaba la camisa—. La principal razón es que no os conocen y no saben dónde irán a parar las armas que os entregaran.

—Eso es absurdo. Tú me conoces.

—Lo sé, pero, tal como te dije desde el principio, no tengo mucha influencia en Washington.

—¿Qué voy a hacer? —dijo Mika pasándose una mano por el pelo.

—Puedo hablar con Robert Ford, el embajador estadounidense. Está de vuestra parte, quizás él sí que podría hablar con la Casa Blanca —sugirió Joe—. A lo mejor podría implicar a Petraeus, lo recordarás de Irak, esa gente os conoce y os podría avalar.

—Todo eso me parece muy bien, Joe y, la verdad, te agradezco mucho la sugerencia, pero ¿cómo se va a traducir todo eso en armas y munición para mi gente?

Los dos hombres se miraron y tomaron el té en silencio.

Nayla iba de un lado al otro del patio retorciéndose las manos. Tenía un nudo en el estómago y estaba muy nerviosa. Normalmente el suave sonido de la fuente la calmaba, pero no en ese momento. Abbas llegaría enseguida. Mika tenía razón, si no le decía nada y esos hombres trabajaban para él, sabría que le estaba ocultando algo. Pero, si lo hacían, ¿cómo se atrevía a enviarlos contra ella? Al fin y al cabo seguía siendo su esposa. Debía de haberlo hecho porque sabía algo. Pero ¿qué? ¿Qué podía saber? ¿Y si no trabajaban para él? ¿Y si eran, como sospechaba, sirios que querían atrapar a Mika? Pero entonces ¿por qué la habían maltratado a ella? ¿Qué sabían de ella y Mika?

Era horrible. «Ojalá supiera qué está pasando», pensó.

316

Oyó que la puerta de la calle se abría y el sonido de unas llaves en la bandeja de la mesita del vestíbulo. Inspiró profundamente para calmar los nervios y atravesó el cuarto de estar hacia la entrada.

—Hola *habibti* —saludó sonriente.

—Me alegro de que estés en casa —dijo Abbas inclinándose para darle un beso en los labios, pero Nayla movió la cara y lo recibió en la mejilla.

—¿Dónde iba a estar? ¿Qué tal el viaje?

—Agotador.

—¿Una copa?

Abbas asintió.

—¿Todo bien por aquí? —preguntó Abbas con una ceja elocuentemente arqueada.

—Sí, ¿por qué lo preguntas?

—Por nada en particular. Dime, ¿qué has estado haciendo?

—Ya sabes, de todo un poco.

Nayla estaba a punto de abrir la boca para contarle el incidente que había tenido hacía unos días, pero guardó silencio.

—Abbas, he estado pensando en ir a Beirut unos días.

—¿Por qué?

—Necesito un cambio de aires.

—¿Con Mika?

—¿Mika?

—¿Crees que soy tonto?

Nayla se volvió para mirarlo.

—No sé de qué estás hablando.

—¡Venga, Nayla! —exclamó antes de sacar un sobre de papel manila de su maletín y arrojarlo sobre la mesita del café.

—¿Qué es eso?

—¿Por qué no lo ves tú misma?

Cogió el sobre con manos inseguras. Contenía fotografías de Mika y ella, en el café, caminando juntos, bajo un magnolio…

—Mika es un viejo amigo.

—Parece demasiada intimidad para ser solo un amigo.

—Lo es.

—Te lo repito, no me tomes por tonto.

—No ha habido nada entre nosotros —aseguró con voz ligeramente entrecortada.

—¡Por favor! —replicó—. No soy ciego. No soy tonto. Solo hay que ver la forma en que lo miras y en cómo te mira él a ti. ¿Crees que no conozco vuestra historia? Todo el mundo en Beirut hablaba de ella.

—Abbas… —Le puso una mano en el brazo, pero se zafó bruscamente. Tanto que casi pierde el equilibrio y tuvo que apoyarse en el respaldo del sofá para no caerse.

—¿Cómo te atreves? —Se volvió hacia ella con ojos

317

furiosos—. ¿Cómo has sido capaz de traicionarme con ese sirio?

—No te he traicionado —aseguró con calma.

—¿No? ¿Y qué son esas fotografías?

—Esas fotografías demuestran que somos buenos amigos, lo que es verdad.

—¿Qué te he hecho para merecer esto? —gritó Abbas—. Siempre te he tratado bien.

—Quizá me hayas tratado bien —replicó con tono sosegado—, pero nunca me has querido realmente. Solo te quieres a ti mismo, al dinero que ganas y a la posición que alcanzas gracias a las personas que conoces.

Abbas se sentó y se llevó las manos a la cabeza.

—Solo te gusta enseñarme.

—¡Eres mi mujer! —dijo apartándose las manos de la cara—. ¿Cómo puedes hacerme esto?

—No soy feliz. No lo he sido.

—¿Y ese sirio te hace feliz? —preguntó soltando una risita.

—Voy a hacer una maleta y me iré a Beirut mañana.

—¡No te atreverás! —gruñó.

—No me amenaces, Abbas —le advirtió, levantando el mentón en actitud desafiante.

Abbas se le acercó amenazador.

—¡Eres mi mujer! ¡Eres mía! ¡No perteneces a ese sirio!

—No pertenezco a nadie —dijo Nayla, echándose hacia atrás conforme Abbas avanzaba.

—Sí, me perteneces a mí y te mataré antes de que seas de nadie más —gritó Abbas acercándose cada vez más.

La espalda de Nayla tocó la pared. Abbas le puso las manos en el cuello y empezó a apretar.

—¡Abbas! —exclamó con voz ronca—. No... Por favor... No he hecho nada.

Pero Abbas no paró.

—Eres mi mujer. Mi mujer, no la suya.

Nayla se ahogaba. No podía respirar. Trató de apartarlo con todas sus fuerzas, pero Abbas era más fuerte y consiguió sujetarla contra la pared. En un intento desesperado, tanteó en busca de algo que utilizar como arma. Volvió ligeramente la cabeza hacia la izquierda. Había dejado una botella de vino en la estantería. Alargó la mano para cogerla, pero no llegó y Abbas seguía apretándole la garganta. Con un esfuerzo sobrehumano consiguió agarrar la botella y la estampó en la cabeza de su marido que, desconcertado, aflojó la presión. El vino tinto le bajaba por el pelo como si fuera sangre.

—¡Suéltame! —gritó Nayla poniéndole el afilado extremo de lo que quedaba de botella en la garganta—. ¡Suéltame o te corto el cuello! —le amenazó con furia.

Abbas la echó hacia atrás con fuerza. Nayla se enderezó, se frotó el cuello con una mano y empuñó la botella como si fuera un arma.

—¡Vete! ¡Vete de aquí! ¡Fuera de mi vista!

Abbas cogió su maletín y se fue. En cuanto salió, Nayla corrió a la puerta y la cerró. Volvió al cuarto de estar, se sentó y juntó las manos. Miró la fuente a través de la cristalera, el agua seguía manando suavemente. Oyó cantar a los pájaros en los árboles del patio y la ligera brisa que hacía que el sol apareciera y desapareciera entre las hojas, las plantas y las flores. Inspiró con fuerza para frenar la intensa emoción que la invadía, pero no pudo. Lentamente, las lágrimas se fueron agolpando en sus ojos y empezaron a caer. Se llevó las manos a los ojos y soltó un grito. Tumbada en el sofá, las lágrimas se convirtieron en sollozos.

Υ

Damasco
Cuartel general de la Guardia Republicana,
palacio presidencial

Maher Asad estaba sentado detrás de su escritorio mirando unos papeles cuando su ayudante hizo entrar a Kamal.

—General —saludó Kamal cuadrándose.

—Descanse —dijo Maher sin levantar la vista—. ¿Qué tal estás? —añadió al cabo de un rato, cuando hubo firmado los papeles, los metió en una carpeta y se la entregó al ayudante.

—*Hamdellah*, general.

—Qué tienes para mí.

—Hussein ha conseguido el apoyo de Arabia Saudí y Qatar.

—¿Y Estados Unidos?

—También —confesó Kamal—. Oficialmente es lo que llaman ayuda no letal, señor. Pero ya sabemos lo que significa eso.

—¡Mentirosos! ¡Que se vayan al infierno! —maldijo Maher enfurecido—. Así que la entrevista a Rami no sirvió para nada.

—Salió en muchos titulares.

Maher tamborileó con los dedos en el escritorio.

—Bien, tendremos que encontrar otra manera de convencerlos de que la región solo tendrá estabilidad si se queda mi hermano. Habrá que provocar problemas y solucionarlos. Y tenemos suerte, podemos elegir entre Turquía, Líbano, Irak, incluso Israel.

Se levantó y fue hacia la ventana con las manos en la espalda.

—¿Dónde está Hussein?

—Sigue en Estambul.

—Muy bien, pronto vendrá a Damasco —anunció muy seguro de sí mismo.

Kamal no dijo nada.

—Después de todo, ¿qué tipo de hombre sería si no acudiera para salvar a su amigo? —preguntó acercándose a Kamal, que era ligeramente más alto. Evitó mirarle a los ojos.

Estambul

Nayla se hizo a un lado cuando Mika llamó con suavidad a la pesada puerta de caoba de la antigua casa victoriana. A través del cristal esmerilado vio el perfil de una gata sentada en un cojín rojo encima de un taburete.

—*Kedi* —dijo arañando el cristal—, ¿dónde está tu dueña?

La gata dio un salto y salió por la gatera que había en el cristal. Miró a Mika, saltó a sus brazos y empezó a frotarse cariñosamente contra su barbilla.

Al poco se oyeron unos pasos, se abrió la puerta y apareció Aysa Hanim.

—*Günaydin* Aysa Hanim —la saludó Mika dándole un beso en cada mejilla.

·Su marchitada y arrugada cara dibujó una amplia sonrisa y sus ojos centellaron al ver a Mika.

—*Nasılsınız?* —preguntó este.

Aysa Hanim asintió, se encogió de hombros y puso las manos en las caderas. Inclinó la cabeza gentilmente hacia Nayla con ojos inquisitivos.

Mika la rodeó con un brazo y estiró el otro hacia Nayla para acercarla.

—Aysa Hanim, esta es Nayla,

—*Merhaba*, Aysa Hanim —la saludó Nayla.

Aysa Hanim la miró.

—Sí, es la Nayla de la que te he hablado.

Aysa Hanim sonrió. Fue hacia Nayla y la besó en las mejillas haciendo un gesto con la cabeza para darle la bienvenida.

—Tengo que volver a Damasco. Quiero que cuides de ella —dijo Mika.

Aysa Hanim asintió. Les pidió que la siguieran al cuarto de estar e indicó hacia una mesa para que se sentaran, antes de ir a la cocina.

—Quiero ir contigo a Siria —dijo Nayla—. Si no, me iré a Beirut. No puedo quedarme aquí. Si lo hago, Abbas me encontrará. Sé que lo conseguirá. Seguramente ya ha ordenado a alguien que me busque.

—No lo hará —aseguró Mika con convicción.

—Estoy muy nerviosa. Después de lo que pasó, no confío en él. ¿Y si envía a sus matones?

—Te prometo que aquí no te encontrará.

—¿Cómo va a protegerme esa anciana? —preguntó levantándose

—Aysa Hanim es más dura de lo que parece. Este es uno de mis pisos francos.

Nayla movió la cabeza preocupada y puso las manos en el respaldo de la silla.

—*Ayuni* —Mika se acercó y la rodeó con los brazos—. ¿Cómo iba a dejarte aquí si no estuviera seguro de que estarás a salvo?

—Deja que vaya a Damasco contigo.

—No puedo. No sé si podría protegerte allí.

—Abbas no espera que te quedes en Estambul. Creerá que te has ido a Beirut. Te buscará allí.

—¿Qué vamos a hacer? —preguntó apoyando la cabeza en su pecho.

—Ya lo pensaremos —Mika la abrazó y la atrajo hacia él—. No voy a volver a perderte.

—¿Crees que Tony está bien?

Mika no contestó. La besó en la sien y la miró a los ojos mientras le acariciaba la mejilla antes de inclinarse y besar sus labios.

Afueras de Damasco, centro deportivo abandonado

Tony estaba sentado en una silla de madera en el centro de una habitación llena de pintadas, con las manos atadas a la espalda y una venda negra en los ojos. Tenía la cara sucia, los labios hinchados y sangre seca alrededor de la nariz. Su camisa y vaqueros también estaban llenos de barro y de sangre. A pesar de tener tapados los ojos, sabía que era de día.

Al oír pasos y voces bajas ladeó la cabeza, y al notar una llave en la cerradura se incorporó.

—¿Puede darme un poco de agua, por favor?

Un hombre soltó una risita y se acercó.

—Toma agua —dijo arrojándosela a la cara.

Asustado, intentó lamer alguna gota.

—Por favor, un poco de agua.

—No estás en situación de pedir nada —dijo el hombre dándole un golpe en la cabeza.

Tony bufó y tosió.

—¿Por qué estoy aquí?

—¿Por qué crees?

—Mire, ya se lo he dicho, no sé dónde está el general de brigada al-Hussein.

—Da igual. Ya lo atraparemos cuando venga a rescatarte.

—Mika no es tonto. ¿Dónde estoy?

—Haces demasiadas preguntas —le advirtió elevando la voz.

—¿Con quién estoy hablando?

El hombre no contestó.

—¿Pertenece al ejército sirio o a la Shabiha?

El hombre continuó sin hablar.

—¿Para quién trabaja? —insistió Tony—. ¿Para Maher Asad? ¡Dígame por qué estoy aquí! —gritó—. Soy periodista. No tiene derecho a hacerme esto.

—Tenemos todo el derecho del mundo. Has entrado ilegalmente en Siria.

El hombre se alejó y cerró la pesada puerta metálica. Segundos más tarde oyó la cerradura.

El hombre cruzó una cancha de baloncesto abandonada y un destartalado gimnasio. Al otro lado había un campo y tres hangares en los que se estaban inspeccionando tres MIG rusos.

—General, el americano está aquí. ¿Qué quiere que hagamos con él?

—No haga preguntas estúpidas. Líbrese de él —contestó Maher Asad.

Beirut

—¿Qué quieres decir con que no sabes dónde está Tony? —exclamó Cyrene—. ¿De verdad piensas que me lo voy a creer, Kamal? ¡Por Dios santo! ¡No me tomes por idiota! Estuvimos casados y te conozco…, muy bien. ¿Cómo puedes insinuar que no estás metido en ese asunto de alguna forma?

—Cyrene… Es verdad… No tenemos nada que ver —aseguró Kamal.

—Entonces, ¿quién está implicado?

—Estamos intentando averiguarlo.

—Ya sabes que si le pasa algo, habrá consecuencias

—le advirtió Cyrene—. Un periodista americano muerto a manos del Mujabarat desencadenaría un desastre diplomático para tu presidente y para ti, sobre todo si es tan importante como Tony.

—No es necesario que me lo recuerdes. ¿Por qué estás tan interesada en ese periodista?

—Porque soy responsable de lo que le ocurra —contestó furiosa—. Algo que me tomo muy en serio.

—¿Crees que yo no?

—No.

—¡Cyrene! ¡Eso no es justo!

—¿De verdad? No intentes volver a lo de siempre. Mira, no tengo tiempo para estas historias, llámame cuando sepas algo.

Lanzó el teléfono encima del escritorio.

Empujó la silla hacia atrás y bajó las escaleras. Sacó una botella de vino del frigorífico y se sirvió una copa. El teléfono volvió a sonar. Era un número oculto. Seguramente sería Kamal.

—*Shu? Shu baddak halla?* —preguntó. Sus ojos echaban chispas cuando dejó la copa en la encimera.

—Cyrene, *ana* Mika al-Hussein.

Arqueó las cejas y tomó un sorbo de vino.

—¿Cyrene?

—Sigo aquí, Mika.

—Tengo que hablar contigo. Necesito tu ayuda.

—Muy bien, ¿dónde estás?

—Frente a tu casa.

Salió por la puerta principal y fue a la verja. La abrió y miró afuera con el teléfono pegado a la oreja. Mika estaba en una esquina de la plaza. Le hizo un gesto para que se acercara. Mika miró a su alrededor y fue hacia allí a toda prisa.

—Hacía mucho tiempo que no nos veíamos.

—Es verdad.

—¿Te apetece beber o comer algo?

—No, gracias.

—¿Qué estás haciendo en Beirut?

—Necesito ayuda. Tengo que ir a Damasco y sacar a Tony de allí.

Cyrene puso cara de sorpresa.

—Si entras en Siria, te arrestarán y te encerrarán o, peor aún, te fusilarán.

—No puedo dejarlo allí.

—Sabía el riesgo que corría.

—Le advertí que no fuera —dijo Mika cubriéndose la cara con las manos—. Se ha metido en un buen lío por mi culpa y por lo que escribió sobre la oposición.

Cyrene inspiró hondo.

—Eres la única que puede llevarme rápidamente a Damasco. Si intento cruzar la frontera por el norte tardaré mucho más. Desde aquí solo hay un par de horas.

Se quedaron en silencio.

—¿Te das cuenta de que me estás poniendo en una situación muy difícil? —dijo finalmente—. Y peligrosa —añadió.

—Lo sé, pero no tengo a quién recurrir.

—¿Por qué no se encarga de buscar a Tony alguien que ya esté en Damasco?

—No puedo pedirle a nadie que asuma ese riesgo. Además, es amigo mío.

—¿Y qué vas a hacer cuando estés allí?

—Sé dónde lo tienen. Puedo sacarlo. Me buscan a mí y por eso lo capturaron a él. En el peor de los casos, siempre puedo entregarme.

—¿Y si está muerto? ¿Cómo sabes que sigue vivo?

—Sé que está vivo. Ni siquiera Asad sería tan tonto como para asesinar a un periodista americano.

—*Tayeb*. Y si está vivo y lo encuentras, ¿qué harás?

—Esperaba que pudieras ayudarme a traerlo a Beirut.

—¿Estás loco? ¿Qué te hace pensar que voy a ir? ¿Y por qué crees que haría todo lo posible para traerlo?

Hizo una pausa, evidentemente alterada.

—¿Y tú?

—Tengo que ir al norte, a Alepo.

Cyrene movió la cabeza.

—No puedo, Mika. Es demasiado arriesgado.

—Si tuviera alternativa no te lo pediría, pero no hay tiempo.

—¿Cómo pretendes hacerlo? ¿Te imaginas lo que pasará si Kamal se entera de que estamos en Damasco? Y lo hará…

—Estarás fuera de Siria antes de que se entere.

Cyrene volvió a negar con la cabeza.

—La relación con Kamal no acabó precisamente bien, ya lo sabes.

—De acuerdo, lo entiendo —aceptó Mika juntando las manos.

—Por cierto —comentó Cyrene—. He leído la entrevista que te hizo Tony para el *Guardian*.

—¿Y qué te ha parecido?

—Excelente.

Se quedaron un momento en silencio. Cyrene tomó unos sorbos de vino y Mika comió pistachos.

—¿Qué tal estás aquí? Tienes una casa muy bonita.

—Estoy bien, trabajando en una novela.

—No te has vuelto a casar…

Cyrene negó con la cabeza.

—Tengo que irme —dijo Mika levantándose.

Cyrene asintió en silencio y fueron hacia la puerta.

—Me alegro de haberte visto y de que tengas tan buen aspecto.

327

—Mira, Mika… —empezó a decir Cyrene apoyada en el marco—. ¿No crees que ir contigo a Damasco es muy peligroso?

—Lo es, pero nunca te había visto echarte atrás ante un reto. Eres una mujer fuerte, sobreviviste a dos intentos de asesinato.

—Tuve suerte, otros no fueron tan afortunados.

—*Allah ma'ik*, Cyrene —se despidió Mika.

—*Allah ma'aak* —contestó. Se quedó apoyada y lo vio salir por la verja y cruzar la plaza en dirección a la rue Hamra.

De repente bajó corriendo los escalones y atravesó la verja.

—¡Mika! —gritó—. ¡Mika!

Mika se paró, se dio la vuelta y fue hacia ella.

—Te ayudaré —aseguró Cyrene.

328

Estambul

Nayla no podía estar quieta en la habitación del tercer piso de la casa de Aysa Hanim y no paraba de retorcerse las manos. Aquello era una locura. Tenía que salir de allí. Llevaba encerrada desde que Mika se había ido y Aysa Hanim no le había quitado la vista de encima. Sus únicos momentos de intimidad los había pasado en aquella habitación. Era curioso que Aysa Hanim siempre apareciera cada vez que tenía intención de salir.

Miró el iPhone. Tenía ciento cincuenta y cuatro mensajes, la mayoría de clientes con los que había trabajado. Se había llevado un cuaderno de bocetos, pero, para hacer bien su trabajo, necesitaba salir, ir a exposiciones, hablar con diseñadores y artistas, buscar y tocar tejidos, y combinar texturas para conseguir crear algo que tuviera armonía.

Cogió un lápiz de carboncillo, se sentó en el sofá y sacó el cuaderno. Hizo algunos trazos, pero no podía concentrarse y, frustrada, tiró el lápiz. Cogió el móvil y llamó a Mika, pero no consiguió que contestara. Seguramente lo tenía desconectado. Le envió un mensaje y tiró el móvil encima de la mesita del café. «¡Mierda!», pensó mientras se acercaba a la ventana. Entonces sonó el móvil. Deseó que fuera Mika.

—Soy Joe Sutherland. Solo quería asegurarme de que estás bien.

—¿Te ha pedido Mika que lo hagas? —preguntó molesta—. Lo siento —añadió rápidamente—. Ha sido una falta de educación.

—No te preocupes, lo entiendo.

—¿En qué puedo ayudarte?

—¿Quieres venir a almorzar?

—¿De verdad? Ahora sí que sé que te lo ha pedido Mika —dijo sonriendo.

—Bueno, para ser sincero, he de confesar que me pidió que cuidara de ti.

—Sea como sea, me encantaría ir a almorzar. Aquí me voy a volver loca.

—Estupendo, pasaré a buscarte dentro de media hora.

—Un momento, Joe. ¿Cómo vas a convencer a Aysa Hanim? No dejará que vaya a ningún sitio.

—Hemos llegado a un acuerdo —aseguró entre risas—. Ya me ocuparé de ello. Dime dónde te gustaría ir, para poder reservar una buena mesa.

—¿Qué te parece ese bonito patio del palacio de Çiragan?

—¿No sería mejor algún sitio más discreto? Habrá menos posibilidades de tropezarnos con Abbas.

—No suele ir a esos sitios. E incluso si apareciera, no haría nada en un sitio en el que conoce a todo el mundo y

329

todo el mundo lo conoce a él —argumentó Nayla—. Evidenciaría que no controla la situación y él nunca haría una cosa así.

—Muy bien —aceptó Joe—. Pero ¿quieres verlo realmente?

—No creo que nos topemos con él —insistió—. Además, si Abbas fuera allí, sería por la noche.

—De acuerdo —accedió—. Te he avisado.

Se sentó ilusionada en un taburete de piel del vestíbulo para esperarlo. Sabía que la anciana aparecería en cualquier momento, pero no lo hizo. Al poco oyó un coche que se detenía.

—No he visto a Aysa Hanim por ninguna parte —comentó Nayla sonriendo cuando se acomodó en el asiento del pasajero.

Una sonrisa cómplice se dibujó en la cara de Joe mientras conducía el Ford Explorer gris por la estrecha calle.

—¿Has tenido algo que ver? —preguntó entrecerrando los ojos.

Joe negó con la cabeza y se encogió de hombros, pero siguió sonriendo.

Nayla bajó el cristal de la ventanilla y sacó la cabeza. Cerró los ojos e inspiró profundamente.

—Me siento libre.

Hicieron el resto del viaje hasta el palacio de Çirağan en silencio. Joe entró en el patio. Estaba vacío, aparte del Lamborghini y el Bentley plateado que siempre estaban aparcados allí.

—Siempre me he preguntado qué hacen estos coches aquí —comentó al pasar al lado—. No sé si realmente pertenecen a algún saudí rico o si los ha alquilado el gerente del hotel, que sabe mucho de relaciones públicas.

—¿Quién te ha contado eso?

—Uno de los aparcacoches.

Nayla se echó a reír cuando atravesaron la puerta de cristal azul al final de las escaleras.

—A que es precioso —dijo mientras cruzaban el espléndido vestíbulo hacia el patio que había cerca de la piscina, al borde del Bósforo.

—¿Has tenido noticias de Mika? —preguntó Joe cuando se sentaron.

Nayla negó con la cabeza y miró hacia las aguas relucientes del estrecho.

—Estoy seguro de que te llamará pronto.

—Sí —dijo Nayla poniéndose las gafas de sol para que Joe no notara cuánto echaba de menos a Mika—. Está muy ocupado.

Joe asintió.

—Sí, últimamente no para.

—Es curioso que el tiempo nunca nos haya sido propicio —comentó Nayla mirándose las manos.

Joe fingió no haberla oído.

—¿Qué te apetece comer? —preguntó, mirando la carta.

—¿Has estado casado alguna vez?

Joe se revolvió en la silla.

—Esto… —empezó a balbucir.

—¿Qué has dicho? —preguntó Nayla ladeando la cabeza.

—No —contestó aclarándose la voz.

—¿Por qué no?

—Nunca tuve la oportunidad.

—¿Te gustaría hacerlo?

Joe se encogió de hombros.

—Quizás algún día.

—Cuando era niña creía realmente en los cuentos de hadas y los príncipes azules…

Joe guardó silencio.

331

—Bueno —continuó con un tono despojado de toda ensoñación mientras leía la carta—. Vamos a disfrutar del almuerzo. ¿Qué vas a tomar?

Como no contestó, Nayla levantó la vista. Joe miraba hacia la puerta.

—¿Joe?

—No te des la vuelta.

—¿Qué? —preguntó con los ojos muy abiertos.

—Sabía que no teníamos que venir aquí —dijo echando la silla hacia atrás y levantándose.

Cogió a Nayla por el brazo y fueron bordeando el patio.

—Dime qué está pasando.

—Tu marido acaba de entrar.

Nayla bajó la cabeza y se dirigieron hacia la salida.

—No mires hacia atrás.

De repente notó que la mano de Joe apretaba con más fuerza.

—¡Nayla! —oyó que gritaba la voz de Abbas—. ¡Nayla, quiero hablar contigo! ¡No puedes hacerme esto! ¡No finjas que no me conoces! ¡No te atrevas a dejarme así! ¡Nayla! ¡Usted! —gritó a alguien—. ¡Detenga a ese hombre! ¡Está secuestrando a mi mujer!

—No te pares, sigue andando —la apremió Joe.

—¡Dios mío! —exclamó con el corazón en un puño.

—¡Señor! ¡Señor! —gritó uno de los encargados de seguridad del hotel cuando atravesaban el vestíbulo y bajaban a toda velocidad las escaleras hasta el patio. Joe pidió que le trajeran el coche. Mientras esperaban, Nayla no dejó de mirar a su espalda. Cuando el aparcacoches entró con el Explorer, Abbas apareció en lo alto de la escalera.

—¡Corre, Joe! —le urgió Nayla mientras se sentaba en el asiento del pasajero. En el momento en el que Joe entró en el coche, Abbas empezó a forcejear con la manija de la puerta de Nayla.

—¡Nayla, abre la puerta! —gritó Abbas—. ¡Haz lo que te digo!

Joe pisó el acelerador. Abbas corrió detrás dando golpes en la carrocería y gritando el nombre de Nayla. El Explorer derrapó al esquivar la fuente del patio y levantó una nube de polvo mientras se dirigía a la salida para tomar Çirağan Caddesi en dirección al Primer Puente del Bósforo.

—¿Estás bien? —preguntó Joe mirándola de reojo.

Nayla asintió.

—¿Seguro?

Volvió a asentir, pero no pudo contener una lágrima. Se alegró de llevar las gafas de sol puestas.

—¿Una copa?

Nayla aceptó sin decir palabra.

—Abre el compartimento de la guantera, por favor.

Nayla le obedeció y sacó una petaca.

—Toma un trago, es bourbon.

Nayla se atragantó cuando bebió el abrasador líquido ambarino.

—¡Qué es esto!

—No es algo suficientemente refinado para una persona como tú, pero funciona. —Sacó un pañuelo del bolsillo y se lo ofreció.

—Gracias.

—Creía que el matrimonio era para siempre, pero no puedo volver con él.

—El matrimonio se basa en la integridad, la honestidad y la confianza, la vida debería ser así. Pero si en una relación no se pueden tener esas tres cosas, es mejor seguir adelante. En mi humilde y prosaica opinión, que, por cierto, no tiene más importancia que la de un desconocido en el otro extremo de la barra, Abbas no es sincero. Seguramente está más enfadado por el descrédito que supone que te divorcies de él, que por perderte.

—¿Tú crees?

—La verdad es que no soy un experto, pero, por si sirve de algo, sí.

—Para alguien que no se ha casado nunca pareces saber de lo que hablas.

—Solo es sentido común.

—¿Estás seguro de que nunca has estado enamorado?

—Lo estuve una vez.

Se oyó un claxon y Joe volvió a prestar atención al volante.

Paso fronterizo de Masnaa, lado libanés

334 Cyrene iba al volante de un todoterreno Toyota con las letras UN estampadas en el capó y los laterales. Había pedido un favor y le habían dejado formar parte de un convoy de la ONU que llevaba observadores y miembros de la Liga Árabe a Siria.

—¿Vas bien? —susurró.

—*Eh* —dijo una voz en el auricular que parecía una horquilla y llevaba detrás de la oreja cubierto por un mechón de cabello.

Mika estaba dentro de un baúl en el asiento trasero, rodeado de maletas y equipo.

—¿Te sientes como Cleopatra? —preguntó soltando una risita.

—Muy graciosa. Casi no puedo respirar.

—Ha sido lo único que se me ha ocurrido, lo siento.

—¿Cuánto falta para el control?

—Como medio kilómetro.

—¿Incluso con matrícula diplomática?

—Ir con la Liga Árabe era la mejor manera de entrar. Nada de preguntas.

—¿Y si revisan el baúl?

—No te preocupes, estás rodeado de maletas del equipo. Es el vehículo de carga.

—Espero que no tardemos mucho, me estoy asfixiando.

—Deja de quejarte. Sé que has estado en peores situaciones.

Unos minutos después dijo:

—Atento, Mika. Estoy llegando al control.

Un grupo de policías armados salió del puesto de control y rodearon los siete coches. El de Cyrene era el sexto. El conductor del primero entregó una hoja de papel a un soldado y este la llevó al puesto.

—No tardaremos —susurró Cyrene—. Están estudiando el pase oficial.

El soldado volvió con la hoja y se la devolvió al conductor.

—Allá vamos, Mika. —Cyrene se incorporó en el asiento y giró la llave de contacto—. Venga, venga…

De repente el conductor del primer vehículo hizo un gesto hacia atrás. El soldado llamó a un par de compañeros y echaron a andar hacia el final del convoy mirando en el interior de los vehículos.

—*Yallah! Yallah!* —masculló Cyrene.

—¿Qué pasa? —preguntó Mika.

—No lo sé, pero unos soldados vienen hacia aquí.

—*Massa aljair* —la saludó uno de los soldados mientras los otros rodeaban el coche.

—*Massa an-nur* —contestó Cyrene.

—Su cara me suena.

—*Ma'baa-rif.*

—¿Sale en la televisión?

335

—No.

Cyrene vio en el espejo retrovisor que los soldados miraban bajo el vehículo.

—Lleva mucho equipaje —dijo uno de ellos echando un vistazo al asiento trasero.

Asintió sin darle importancia y mantuvo la vista al frente.

—¿Quiere registrar algo?

El soldado abrió una puerta trasera y metió la cabeza. El corazón de Cyrene empezó a latir con fuerza y se le secó la boca. Inspiró profundamente para mantener la calma. El primer coche puso el motor en marcha y empezó a circular.

—¿Quiere que abra algo? Los otros coches se van —dijo Cyrene.

El soldado volvió y se apoyó en la ventanilla del conductor.

—¿Está segura de que no la conozco?

—No creo.

—*Mnih*, pero sigo creyendo que sí. *Yallah! Yallah!* —Hizo un gesto al hombre que había en el puesto de control para que levantara la barrera y los vehículos empezaron a atravesar la frontera.

Un policía colocó una cámara sobre un trípode en el puesto de control y la apuntó hacia el convoy. A su lado había otro policía, con galones de teniente y los brazos cruzados.

—Déjeme ver esas fotografías en el ordenador.

El policía asintió, sacó la tarjeta de memoria y la llevó a uno de los ordenadores que había sobre una gran mesa. En la pantalla aparecieron una serie de imágenes.

—Mire esa. —El teniente se pasó la mano por la mejilla y se retorció el extremo del bigote.

—¿Quién es?

—Hermosa mujer.

—Sí, señor —corroboró el policía joven.

—Envíesela al general de división Talas a Damasco.

—¿Al general de división Talas?

—Sí, en un correo electrónico, con saludos de nuestra parte.

—¿Saludos? —El joven policía parecía confundido.

—Dígale que su exmujer acaba de entrar en Siria fingiendo formar parte de la Liga Árabe. Motivo desconocido.

—¿No deberíamos detenerla, señor?

El teniente se encogió de hombros.

—Es su exmujer, no la mía ni la suya.

Damasco
Cuartel general del Mujabarat, zoco al-Hamidiyeh

—¿Qué? —exclamó Kamal cuando apareció en la pantalla una foto de Cyrene al volante de un todoterreno de la ONU cruzando el puesto de control de Masnaa—. ¿Cuándo ha llegado esto?

—Hace media hora —dijo Ibrahim—. Le llamé inmediatamente.

—¿Dónde está el convoy ahora?

—Cerca de la frontera, en Jdeideh. —Ibrahim se volvió hacia uno de los analistas—. ¿Puede obtener la imagen con el satélite para el general Talas, por favor?

En la enorme pantalla aparecieron los siete vehículos subiendo una carretera de montaña.

—¿Sabemos cuál conduce Cyrene?

—El sexto —le informó Ibrahim.

—Así que es este —dijo Kamal acercándose a la pantalla e indicando uno de los coches—. Pero ¿por qué está allí?

—preguntó en voz alta—. ¿Por qué ha vuelto? ¿Qué hace?

—¿Quiere que la detengamos? —preguntó Ibrahim.

—Vigílela y manténgame informado —contestó Kamal.

Jdeideh, frontera entre Siria y el Líbano

Nada más pasar Jdeideh, en el lado sirio de la frontera, el convoy de la ONU paró en una casa de huéspedes del Gobierno para tomar un té. Mientras bajaban de los vehículos y los coordinadores llevaban a los integrantes de la delegación al interior, Cyrene llevó el todoterreno a un garaje de ladrillo a la parte trasera y paró al lado de un viejo Toyota. Minutos después volvió y aparcó al final del convoy, antes de que nadie se diera cuenta de que se había ido. Cogió la mochila y volvió al Toyota. Se subió, ajustó el asiento y buscó las llaves en la visera.

—¿Estás ahí, Mika? —susurró.

—Sí.

—¿Listo?

—Vamos.

Menos de media hora después Cyrene paró en lo alto de una carretera de montaña desde la que se veía Damasco en la meseta que había a sus pies.

—Ya hemos llegado.

Los dos salieron del coche.

—Tú no puedes ir más lejos.

—¿Dónde vas?

—A al-Mezzeh. Allí, al sur del palacio presidencial —dijo indicando con el dedo.

—¿Por qué?

—Hay unas antiguas instalaciones deportivas que Maher utiliza como depósito de suministros para la Guardia Republicana y el ejército junto a una base aérea.

—¿Y Tony está allí?

—Eso creo. Están al lado de la base y son fáciles de vigilar.

—Es una locura. ¿Cómo vas a entrar? Si las utiliza Maher estarán llenas de sus hombres.

—Todavía no lo sé —confesó mirándola—. Tú incorpórate al grupo de la Liga Árabe y ve a Damasco.

—¿Estarás bien?

—Claro. En cuanto libere a Tony te llamaré.

Centro de Damasco, cuartel general del Mujabarat

—¿Qué demonios quiere decir con que no sabe dónde está mi exmujer? —protestó Kamal.

—No sabemos qué ha pasado, señor. No sabemos dónde ha dado el esquinazo —se excusó Ibrahim.

—Así que les ha dado el esquinazo. ¿Dónde? ¿Cómo?

—Estamos intentando averiguarlo.

—¿Qué es esto, la inteligencia siria o un circo? —bufó Kamal dando un fuerte golpe con la mano en la mesa—. ¿Cómo ha podido pasar? Parecemos idiotas. ¿Y Hussein? ¿Dónde narices está? ¿Por qué no hemos dado con su paradero? ¡Salgan! ¡Vuelvan al zoco y encuéntrenlo! —ordenó antes de sentarse—. ¡Ya! —gritó mientras todos salían corriendo de la oficina.

—¡Ibrahim! —gritó.

Ibrahim se detuvo en seco y regresó al escritorio de Kamal.

—¿Sabemos dónde está el periodista americano?

—El general lo ha llevado al centro deportivo cercano a al-Mezzeh.

Kamal asintió. Sacó un cigarrillo y lo encendió.

—Sáquelo.

—Sí, señor.

—Ibrahim… utilice a Hamzah para ese trabajo.

Kamal cogió el móvil que llevaba en el bolsillo delantero de la guerrera, fue pasando los contactos, se detuvo en Hamzah Khoury y le envió una foto de Tony con el mensaje: «Habib va a Beirut». Después le envió una segunda foto, de Rami Murad, con el icono de un pulgar hacia abajo.

Centro deportivo abandonado, al-Mezzeh

—¿Por qué no me dices la verdadera razón por la que has venido a Siria? —preguntó el hombre que estaba delante de Tony, que seguía sentado en una silla de madera, con las manos atadas a la espalda y los ojos cubiertos por una venda negra.

La voz le resultó familiar.

—He venido a entrevistar a Rami Murad, tal como le he dicho.

—¿Por qué a Murad?

—Porque no conseguimos una entrevista con Asad.

Recibió una dura bofetada en la mejilla.

—Un poco de respeto, perro. ¿Cómo te atreves a mencionar al presidente de esa manera?

Tony volvió la cabeza al frente.

—¿Qué sabes de Murad?

—Que pertenece al grupo de amigos y asesores del presidente.

—Es un hombre de negocios muy importante y respetado —puntualizó la voz.

—Por supuesto —corroboró Tony.

Recibió otra bofetada y cuando se le pasó el escozor movió la mandíbula para comprobar que no la tenía rota.

—¿Por qué él?

Tony bajó el mentón.

—¿Por qué te interesan sus negocios?

Meneó la cabeza.

—¿Por qué has venido? —gritó la voz, y en esa ocasión Tony sintió el aliento en la cara y saliva en la mejilla—. Estás mintiendo. Eres un espía. Aunque… la cuestión es, ¿para quién espías? ¿Para los perros americanos? ¿Para la CIA? ¿El FBI? ¿Para tu amigo Hussein? ¿O para ambos?

No contestó.

—¡Habla! —volvió a gritar el hombre—. ¿Para quién espías?

—No soy un espía, soy periodista.

—¿No es lo mismo? —preguntó el hombre dándole otro golpe.

—No lo es —contestó Tony con tanta calma como pudo.

El hombre hizo una pausa.

—Te lo volveré a preguntar, ¿por qué has venido? ¿Qué ocultas? Dímelo ahora mismo o te mataré.

—No oculto nada —contestó, pero el hombre empezó a golpearle en la cara, el pecho y los genitales con los puños y el borde de la pistola para hacerle sangrar. Tony intentó no emitir ningún sonido, pero al final dejó escapar un largo gemido cuando acabó en el suelo, golpeado y apaleado, con las manos detrás de la silla. Sabía que le había roto varias costillas y tenía sangre en la boca.

El hombre lo puso de rodillas y le colocó el cañón de la pistola en la frente.

—Es tu última oportunidad, perro americano… Habla…

La puerta metálica se abrió y entró alguien. El hombre se alejó unos pasos y oyó un susurro. El hombre volvió y le puso el cañón en la sien.

—Al parecer Mika al-Hussein ha vuelto a Siria. Ven-

341

drá a rescatar a su buen amigo americano. El plan ha funcionado a la perfección.

Oyó el sonido del seguro del arma y empezó a rezar.

Notó el arma en la frente. Oyó un suave silbido, cayó hacia delante y la presión en la cabeza disminuyó. Después oyó otro ruido seco. Estaba en el suelo esperando morir. ¿Por qué no era inmediato? ¿Por qué seguía oyendo y sintiendo? ¿Qué había pasado? ¿No estaba muerto? ¿Había fallado el hombre? Pero eso era imposible. Había oído el disparo.

La puerta se abrió y alguien se acercó y cortó la cuerda. Tenía las muñecas en carne viva y le sangraban.

—¿Puedes ponerte de pie? —preguntó una voz.

Intentó levantarse y ladeó la cabeza para ver si reconocía la voz.

—¿Puedes ponerte de pie?

342 Asintió, pero al hacerlo notó que no podía apoyar el pie izquierdo y soltó un grito.

El hombre le quitó la venda. Tony lo miró, pero no lo conocía.

—¿Quién eres?

No contestó.

Era un hombre apuesto de peso mediano con facciones duras, ojos verdes y pelo corto castaño. Llevaba barba y bigote, y tenía la tez clara. Vestía pantalones de camuflaje y una camiseta verde del ejército, y llevaba una cartuchera en la cintura con una pistola en la funda y otra colgando del hombro.

Miró al hombre muerto que había a sus pies.

—¡Cielo santo! —exclamó. Se arrodilló y le dio la vuelta—. ¡Es Murad!

—Eras tú o él... —explicó el hombre—. Venga, apóyate en mi hombro. No tenemos mucho tiempo antes de que descubran que está muerto.

—¿Qué ha pasado? —Tony intentó andar, pero tenía un esguince en un tobillo. Fueron cojeando por el pasillo tan rápido como pudieron. Al doblar una esquina vieron a un hombre con un rifle de francotirador en las manos.

—Vamos, hermano, estás a salvo —dijo.

El francotirador era más alto que su compañero y también vestía ropa militar. Tenía los rasgos de la cara muy marcados, semblante adusto y ojos marrón oscuro, como el bigote.

—¿Quién es? —preguntó, pero no hubo tiempo para que le contestara.

Cuando llegaron a la puerta que daba al exterior aparecieron dos hombres con las pistolas desenfundadas. Tony se encogió esperando una lluvia de balas, pero el francotirador y su compañero apuntaron con calma y dispararon antes. Se oyeron gritos. Más hombres iban hacia ellos. Tony lanzó una nerviosa mirada al francotirador. Tenía la cara tensa y apretaba los dientes.

—No te preocupes —dijo.

Seis soldados salieron corriendo del destartalado estadio y empezaron a dispararles. Sus dos compañeros apuntaron. Cuatro cayeron muertos y los otros dos se desplomaron gimiendo y agarrándose las piernas.

—Por aquí —Los dos hombres le dieron la vuelta y gimió por el dolor.

Frente al edificio había una hilera de cuadras vacías. Llevaron a Tony hasta la última. Dentro había un coche. El francotirador le ayudó a sentarse en el asiento trasero y el otro se colocó en el del conductor, metió marcha atrás, salió derrapando y paró para que el francotirador subiera al asiento del copiloto.

—¡Agárrate! —le advirtió el conductor.

Tony se abrochó el cinturón de seguridad mientras el coche atravesó el seto para salir a la carretera.

Los seguían varios todoterrenos, uno de ellos estaba lo suficientemente cerca como para embestirles con el parachoques.

Oyó ruido de helicópteros que volaban bajo. Uno les disparó, pero falló y rápidamente se elevó sobre las copas de los árboles cuando entraron en una estrecha carretera que atravesaba un barranco.

Al empezar a dar saltos en baches y salientes, soltó un gemido. Las balas de los todoterreno silbaban a su alrededor. Una impactó en la luna trasera, que estalló y dejó caer una lluvia de cristales en su espalda.

Pocos minutos después el estrépito empezó a perder intensidad. Miró por encima del asiento y vio que los todoterrenos frenaban y daban la vuelta. Los helicópteros también se alejaron.

—¿Qué está pasando? —preguntó, levantando la cabeza.

No obtuvo respuesta. Sus dos acompañantes mantenían la vista al frente. Uno de ellos hizo una llamada con el móvil.

—Hamzah. Lo tenemos —Oyó que decía—. Sí, Murad está muerto, tal como ordenó, señor.

Acunado por el rítmico movimiento del coche, se durmió.

Cuando Mika bajaba por la montaña, se produjo un auténtico caos en el recinto que había más abajo. Oyó que se gritaban órdenes, soldados que corrían, helicópteros que se elevaban y todoterrenos que salían disparados hacia la carretera.

Se escondió en un barranco y esperó a que el alboroto se calmara antes de seguir bajando. Bordeó la base aérea y evitó las torres y los reflectores que barrían el terreno.

Logró burlar a los dos soldados de guardia en la valla occidental del centro deportivo y llegó hasta el edificio situado frente a la autopista Damasco-Beirut. Asomó la cabeza por el lateral y vio que la entrada estaba llena de soldados. Volvió con cautela hacia la valla occidental. Uno de los soldados parecía haber desaparecido y el otro se entretenía dándole patadas a una piedra.

Mika fue hacia él con las manos en los bolsillos y un cigarrillo en los labios.

El soldado levantó rápidamente el arma y le apuntó.

—*Inta!* ¿Qué hace aquí?

Mika levantó las manos, pero siguió acercándose.

—¡Deténgase! —gritó el soldado—. ¡Deténgase o disparo! No puede estar aquí.

Mika se paró.

—Lo siento, pero se me ha estropeado el coche en la montaña.

—¿Qué cree que es esto, un taller? —preguntó con insolencia sin dejar de apuntarle.

—Solo necesito un teléfono para pedirle a mi mujer que venga a buscarme.

—¿No tiene un móvil?

—No te lo creerás, pero me he quedado sin batería.

—Mala suerte. Esto es propiedad del Gobierno y está entrando sin autorización. Podría dispararle ahora mismo.

—Por favor —Mika continuó acercándose hasta que estuvo a un metro de distancia—. ¿No podría hacer una llamada rápida? No me gustaría tener que ir a pie hasta la ciudad.

El soldado dudó y Mika aprovechó esa fracción de segundo para meter las manos entre las barras de hierro, desarmarlo y sujetarlo. Hizo presión en el cuello y el soldado se desmayó y cayó como un muñeco de trapo.

Cogió el llavero que llevaba en un bolsillo del panta-

345

lón, abrió la verja y entró. Arrastró el cuerpo del soldado hasta la garita del centinela y lo encerró. Atravesó sigilosamente la desierta cancha de baloncesto en dirección a un edificio en el que recordaba haber entrevistado a potenciales miembros de Secutor. Echó un vistazo rápido a la base aérea. Estaban haciendo maniobras, todas las luces estaban encendidas, habían sacado los MIG de los hangares. Vio a varios soldados que corrían por la pista; algunos practicaban el combate cuerpo a cuerpo en el centro de la explanada y otros disparaban sobre blancos.

Mika sacó la pistola que le había quitado al soldado y entró con cuidado en el edificio abandonado empuñando el arma. Recorrió los oscuros pasillos hasta que llegó a una puerta metálica que estaba entreabierta. Con cautela, se acercó y la abrió de par en par. La habitación estaba vacía.

Soltó un juramento. La registró y miró por las ventanas traseras, que daban a los establos. Guardó la pistola y se agachó. Las manchas de sangre eran recientes, al igual que las rozaduras en el suelo. Había llegado tarde. Por eso se había producido aquel jaleo. Pero ¿dónde habían llevado a Tony?

Cerró los ojos y levantó la cara hacia el techo. Dejó escapar un largo suspiro, salió del edificio y se escabulló por un agujero en el seto hacia la carretera Almotahalik Aljanobi, que le llevaría al centro de Damasco y el casco antiguo.

Cyrene bajó la montaña con el viejo Corolla y torció a la izquierda en Almotahalik Aljanobi para dirigirse al Sheraton Hotel. Quería ir por la calle Fayez Mansur, pero cuando estaba llegando, el tráfico se ralentizó. Al acercarse vio una barrera y soldados que desviaban a los coches más allá del cruce y paró.

—Tengo que torcer aquí —explicó a un policía.

—No se puede —respondió sin mirarla y sin dejar de hacer señas a los conductores para que avanzaran.

—Voy a Beirut Road, al Sheraton. Pertenezco a la ONU.

—Me da igual. No se puede torcer.

Subió la ventanilla, soltó un juramento en voz baja, puso primera y siguió adelante. Había poco tráfico, así que aceleró y metió tercera y cuarta. Estaba oscureciendo y quería llegar al hotel antes de que se hiciera de noche. Encendió la radio. Se oía una canción libanesa y empezó a tararearla. De repente, antes de llegar al barrio al-Midan, una multitud salió de la nada. Coreaban eslóganes, cantaban y daban palmas. Unos portaban banderas y pancartas blancas, y otros, fotos ampliadas de hombres y niños, de hermanos muertos, padres o hijos de los que las llevaban. Frenó justo al borde de la concentración y se ganó las airadas miradas de los que podía haber atropellado. Nerviosa, inspiró hondo para calmarse y se reprendió por haberse distraído.

Miró a los ojos de los manifestantes cuando pasaron delante de ella y oyó sus gritos y cánticos, que pedían a Bashar al-Asad que renunciara y devolviera Siria a su pueblo. Rogaban ayuda al mundo para que salvara a sus familias y a su país del monstruo que lo estaba destruyendo.

La multitud fue aumentando. En medio de la calle apareció una tarima a la que se subieron tres personas. Una mujer llevaba un micrófono. «¡Vuestro silencio nos está matando!», gritó mientras levantaba el puño.

«¿Dónde estáis, Estados Unidos, Francia, Inglaterra, Alemania?». «¡Nos veis morir!». «¡Esta es una revolución

siria para todos los sirios. Bashar, danos libertad y digni-
dad ya, o vete!», gritó un joven por el micrófono.

«Bashar, vete ya», el tercer hombre empezó a cantar la
famosa canción de Ibrahim Qashush.

La multitud, enfervorizada, empezó a corear.

Un grupo de mujeres vestidas con *abaya* y *hiyab* que
estaban cerca del coche le hicieron señas para que se
uniera. Cogió el bolso y salió.

En el ambiente flotaba una energía electrizante y resultaba difícil no contagiarse del sentimiento que invadía
aquella protesta. Empezó a cantar. Incluso en la periferia
de aquel mar humano, el estruendo era tan intenso que
nadie los oyó llegar. Cyrene daba palmas y coreaba a gritos la canción. De pronto vio que varios tanques se dete-
nían a menos de cien metros. Grupos de soldados y policías se acercaban por ambos lados de la manifestación. En
un tejado había un soldado con un rifle apuntando a la tarima. «*Ya Allah!*», pensó y se llevó una mano a la boca.

—*Yallah!* ¡Corred! ¡El ejército está aquí! —gritó al
tiempo que empujaba a la gente e indicaba a su espalda—.
¡Vamos!

Pero nadie se movió.

—¡Venga! ¿Qué os pasa? ¡Van a disparar! ¡Corred!

La multitud seguía apiñada. Desesperada, se abrió paso
hasta la tarima.

—¡Dejadme pasar! ¡Dejadme pasar!

En el momento en que llegó se oyó un disparo y el
hombre que cantaba la canción se desplomó, la bala le había atravesado la frente. Gritó, corrió hacia él y cogió el
micrófono. El primer tanque abrió fuego y los soldados
empezaron a disparar. Todo el mundo echó a correr, algunos hombres ayudaron a las mujeres y las cobijaron en los
portales o detrás de cubos de basura y de los coches, o llamaron a las puertas para pedir que les abrieran.

Fue a gatas hasta el borde de la tarima mientras las balas silbaban a su alrededor. Se llevó las manos a las orejas y, una vez en el suelo, corrió en dirección opuesta a los tanques. La gente gritaba, otros lloraban y algunos, aturdidos, iban de un lado a otro.

—¡Ayuda! —pidió levantando una mano un hombre que sangraba por la cabeza—. Ayude a mi hijo —añadió indicando el cuerpo inerte del joven que tenía en los brazos.

No supo qué hacer. Se arrodilló y lo miró.

—¡Por favor! —suplicó el hombre—. ¡Hay que llevarlo a un hospital para que lo atienda un médico! ¡Por favor, salve a mi hijo!

Los ojos de Cyrene se llenaron de lágrimas, estaba muerto. Miró a su alrededor. Las balas de los francotiradores y los soldados continuaban segando vidas y los que no estaban muertos o heridos, quedaban pisoteados por la multitud que había echado a correr presa del pánico al oír las descargas.

—¡Venga! —apremió al hombre—. ¡Muévase o le aplastarán!

—No… —El hombre empezó a llorar—. Tengo que llevarme a mi hijo. Le prometí a su madre que iríamos a cenar.

—*Yallah, yallah!* ¡Por favor! —suplicó Cyrene ayudándole a levantarse. Cargaron con el hijo entre los dos y corrieron tan rápido como pudieron. Una vez fuera de la calle principal, echó la vista atrás. La imagen era aterradora. Había cadáveres tirados por el suelo. La tarima ardía y los carteles que los manifestantes habían mostrado con tanto orgullo estaban despedazados y pisoteados. Cuando iba a darse la vuelta, vio a una niña de pelo rizado con abrigo y zapatos rojos, y una rosa en las manos detrás de una columna. Sus mejillas estaban arrasadas de lágrimas.

—Espere un momento —dijo al hombre, pero cuando volvió a mirar, la niña había desaparecido. Corrió hacia la columna y se paró al oír disparos y ver que una mujer vestida con *abaya* caía al suelo con la niña en brazos.

Dejó al hombre y a su hijo en la puerta de un edificio de apartamentos a unos quinientos metros. Cuando siguió su camino, oyó el espeluznante grito de una mujer que solo podía ser la madre de aquel joven. Angustiada y con el corazón desbocado fue hacia el zoco al-Midan para buscar un taxi.

El taxista atravesó la ciudad en dirección al Sheraton, en Beirut Road. Miró por la ventanilla a la gente que circulaba en coches, bicicletas y motos, o andaba, estaba sentada en salones de té o cafés, hacía la compra y se ocupaba de sus menesteres diarios sin saber lo que acababa de suceder en al-Midan.

Miró al espejo retrovisor y vio los ojos del conductor fijos en ella. Bajó la vista y descubrió la sangre que había en la camisa. Sacó una polvera del bolso. Tenía la cara sucia y manchas negras en el cuello. Cogió un pañuelo de papel e intentó limpiarlas. Al ver que no lo conseguía, maldijo en voz baja, lo metió en el bolso y lo cerró de mala manera. Volvió a mirar al espejo retrovisor y el taxista asintió para decirle en silencio que entendía su rabia. A pesar de ser de noche, se puso las gafas de sol. No conseguía contener las lágrimas.

Hacía tiempo que Mika no se internaba en el zoco al-Hamidiyeh. Le encantaban el olor a incienso, los gritos de los mercaderes y las coloridas cestas de especias, dulces y pasteles. Le gustaba ver a los niños que hacían rabiar a sus madres para que les compraran un helado. Los hombres fumaban narguiles o jugaban al *backgammon* disfrutando de la compañía de los amigos mientras sus mujeres regateaban con los tenderos. Vendedores de frutos secos y zumos recorrían los pasillos cubiertos anunciando su mercancía con voces cantarinas.

Se paró un momento para empaparse del ambiente, para capturar aquella imagen y grabarla para siempre en su mente, por si acaso desaparecía.

En la heladería Bakdash compró un cucurucho de *buza* de pistacho y continuó su camino hasta que se detuvo a pocos metros de una tienda de dulces y especias.

Pocos minutos después un hombre salió por la parte trasera de la tienda. Encendió un cigarrillo, miró brevemente hacia la derecha, torció hacia la izquierda y casi tropieza con Mika, que se había interpuesto en su camino.

El hombre se paró en seco al verlo y su cara reflejó un atisbo de sorpresa. Dio una larga calada con ojos inexpresivos.

—Mika —dijo Kamal al reconocerlo.

Mika asintió.

—Tenemos que hablar.

—Me preguntaba cuándo aparecerías.

—¿Dónde está Tony?

Kamal echó a andar hacia la entrada del zoco.

—¿Dónde está Tony? —repitió.

Siguió sin contestar.

Mika lo cogió del brazo y tiró de él para que se detuviera.

—Has corrido un gran riesgo al venir aquí —le advirtió Kamal sacando un móvil—. Si aprieto un botón no te dará tiempo a respirar, ni mucho menos a escapar.

Mika lo soltó.

—¿Dónde está?

—¿Qué crees que estás haciendo? Jamás derrocarás el régimen.

—¿Cómo has podido quedarte? ¿Cómo puedes obedecer las órdenes de Maher? ¿Por qué lo haces? Mira toda esa gente. ¿Por qué tenemos que matar a nuestro pueblo?

—Somos el ejército sirio. Nuestro deber es defender Siria, proteger al pueblo, atacar a los guerrilleros y destruir a los mercenarios.

—¿Y te lo crees?

—Sí, y tú también lo creíste.

—Lo hice —admitió—, pero ya no. No cuando el régimen asesina a los que ha jurado defender.

—¿De verdad crees que tendremos una democracia como los americanos? No, acabaremos teniendo un Gobierno débil que apoyarán los americanos y cuando se vayan aumentará la corrupción y el caos. Entonces llegará Al Qaeda o el Estado Islámico, bueno, ya lo han hecho… —dejó sin acabar la frase, se encogió de hombros y dio una calada.

Mika negó con la cabeza.

—¿Qué? ¿Crees que no sé que Bagdadi está aquí? Algunos de tus hombres le han jurado lealtad.

—Cambiarán de idea —aseguró Mika—. Saben que no hacerlo implicaría la destrucción de Siria y eso no van a permitirlo.

—Tenemos que mantener este Estado.

—Pero ¿a qué precio? Mira el coste humano. ¿Cómo puedes matar civiles desarmados?

—Hay que proteger al Estado de los extremistas.

—¡Déjalo ya! —dijo Mika elevando la voz—. Eran manifestantes pacíficos que creían que Bashar les escucharía. ¿Cómo has podido abrir fuego contra ellos?

Kamal fumó en silencio.

—Tenía órdenes.

—¿Qué ha hecho el pueblo inocente de este país para merecer la cólera de Asad?

—Asad permitirá que se celebre un referéndum para redactar una nueva constitución. Introducirá reformas. Ha hablado con Kofi Annan sobre un alto el fuego si nos dejan defendernos contra los terroristas.

—Kamal, no soy un terrorista. Solo quiero lo mejor para Siria.

—Los dos queremos lo mismo, hermano —aseguró Kamal sonriendo.

—No, no es así.

—El pueblo tiene que entender que Asad hará lo que le está pidiendo. Ha de tener paciencia.

—Ha esperado cuarenta años, desde el día que su padre tomó posesión de su cargo.

Kamal echó a andar otra vez.

—Tenemos que erradicar a los extremistas, Mika. La oposición ha sido su caldo de cultivo. Lo tienen todo planeado. Consiguieron armas y han estado esperando el momento oportuno para intervenir. Su estrategia es atacar pueblos alauitas para que contraataquen contra los suníes. Están haciendo lo mismo que en Irak, cuando enfrentaron a los suníes contra los chiitas.

—No son los extremistas. El régimen ha enfrentado a los suníes contra la Shia, pero lo que necesita es unificar el país, no desgarrarlo con una guerra sectaria. Ya veremos cómo te sientes cuando veas a las personas que amas, tus amigos o tu familia, heridos o muertos a causa de la violencia que se ha creado. Ahora dime lo que quiero saber y podremos seguir nuestros caminos.

—Debería hacer que te detuvieran.

—Hazlo, estoy dispuesto.

A pesar del alboroto que reinaba en el zoco, se produjo un tenso silencio y los dos hombres se observaron.

—Tu amigo está vivo. Va de camino a Beirut —dijo antes de despedirse con un gesto despreocupado.

Cyrene puso la maleta en la mesa de la habitación del Sheraton y se tumbó en la cama mirando al techo con los brazos y las piernas abiertos. Cuando el torbellino de lo que había sucedido amainó y la adrenalina dejó de fluir, asimiló la atrocidad de lo que había presenciado. Se puso de lado en posición fetal y rodeó las rodillas con los brazos. Empezó a ver imágenes de la guerra civil en el Líbano. Tenía trece años cuando había empezado. Recordó a su hermana, a su hermano y a su mujer, y a su madre en una pequeña casa con cuatro dormitorios en un barrio del norte de la ciudad. Su hermana estaba prometida. Recordó perfectamente la cena que organizó su madre para celebrar el compromiso. Había preparado *mulukhiyeh*.

Noha, su hermana, había salido por la mañana, eran las cinco y todavía no había vuelto. Su madre estaba furiosa. Después de la cena llamaron a la puerta para decirle que había muerto en un fuego cruzado entre sirios y una milicia local, la había matado una bala perdida. Años más tarde investigó la muerte de su hermana, pero nunca llegó a saber la verdad.

Se durmió vestida.

A la mañana siguiente el sol entraba a raudales en la habitación, le acarició la cara y la animó a que abriera los ojos.

A las nueve estaba en la planta baja esperando al resto de los miembros de la Liga Árabe para ir a Homs.

—¿General? —Uno de los analistas tocó suavemente el hombro de Kamal Talas—. Señor.

Kamal se despertó y miró al joven que tenía delante con ojos enrojecidos y somnolientos.

—Sí, ¿qué pasa? —preguntó después de aclararse la voz.

—He pensado que le gustaría saber que la señora Hourani está en el Sheraton con la Liga Árabe.

Kamal hizo un gesto con la cabeza para darle las gracias. Buscó un cigarrillo y lo encendió.

—Debería ver esto —dijo Ibrahim entrando en su oficina.

—¿Es que nadie duerme en esta oficina? —protestó Kamal.

—Se quedó dormido en el escritorio —explicó Ibrahim mientras cogía el mando a distancia—. Ha estado aquí toda la noche.

Kamal vio a Cyrene en la tarima con el micrófono y oyó los disparos. Vio y oyó el caos que se produjo.

—¿Fue anoche?

—Sí, señor.

—¿En al-Midan?

—Sí.

Kamal asintió e hizo un gesto para que saliera.

Al poco se levantó y se fue. Los jóvenes e Ibrahim lo observaron sin decir palabra.

Kamal se acercó a un Toyota Land Cruiser aparcado en la calle al-Sawaf, detrás de la mezquita de los Omeyas. Le pidió las llaves al conductor y puso el coche en marcha. El tráfico era tan anárquico como siempre. Hacía tanto tiempo que no conducía que casi se había olvidado de lo caótico que era.

—*Yallah!* —gritó sacando la cabeza por la ventanilla—. Muévete antes de que envejezca.

355

Pero no se movió nadie. Tocó el claxon.

—¿Qué le pasa a todo el mundo?

Finalmente los vehículos empezaron a avanzar. Pisó el acelerador y condujo brusca, casi temerariamente, hacia el hotel Sheraton. Miró la hora.

—*Haraam!* —maldijo antes de llamar a la oficina.

—Ibrahim, ¿sigue el convoy de la ONU en el Sheraton?

—Sí, ¿por qué?

—Porque todavía estoy a veinte minutos de allí.

—¿Qué quiere que haga?

—Vigílelos y avíseme cuando salgan.

Intentó sortear el tráfico apretando los dientes y subiéndose a la acera cuanto pudo.

Cuando llegó a la entrada circular del hotel no había ni rastro de los coches de la ONU. El portero, vestido de blanco, fue hacia el coche para abrir la puerta, pero Kamal salió de repente y lo zarandeó.

—¿Dónde están los vehículos de la ONU?

—¿Perdone? —contestó acomodándose la gorra.

—¿Para qué coño sirves? —despotricó mientras entraba—. ¡No se te ocurra tocar el coche! —gritó por encima del hombro y corrió hacia el mostrador de recepción.

—¿Cuándo se han ido los coches de la ONU?

—Hace unos minutos, señor —contestó la recepcionista.

Las aletas de la nariz se le ensancharon por la furia y volvió a toda prisa al coche sin decir palabra. Todos los presentes en el vestíbulo lo miraron.

—Ibrahim.

—Sí, señor.

—Consígame un helicóptero para ir a Homs.

Y

—Llegaré en cuanto pueda, Tony. Me alegro de que estés bien —Mika colgó y fue hacia la parada de taxis detrás de la mezquita de los Omeyas.

—¿Puede llevarme a Homs?

El taxista lo miró fijamente.

—O está loco o es extranjero.

—Ninguna de las dos cosas —contestó subiendo al coche—. ¡A Baba-Amr!

—¿Sabe lo que está pasando allí? —preguntó el conductor mirándolo por el espejo retrovisor.

—Sí —dijo sacando un fajo de billetes del bolsillo de la chaqueta—. ¡Conduzca!

—Puñetero extranjero —murmuró. Contó el dinero y asintió—. *Yallah*, hermano. Rece sus oraciones.

—¿Puede parar en esa gasolinera? —preguntó nada más pasar Harasta, en la autopista Damasco-Alepo.

Mientras el conductor llenaba el depósito y tomaba una taza de té, Mika hizo una llamada.

—Yamal, soy Mika... Sí, voy de camino... Tengo que parar en Homs... He de ver a Abdul Razzaq... Me ha llamado... Baba Amr... Sí, lo sé, Abdul es un león... *Yallah*, nos vemos pronto. *Allah ma'aak.*

Un par de horas más tarde el taxista llegó a la circunvalación de Homs.

—No voy a ir más lejos.

—¿No puede acercarme a al-Iddijar, junto al centro deportivo?

El conductor negó con la cabeza.

—No quiero morir todavía. Tengo mujer y seis hijos.

Mika sacó más billetes del bolsillo y el taxista intentó cogerlos.

—Se los daré si me lleva a la universidad.

El taxista asintió.

Cuando se acercaron al centro, Mika vio las columnas

357

de humo negro que se elevaban en el barrio de Baba Amr, al oeste, donde se dirigía.

—Hay un control del ejército —le avisó el taxista mientras aminoraba la velocidad cerca de la mezquita Bilal al-Habachi—. No puedo seguir.

Mika asintió agradecido y le dio una palmadita en el hombro.

—Que Dios le acompañe, hermano —se despidió el taxista. Metió la marcha atrás, dio la vuelta y se dirigió hacia la autopista Damasco-Alepo tan rápido como pudo.

Cuando Mika cruzó las instalaciones de la universidad oyó los disparos y el estruendo de los tanques. Al llegar a Baba Amr se protegió detrás de un muro y metió la cabeza entre las manos mientras los proyectiles de los tanques volaban hacia los edificios y una plaza que había a lo lejos. El ruido era ensordecedor.

Un poco más allá vio el edificio en el que había estado varias veces. Era el cuartel general del Mujabarat en Homs.

De repente, el ruido cesó y hubo una pausa en el combate. Corrió hacia la mezquita al-Yilani a través del humo, la neblina y los escombros. Cruzó con cuidado el patio, lleno de trozos de cristal, ladrillo, piedras y cemento de los edificios cercanos que habían recibido impactos. Intentó abrir la puerta de madera tallada. Estaba cerrada. Volvió a intentarlo, pero no se movió. Por el rabillo del ojo vio que un tanque subía por la calle moviendo el cañón de un lado a otro, como un ojo atento a todo lo que siguiera vivo. Lo vería en cualquier momento.

—¡Eh! —gritó mientras aporreaba la puerta y movía la manija—. ¡Eh! ¡Hermanos! ¡Abdul! ¡Abrid la puerta! ¡Soy Mika!

Cuando el tanque dobló la esquina, la puerta se abrió y

alguien tiró de Mika. Los dos perdieron el equilibrio y cayeron al suelo.

—¡Corre hermano!

Mika se levantó y corrió detrás del hombre por un pasillo, atravesaron una puerta y llegaron a un sótano. Fuera se oyó una explosión y cayó polvo del techo. Mika se agachó.

—Tranquilo —dijo el hombre poniéndole una mano en el hombro—. Aquí estamos a salvo.

—Han disparado a la mezquita —dijo Mika.

—Tenemos un francotirador en el minarete. Espero que esté bien.

—¡Mika! —Un hombre vestido con pantalones de camuflaje, botas negras y camisa caqui encima de una camiseta marrón, y con una pistola colgada al hombro, corrió hacia él. Tenía hollín y pólvora en la cara, y la ropa sucia y manchada de sangre.

—¡Abdul! —exclamó Mika dándole un fuerte abrazo.

—Me alegro de verte, primo.

—Y yo también —dijo Mika mientras entraban en una habitación en la que al menos dos docenas de hombres estaban sentados contra la pared. Otros sangraban tumbados en el suelo mientras sus compañeros intentaban curar sus heridas.

—*Shu ajbarik?* —preguntó Abdul mientras le ofrecía un cigarrillo.

Lo aceptó y Abdul lo encendió.

—La ayuda está de camino —dijo antes de dar una calada.

—¿Cuándo llegará?

—Los envíos de Arabia Saudí y Qatar están entrando en Estambul. Tendrás munición, armas, lanzacohetes…, todo lo que necesites en cuestión de días. Estados Unidos también va a ayudarnos.

359

—Los americanos... —se burló—. Mienten a todo el mundo. La CIA —escupió— ayuda a todos los demás, a los afganos, los libios, a todos excepto a nosotros. Nos dejan morir. ¿Por qué?

—Conseguiremos que nos reconozcan —aseguró Mika con calma.

—El reconocimiento no nos va a ayudar aquí —dijo Abdul levantando el rifle—. Esto es lo que necesitamos —añadió indicando hacia el arma y la munición que había sacado del bolsillo.

—Sé lo que necesitamos. Pero además de la inmediata ayuda militar, también necesitamos una base política para hacer la transición una vez que derrotemos a Asad.

—Tú y yo somos militares —dijo Abdul con orgullo—. Pero ¿qué está dando tu Ejército Libre de Siria a la brigada Faruk? Todos ofrecemos nuestras vidas para proteger nuestros hogares de esos cabrones que siguen con Asad. En los barrios de Homs se están formando brigadas, al igual que en el resto de Siria. Dentro de nada habrá demasiadas brigadas y milicias.

—No hay que dejar que pase, o nunca estaremos unidos.

—Dinero, armas, medicinas y comida para nuestras familias, eso nos mantendría unidos.

—Lo estoy intentando, Abdul.

—Hoy hemos empezado a combatir a las tres y media de la mañana. Ahora es mediodía. Nos hemos quedado sin munición. No podemos seguir peleando. Baba Amr está asediada. Impiden que lleguen suministros. Han destruido las tiendas, los mercados, todo. ¿Dónde van a ir las mujeres a comprar comida para la familia? Nos bombardean sin cesar. Tienen francotiradores por todas partes. Las casas han desaparecido. Los pueblos han quedado reducidos a escombros, solo quedan piedras y barro. Es como si hubiera llegado el apocalipsis.

—Vamos, Abdul —dijo un soldado que llegó corriendo—. Mahmoud acaba de decirme que han hecho un agujero en el edificio del Mujabarat.

—Ven, Mika, vamos a coger sus municiones. —Le arrojó un rifle y salieron fuera, donde el gris de los escombros y las ruinas que les rodeaban atenuaba la radiante luz del sol.

—*Yallah, yallah!* —gritó Abdul frente al agujero abiertro en el muro que rodeaba el patio del edificio del Mujabarat—. Vamos al sótano. Ahí es donde guardan lo más valioso.

—¡A cubierto! ¡A cubierto! —dijo uno de los hombres de Abdul cuando salió del patio perseguido por los soldados.

—¿Qué ha pasado? —preguntó Abdul una vez que se agacharon detrás del muro.

—*Ana ma'baara-rif* —contestó el hombre—. Creíamos que el edificio estaba vacío.

Mika miró por encima del muro, apuntó y disparó. Tres soldados cayeron de rodillas.

—Vámonos antes de que vengan más —dijo Mika—. Vosotros id abajo. Abdul y yo protegeremos la escalera.

—Abdul, necesitamos ayuda aquí abajo —dijo una voz entrecortada en el único *walkie-talkie* de la brigada.

—Ve —dijo Mika.

—Enseguida vuelvo.

De repente todo se quedó en silencio. Mika miró a su alrededor con el arma en la mano. Pasaba algo, lo notaba.

—¡Abdul! ¡Abdul! —gritó en dirección a las escaleras.

Vio unas figuras que se movían furtivamente al otro lado del edificio. «*Haraam!*», pensó. Eran refuerzos

—¡Abdul, sube rápidamente! ¡Tenemos que irnos!

Abdul salió seguido de varios hombres con cajas de madera.

361

—¡Rápido! ¡Rápido! ¡Abdul, ayúdame a contenerlos —pidió Mika, pero eran demasiados.

—Tenemos que irnos —dijo Abdul cogiéndole del brazo.

—¿Y los hombres que han quedado abajo?

—¡Vámonos! —insistió Abdul cuando cayó una lluvia de balas.

—¡No podemos dejarlos! —gritó Mika zafándose—. ¡No voy a abandonar a mis hombres! —dijo antes de volver disparando para cubrir a los hombres que seguían saliendo.

Cuando el último de ellos atravesó el agujero del muro, Mika tropezó y cayó. Estaba intentando ponerse de pie, pero oyó el seguro de un arma junto a la oreja.

—¡Date la vuelta! —ordenó una voz.

Mika se puso de rodillas con las manos detrás de la cabeza.

362

—¡Cabo! —Mika oyó a su espalda una voz que le resultaba familiar.

—¡Señor!

—Vaya a la parte este del edificio.

—Pero este hombre...

—¿Está desobedeciendo una orden, cabo?

—No, señor —dijo antes de irse corriendo.

—Póngase en pie, general —le ordenó la voz.

Antes de darse la vuelta ya sabía que esa voz pertenecía a Kamal Talas.

Se miraron un momento antes de que Kamal le ofreciera la mano.

—Somos hermanos, Mika. Volveremos a vernos. Ahora, vete.

Ese mismo día, pasadas las doce, el grupo de la Liga Árabe entró en el Safir Hotel, al norte de Baba Arm, cerca de la estación de trenes. Cyrene fue a la ventana y descorrió las cortinas. Vio columnas de humo a lo lejos, en dirección sur.

Homs llevaba casi un año resistiendo al ejército y a Asad. Pero esa ciudad siempre se había distinguido por su rebeldía. Sus habitantes se habían opuesto al régimen desde 1982, cuando Hafez Asad castigó brutalmente el alzamiento de la ciudad contra sus medidas represivas. Era gente con agallas que había salido a la calle para decirle a Asad que no se inmiscuyera en sus vidas.

«Han pasado casi treinta años y el pueblo de Homs no lo ha olvidado», pensó Cyrene cuando oyó las explosiones y vio las columnas de humo y fuego. Era su venganza por lo que había pasado. Lo iban a dar todo. Homs era un sangriento campo de batalla, pero iba a empeorar. Lo sabía.

Fue al escritorio, buscó en el bolso y cogió una pequeña agenda de piel marrón. La abrió, sacó el móvil y marcó. El teléfono sonó y sonó, pero no contestó nadie. Colgó y volvió a marcar. Siguió sin obtener respuesta. Dudó un segundo antes de coger el bolso y salir.

En el vestíbulo había dos observadores de la Liga Árabe.

—Cyrene, nos vamos —dijo uno de ellos.

—¿Por qué? ¿Qué ha pasado?

—La situación se ha complicado. Nos han ordenado volver a Beirut.

—¿Cuándo?

—Ya.

—Tengo que ver a alguien —explicó mientras iba hacia la puerta.

—¡Cyrene! ¡No podrás! ¡No te dejarán salir del hotel!

—No pueden impedirlo.

—Es muy peligroso.

—No le harán nada a un coche de la ONU. Ni la oposición ni el ejército.

363

—Por favor, corres un gran peligro.

No hizo caso. Subió a un todoterreno de la ONU y se dirigió hacia el sur por la calle Brazil. Cada doscientos metros había controles del ejército. No dejaba de oírse el ruido de las armas, los proyectiles y las bombas. La gente corría en desbandada intentando esquivar tanto los agujeros como las balas. Había madres que tiraban de sus hijos o los llevaban en los brazos, padres que buscaban refugio para sus familias y niños subidos sobre las piedras que lloraban por sus padres, que yacían muertos a su lado.

Cyrene enseñó la documentación de la ONU en todos los controles y tardó casi una hora y media en llegar a lo que en tiempos había sido un edificio residencial en Baba Amr, un recorrido que normalmente habría hecho en veinte minutos. La calle estaba inquietantemente silenciosa; el humo y el polvo de la explosión que había destruido el edificio todavía flotaban en el aire.

Vio a un grupo de hombres corriendo hacia allí con camillas y oyó la sirena de una ambulancia. A un lado había un hombre sentado en el asfalto con la cabeza entre las manos. Estaba cubierto de polvo gris. Le temblaban los hombros. Le resultó familiar. Bajó del coche y fue hacia él. Al acercarse, el hombre levantó la vista. Tenía un horrible y sangriento corte en la frente y manchas de sudor y sangre en la cara.

—*Allah!* —gritó mientras abrazaba a Kamal.

—No he podido salvarlos —lloró en su hombro—. Mi hermana, mi madre…

—¿Por eso has venido a Homs? ¿Para salvarlos? ¿Sabías que el edificio era un objetivo?

Su única respuesta fueron las lágrimas que aparecieron en sus ojos.

—He venido a buscarte a ti, Cyrene. No podía soportar la idea de que te hicieran daño.

Lo abrazó con fuerza y las lágrimas empezaron a correr por sus mejillas.

—No puedo soportarlo más, Cyrene. Maher dio órdenes de disparar, pero no he podido hacerlo.

—Tienes que venir conmigo, Kamal. Si alguien te reconoce te matarán en el acto. Por favor, ven conmigo.

Kamal subió al coche de la ONU. Cyrene puso la llave en el contacto y empezó a ir marcha atrás en la calle, justo en el momento en que apareció un grupo de hombres.

—¡Ahí está! —gritó uno de ellos—. *Yallah! Yallah!* Es Kamal Talas, director del Mujabarat.

Cyrene pisó el acelerador y los neumáticos rechinaron cuando se alejó a toda prisa.

Al-Rastan, provincia de Homs

A unos treinta kilómetros, en al-Rastan, Mika avanzó por una carretera polvorienta bordeada por olivos, muchos de ellos plantados por su bisabuelo. Se detuvo un momento y miró la casa en la que habían nacido su abuelo, su padre y él. Se agachó y cogió un puñado de tierra rojiza y marrón, y la apretó para que se quedara en las rayas de la mano. Se le humedecieron los ojos. Era su tierra, la tierra que había pertenecido a todos los sirios, no solo a los alauitas, los cristianos, los suníes o incluso a los judíos que habían vivido allí durante miles de años. ¿Volvería Siria a ser la misma algún día? Se levantó, metió las manos en los bolsillos y siguió andando.

Por fuera la casa no parecía gran cosa. Aislada y rodeada de terreno en el que solía haber campos de labranza y huertos, era de ladrillo y piedra, y la gran y oscura puerta de madera de nogal que colgaba de las bisagras no se había arreglado desde el día en que el Mujabarat había ido a buscarlo hacía casi un año.

No podía creer que llevara huyendo tanto tiempo. Fue al patio. En la fuente de azulejos azules ya no había agua y estaba llena de hojarasca y tierra. Los parterres se habían marchitado y los naranjos que le daban sombra estaban secos. Echó un vistazo a su alrededor. Las amplias y arqueadas ventanas estaban rotas o agrietadas, las lámparas moriscas que lo habían iluminado estaban volcadas, los cristales de colores hechos añicos y las mesas y sillas destrozadas.

Subió al primer piso por la escalera exterior y entró en su antigua habitación. Las almohadas tenían agujeros de bala, todos los muebles estaban tirados y el contenido de los armarios desparramado. Era un caos, pero todo estaba allí. No se habían llevado nada, todavía. La gente de al-Rastan respetaba la casa de al-Hussein. «Pero hasta cuándo», pensó.

Entró en el baño y abrió el grifo del lavabo. Cayeron unas gotas y después se oyó un ruido en las tuberías y el agua empezó a salir. Se desnudó rápidamente y se metió en la ducha. Cuando el agua clara y fría cayó sobre él y le limpió la piel de la suciedad que había acumulado en los últimos días, se relajó.

Se secó, se puso una camiseta y unos pantalones limpios que encontró en una cómoda y sonrió al acordarse de Hanan, la mujer que en tiempos cuidaba de la casa e insistía en que su ropa estuviera perfectamente planchada. Se tumbó en la cama y se quedó dormido al instante.

Cuando se despertó había oscurecido. Fue al piso de abajo, sacó el ordenador y llamó a Yamal.

—¿Dónde estás, hermano? —preguntó Yamal.

—En casa.

—¿En al-Rastan? Sal de ahí en cuanto puedas, estás demasiado cerca de Homs.

—¿Cómo está la situación?

—Han lanzado un ataque a gran escala en el barrio de al-Khalidiyah. Apresaron a quince miembros de la brigada Faruk de tu primo y los ejecutaron de un tiro en la nuca.

—*Ya Allah!* —maldijo Mika—. ¿Sabes algo de Abdul?

—No.

—Voy a intentar localizarlo.

—Mohammad al-Golani ha convocado una reunión el viernes después de las oraciones.

—Allí estaré. ¿Alguna noticia más?

—Han evacuado a la Liga Árabe de Homs. Algunos de los observadores han ido a Estambul y otros a Beirut. Según Al-Yazira, la liga ha vuelto a pedir que dimita Asad y el Consejo de Seguridad de la ONU ha respaldado la propuesta, pero Rusia y China la han vetado.

Mika suspiró y apretó un botón para finalizar la llamada. Marcó otro número.

—Cyrene, *hamdellah*. ¿Qué tal estás?

—No sé qué decir, Mika.

—No digas nada. Cuida de Tony, por favor. Me siento responsable de todo lo que le ha pasado.

—No tienes por qué, sabía a lo que se arriesgaba.

—Gracias por todo.

—Me alegro de haber venido, me ha abierto los ojos. Haré todo lo que pueda para ayudarte.

—Tengo que irme, ya hablaremos.

Mika respondió a otra llamada.

—Hermano Mika. —La bronceada y curtida cara de Abdul Razzaq, agotada por el combate, apareció en la pantalla; sus brillantes ojos verdes contrastaban con el fondo oscuro.

—Primo… Me he enterado de lo de al-Khadiliyah, ahora son mártires.

—Eran mis hombres —dijo con lágrimas en los

ojos—. Mis dos hijos han muerto también, vi sus cuerpos inertes.

—Abdul, tienes que seguir apoyando al Ejército Libre de Siria.

—Ya te dije en Homs que nos están masacrando. Después de lo de al-Khadiliyah necesito algo que levante la moral de la brigada.

—¿Y qué propones?

—Bagdadi ha vuelto a llamarme.

—No lo hagas, por favor.

—Esta noche iré a Raqqa.

Mika inspiró hondo.

—Golani ha convocado una reunión para el viernes.

—Lo sé, acudiré a la vuelta de Raqqa.

—Nos vemos allí, hermano.

—*Allah ma'aak*. Saluda a Bagdadi de mi parte.

Beirut
Centro Médico de la Universidad Americana

Cyrene dejó el Mercedes a uno de los aparcacoches y entró por la puerta principal del Centro Médico de la Universidad Americana en la calle Cairo de Ras Beirut, cercana a su casa. Preguntó en qué planta estaba Tony y subió al sexto piso en el ascensor. La gente que había en los pasillos la reconoció y se preguntó a quién iría a ver.

Estaba muy guapa y elegante, llevaba una falda tubo y una camisa de gasa negras, sobre las que destacaba una cazadora de cuero burdeos.

Al llegar a la habitación asomó la cabeza por la puerta.

—*Marhaba* —saludó sonriendo.

—¡Cyrene!

—Estás muy guapa —dijo cuando se acercó y le ofreció la mano—. Me alegro mucho de verte.

Cyrene sonrió, le apretó la mano y se sentó en una silla junto a la cama.

—¿Qué tal estás?

—No tengo nada que no vaya a curarse. Los médicos han dicho que podré irme mañana.

—¿Y qué harás? ¿Volverás a Nueva York?

—Estás realmente guapa, Cyrene —repitió Tony.

Sorprendida, se sonrojó.

—Muchas gracias —agradeció con gentileza, pero apartó la mirada.

Se produjo una situación embarazosa y Cyrene inspiró para darse ánimos.

—Entonces, ¿vas a Estambul o a Nueva York?

—He pensado en quedarme en Beirut y entregar los textos desde aquí.

—¡Ah! —exclamó Cyrene esperando que no hubiera notado el vuelco que le había dado el corazón.

369

—También he pensado en… ¿Te gustaría colaborar en algunos artículos? Podrías firmar como autora invitada.

Cyrene asintió lentamente e intentó asimilar lo que le había dicho.

—La otra opción es que escribas tú y dejes que me lleve todo el mérito yo —apuntó Tony entre risas.

Cyrene arqueó una ceja.

—Era broma —aseguró Tony ofreciéndole la mano otra vez.

Cyrene se irguió y la tomó entre las suyas.

—¿Qué te parece? —preguntó Tony.

—Me encantaría.

—¡Estupendo!

—¿Qué quieres que haga?

—Yo empezaría compartiendo datos… Quiero seguir con la historia de la procedencia del dinero sirio, así que me vendría bien todo lo que tengas sobre Murad. Pero necesito detalles de sus negocios que no se conozcan.

—Tony... —empezó a decir yendo a la ventana para ver el Mediterráneo a lo lejos—. Acabo de volver de Homs.

Tony guardó silencio y le prestó atención.

—Nunca olvidaré lo que he visto allí —continuó con los brazos cruzados—. Aquí viví la guerra civil, pero no recuerdo que fuera tan atroz.

—¿Querrías escribir para el *Guardian*?

—Y en Baba Amr... —continuó sin contestarle—, fui a saludar a la madre de Kamal, a mi exsuegra. Siempre nos habíamos llevado bien y quería saber qué tal estaba, pero cuando llegué habían bombardeado el edificio. Habían muerto ella y su hija.

—Lo siento.

—No tenían nada que ver con todo esto, como muchas otras personas. Llevaban una vida sencilla. La hermana de Kamal estaba prometida a un militar.

Miró al suelo y después a Tony, e intentó controlar las lágrimas que habían anegado sus ojos.

—Ven, Cyrene —le pidió cariñosamente ofreciéndole la mano—. Si pudiera saldría de la cama, pero —miró debajo de la sábana— no estoy presentable.

Cyrene se acercó y se sentó en el borde de la cama. Tony le puso las manos en la nuca y con un pulgar limpió una de las lágrimas que había derramado.

—Cyrene... —murmuró y lentamente atrajo su cabeza y besó sus labios.

Kansafra

Aún no había amanecido y todavía hacía frío cuando Mika avanzó por el polvoriento camino hacia una casa amarilla cercana a la plaza principal de Kansafra. Levantó el cuello de la chaqueta, metió las manos en los bolsillos y caminó con la cabeza baja para protegerse del viento helado que bajaba al valle desde las nevadas montañas que rodeaban el pueblo.

Al acercarse vio que las luces de la panadería estaban encendidas. A través de las cortinas se distinguía el perfil de una mujer amasando en la encimera. Fue a la parte de atrás e intentó abrir la puerta. Estaba cerrada. Rita jamás la cerraba.

Llamó a la puerta, suavemente al principio, y después con más fuerza.

—*Min?* —preguntó la voz de Rita.

—Mika.

Oyó que descorría el cerrojo y la puerta se abrió. Rita se apoyó en el marco, llevaba un delantal blanco encima de un vestido estampado rojo, coral y fucsia.

371

—Perdona que haya venido tan pronto —se excusó Mika.

—¿Tienes hambre?

Mika asintió.

—Entra —le invitó echando a andar por el pasillo—. Y cierra la puerta. En estos tiempos nunca se está demasiado seguro —dijo mientras metía un par de bolas de masa en el horno de madera—. Nunca habíamos tenido problemas con los alauitas, eran nuestros vecinos, venían a comprar pasteles, pero ahora... —suspiró—. Vienen, nos matan mientras dormimos y nos roban todo lo que tenemos.

—¿De verdad lo crees, *tante*? —preguntó Mika, sentado frente a la barra mientras tomaba un café.

—Hubo un incidente no hace mucho —dijo Rita—. Por suerte, los chicos estaban preparados. Eran casi cien y atacaron el pueblo; como represalia, dijeron. No sé por qué fue.

Puso un poco de pan recién horneado delante de Mika.

—¿Te acuerdas de Abu Hamdan?

—¿El granjero?

—El ejército le disparó. Fue a cuidar sus campos, que están junto al río. ¿Qué mal iba a hacer Abu? ¡Por todos los santos! ¡Tiene casi ochenta años! Le dispararon, se cayó de la bicicleta y se rompió una pierna. Siria era un país seguro, pero ya no lo es —comentó moviendo la cabeza y chasqueando la lengua con tristeza—. ¿Qué me cuentas?

—No son buenas noticias.

—Anoche dijeron algo en el telediario sobre el referéndum que van a hacer dentro de un par de semanas.

—No creo que se haga. ¿Dónde está Yamal?

—¿Ese? —protestó—. Me va a matar. Ninguno de mis hijos me da tantos problemas como él. No quiere casarse... A su edad... May y yo hemos estado buscando chicas jóvenes en el pueblo... Se morirá soltero. Y otra cosa —añadió poniendo más pan delante de Mika, acompañado de aceite de oliva, queso y pepino—. Es un vago. Siempre está en su habitación con ese ordenador, hablando con este o con el otro... Sé que está metido en algo, porque cada vez que entro, cierra el ordenador. A lo mejor tú sí que te enteras de lo que le pasa.

—Haré lo que pueda, *tante* —aseguró Mika sonriendo.

—Aquí está, el príncipe azul —anunció cuando Yamal entró en la panadería.

—*Sabah aljair, immi* —saludó dándole un abrazo.

—Venga, siéntate con tu amigo y desayuna antes de que empiecen a llegar clientes —dijo para quitárselo de encima—. ¿Qué haces levantado tan temprano?

—*Marhaba*, hermano. —Abrazó y besó en las mejillas a Mika—. ¿A qué hora has llegado?

—Al amanecer.

—La reunión no va a ser fácil.

—Lo sé.

—Los partidarios de la línea dura se están imponiendo.

—Tenemos que intentarlo. Es nuestra única esperanza.

Era media mañana cuando Mika y Yamal salieron de la panadería y atravesaron los campos para dirigirse hacia una casa de ladrillo encalada. Caminaron en silencio.

Fueron por carreteras secundarias para que no los vieran desde los controles que había al otro lado del río Orontes y pasaron un pequeño puente desde el que se veían las exuberantes montañas que bordeaban el valle.

—Resulta difícil creer lo que está pasando en este país —dijo Mika—. Huele el aire fresco… los campos, el río, los árboles.

—Venga, que vamos a llegar tarde —le apremió Yamal tirándole del brazo.

Cuando llegaron había un par de coches aparcados.

—*Ahlan wa sahlan! Ahlan wa sahlan!* —los saludaron al entrar. Estaban todos: Hassan Nasry, Zahran Allush, Ahmed al-Sheij, Mohammad al-Golani y Abdul Razzaq Hussain. Mika se apartó el *keffiyeh* de la cara y los abrazó y besó a todos. Mohammad atravesó una raída cortina y volvió con una bandeja con vasos y una tetera.

—Por favor, sentaos —les pidió señalando el espacio de la habitación—. Os serviré un té.

—Qué amable… —bromeó uno de ellos.

Mohammad se rió y siguió llenando vasos. Se sentaron con las piernas cruzadas haciendo un círculo sobre una suave alfombra verde; se pusieron al día sobre sus familias, rieron, hicieron bromas y disfrutaron de un agradable preámbulo antes de dar comienzo a la dura conversación que sabían que mantendrían.

—¿Qué tal te va, Hassan? —preguntó Mika.

—Echamos mucho de menos a Ahmed —contestó con tristeza—. Mi mujer lo está pasando muy mal. Todavía se echa a llorar cada vez que alguien pronuncia su nombre.

—Lo entiendo —dijo poniéndole un brazo sobre los hombros

Mika miró al grupo.

—Empecemos. Mohammad, has convocado esta reunión, ¿por qué?

Mohammad tomó un sorbo de té y dejó el vaso en la bandeja antes de empezar a hablar.

—Porque quería mirarte a los ojos y decirte que Yabhat al-Nusra se une a Al Qaeda. Has llegado demasiado tarde.

Mika se miró las manos.

374

—Al Qaeda nos financiará y nos dará lo que necesitamos inmediatamente. Si alguien más quiere unirse a Nusra y jurar lealtad al Estado Islámico, es el momento —añadió mirando al grupo.

—¿Y qué quiere a cambio? —preguntó Mika—. ¿Que le vendáis el alma? ¿Que seáis como ellos? ¿Radicales? ¿Extremistas? Estaréis haciéndole el juego a Asad. Todo lo que ha estado diciendo a Occidente, que había extremistas infiltrados en Siria y que estaba combatiendo el terrorismo será verdad. Y lo utilizará para mantenerse en el poder.

—Lo derrocaremos —aseguró Mohammad.

—No, lo que haréis será destruir este país —dijo Mika enfadado.

Nadie pronunció una palabra.

—¿Quién más le va a vender el alma al diablo? —preguntó Mika.

Abdul Razzaq levantó la mano.

—Nosotros.

—Primo, quedaos con el Ejército Libre de Siria —suplicó—. No dejéis que se creen tantos bandos. Fomentemos una amplia solidaridad que sea capaz de crear un Estado estable cuando caiga Asad.

—Es demasiado tarde.

El grupo se quedó en silencio.

De pronto, todos prestaron atención al oír el estremecedor silbido de un proyectil. Se levantaron, corrieron hacia la puerta y presenciaron la explosión.

—¡Reactores! ¡Reactores! —gritó Yamal señalando hacia los aviones que llegaban desde las montañas volando bajo. La casa se estremeció cuando pasaron sobre los campos rugiendo. Momentos después, las explosiones fueron tan intensas que la tierra tembló.

Cuando cesó el estruendo, levantaron la cabeza y miraron a su alrededor. Los vasos del té se habían roto y algunos libros y fotografías que había en las estanterías estaban por el suelo. Aparte de eso, la casa estaba intacta. Mika y Yamal fueron al porche y vieron columnas de humo elevándose en el centro del pueblo.

—*Ya Allah!* —gritó Yamal—. *Ya Allah!* —repitió antes de echar a correr.

Mika lo siguió.

Los dos llegaron sin aliento. La plaza era un enorme cráter. Había escombros por todas partes. Yamal miró al otro lado de la plaza.

—*Immi!* —chilló mientras corría hacia la panadería, de la que solo media parte seguía en pie—. *Immi!* —gritó cuando llegó a las piedras amarillas que habían pertenecido a la fachada. Empezó a apartarlas. Mika y el resto de los hombres fueron a ayudarle—. Mika, mi madre. Tengo que sacarla.

—La encontraremos, hermano.

375

Yamal se tumbó en el suelo e intentó arrastrarse por una pequeña cavidad que había entre las piedras.

—*Immi!* —volvió a gritar.

Redoblaron los esfuerzos y los hombres del pueblo, algunos con la cara, los brazos y la ropa manchados de sangre, fueron a ayudarles.

—¡Vamos! —dijo Yamal mientras movían un gran trozo de cemento que cubría un agujero. Dentro estaba Rita, inconsciente. Estaba cubierta de barro y suciedad, y un cable eléctrico la sujetaba a un bloque de cemento. May estaba a su lado, muerta.

Yamal fue hacia su madre, pero Mika le frenó.

—Ten cuidado, puede haber corriente en ese cable.

Pero Yamal no le hizo caso, bajó e intentó quitar el cable. Mika sacó el cuerpo sin vida de May. Rita gimió y gritó de dolor. Abrió los ojos y vio a su hijo.

—*Yamal, ibni* —murmuró.

—Aguanta, *immi*.

—Ten cuidado, Yamal —le advirtió Mika.

Yamal soltó el cable, sacaron con cuidado a Rita y la dejaron en el suelo.

—¿Dónde está la ambulancia? —gritó Yamal, que se abrió paso entre la gente para coger una camilla de la ambulancia que acababa de llegar.

Cuando volvió, Rita estaba muerta.

—¡No! —grito—. ¡Cabrones! ¡Cobardes! ¡Eres un hijo de puta, Asad! ¡Toda tu familia lo es! ¡Te encontraré! ¡Has matado a mi madre, pero te juro que mataré a la tuya! *Ya Allah! Ya Allah!* ¡Y a todo tu puto clan alauita! ¡Los mataré a todos! ¡Iré a sus pueblos y los mataré cuando estén durmiendo, uno por uno! Mi madre, Mika… Mi madre… —Yamal se desplomó en los brazos de su amigo.

Raqqa, orilla septentrional del Éufrates, noroeste de Siria

Mika entró en la mezquita al-Firdous, un pequeño edificio de ladrillo rojo levantado sobre una mezquita construida a finales del siglo XII. La base del minarete de ladrillo, situado a un lado, era lo único que quedaba de la mezquita original.

Permaneció un momento en el abovedado pasillo cubierto que rodeaba el patio interior y miró a su alrededor. Estaba vacío. Fue a la fresca y silenciosa sala de oraciones. En un extremo había un hombre sentado sobre sus talones mirando al este, hacia la Meca, con un libro forrado con una tela negra y abierto sobre un sencillo atril de madera.

Llevaba una capa negra sobre su túnica blanca y una punta del turbante de lino negro caía a su espalda. Tenía un rosario de oraciones en la mano, los ojos cerrados y la cabeza ligeramente inclinada hacia el techo. El hombre volvió su atención al libro y pasó una antigua y amarillenta hoja de pergamino. Colocó las manos reverencialmente en el regazo y empezó un canto.

Era el Corán. Mika se quedó abstraído por el dulce y sonoro tono de su voz mientras recitaba la *ayat-al-kursi*, una de las aleyas más conocidas. Cuando acabó, pasó la página y cerró los ojos. Mika se acercó silenciosamente y el hombre le habló sin volverse.

—General Mikal al-Hussein, le estaba esperando.

—*Salam*, hermano Ibrahim.

—Ven —le pidió dándose la vuelta—. Ven y reza conmigo. Te fortalecerá.

El hombre esperó a que Mika se sentara a su lado para cerrar los ojos, unir las manos y empezar a recitar. Estar a su lado era incluso más cautivador. Entonó a la perfección e infundió en todas las palabras la ferviente emoción que proviene del interior, y el contundente tono con el que cantó las palabras del profeta Mohammad, con la convicción de un converso, lo maravilló e hipnotizó. Cuando llegó al final, apoyó la barbilla sobre el pecho y al acabar se le escaparon unas lágrimas de los cerrados ojos. Permaneció sentado un momento, los hombros le temblaban y le caían lágrimas por las mejillas.

Soltó un sordo gemido.

—*Ya Allah!* —dijo elevando las manos al techo—. *Ya Allah*, en verdad eres el gran señor. *Allaho Akbar! Allaho Akbar!* Todo lo hacemos con tu nombre en los labios… lo hacemos para glorificarte… lo hacemos por ti —levantó las palmas a la altura del pecho y sus labios se movieron mientras rezaba. Cuando acabó miró a Mika con ojos vidriosos, como si hubiera salido de un trance—. Alá está aquí —aseguró señalándose el corazón.

378 —También está en el mío —dijo Mika tocándose el pecho.

—Para mí es diferente, pero no has venido a hablar de teología. ¿Te apetece un té? —preguntó haciéndole un gesto para que fuera delante de él.

Fueron por un pasillo hasta una pequeña habitación en la parte trasera de la mezquita. Cuando llegaron, Mika dejó que Ibrahim entrara antes.

—Por favor —dijo Ibrahim indicando amablemente hacia una colchoneta antes de desaparecer tras una cortina. Mika se sentó y oyó ruido de vasos.

Era una habitación sencilla, una colchoneta y una alfombra cubrían el suelo de piedra. En un rincón había una antigua y pequeña mesa con libros, hojas de papel y un lápiz. Al lado, un ordenador y un móvil que estaba cargándose. Aparte de eso, la habitación estaba vacía y solo había una ventana, por la que se veían palmeras mecidas por la brisa.

Al poco, Ibrahim volvió con una bandeja con té y galletas de mantequilla *ghraybet*. La dejó con cuidado en la alfombra y se sentó con las piernas cruzadas sobre la colchoneta al lado de Mika.

—He oído decir que has cambiado de nombre —dijo Mika antes de tomar un sorbo de té.

Ibrahim soltó una risita. No carecía de atractivo, tenía la piel morena, la frente ancha, ojos inescrutables marrón oscuro, espesas cejas negras y labios estrechos escondidos bajo el bigote y una larga barba negra que le llegaba al pecho. Era silencioso, su voz exudaba autoridad y convicción, y el carisma que flotaba a su alrededor lo envolvía como su capa. A pesar de la muestra de piedad en la sala de oración, tenía un brillo de cruda violencia en los ojos.

—Sí, hay quien me llama Abu Bakr al-Bagdadi, otros me llaman Abu Duaa y también jeque al-Bagdadi.

—¿Por qué estás en Raqqa?

—Es un lugar estratégico para nosotros. Un buen sitio para guardar suministros y llevarlos a Irak y traer a nuevos reclutas, lejos de las miradas indiscretas de los americanos. Y, hasta ahora, el régimen no nos ha tocado. Asad nos necesita, de momento. Somos su excusa para aplastaros.

—Vete de Siria, Bagdadi.

Éste se encogió de hombros.

—Alguien tiene que ayudar a nuestros hermanos suníes. Tenemos dinero, armas y combatientes de todo el mundo que vendrán a Siria a unirse a Nusra.

—No lo hagas, Bagdadi. Dividirás el país y lo destruirás. Conozco tu táctica, he visto lo que Zarqawi y tú hicisteis en Irak.

—Hay que darles una lección a los americanos, hermano. No sabían lo que estaban haciendo. Son ellos los que crearon el caos en Irak. El Estado Islámico de Irak nació en las cárceles americanas, ya lo sabes. Y tú y tu equipo también estuvisteis implicados, no lo olvides. Fuiste el que lideraste la fuga del campo de Bucca y me liberaste.

—Lo sé, no creí que nos fuera a conducir a esta situación.

—Asad creó al monstruo. Te obligó a adiestrar a los combatientes de Al Qaeda para sembrar el caos en Irak y favorecer a los americanos. Solo estamos haciendo lo que nos enseñaste.

—¿Qué planes tienes?

—Apoyaremos el Frente Nusra. Golani será el representante del Estado Islámico aquí. También apoyaremos a la brigada de tu primo.

Mika permaneció callado.

—Ahora, este es mi pueblo —dijo soltando una risita—. Nusra quiere apoderarse de algunos de los pozos de petróleo y le ayudaré a vender el crudo en el mercado negro de Turquía.

Mika resopló asqueado.

—Ya lo verás, poco a poco todos se aliarán con nosotros. Tendrán una vida mejor. Este movimiento crecerá. Tenemos combatientes occidentales con nosotros, de Francia, Gran Bretaña e incluso de Estados Unidos. Contamos con luchadores del este, de Chechenia y Daguestán. Todos se convertirán y llevarán nuestra ideología a sus países.

—No lo harán. No todos somos extremistas como tú.

—Nos necesitarás.

—Hacer un pacto contigo es como hacerlo con Satán.

Bagdadi se encogió de hombros.

—Si todo sale como está previsto, derrocaremos a Asad y estableceremos el califato, el Estado Islámico de Irak y Siria —dijo antes de cerrar los ojos y sonreír.

—Estás loco. Aquí todo el mundo ha vivido en paz durante muchos años.

—No seas ingenuo. Siria siempre ha estado dividida. El dictador Asad la controlaba. Esto es Oriente Próximo. Esto es el desierto y la única forma de sobrevivir en el desierto es renovar las alianzas. Está en el ADN de sus habitantes. Sabes tan bien como yo que las alianzas y las lealtades cambian como los dibujos en la arena del desierto. Todo tiene relación con las tribus y los hermanos. Occidente lleva cien años intentando modelarnos a su imagen. No lo conseguirá nunca. Aquí solo subsiste la ley del desierto. Estableceremos el califato, ya lo verás. Occidente se irá por donde ha venido y viviremos como hicieron nuestros antepasados.

—Gracias por el té —dijo Mika poniéndose de pie.

—Gracias por todo lo que has hecho por nosotros, hermano. No lo olvidaremos.

—Secutor fue un error y lo pagaremos caro.

—Obedecías órdenes —apuntó Bagdadi con una sonrisa maliciosa—. El tiempo de la política ha acabado, ha llegado la hora del entrechocar de espadas.

—*Maa salama* —se despidió Mika intentando contener la ira.

—*Allah ma'aak*, hermano —Ibrahim se llevó una mano al corazón e hizo una reverencia—. Nos volveremos a ver. Va a ser una larga lucha.

Estambul

Joe quitó la llave del contacto e iba a abrir la puerta cuando la cara de Mika apareció en la ventanilla.

—¡Joder! ¡Me has asustado! ¿Qué demonios estás haciendo aquí?

—¿Qué tal estás, Joe? —preguntó abriendo la puerta.

—Creía que no venías hasta dentro de unos días.

—He tenido que volver.

—Tengo noticias. Langley me ha comunicado que la Liga Árabe os reconoce como oposición viable contra el régimen y ha solicitado el reconocimiento oficial de Occidente y Turquía.

—Es una noticia excelente.

—¿Lo celebramos con una cerveza fría?

—¿Por qué no? —dijo Mika cerrando la puerta—. ¿Tienes *bourbon*?

Joe asintió.

—Antes de que se me olvide, Tony está en Beirut y manda artículos al *Guardian* desde allí.

—Lo sé.

—De hecho, ¿cómo narices entró en Damasco? ¿O no debería preguntarlo?

—No lo hagas.

—Tenemos que hablar de los envíos, Mika.

—Sí, he organizado el procedimiento. Todo llegará a través de Bab al-Hawa. Yamal lo recibirá en el otro lado y lo distribuirá.

—La inteligencia turca coordinará este lado —le informó Joe mientras iban hacia su nuevo apartamento.

—Tiene que funcionar.

—Lo hará, amigo.

Mika asintió, pero sintió una punzada de traición en el estómago.

Nayla estaba sentada frente a un escritorio en un amplio espacio diáfano de una pequeña casa del siglo XVIII en Moda, un bonito barrio de Kadıköy, en la que había instalado la oficina de su negocio de diseño.

—Este es el último de hoy —dijo sacando un bolígrafo

del bolsillo trasero de los vaqueros—. Tengo hambre, estoy cansada y quiero irme a casa.

—Nosotros vamos en coche. ¿Quieres que te llevemos? —ofreció su joven ayudante.

—Tengo el mío, pero me encantaría que me llevaran.

—Estaré encantado de hacerlo —dijo una voz familiar a su espalda.

Se dio la vuelta y miró a Mika a los ojos antes de ir corriendo para rodearle el cuello con los brazos. Mika la apretó contra él, le acunó la cabeza y la apoyó contra su hombro.

—Me alegro mucho de que hayas vuelto —susurró Nayla.

—No tanto como yo —musitó Mika a su oído—. ¿Te apetece ir a cenar?

—Me encantaría.

—Vamos —dijo Mika cogiéndole la mano. Después, cuando iban hacia Estambul preguntó—: ¿Se sabe algo de Abbas?

—No mucho, pero no quiero hablar de él. ¿Qué tal estás?

Mika se encogió de hombros.

—Esto no se lo diría a nadie, pero a veces tengo tentaciones de darme por vencido.

—No puedes hacerlo.

—Lo sé —admitió—, aunque no sé si valgo para esto. No sé cómo desenvolverme en la política y tengo que ser político. Me formé en el ejército, no sé mentir ni cómo manejar las artimañas y los engaños.

—Cada cosa a su tiempo.

Mika miró por el espejo retrovisor.

—¿Qué pasa? —preguntó Nayla mirando hacia atrás.

Mika no contestó. Aceleró y zigzagueó entre los coches que llevaban delante.

383

—¿Qué pasa, Mika? ¿Qué pasa?

—No lo sé, pero no quiero quedarme aquí para averiguarlo.

Nayla se apoyó contra el respaldo.

—¡Agárrate! —dijo Mika mientras movía el Range Rover de Nayla de un lado a otro con los dientes apretados para librarse del coche que les seguía detrás.

Pero quienquiera que los estuviera siguiendo, apareció de nuevo tras ellos. Nayla miró a Mika, que no apartaba la vista de la carretera.

De repente se oyó un disparo y el vehículo se bamboleó.

—¿Qué ha sido eso? —preguntó Nayla.

—Le han dado a una de las ruedas.

Mika sorteó el tráfico y frenó repentinamente antes de tomar una salida de la autopista e ir por carreteras locales hasta el muelle de Kadıköy. Al acercarse pisó a fondo el acelerador y dejó atrás a muchos conductores enfadados. Pero el coche que los seguía no cejaba. Cuando llegaron había un ferri a punto de zarpar y los operarios iban a cerrar las puertas.

—¡Mika! —exclamó Nayla acurrucándose cuando se dio cuenta de lo que quería hacer.

Pero Mika no hizo caso. Entró rozando ambos lados con las puertas y perdió los dos retrovisores. Frenó en el momento en el que el ferri levantaba la plancha para los vehículos y se deslizó por ella haciendo que bajara hacia el muelle otra vez, hasta que lo metió dentro.

El corazón de Nayla latía a toda velocidad cuando paró el coche. Mika miró hacia atrás.

—¿Estamos a salvo? —preguntó Nayla.

Mika asintió. Sonó la sirena y el ferri se alejó del muelle.

Nayla se volvió y vio a dos hombres en las puertas.

Uno de ellos pegó un puñetazo en la rejilla y el otro sacó un móvil.

Una vez en Karaköy, Mika condujo hasta la casa de Aysa Hanim.

—¿Estás bien?

—Alterada —confesó Nayla.

—¿Le pido a Aysa Hanim que prepare alguna cosa de comer?

—Preferiría ir a algún sitio, Mika.

—De acuerdo, pasaré a buscarte dentro de media hora.

Nayla se estaba poniendo una camisa en su cuarto cuando oyó que llamaban a la puerta. Miró el reloj.

—Llegas pronto —dijo mientras abría, y después se quedó de piedra al ver a Abbas.

—¿Esperabas a otra persona? —preguntó con sarcasmo. La apartó, entró y dejó un sobre de papel manila en la mesita del café. Nayla lo miró, llevaba escrito: «FOTOGRAFÍAS, NO DOBLAR».

Abbas olía a *whisky*.

—¿Cómo has llegado hasta aquí? ¿Cómo has entrado en la casa? —balbució Nayla.

—No ha sido difícil —contestó Abbas dando una vuelta por la habitación.

—¿Qué le has hecho a Aysa Hanim?

—¿Te refieres a la anciana que había abajo? No lo sé. He dejado que Mehmet se encargara de ella. Ya lo conoces —dijo levantándole la barbilla para que lo mirara—. ¿Dónde está Mika? —preguntó estudiando sus ojos—. ¿Dónde está el hijo de puta que ha tenido el valor de follarse a mi mujer? —añadió con vehemencia—. Después de todo lo que he hecho por él… Le conseguí el dinero… las armas… todo lo que pidió. Y me paga así. ¡Hijo de puta! ¡Es hombre muerto! —maldijo antes de limpiarse la baba con el puño de la camisa—. ¿Está aquí? ¿Lo has escondido en el cuarto de baño? —Abrió la puerta y se quedó con un brazo en el estómago y el otro en una sien—. Así que no está aquí —continuó con la voz cargada de sarcasmo acercándose a ella—. Dime, Nayla. ¡Tú sabes dónde está! ¡Dímelo! —gritó cogiéndola por los hombros y zarandeándola.

—¡Suéltame, Abbas! No me toques. ¡Aparta esas manos! ¡Estás borracho!

—No me mientas —gritó—. Sabes dónde está —dijo dándole un empujón antes de sentarla en una silla—. ¿Cómo has podido hacerme algo así? ¿Cómo has sido capaz de traicionarme? Te quería. Te quiero. Por favor...

Nayla lo miró sin moverse.

—¡Contesta!

—Me has secuestrado, me has amenazado... Esas cosas no se hacen a alguien a quien se quiere.

—Lo siento, lo siento. Me enfadé mucho al enterarme. Imaginarte con otro hombre me cegó. —Se levantó, fue hacia ella y la cogió por los brazos—. Perdóname, por favor.

Al verlo así, la cara de Nayla se relajó momentáneamente.

—No sé... —empezó a decir dándose la vuelta y retorciéndose las manos—. Hacía tiempo que las cosas no iban bien entre nosotros.

Abbas la sujetó, acercándola hacia él.

—Lo intentaré de nuevo, dame otra oportunidad.

—No te importa lo que pasa en casa. Lo único que quieres es tener una mujer guapa para lucir y poder entrar y salir cuando te apetezca. Pero eso no es lo que yo quiero.

—¿Y eso es lo que tienes con Mika? ¿Un hombre con el que compartir la vida? —preguntó levantando la voz—. ¿Un rebelde, un granuja, un general renegado al que quiere matar todo el mundo?

—Al menos, cuando me mira sé que siente algo —contestó con los ojos encendidos—. Tú ni siquiera me mirabas y si lo hacías, no sentía nada. Ya no te preocupas por mí, solo te interesa el dinero y el poder.

—¡No tienes ni idea de lo que me interesa!

—Sí que lo sé —dijo Nayla yendo al otro lado de la habitación—. ¿O crees que no me enteraba del tipo de negocios que haces? ¿Crees que no tengo ojos y oídos, o que soy tonta?

Los ojos de Abbas centelleaban de furia.

—Sé que has estado jugando un juego peligroso… Y pensar que fue mi familia la que te presentó a la gente que ahora traicionas…

—¿Cómo te atreves?

—Sé que no hay otra cosa en el mundo que te guste más que el poder. Puedes tenerlo…, pero sin mí.

—¡No puedes hacerme esto!

—Hago lo que me place.

—¡No lo permitiré! ¡No permitiré que me pongas en ridículo! —gritó arrojándola al sofá.

—¡Abbas, no! —pidió con voz ronca. Intentó defenderse, pero la tenía sujeta por el cuello. Intentó separar sus dedos mientras tosía y respiraba con dificultad—. Abbas…

Le desgarró la camisa y echó mano a la cinturilla de los vaqueros.

De repente se abrió la puerta.

—Quítale las manos de encima —ordenó con calma Mika, que empuñaba una pistola.

—¿Quién te crees que eres para decirme lo que tengo que hacer con mi mujer?

—Quítale las manos de encima —repitió.

—¿Qué vas a hacer, grandullón? —preguntó Abbas limpiándose la saliva de la boca—. ¿Matarme?

—No me provoques.

—¡Te ayudé, hijo de puta! —gritó yendo hacia él—. Te di lo que querías, ¿y así es como me lo pagas? ¿Follándote a mi mujer?

—No he tocado a Nayla.

—¿Ah, sí? ¿Y qué es esto? —preguntó cogiendo el sobre que había llevado.

—Esas fotos no dicen la verdad.

—¡Cabrón! —Abbas se abalanzó sobre Mika e intentó darle un puñetazo, pero Mika lo esquivó fácilmente.

Volvió a arremeter contra él.

—Abbas, no sigas.

Los dos hombres empezaron a pelearse y, a pesar de que Mika encajó varios golpes en la mejilla, lo derribó.

Abbas se levantó, volvieron a enzarzarse y consiguió que Mika cayera de espaldas contra la mesita de cristal y la hiciera añicos. Cuando Mika intentaba incorporarse vio que su pistola estaba en el suelo y que Abbas se abalanzaba sobre ella. Saltó sobre Abbas y rodaron y forcejearon en la alfombra, hasta que Mika le arrebató el arma. De repente, Abbas se dio la vuelta con un trozo de cristal en la mano y le atacó. Al ver un destello de luz en la punta, Mika apretó el gatillo. Abbas cayó hacia atrás con expresión de sorpresa en la cara y se desplomó en el suelo.

—¡Mierda! —exclamó Mika agachándose. Abbas jadeaba. Miró a Nayla, que movía la cabeza de un lado a otro—. Aguanta, Abbas, voy a pedir ayuda —rogó mientras sacaba el móvil.

Abbas intentó decir algo.

—No hables —le aconsejó Mika apretando un botón—. Aguanta.

Abbas se asfixiaba y le salía sangre de la boca.

—Es mía… —empezó a decir. Después sus ojos se agrandaron y murió. Mika lo sostuvo un momento, le cerró los párpados y lo dejó en el suelo.

Fue hacia Nayla con las manos ensangrentadas y cortadas por la pelea.

Nayla empezaba a volver en sí. Le levantó la cabeza con cuidado y la acunó contra su pecho. Tenía el cuello amoratado, cubierto por una franja violácea, con la marca que habían dejado los dedos de Abbas.

Abrió los ojos lentamente y miró a Mika.

—Mika —susurró con voz ronca.

—¡Gracias a Alá! —exclamó Mika envolviéndola en sus brazos—. Ha habido un accidente, se me ha disparado la pistola. Abbas está muerto.

Nayla volvió lentamente la cabeza.

—¡Dios mío! —dijo antes de esconder la cabeza en el hombro de Mika y empezar a sollozar.

—Lo siento —susurró mientras la confortaba.

—Ha sido por mi culpa.

—No —aseguró con convicción—. Si alguien tiene la culpa, soy yo.

—¿Qué voy a hacer?

—No te pasará nada. Yo me encargaré de este asunto, llamaré a la policía y se lo explicaré.

—¿Qué quieres que haga?

—Ve abajo y espérame.

—¿Cómo me ha encontrado?

—Alguien nos estaba vigilando cuando bajamos del ferri.

Nayla asintió.

—¿Estás bien, Mika?

—Sí, he visto y he hecho cosas peores.

—No puedo creer que esté muerto —dijo con los ojos tristes.

—Todo saldrá bien.

Nayla asintió apesadumbrada y se fue.

Reyhanli, pueblo fronterizo entre Turquía y Siria

Era una oscura noche sin luna y una inesperada y espesa niebla, impropia de esa estación, rodeaba por completo el almacén.

Pasada la medianoche, una voz exclamó:

—*Yallah, yallah!* Vamos a cargar, tenemos menos de una hora.

Un grupo de hombres empezó a meter cajones en los camiones verde oscuro aparcados en fila. Mika y Joe estaban en el interior del almacén.

—¿Dónde harán la primera descarga? —preguntó Joe.

—Este primer envío es para Homs.

—¿Todo?

—Sí, lo recibirá Yamal, que se encargará de repartirlo a los chicos de Homs.

—¿Por qué quieres empezar allí?

—Porque es donde más lo necesitan. Hace un par de días hubo una masacre. Mataron a más de cien personas, la mitad, niños.

—No sé qué decir.

—Voy a volver —Joe asintió—. Tengo que asegurarme de que todo esto llega a las manos adecuadas. ¿Cuidarás de Nayla, por favor?

—Por supuesto.

Damasco
Cuartel general de Mika, zoco al-Hamidiyeh

—¿Se sabe algo del general Talas? —preguntó Ibrahim.

Todos los presentes negaron con la cabeza.

390

—*Tayeb*, veamos qué está pasando en la frontera. Conectad con el satélite.

En la pantalla apareció una fila de camiones que avanzaba por la carretera hacia el paso fronterizo de Bab al-Hawa.

—Gracias a Dios que ya no hay niebla, o no habríamos visto nada.

—¿Estamos seguros de que esos son los camiones?

—Sí, señor.

—¿Sabemos dónde los han cargado?

—En un almacén de la inteligencia turca y los americanos.

—Buen trabajo.

—La Savak nos ha ayudado.

—Manténgalo vigilado.

—Sí, señor.

—Están llegando —dijo por teléfono al equipo que había enviado para interceptar el envío—. Los verán en un par de minutos. Es un convoy largo.

Pero, de repente, a menos de quinientos metros del control, media docena de todoterrenos negros aparecieron como por arte de magia. Empezaron a formar círculos alrededor de los camiones y crearon una enorme nube de polvo de la que salieron los camiones en distintas direcciones.

—¡Un momento! ¿Qué ha pasado? —preguntó Ibrahim.

—No lo sé, señor —dijo uno de los analistas al tiempo que todos sus compañeros empezaban a teclear frenéticamente en los ordenadores o llamaban por teléfono. La nube de polvo era tan espesa que ocultó los camiones y era imposible distinguir dónde se habían desviado o qué ruta habían tomado para atravesar las montañas de Siria.

—¿Qué ha pasado? —repitió Ibrahim.

El equipo lo miró en silencio con la cabeza baja.

—Debían saber que les estábamos esperando, señor —explicó uno de ellos con resignación.

—¡Cabrones! ¿Cómo ha sido posible? —protestó Ibrahim dando un puñetazo en la mesa.

—Espere, señor. Ha aparecido uno de ellos.

—¡Que arresten al conductor y averigüen dónde están los demás! —gritó Ibrahim—. El general Asad nos cortará la cabeza. Ali, póngase en contacto con Talas inmediatamente. ¿Dónde se habrá metido?

Todos observaron al grupo de soldados sirios que detuvo el camión. El conductor salió inmediatamente con las manos en alto. Era turco. Cuando levantaron la lona, el interior estaba vacío.

—Lo sabía —comentó Ibrahim con enfado—. Es otro de los trucos de Hussein.

392

Mika paró en una antigua y destartalada caseta de pastores escondida en las montañas, a pocos kilómetros de la frontera. Buscó a su alrededor la camioneta Suzuki de Yamal, pero no la vio. Yamal no solía llegar tarde.

Bajó y encendió un cigarrillo. A los pocos minutos empezaron a llegar los camiones. «Estupendo», pensó. Las rutas de los contrabandistas seguían siendo útiles.

Pero ¿dónde estaba Yamal?

Kansafra

Cuando los camiones llegaron a una cumbre por encima del valle del río Orontes todavía era de noche. La luna creciente brillaba a través de las nubes dispersas sobre el semiderruido Kansafra.

Mika lideró la marcha cuando bajaron la montaña y

paró en una casa blanca en un extremo del pueblo, en el que todavía quedaba alguna en pie. Hassan apareció en la puerta. Se saludaron sin hablar. En el silencio de la noche las voces se oían desde muy lejos.

Mika entró en la casa con Hassan mientras los hombres descargaban los camiones.

—¿Dónde está Yamal? —preguntó Mika.

—Creía que había ido a la caseta de pastores.

—No estaba allí.

—¡Qué raro! Se fue de aquí a medianoche.

Centro de Damasco

Hacía un día cálido y soleado, y el tráfico era lento. Yamal fumaba un cigarrillo tras otro mientras esperaba que el policía le dejara entrar en la rotonda que llevaba al edificio de la seguridad nacional del centro de la ciudad, en el que Maher Asad tenía una oficina y se reunía con ministros y oficiales de las fuerzas de seguridad. Mientras esperaba, puso el cambio de marchas en punto muerto y quitó el pie del embrague, La pierna derecha le temblaba y la sujetó con una mano.

—*Yallah!* —dijo mirando por la ventanilla—. ¿Nos movemos o qué?

El policía hizo oídos sordos al comentario.

Yamal se pasó una mano por el pelo y tiró la colilla por la ventanilla.

—¡Venga! ¡Venga! —murmuró.

Finalmente el policía se hizo a un lado y dejó que avanzaran los coches.

—¡Hijo de puta! —gritó Yamal por la ventanilla del pasajero cuando avanzó peligrosamente cerca de él. Después miró por el espejo retrovisor y vio que le amenazaba con un puño. «Que te den», pensó sonriendo.

Cuando se acercó al edificio de cemento gris cercano a la estación de trenes de Hiyaz, construida a principios del siglo XX, aminoró la velocidad. El soldado que había en la entrada cruzó el Ak-74 de fabricación rusa sobre el pecho y se enderezó.

Yamal saludó con la cabeza. Continuó por la rotonda y a unos doscientos metros torció a la derecha. Dio la vuelta al edificio y volvió a la parte delantera. El soldado le hizo un gesto para que pasara. Yamal entró en el patio y aparcó la camioneta en un extremo, entre el edificio principal y un anexo.

Bajó del coche y fue hacia la entrada. Iba uniformado. Al acercarse se ajustó la gorra. Cruzó la calle y se dirigió hacia un coche que había aparcado a cien metros de allí. Poco después, el soldado que estaba en la puerta se acercó y entraron en el vehículo.

Cuando llevaba recorrido un kilómetro, Yamal sacó un móvil de la guantera y apretó un botón. De repente se produjo una tremenda explosión a su espalda. Ninguno de los dos pestañeó.

Aminoró la velocidad al llegar a la rotonda que llevaba a la autopista Damasco-Alepo y torció en dirección norte, hacia Raqqa.

Kansafra

—¡Mika! —gritó Hassan—. ¡Ven, rápido!

Dejó el cajón sin abrir, entró y oyó:

«Tres miembros del gabinete del presidente Asad: el ministro de Defensa, su viceministro, Assef Shawkat, cuñado del presidente y el ministro del Interior han resultado muertos en una explosión en el centro de Damasco. En el atentado también ha fallecido el general Hassan Turknami, antiguo ministro de Defensa y asesor de la vicepresidencia, que murió en el hospital.

»El director de la seguridad nacional, Hisham Bekhtiar, se encuentra entre las personas que resultaron gravemente heridas por la explosión, que se produjo en el momento en el que varios ministros y funcionarios de los cuerpos de seguridad celebraban una reunión en el centro de investigación de un edificio de la seguridad nacional en el distrito de Rawda.

»Se trata del ataque más mortífero a funcionarios del Gobierno desde el alzamiento que comenzó hace dieciséis meses...»

Mika se sentó en una silla y se cubrió la cara con las manos.

—Ahora tendremos una guerra civil.

Estambul, delegación de la CIA

Mika subió las escaleras. Al final del pasillo apretó el timbre que había junto a la puerta y esperó. La placa de latón que había encima rezaba: «Lambert & Drake».

«Estos americanos...», pensó Mika sonriendo.

—¿Así son las oficinas de la CIA? —preguntó cuando salió Joe.

—Unas son más bonitas que otras. ¿Quieres una cerveza, un café o alguna otra cosa?

Mika negó con la cabeza.

—¿Te importa que me tome una? —preguntó mientras abría una botella de Efes Pilsen—. Esta cerveza turca es muy buena —aseguró antes de dar un trago—. ¿Estás seguro de que no quieres una?

—No, gracias.

—Cuéntame —dijo invitando a Mika a que se sentara en uno de los sillones de la sala, cerca de donde

Adam tenía sus cuatro pantallas de ordenador—, ¿qué tal ha ido?

—Es demasiado pronto para saberlo —contestó Mika encogiéndose de hombros.

Joe tomó un largo trago de cerveza.

—Eso no suena muy halagüeño.

Mika apartó la mirada.

—¿Entiende Asad lo que está pasando en su país?

—No creo que lo haya hecho nunca, ni lo haga ahora. Cuando todo empezó en Daraa pensó que sería una rebelión sin importancia, así me lo dijo. No entendió el calado de la disidencia.

—Pronunció un par de discursos en los que prometió reformas.

—Pero eran todas a largo plazo. Pretendía formar comités, comenzar un diálogo… Yo quería reformas inmediatas que demostraran al pueblo que se preocupaba por él. El pueblo quería cambios fundamentales y radicales, y él no estaba preparado para proporcionárselos. No quería ofrecer nada tangible.

Joe negó con la cabeza.

—En lo único que han creído los Asad es en el acoso. No tienen un poder legítimo, nunca lo hubo con el padre ni tampoco con el hijo. La verdad es que resulta irónico que uno de los países más autocráticos y represivos del mundo árabe, un Estado que parece poderoso e invencible, sea tan débil y tenga tan poca base en la que apoyarse, aparte de las fuerzas de seguridad.

—Sí, pero también están desapareciendo poco a poco.

—¿Crees que hay alguna posibilidad de que se hagan reformas?

—No, Asad se ha consagrado a la violencia. No tiene un programa de reformas. Nos ha obligado —suspiró Mika.

—Si quieres que te diga lo que pienso, ese ejército tuyo va a causar problemas.

—¿Por qué?

—Tal como has dicho, la solución de Asad es la «solución de seguridad», que da carta blanca a las fuerzas de seguridad para que hagan lo que les plazca. Tus hombres querrán contraatacar rápidamente y no podremos abastecerlos tan deprisa. Recurrirán a Al Qaeda para que les dé ayuda urgente. Sus combatientes aparecerán y se harán con el control de la situación, tal como dice Asad que ha sucedido.

Mika inspiró hondo.

—Entonces, dime una cosa, ¿por qué no nos respalda Estados Unidos realmente?

Joe negó con la cabeza sin darse cuenta.

—No podemos, al menos no hasta que haya un claro sucesor a Asad.

—El ELS es una alternativa. La Liga Árabe nos ha reconocido como oposición a Asad.

Joe suspiró.

—Estados Unidos no está convencido. No queremos implicarnos en otro lío —dijo tomando un trago de cerveza—. En Afganistán y en Irak nos jodieron... y nos costó miles de millones de dólares. No podemos justificar una implicación total en Siria. Has conseguido más de lo que esperaba.

Mika se quedó callado un momento.

—¿Sabes?, creo que me tomaré esa cerveza.

Joe sacó una botella de un frigorífico pequeño.

—Nos hemos enterado de que Asad sigue buscándote —dijo Joe—. ¿Por qué? Si no lo haces tú, lo hará algún otro. ¿Cree que matándote a ti destruirá la oposición? Es decir, puede que esté loco, pero tonto no es.

Mika tardó en contestar. Se levantó, fue hacia la ventana y miró la ciudad.

—En el 2005, el presidente, su hermano Maher y yo estuvimos cenando juntos. Como de costumbre, empezamos a hablar de lo que habían hecho los americanos en Irak y del desastroso resultado de su intervención. Maher comentó algo sobre crear un infierno para los americanos, pero sin que lo hiciéramos nosotros.

—¿Y?

—Se le ocurrió que debía hacerlo Al Qaeda.

—No lo entiendo.

—Se decidió que utilizaríamos a Al Qaeda para derrotar a Estados Unidos en Irak. Adiestramos a agentes de Al Qaeda en Siria y los enviamos al otro lado de la frontera para que sembraran el caos y la destrucción... Ya sabes, terroristas suicidas y ese tipo de cosas. El programa se llamaba Secutor y me pusieron al cargo. Era absolutamente secreto, lo respaldó Irán y mi equipo se ocupó de ponerlo en práctica. Nadie sabía nada. Los americanos sospechaban algo, pero nunca llegaron al fondo de ese asunto.

—¿Toda la mierda de Irak fue cosa tuya?

Mika negó con la cabeza.

—Cuando los americanos se fueron, Secutor se archivó.

—Hasta que volviste a activarlo.

—Sí, pero activé el equipo, no el objetivo. Somos militares, Secutor se convirtió en el ELS. Después de lo que pasó en Daraa y de la forma en que lo aplastó Asad, decidimos que era la única forma de luchar contra él. Así que empezamos a reclutar y adiestrar a nuestros hombres y les prometí que conseguiría dinero y armas. Al principio, lo único que queríamos era derrotar a Asad, obligarlo a que dimitiera y dejar que el pueblo decidiera quién debía sucederle.

—Pero se ha convertido en algo más.

—Sí, ahora, gracias a Tony, somos la cara de la oposición y una de mis prioridades es mantener unido el ELS y seguir entrando suministros en Siria, cuando en realidad lo que me gustaría es estar allí luchando contra el régimen.

—Tal como te dije, esto es Oriente Próximo. Los cambios siempre proporcionan oportunidades a los extremistas, ten cuidado cuando desaparezca la euforia. La rabia y la desilusión son perfectas para el reclutamiento. Si no mantienes unidos a tus chicos, los fanáticos los captarán.

—Lo sé.

—Otra cosa, ¿por qué te persiguen?

—Porque están atando cabos sueltos y yo soy uno de ellos. No quieren que nadie se entere de que el presidente hizo un pacto maquiavélico con el diablo. Ahora pagará por ello. Bagdadi ya está en Siria.

—¿Dónde?

—En Raqqa. Se ha instalado allí. Lo adiestré yo —confesó Mika—. A él y al Frente Nusra de Golani.

Raqqa, noroeste de Siria

Al amanecer había niebla en la llanura que rodeaba el río Éufrates. A lo lejos, una nube de polvo avanzaba paralela al río. De la nube salió un *jeep* que se detuvo en un campo desprovisto de vegetación. Detrás marchaba con precisión militar un batallón de hombres, en su mayoría vestidos de negro, con turbantes y la cara cubierta con pañuelos, que se detuvo cerca del *jeep*. Un hombre salió del batallón y se cuadró. Era Mohammad al-Golani.

Abu Bakr al-Bagdadi, cuya encanecida barba le llegaba hasta el pecho, bajó del *jeep* y se puso delante del batallón, vestido con una capa y un turbante negros.

399

Detrás de él había dos hombres, ambos con ropa de camuflaje y turbante negro alrededor de la cabeza y la cara, con solo una abertura en los ojos. Tenían las piernas separadas y rifles de asalto en las manos.

Abu Bakr al-Bagdadi bajó del *jeep* y se colocó delante del batallón.

—¿Están tus hombres preparados para luchar, Golani?

—Al Nusra está preparado, jeque.

—¿Sabe cuál es su misión?

—Sí. Derrocaremos a Asad y estableceremos el Estado Islámico.

—Excelente.

—Jeque, ¿le gustaría conocer a mi nuevo oficial?

Bagdadi asintió.

Golani levantó una mano e hizo un gesto para que se acercara uno de sus hombres.

—Este es Yamal Marouf.

—Bienvenido —Bagdadi se acercó y le besó en las mejillas.

—*Allah ma'akom* —dijo dando un paso atrás.

—Desplegad la bandera —pidió Bagdadi a los dos hombres que estaban detrás de él.

Uno de ellos deshizo un nudo en el mástil que llevaba. La bandera se desenrolló cuando lo agitó por encima de su cabeza. Sobre fondo blanco decía:

«*La ilaha ila Allah Mohammadun rasul Allah*». Solo hay un Dios y Mohammad es su profeta.

Abu Bakr al-Bagdadi levantó los brazos.

—Jurad lealtad a la bandera del Estado Islámico. Preparaos para morir por ella, hermanos. Haremos la guerra santa contra los infieles y les derrotaremos. Recuperaremos la tierra de Siria. Echaremos a los infieles y a todo el que se oponga al Estado Islámico de la tierra de Siria, que ahora es nuestra. Este es el califato y yo soy el califa.

Todos los hombres levantaron el puño y el grito de «*Allaho Akbar*» resonó en el valle.

Beirut

Tony estaba sentado en un taburete junto a la encimera de la cocina de Cyrene. Tenía el ordenador abierto, un lápiz en la oreja y unas gafas de leer nuevas en la punta de la nariz.

—¡Cyrene! —gritó, pero no obtuvo respuesta, estaba en su oficina del segundo piso. Sonó el móvil.

—Hola, Bill.

—¿Qué tal todo por ahí?

—Bien, muy bien.

—Los artículos que estás enviando son excelentes. Seguro que conseguimos otro Pulitzer.

—Gracias, Bill. ¿Se están poniendo nerviosos los chicos de Washington?

—Estoy seguro de que el Departamento de Estado nota la presión.

—¿Con qué periodista estás trabajando? El material es muy bueno.

—Es una maravilla —aseguró Tony sonriendo.

—Pregúntale si quiere trabajar en Nueva York.

—Le transmitiré tu oferta.

—¿De qué va el próximo artículo?

—Es sobre Murad.

En ese momento entró Cyrene muy animada.

—¡Tony! —dijo y después se llevó una mano a la boca al darse cuenta de que estaba hablando por teléfono.

—Bill, tengo que dejarte.

Dejó el móvil en la encimera y sonrió.

—¿Una copa de vino?

—No —dijo Cyrene acercándose—. Quizá después. Creo que tengo algo sobre la historia de Murad.

—Quizá... —empezó a decir Tony bajando del taburete y rodeándola con un brazo—, podríamos tomarnos la tarde libre —le susurró al oído.

Cyrene se dio la vuelta y apoyó las manos en el pecho de Tony.

—Quizá...

Algo en la pantalla de televisión que había en la pared le llamó la atención, se apartó y cogió el mando a distancia para subir el volumen.

—¿Qué ha pasado?

—Mira.

«Tal como sucedió con otras deserciones de alto nivel, el general Kamal Talas ha huido de Siria y se cree que está en Turquía, posiblemente en Estambul.

El general Talas era una figura destacada en el círculo de allegados de Asad y director del Mujabarat, el servicio de inteligencia sirio...»

Estambul

Un hombre tocó el timbre de una antigua casa victoriana. La puerta se abrió y una gata negra salió a recibir al visitante.

Aysa Hanim apareció en el umbral.

—*Günaydin*, Aysa Hanim.

Esta se hizo a un lado para que entrara el recién llegado y le indicó que la siguiera a la cocina. Mika estaba sentado a la mesa, con el ordenador abierto, una taza de café y un plato de galletas que no había probado. La gata saltó encima de la mesa y después al hombro de Mika. «*Kedi*», dijo Mika quitándosela de encima. Se levantó y fue hacia el hombre. Antes de llegar a él se cuadró y saludó.

Kamal Talas le dio un afectuoso abrazo y le besó en las mejillas.

—Me alegro de verte.

—Vamos a hablar —dijo antes de sentarse cerca de Mika.

Aysa Hanim preparó más café.

—*Kifek?* —preguntó Mika con la gata acurrucada cerca de él.

—*Tamem.*

—¿Cuándo has llegado?

—Esta mañana.

Aysa Hanim dejó una bandeja con café, queso y pan *za'ater* sobre la mesa.

—Gracias —Kamal sonrió agradecido y se sirvió—. Espero que no quieras nada, Mika, porque me lo voy a comer todo.

Mika se rió y se sirvió también.

Aysa Hanim sonrió e indicó que iba a por más.

—¿Te acuerdas cuando estábamos en las fuerzas aéreas? —comentó Kamal sujetando la taza con las dos manos—. Entonces todo parecía tan fácil... De lo único que nos preocupábamos era de dónde íbamos a cenar y con quién nos íbamos a casar.

Mika asintió.

—Todo empezó de forma pacífica... Unos chavales que escribieron unos eslóganes que habían oído en Al Yazira —continuó Kamal.

—Cuando tenía su edad estaba en el Líbano —dijo Mika dándole vueltas al café distraídamente—. Recuerdo que salía con Tony y pintábamos todo tipo de eslóganes: «Libertad», «Justicia», en las paredes de los edificios bombardeados de la Línea Verde. Un día nos pararon un par de hombres de una milicia cristiana que estaban patrullando en Beirut este. Nos gritaron, nos apuntaron con sus armas y nos obligaron a arrodillarnos con las manos en la nuca. Nos preguntaron una y otra vez por esos eslóganes. Estábamos muertos de miedo y creíamos que nos iban a matar. Aquello no duró ni veinte minutos, pero fueron los veinte minutos más largos de nuestras vidas. Tony incluso se meó en los pantalones.

Hizo una pausa.

—Uno de ellos sugirió que debían matarnos porque éramos árabes de Beirut oeste, pero el otro se rió y dijo que no iba a servir de nada porque solo éramos un par de chavales intentando comportarnos como tipos duros. Finalmente nos dejaron ir y Tony y yo salimos corriendo. Pero no nos torturaron ni nos amenazaron con violar a nuestras madres.

—¿Qué ha pasado, Mika? —preguntó Kamal moviendo la cabeza con pena—. Parece algo muy extremo.

—Se hizo creer a las fuerzas de seguridad de Daraa que podían hacer lo que quisieran. Que no se les responsabilizaría de nada de lo que hicieran. No creyeron que el pueblo se sublevaría contra ellas.

—Cuando Hafez murió, la transición de poder a Bashar no se había completado —dijo Kamal—. Reorganizó las fuerzas de seguridad e intentó introducir en ellas a su gente y sacar a los que habían sido leales a su padre. Pero los chicos de Bashar provenían de otra generación, por mucho que me duela reconocerlo, la nuestra.

Mika suspiró.

—Crecimos entre la élite de Damasco y Alepo —añadió Kamal—. No conocimos el antiguo régimen que tuvo que luchar en la batalla que se produjo durante el golpe de Estado de Hafez.

Hizo una pausa.

—Por muy autocrático que fuera, entendía el país, el campo, las regiones pobres y las ciudades.

—Sí —reconoció Mika haciendo una mueca—. Pero, ¿de unas pintadas a la guerra? Es casi imposible de creer.

—No es imposible. Bashar jugó muy mal sus cartas. No previó lo que significaba esa rebelión ni entendió el calado o la envergadura de la disidencia. Lo único que tenía que hacer era prestar atención a lo que le pedía el pueblo. Debería de haberle ofrecido algo más que una abyecta autorización a lo que pasó en Daraa.

—Creía en Bashar, Kamal. Era amigo mío.

—Yo también.

—¿Por qué no nos escuchó? —preguntó Mika con tristeza.

—No podía. Daraa le había demostrado lo débil que era.

Siguieron hablando y recordando todo lo que había sucedido en el último año.

—La moderación y las buenas palabras no van a ayudarnos —dijo Kamal—. Ahora tenemos que obligarles a que nos escuchen.

—Estoy preocupado. Espero que lo que nos ha unido para combatir a Asad no nos divida.

—No sé. Temo que nos convirtamos en el Líbano de los años ochenta. Un campo de batalla utilizado por toda la región: Hizbulá, los saudíes, el Estado Islámico e incluso los rusos y los americanos.

—Parece muy sencillo. Somos patriotas. Lo único que queremos es libertad —dijo Mika.

—Sí.

—Y ahora, ¿qué hacemos? ¿Dónde vamos, señor? —preguntó Mika.

Los dos miraron las tazas de café en silencio con la gata a sus pies mientras Aysa Hanim ponía *manush* recién hecho en la mesa y les hacía un gesto para que se lo comieran.

En segundo plano, la televisión estaba sintonizada en el canal de Al Yazira.

405

Υ

«La noticia es oficial —comentaba el presentador con naturalidad—. Hoy cinco de julio del 2012, el Comité Internacional de la Cruz Roja ha comunicado la calificación de guerra civil para el conflicto sirio y sus activistas han informado de que se han producido intensos enfrentamientos entre los rebeldes y las fuerzas gubernamentales en la capital, Damasco.

Anteriormente, el comité de la Cruz Roja había restringido esa clasificación del conflicto a Idlib, Homs y Hama, pero la organización ha llegado a la conclusión de que la violencia se ha extendido.»

Otros títulos que te gustarán

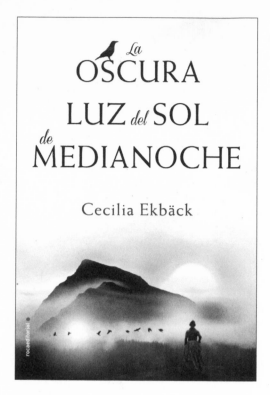

LA OSCURA LUZ DEL SOL DE MEDIANOCHE
de Cecilia Ekbäck

UN *THRILLER* HISTÓRICO REPLETO DE INTRIGA Y SUSPENSE.

Suecia, 1855. El ministro de Justicia recibe un mensaje aterrador: ha habido una masacre en una montaña de Laponia. Uno de los nómadas sami, los nativos de la región, aparentemente ha asesinado a sangre fría a un sacerdote, a un oficial y a un colono en la rectoría. El ministro envía a la zona a su yerno, un geólogo, con la tarea de investigar lo acontecido. Pero hay otros motivos por los cuales visitar Blackåsen, un monte rico en depósitos minerales que nunca han sido explotados, un lugar bajo la abrasadora luz de un sol que ilumina los secretos más ocultos.

Una bellísima historia sobre la vida
misma, tan emotiva como las novelas
de Jojo Moyes y tan divertida como
las historias de Cecilia Ahern.

LOS ÚLTIMOS DÍAS DE RABBIT HAYES
de Anna McPartlin

Una bellísima historia sobre la vida misma, tan emotiva que nos hará llorar como las novelas de Jojo Moyes y tan divertida como las historias de Cecilia Ahern.

Rabbit Hayes ama su vida, normal y corriente como es, y también ama la gente extraordinaria que hace que esta vida sea aún mejor. Ama a su ingobernable y vital familia: a su hija Juliet y a Johnny Faye, ambos con un corazón de oro. Pero el mundo parece tener otros planes para Rabbit, y ella lo aceptará sin más; porque Rabbit también tiene planes para el mundo, y solo tendrá unos cuantos días para hacer que estos sucedan.

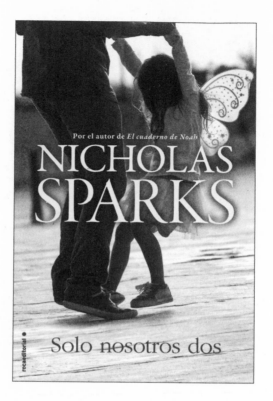

SOLO NOSOTROS DOS
de Nicholas Sparks

A sus treinta y dos años, Russell Green lo tiene todo: una impresionante esposa, una hija adorable de seis años, una exitosa carrera como ejecutivo de publicidad y una gran casa en Charlotte. Russell vive en medio de un sueño, y su matrimonio con la encantadora Vivian es el centro de su existencia. Pero debajo de esta vida perfecta empiezan a aparecer los problemas y Russ está a punto de presenciar cómo varios aspectos de su vida que daba por sentados van a dar un giro por completo.

ENTRE EL CIELO Y LU
de Lorraine Fouchet

Bretaña. Jo tiene planeado disfrutar de una feliz jubilación en la isla de Groix. Una segunda vida que, creía, podría tener junto a su amada. Pero su esposa Lu le ha abandonado antes de lo esperado. Antes de morir, Lu le encarga una misión: Jo tiene que conseguir que sus hijos sean verdaderamente felices. No tendrá más remedio que acatar el deseo de Lu, honrando su memoria. Entre un hijo siempre a la defensiva y una hija maltratada por el amor, cumplir su objetivo no será fácil, si bien se verá acompañado de grandes y agradables sorpresas.

Este libro utiliza el tipo Aldus, que toma su nombre
del vanguardista impresor del Renacimiento
italiano Aldus Manutius. Hermann Zapf
diseñó el tipo Aldus para la imprenta
Stempel en 1954, como una réplica
más ligera y elegante del
popular tipo
Palatino

***
**
*

Medianoche en Damasco
se acabó de imprimir
un día de primavera de 2017,
en los talleres gráficos de Egedsa
Roís de Corella 12-16, nave 1
Sabadell (Barcelona)

***
**
*